T0277993

LUIS MIGUEL SÁNCHEZ TOSTADO

La maldición de Jericó

ALMUZARA

Editorial Almuzara • Novela
Director editorial: Antonio Cuesta
Editora: Ángeles López
Corrección: Mónica Hernández
Maquetación: Joaquín Treviño

www.editorialalmuzara.com
pedidos@almuzaralibros.com - info@almuzaralibros.com

Editorial Almuzara
Parque Logístico de Córdoba. Ctra. Palma del Río, km 4
C/8, Nave L2, n° 3. 14005 - Córdoba

Imprime: Liberdúplex
ISBN: 978-84-10520-90-5
Depósito legal: CO-95-2024
Hecho e impreso en España - *Made and printed in Spain*

*A los que, buscando respuestas,
encontraron el amor verdadero.*

Índice

NOTA DEL AUTOR

Aunque el «manuscrito Fortabat» y los episodios derivados de su búsqueda en los países donde la acción transcurre: Cisjordania, Reino Unido y España, son ficción, la trama de la presente historia está montada sobre la base de un escándalo real. Me refiero al monopolio católico del equipo encargado de los manuscritos del mar Muerto, en el museo de Rockefeller de Jerusalén. Durante más de cuarenta años, la *École Biblique*, institución dominica que controlaba la comisión técnica internacional, impidió que historiadores independientes, sobre todo judíos, tuvieran acceso a los rollos e hizo todo lo posible por retrasar su publicación y traducción. Se habló entonces de una purga de textos, una censura de manuscritos polémicos que podían contradecir el dogma evangélico. Las tensiones y disputas entre la dirección del equipo internacional y el prestigioso historiador John Allegro, miembro de dicho grupo, son reales. También lo son sus publicaciones y su fascinante investigación sobre el Rollo del Cobre.

El argumento central de la presente aventura literaria es la aparición de un manuscrito coetáneo a Jesús de Nazaret que echa por tierra la divinización del mito y que confirmará las tesis de los exégetas independientes sobre el perfil exclusivamente humano del personaje y su posible vinculación con la comunidad de Qumrán.

En la obra se rebate el carácter esenio que el equipo internacional atribuyó a dicha comunidad. Se recogen las tesis sobre el perfil de sus habitantes, menos ascetas y pacíficos y más belicosos, llegando a relacionarlos con el nacionalismo zelota, no solo por lo que se desprende de algunos manuscritos del mar Muerto, como el rollo 1QM (*Regla de la Guerra*), también por relevantes descubrimientos arqueológicos en Qumrán, relacionados con técnicas de guerra así mismo reales y que, incomprensiblemente, siguen sin tenerse en cuenta. Tesis esta que, asumo, no será compartida por la facción de la comunidad científica que persevera en la tesis esenia.

La presente obra puede encuadrarse tanto en la novela de aventuras como en el género policiaco y el thriller histórico, pues aborda la historia de un gran descubrimiento, los manuscritos del mar Muerto, junto al suspense propio de la resolución de varios crímenes en los que, dos de los protagonistas, Yacob Salandpet y Sally Taylor, son agentes de la Interpol.

La chispa creativa que prendió la mecha de *La maldición de Jericó* fue la lectura del ensayo *El escándalo de los rollos del mar Muerto*, de Michael Baigent y Richard Leigh (Martínez Roca, 1992). Después, me alcanzaron autores como Geza Vermes, Antonio Piñero, Dimas Fernández, John Desalvo, Frederick Bruce o James Vanderkam. Sus obras, y las de algunos otros, me ayudaron a documentarme sobre los manuscritos de Qumrán, uno de los descubrimientos arqueológicos más relevantes de los últimos siglos.

Salvo los protagonistas, la mayor parte de los personajes de la presente novela existieron realmente, incluso he utilizado algunos nombres auténticos pese a tratarse de una historia de ficción. Son rigurosamente reales: la excavación de Tell es-Sultán en Jericó, el museo de Rockefeller, la École Biblique de Jerusalén, las ruinas de Qumrán, el Santuario del Libro, la cafetería Tmol Shilshom en Jerusalén, las instalaciones de Scotland Yard en Londres o los espacios madrileños como el colegio Pi i Margall, la residencia de ancianos Monte Carmelo, el café Gijón, la Audiencia Nacional, el parque de El Retiro, el hospital Gregorio Marañón, el aeropuerto de Madrid-Barajas, incluso la Caja de las Letras del Instituto Cervantes, la cual visité para documentarme, asesorado por personal de la Institución. También son reales las calles, parques, cementerios y demás espacios descritos en Jericó, Jerusalén, Londres, Wrexham o Northampton, que mi imaginación convirtió en rincones imprescindibles de la trama.

Respecto al diccionario cementerio del español, que recoge las palabras eliminadas en el diccionario de la RAE en los últimos cien años, fue un proyecto de Marta Pérez Campos que, efectivamente, estuvo expuesto en la Caja de las Letras desde el 4 de junio al 20 de septiembre de 2019 y que tuve oportunidad de visitar. Tanto los aludidos términos en desuso como el foro de debate pueden consultarse en http://19142014.es/foro/

La presente obra ha sido finalista en el Premio de Novela Ateneo de Sevilla 2023 y en el VI Premio de Novela Policía Nacional.

El autor

— 1 —

Foreign Office

Londres, 1959

Destilada por la bruma, la esfera sangrante del sol se sumerge lentamente en el horizonte, cediendo al imperio de la noche. La torre de Westminster se clava en la niebla y su reflejo dibuja una acuarela escarlata sobre el Támesis.

Con paso decidido, el asistente de sala irrumpe en el despacho del secretario de Estado. «Teletipo urgente de la embajada de Jerusalén, señor». Justin Evans abre el sobre con alarma. Los cables de Oriente Medio nunca le dieron buena espina.

A EMBAJADA UK JERUSALÉN.

AYER DESCONOCIDOS ARMADOS ATACARON GRUPO EUROPEOS EN DESIERTO JUDEA. PERDIERON LA VIDA UN MILITAR Y UN CIVIL. OTRO CIVIL DESAPARECIDO SE SOSPECHA EN PODER SECUESTRADORES. SEMANA ANTERIOR SOSPECHOSO SUICIDIO DE OTRO CIVIL EN MUSEO ROCKEFELLER. TODAS LAS VÍCTIMAS TIENEN NACIONALIDAD BRITÁNICA Y PARECEN RELACIONADAS CON LOS MANUSCRITOS DEL MAR MUERTO. REMITO INFORME POR VALIJA DIPLOMÁTICA. RUEGO REPATRIACIÓN URGENTE COMPATRIOTA FALLECIDO ENVÍO DE PROTECCIÓN ARMADA Y AVERIGUACIÓN CULPABLES. PREVISTA EVACUACIÓN DE PERSONAL DE AGRAVARSE LA SITUACIÓN.

KATHLEEN KENYON DIRECTORA EXCAVACIÓN TELL ES-SULTAN EN JERICÓ PARA TRASLADO A FOREING OFFICE.

El disco del teléfono de baquelita gira al ritmo frenético de su índice. La llamada suena en el número diez de Downing Street. Responde el secretario del primer ministro a quien Evans, con aquella voz solemne que anticipa pésames, pide que le pase inmediatamente con él.

—Harold, se ha recibido un cable muy preocupante de Jerusalén y…

—Estoy al tanto —ataja el primer ministro, Harold MacMillan—. Acabo de hablar por teléfono con el embajador y con miss Kenyon. Tres ingleses muertos y un cuarto desaparecido que puede haber corrido la misma suerte. Horrible. Organice la repatriación del cadáver y solicite al MOD el envío a Jericó de un escuadrón de seguridad.

—Me permito recordarle que, desde la ocupación de Cisjordania, el reino hachemita ha cesado a los cargos que quedaban del mandato británico en Palestina y ha expulsado a muchos ingleses del territorio —apunta Evans.

—Lo sé, pero estos crímenes son una provocación contra el Gobierno de Su Majestad. Necesitamos conocer el móvil y la relación que estos crímenes guardan con los manuscritos del mar Muerto. Contacte con la delegación de la casa real de Jordania y con la Interpol.

—Dispondré lo necesario.

— 2 —

El beduino

La tarde declina sobre las colinas doradas de Jericó. Desde un alminar, la voz convocante del muecín avanza por la ciudad como un lamento. Los menestrales árabes orientan sus esterillas a la Meca y cumplen con la oración de media tarde, tercera de las cinco del *salat*. Tras las postraciones rituales, las cuadrillas recogen las cribas, paletines, teodolitos, jalones y demás útiles y los entregan al capataz, que hace recuento.

Los europeos resoplan y se sacuden el polvo de sus chalecos. En Jericó parece que el tiempo se detiene. La vida se reduce a sus componentes esenciales y no hay más acontecimientos que las estaciones y el desmigar la tierra reseca del yacimiento.

Peter Fortabat, el joven filólogo francés metido a arqueólogo por mero afán de aventura, se pone al volante de la Chevrolet Pick-up y, junto a su novia Sally y sus inseparables compañeros Bernard Gardener y Mylan Fisher, apretados los cuatro en la cabina, recorren los dos kilómetros que los separan del casco urbano. El vehículo desaparece en una nube de polvo.

Sally tiene la nariz griega, una piel de mármol más propia de soles fríos y una boca carnosa, algo mohína. Pero es el esmeralda seductor de los ojos y su impaciencia con los idiotas, lo que marca su belleza indómita de mujer policía, algo insólito en aquella tierra de chilabas, testosterona y varas de avellano. Su padre es el capitán Jeff Taylor. Tras la guerra árabe-israelí de 1948, Cisjordania quedó bajo control jordano. Aunque el rey Hussein quiso distanciarse de los británicos y destituyó a John Glubb, comandante inglés de la Legión Árabe, respetó al capitán Taylor por sus referencias y le ofreció quedarse en la gobernación de Jericó como agente de la legión jordana bajo las órdenes del comandante Yedid Osman.

«Doscientos sesenta metros bajo el nivel del mar», musita Bernard, que observa a lo lejos el Jordán recortado por una cortina de árboles y rocas desnudas. Su frase invita a Sally a especular con el Apocalipsis bíblico. Algún día, imagina, bien por la teoría de los vasos comunicantes o por las razones inescrutables de Yahvé, el Mediterráneo aumentará su nivel, avanzará por las llanuras de Aser, salvará las estribaciones de Galilea y Samaria y se precipitará sobre el valle del Jordán, arrasándolo todo. Si eso ocurre, piensa Sally, el mar Muerto dejará de estarlo y los interfectos serán los habitantes de su vega. En aquellas fantasías se pierde, arrebujada en la *pick-up*.

Ya en el zoco, los cuatro amigos acuden a su encuentro habitual en la cantina de Abdul Seisdedos. El mesonero, que administra sonrisas conformes con la vida, es calvo, saludablemente gordo, brazos velludos, bigote Chevron y una papada donde, en algún momento, hubo un cuello. Anda obsesionado con el papel moneda, pero tiene la mejor *maqluba* de cordero de Jericó.

Polvorientos y cansados, se aclaran las gargantas con Bishop's Finger, cerveza inglesa que Seisdedos consigue para los forasteros nadie sabe cómo. Los europeos la prefieren al *arak* palestino y al té con jazmín. Tras la pitanza, pagan sin rechistar los abusos de Abdul. No hay muchos lugares más dignos donde acudir en aquel rincón de Cisjordania.

En el postre, Bernard y Mylan departen sobre la posibilidad de que el yacimiento esté agotado. Peter, en cambio, está ausente. Sally, que no le pierde ojo, coge su mano. «¿Estás bien?». Él sonríe y asiente. El filólogo se lleva la botella a los labios y sigue el recorrido de un vendedor ambulante que acaba de entrar en la cantina. Es un niño de ojos negros, muy vivos, como dos perlas de obsidiana. Tiene el rostro atezado y las manos descarnadas. Viste un raído *thawb* o túnica gris bajo una *kirbs* abierta con broches de cuero. En los pies, unas míseras sandalias, también de cuero, seguramente elaboradas por él mismo. «Barato, amuleto sagrado, moneda, *papelo* antiguo...», ofrece con su acento árabe. Tira de la manga de un escocés acodado en la barra: «Señoro, comprar barato». El rudo transportista le propina un empellón que le hace caer: «¡Deja de incordiar, cretino!».

Peter se levanta y va a su encuentro. Le ayuda a incorporarse y sacude sus ropas.

—¿Cómo te llamas, chico?

—Chico, Amín.

—¿Qué más?

—Más. Amín ben Malka.

—¿Dices que vendes monedas y papeles antiguos?

El chico cabecea una afirmación y Peter repara en la tristeza que lastra su sonrisa. El beduino busca en su zurrón y saca una moneda y una tarjeta postal doblada que protege un fragmento de pergamino no más grande que la palma de la mano. Está tan deteriorado que se descompone con facilidad. El filólogo reconoce el hebreo y, para su sorpresa, en una de las líneas, casi en el límite del borde, cree distinguir la palabra Yeshúa, que en hebreo es el Salvador, el Iesous griego, el Jesús latino. Supone que pertenece a algún antiguo evangelio.

—¿De dónde lo has sacado?

—Sacado. Secreto. Amín no dice.

Peter Fortabat vuelve a la moneda y al fragmento y los observa con detenimiento. Hace una pausa y gira la cabeza. Sus compañeros lo miran divertidos preguntándose qué baratija comprará al beduino.

—¿Cuánto? —se frota el pulgar y el índice.

—Cuánto. Dos veces cinco dinares por moneda y tres veces cinco por *papelo* —pide enumerando con los dedos.

—¿Por qué siempre repites mi última palabra?

—Palabra. Amín no sabe por qué repite.

—¿Me dejas que lo muestre a mis amigos?

El chico asiente. Peter pide una Coca-Cola a Seisdedos y se la entrega al muchacho que se pasa la lengua por los labios, engolosinado. «Amín gusta Coco-Loca». Peter pone los dos objetos en la mesa, saca de la mochila su cámara fotográfica, enfoca el fragmento de pergamino, ajusta el macro y dispara. Al pasar el carrete comprueba que se ha agotado. «¡Mierda!». Muestra los objetos a sus amigos arqueólogos.

—¿Qué opináis?

Bernard observa con interés la moneda, la eleva buscando luz y la raspa con la uña.

—Parece un siclo, o un tetradracma modificado, posiblemente de plata. Tiene un templo judío con la estrella naciente rodeada por la palabra «Shim'on». En el reverso, un lulav con la frase: «por la libertad de Jerusalén».

Sally, que es de origen judío, aclara que el lulav es una rama cerrada de palmera, una de las cuatro especies utilizadas en la festividad del Sucot, junto con el mirto, el sauce y el citrón, que se describe en el Levítico.

Bernard cree que el nombre Shim'on debe referirse a Simón Bar Kojba, el famoso líder de la revuelta mosaica, entre el 132 y 135 de la era cristiana. Los judíos rebeldes limaban los relieves de las monedas romanas para acuñar en ellas sus propios símbolos.

—Tengo entendido que esas acuñaciones solo se daban en Judea —apunta Mylan.

—No hay constancia de que se hicieran en otras provincias del imperio. La acuñación se consideraba un privilegio de los Estados soberanos y, en sí misma, era una declaración de guerra contra Roma, pero no sabría decirte si es auténtica o no.

Mylan observa el pergamino, cierra la tarjeta y la devuelve a Peter.

—La Coca-Cola que se está bebiendo ese mocoso cuesta más que estas baratijas —Mylan apoya la espalda en el respaldo de la silla y da un trago a su pinta—. Esta zona está llena de falsificadores y timadores de turistas que utilizan a niños que parecen ingenuos. Te sorprendería ver cómo envejecen pergaminos, papiros y *ostracas*.

Ofendido, el chico frunce el entrecejo: «¡*Papelo* verdadero! Hay mucho *papelo* en tinajas de cueva. ¡No falso!». Se abre un silencio en el que se cruzan las miradas.

—¿Cueva? ¿Dónde está esa cueva? —requiere Peter.

—Cueva. Secreto. Amín no dice.

Peter se apresura a sacar la cartera sin dejar de mirar al chico.

—Escucha, Amín —el francés le muestra un billete con la imagen de Isabel II de Inglaterra—. Por la moneda y el *papelo* te doy cinco libras esterlinas, que es mucho más que los veinticinco dinares. Y te daré veinte más si me llevas a esa cueva.

—Amín solo sabe contar hasta catorce.

—Pues catorce libras y seis más.

El beduino se lo piensa. Las libras esterlinas valen más que los dinares jordanos. Coge el billete, pero no acepta guiarlo hasta la cueva.

—Ahora Amín irse. *Maa salama.*

Tras despedirse con un precipitado *adiós* en árabe, el muchacho se topa de bruces con un tipo corpulento con el rostro casi totalmente oculto por una barba negra. Va ataviado con chilaba y una *kufiyya* palestina sobre la cabeza. Coge al chico por el pelo y lo azota repetidas veces con una vara. Los zurriagazos lo descarnan y el niño aúlla dolorido y cae al suelo derrengado.

—¡Eh! ¡¿Pero qué hace?! —vocea Sally.

Un tenso mutismo se adueña del local de Seisdedos. El siniestro tipo toma el billete de la mano del chico, lo devuelve a la mesa y reclama al comprador los objetos de la venta. Peter se niega, la venta está cerrada. La árabe suelta al muchacho y se sitúa a un palmo del filólogo, taladrándolo con la mirada. El rostro cerrado, los puños amenazadores.

—Soy Malka. Amín es hijo. Coja dinero y devuelva venta —advierte con su impresionante voz de bajo. Mira al francés de hito en hito con las mandíbulas crispadas.

Su mirada es pérfida, desafiante. El muchacho llora y tira de la manga de su padre. Recibe una bofetada que lo hace caer. Vuelve a Peter y cierra el puño.

—Peter, haz lo que dice —ruega Sally.

El filólogo calibra la situación, pero Sally, adelantándose, busca la moneda y el fragmento en las pertenencias de su novio y los pone en la mano del padre de Amín. El árabe levanta a su hijo del suelo y, antes de marcharse, esboza una sonrisa de absoluto desprecio y escupe a los pies de Peter. *Amra'at tunqidh hayatak*, masculla entre dientes.

A su marcha se reestablece el bullicio cantinero. Los cuatro amigos toman asiento tratando de digerir el incidente. Bernard resopla y pide otra ronda: «No le has caído demasiado bien».

—¿Alguien entendió lo que dijo? —pregunta Peter.

—Que una mujer te ha salvado la vida —sisea Sally.

—En otras palabras, que eres un cobarde —suelta Bernard.

—Había odio en sus ojos. Pobre chico —dice con tristeza Mylan.

—¿Os fijasteis en la marca de su cuello? Estaba grabada a fuego —repara Peter.

—La *sámaj* hebrea —aporta Sally.

—Ese niño decía la verdad —musita el francés, pensativo.

Sally suspira y presiente que, por alguna razón, el Mediterráneo pronto arrasará el valle del Jordán.

— 3 —
El pirata

Junio, 2010

Martín tiene diez años, un sable de plástico y el empeño de encontrar el tesoro de la isla perdida. Gasta un gorro de tres picos con calavera de fieltro y un parche en el ojo que levanta a intervalos para no perderse la mitad del mundo. El regalo de su tita Dori por carnaval incluía, además, un ejemplar de *La isla del tesoro*, de Robert Louis Stevenson, una casaca, botas mosqueteras, un garfio y un catalejo por el que imagina épicas navales.

El pequeño pirata, apoyado en la proa de forja de su bajel de la calle Barquillo —tan apropiado nombre no será casual—, otea el litoral de la plaza del Rey y señala con el sable a sotavento. El mar se encrespa, rompe la espuma bajo los aleros del balcón: ¡chaaaassssss! ¡chaaaasssss! A su orden, truenan las bombardas y el buque trepida con las deflagraciones. Surcan el aire parábolas de humo y los bolardos impactan en el castillo de popa, quiebran la mesana, siegan jarcias y abren vías de agua en la capitana enemiga. ¡Booomm! ¡Booomm! Columnas de agua ascienden al cielo de la noche. La arboleda se agita al ritmo del céfiro. Los bancos de la plaza son chalupas a las que se aferran los supervivientes para ponerse a salvo cuando zozobra la armada enemiga. Huele a pólvora y a salitre. La marejada agita la peana del teniente Jacinto Ruiz, cuya figura broncínea se alza airosa en la plaza del Rey, junto a la rampa del *parking*. El héroe de la guerra de la Independencia también porta un sable, como él, y cada noche cobra vida y se une a la causa, en un mestizaje histórico que Martín recrea con la imaginación intrépida de los infantes.

Otras noches, igualmente clandestinas, tras el beso de su madre, abandona la cama, toma el catalejo y acude al castillo de proa buscando, en el limitado firmamento, la gran estrella de la que habla su amigo Chema. Pero el cielo de Madrid se lleva los astros fuera de la ciudad. Deja en su lugar un manto caldera, turbio, diáfano. Solo la gran estrella, dicen, tiene la intensidad suficiente para atravesar la capa de polución y luz de las noches madrileñas. «Cuando consigas verla —le instruyó Chema— cierra los ojos y pide un deseo. Verás cómo se cumple». Pero Martín, por más que lo intenta, no consigue verla, ni con la ayuda del catalejo. Aburrido, desiste y peina con el anteojo la solitaria calle Barquillo. Cortinas corridas, siluetas a contraluz, una pareja en arrumacos bajo la luz cenital de una farola. Un anciano camina despacio. Su paso es menudo, con un pulso que no corresponde al de sus antiguos pies, sino al arrastre de cadenas de las almas en pena. Un camión asperge agua y levanta aromas a tierra mojada. Vuelve al anciano solitario, que solitario camina. Aprieta un libro sobre su pecho. En otra mano, un bastón de empuñadura labrada. Inopinadamente, el hombre se detiene y lo mira. El catalejo le entrega un rostro curtido, como un pergamino de herbario viejo y una mirada severa, grises los ojos. Las cejas excesivas, como arañas albinas de patas largas, y una barba nívea, talmúdica, como la de un rey asirio, que se precipita en cascada hasta el pecho de su gabán. Martín da un respingo al sentirse descubierto, se destoca los tres picos y cierra el balcón. A través de los visillos lo ve retomar sus pasos menudos. Se detiene ante el número cuatro, saca una llave, mira a ambos lados y abre la puerta.

Desde entonces, antes de que el teniente Ruiz arengue a sus fusileros, Martín busca la gran estrella en el cielo mandarina. Y así, cada noche, siempre a la misma hora, se topa con el misterioso anciano del gabán. En esos momentos le asalta una indesmayable curiosidad, que va más allá del rostro lúgubre y la mirada amonestadora que le devuelve el catalejo. Pero hoy Martín no se amilana y, sin dejar de observarlo, levanta tímidamente la mano en señal de saludo. El viejo niega desaprobatorio. Saca la llave, mira para ambos lados y se pierde en la negrura del número cuatro. El niño pliega el monocular, se destoca los tres picos y regresa a la cama haciéndose mil preguntas sobre aquel misterioso hombre que cada noche, puntual, se interna en aquella puerta tomando tantas precauciones. Su presencia se había convertido en un empecinado jeroglífico.

Aún desconocía que aquel extravagante anciano cambiaría por completo su vida.

— 4 —
Espirales

1959

Con las manos sobrepuestas entre la almohada y la nuca, Peter pierde la mirada en la humedad del techo. Imposible conciliar el sueño. Su mente busca una y otra vez los ojos negros del joven beduino, la moneda de Shim'on, el fragmento de Yeshúa, las palabras de Bernard y Mylan, la humillación del chico abofeteado, las ojeadas de cuchillo del padre, la marca en su cuello... Su cabeza es un hervidero de preguntas sin respuesta: ¿Por qué el padre impidió la venta de esos objetos que le habrían reportado alguna ganancia? ¿Por qué azotó a su hijo con tanta saña si eran falsificaciones? ¿Qué mal había hecho? ¿Por qué tenía grabada en el cuello la *sámaj* hebrea si era árabe?

Un escalofrío le recorre la espalda cuando los dedos de Sally se deslizan por su torso desnudo. Rodean el pectoral y, en lenta espiral, alcanzan el pezón. La insinuación no parece funcionar como otras veces.

—¿Qué piensas? —pregunta Sally, advirtiendo el semblante meditabundo de Peter.

—El chico decía la verdad.

—¿Todavía andas con ese asunto? Llevas tres días dando vueltas a un incidente sin importancia. Relájate —Sally vuelve a la espiral, pero él la frena.

—La moneda y el fragmento son auténticos. De ser falsificaciones, al padre no le hubiera importado su venta, incluso Bernard reconoce que utilizan a niños para vender imposturas. Pero el padre se mostró ofendido, como si esos objetos tuvieran un gran valor —razona el joven filólogo.

—Sigo sin ver la relevancia.

—Sally, el chico dijo que cogió el fragmento de una cueva con tinajas. Así fueron encontrados los manuscritos del mar Muerto años atrás. Es muy sospechoso el hermetismo del equipo católico que custodia esos manuscritos. Me denegaron el acceso incluso con la recomendación de miss Kenyon, que es amiga del director de la École Biblique. Por alguna razón impiden el acceso a investigadores independientes.

—¿Y?

—Pues que, si no me dejan acceder a los manuscritos, buscaré por mi cuenta.

Sally pone los ojos en blanco y resopla.

—¿Estás pensando adentrarte en el desierto y buscar cuevas, a punto de estallar otra guerra?

A la joven policía no le faltaba razón. En los últimos años, los ataques de las fuerzas israelíes en Cisjordania eran cada vez más frecuentes y habían causado numerosos muertos en varios distritos. Ataques que, a duras penas, repelía la Legión Árabe.

—Se dice que el equipo internacional lleva más de doce años diciendo que los manuscritos del mar Muerto son textos bíblicos anteriores a nuestra era y que nada tienen que ver con Jesús de Nazaret. Pero no los muestran, ni publican las traducciones.

—Será una labor compleja. Yo qué sé.

—Sally, no lo entiendes. Sospecho que la moneda y el fragmento del beduino proceden de alguna cueva inexplorada de Qumrán. Monedas de Simón Bar Kojba aparecieron en otras cuevas de la zona porque las utilizaron para esconderse de las legiones romanas. Pero hay algo más importante: en el fragmento se habla de Jesús. Si ese pergamino procede de la biblioteca del mar Muerto, se demostraría que algunos textos son contemporáneos a Jesús de Nazaret y anteriores a los evangelios sinópticos. Tengo que buscar al chico y convencerlo de que me guíe a la cueva.

Ella ensortija un mechón de pelo con el índice derecho y lo observa. Busca el ámbar cautivo de sus ojos, tan intensos y territoriales. Se le pasa por la cabeza preguntarle: «¿Y a ti qué más te da si no eres creyente?», pero se contiene porque una de las cosas que más le fascina de él es su perseverante búsqueda de costuras en el universo.

—Me enternece ese niño. Amín, creo que se llama. Comienza siempre sus frases repitiendo mi última palabra. ¿Por qué crees que lo hace? —pregunta Peter.

—Es un tic nervioso —deduce Sally—. En los campos de refugiados he visto a niños que, cuando están tensos, tartamudean o tosen. Algunos repiten la última palabra escuchada o la última pronunciada por ellos mismos. Traumas de guerra o maltrato, decían los médicos.

—Pobre chico —concluye Peter.

El filólogo la mira y le mesa el cabello, revuelto por mil tormentas. Cuando está junto a ella siente un cálido fortunio, una atmósfera de mariposas, de suspiros velados. Viéndola así, con esa mirada dicente, tan próxima y sentida, le parece una de esas contadísimas personas que hacen de este perro mundo un sitio que vale la pena visitar. Lo sabe desde el día que coincidió con ella en el manantial de Eliseo, seis años atrás, cuando, en plena charla, se interpuso un súbito e inefable silencio. Y fue así, sin mediar más palabras, cuando él, que leyó el brillo de sus ojos, la enlazó por el talle y la besó en los labios. En aquel primer beso sintieron que nunca el mundo había estado tan lejos, ni nadie tan cerca.

Sally le devuelve la mirada enternecida y, como una musa recién salida de un cuadro de Waterhouse, le acaricia el rostro. Él se pierde en el calor insondable de sus ojos, que brillan como esmeraldas a la luz mortecina de la vela. Entre sonrisas mediadas y miradas entendidas, Peter se acomoda en su boca, en esos labios apetecibles que parecen siempre guardar un secreto. Después se abandona en su piel de invierno, abre la horquilla seductora de sus muslos y desliza su boca entreabierta. Siente cómo crece en su cuerpo el deseo y la urgencia. Elevada, ella cierra los ojos ante la danza ingrávida de las mariposas sobre su pecho y se abandona a una pleamar de espirales que erizan su piel.

Tras el dulce paroxismo, sudados y jadeantes, los corazones retoman su gobierno. Y así, cogidos, se duermen ante el llanto silencioso de una vela que se extingue. Ella murmura algo imperceptible y se vuelve, aferrada a la almohada. Fuera, un perro solitario muerde el silencio y ladra a las estrellas que giran sobre los goznes del cielo.

— 5 —

Simón

Junio, 2010

Camino de la fiesta de fin de curso, Martín y su madre pasan junto al número cuatro de la calle Barquillo. El niño observa intrigado la puerta de forja y cristal de aquel imponente edificio donde, cada noche, se adentra el misterioso anciano del gabán. En ese punto se gira y busca el balcón de su dormitorio que dista, calcula, una fracción de legua marina. Suben al autobús. La madre parlotea con otras madres y el pirata se acomoda en el único asiento libre. Un dedo largo y huesudo da toquecitos a su pierna. El niño da un respingo al toparse con la sonrisa amarilla del anciano, con sus ojos grises, sus cejas de araña y su barba asiria, poblada sin medida. La viva imagen de un sepulturero del *far west*.

—Me llamo Simón. ¿Y tú? —su voz es hueca, cansada.

—Martín —musita con un hilo de voz. Quiere levantare e ir con su madre, pero el miedo lo paraliza.

—Los niños buenos no espían.

—No espío. Solo busco a la gran estrella.

El anciano, cuya indumentaria parecía sacada de las novelas de Dickens, suspira. Hace una pausa prolongada y finge dar cuerda a su antiguo reloj de cadena, pero no gira realmente la corona y sigue tan parado como antes.

—La gran estrella se llama Sirio —añade sin dejar de mirar la esfera detenida del tiempo— Es como un ojo que nos observa desde el cielo. Está a más de ocho años luz de distancia. ¿Sabes cuánto es eso?

El niño niega.

—Si viajaras a la velocidad del rayo tardarías más de ocho años en llegar. Con los cohetes actuales morirías de viejo y no habrías cubierto una mínima parte del trayecto.

Impactado, Martín agiganta los ojos.

—Si no me equivoco, Sirio coincidirá con la vertical de tu calle sobre las veintitrés horas del cinco de junio. No podrás verla antes.

—¿Cómo lo sabes? —pregunta sorprendido el pirata.

Simón señala su ejemplar encuadernado en piel.

—Los libros. No espíes. Busca respuestas en los libros.

—¿Eres librero?

—Sanador de palabras olvidadas —susurra como en secreto, después de mirar a ambos lados, asegurándose de que nadie lo escucha.

Cuando la madre repara en el inquietante aspecto del anciano, tira de Martín, lo aleja de él y se apean en la siguiente parada.

—¿Qué te ha dicho ese hombre? —inquiere reticente.

—Que es sanador de palabras olvidadas y que moriríamos de viejos si viajamos a la gran estrella.

—Es un chiflado. Te tengo dicho que no hables con desconocidos, pueden ser peligrosos —reconviene.

Desde la acera, el pirata vuelve la cabeza y ve alejarse el autobús con su enigmático pasajero, que se despide por la ventanilla con un movimiento de mano. Ambos intuyen que volverán a encontrarse.

— 6 —

Los manuscritos

1959

Según la tradición judeocristiana, en el siglo xv a. C., Josué, el sucesor de Moisés, guio a su pueblo hasta la tierra prometida y cruzaron el río Jordán. Siete sacerdotes hebreos derribaron las murallas de Jericó haciendo sonar sus trompetas. De esta forma tomaron la ciudad, dieron muerte a sus ocupantes, la saquearon e incendiaron. Después, Josué lanzó su famosa maldición: «Maldito delante de Jehová el hombre que levantare y reedificare esta ciudad de Jericó».

En la cantina de Seisdedos, entre cerveza y platos de *maqluba*, los amigos comentan divertidos cómo la leyenda de las trompetas de Jericó fue desmontada por la Jefa. Así llaman cariñosamente a Kathleen Kenyon, arqueóloga británica que, desde 1952, dirige el proyecto de excavación de la vieja Jericó.

—Debería centrarse en buscar marido, aunque con su edad y con esas pintas... —Bernard Gardener sonríe malicioso recordando la desaliñada impronta de miss Kenyon.

—Tal vez no sea un hombre lo que busca —Mylan guiña a Sally y esconde la sonrisa en la espuma de su jarra.

A Peter no le agradan las frívolas bromas de sus compañeros porque, tras el descuidado aspecto de Kathleen, se esconde una de las mentes más brillantes del Reino Unido. Kenyon había sido directora del Instituto de Arqueología de la Universidad de Londres y estaba considerada como uno de los mejores arqueólogos del mundo, a la altura de Howard Carter, descubridor de la tumba de Tutankamón.

—Para mí es un referente femenino —añade Sally.

Las mujeres nunca lo tuvieron fácil, piensa. Lo sabe por experiencia propia. A ella le prohibieron ser policía y no pudo serlo hasta 1956, con la incorporación de Jordania a la Interpol, cuando fue aceptada en la entonces International Criminal Police Organization. No tuvieron más remedio que aceptar a agentes femeninos de la Interpol al tratarse de una organización internacional autónoma, y lo hicieron a regañadientes.

—A la Jefa no le perdonan lo de las trompetas de Jericó —añade Mylan—. No tardarán en contratar arqueólogos afines para desacreditarla.

Peter, que tiene la cabeza en otras cosas, sale con una pregunta inquietante.

—¿Habéis oído hablar de los rollos del mar Muerto?

Se refiere a los manuscritos encontrados unos años antes en unas cuevas próximas a la milenaria ciudad de Qumrán, a unos veinte kilómetros al sur de Jericó.

—Poco se sabe desde que fueron descubiertos en 1947. Están rodeados de un gran misterio y los encargados de su custodia no sueltan prenda —espeta el experimentado Bernard—. Dicen que unos beduinos los encontraron de casualidad, pero lo más seguro es que fueran saqueadores. Las autoridades de Israel pagaron por ellos y ahora se custodian en el Jerusalén occidental.

—¿Allí están todos los pergaminos? —pregunta Sally, intrigada.

—No, solo los siete que encontraron en la primera cueva —continúa Bernard—. Después, las autoridades jordanas y los beduinos se lanzaron a la búsqueda de más tesoros documentales y, en sucesivos años, encontraron textos en diez cuevas más, pero esos se custodian en el museo Rockefeller, en el Jerusalén oriental, dependiente ahora de Jordania. Aquello es un búnker vetado a los historiadores. No permiten el acceso a nadie.

—Yo lo intenté y me rechazaron —apunta Peter, taciturno.

—No nos habías dicho nada —comenta Mylan.

—El padre Tristan Dubois, director de la École Biblique de Jerusalén, rechazó mi solicitud alegando que un equipo internacional ya se encarga del estudio de aquellos pergaminos. Pero se ha extendido el rumor de que son los frailes católicos los que controlan los manuscritos en el más estricto secreto. A saber lo que harán con ellos.

—He oído a mi padre hablar de esos misteriosos pergaminos. ¿Por qué se suponen tan importantes? —se interesa Sally.

Peter se inclina en gesto de confidencialidad:

—Su valor es incalculable porque pueden arrojar luz sobre los orígenes del cristianismo al tratarse del testimonio más antiguo de la Biblia hebrea hasta la fecha. Algunos textos son varios siglos anteriores a Jesús de Nazaret. Han pasado doce años y se niegan a publicar nada. Es todo muy raro.

— 7 —

Sirio

Junio, 2010

Clara, la madre de Martín, es enfermera y, una vez por semana, hace turno de noche. En esas ocasiones, la tita Dori queda al cuidado de su sobrino. Clara conoce la afición de Dori por los *gin-tonics* y las series televisivas, pero la prefiere a ella antes que contratar a una desconocida. Hace dos años que el padre de Martín, un tacaño con ínfulas de bohemio, se marchó de casa desatendiendo la manutención de su hijo y la hipoteca compartida. Desde entonces, se ve obligada a hacer horas extras para evitar que el banco embargue la vivienda.

Martín ha leído sobre Sirio y cree saber la procedencia de su poder mágico. En el Antiguo Egipto la gran estrella marcaba la temporada de inundaciones del Nilo y en la Grecia clásica se relacionaba con el mito de Orión, un cazador gigante que acabó siendo una constelación. A Orión lo acompañan sus dos perros: Canis Major y Canis Minor. Sirio forma parte de la constelación de Perro Mayor. En otro libro, Martín ha leído que Sirio pudo ser la estrella de oriente que marcó el camino a los Reyes Magos hacia el portal de Belén; de ahí, tal vez, su tendencia a conceder deseos a los niños.

En los últimos días, lo que más intriga a Martín es el anciano misterioso. Cada noche aparece puntual, a veces antes de las batallas navales, otras, tras la retirada de las aguas del océano, cuando la plaza de Rey retoma su quietud nocturna. Y aunque Simón no se prodiga en ademanes, ya no afea su espionaje. Hace un par de días levantó el pulgar, lo que Martín tomó como gesto de complicidad.

Se pregunta por qué un señor tan mayor trabaja a esas horas. ¿Ha gastado su juventud intentando viajar a Sirio? ¿Qué hace un sanador de palabras olvidadas? Si alguna muere ¿dónde las entierra? ¿Hay cementerios de palabras? ¿Por qué toma tantas precauciones antes de abrir la puerta de su casa? ¿O no es su casa? ¿Qué teme? ¿Por qué consulta un reloj parado?

Anda en aquellas disquisiciones cuando la tita Dori irrumpe en la habitación, le arrebata el catalejo y le afea espiar por la ventana con el *prismático*.

—No es un prismático y ¡no espío! —gruñe compungido, metiéndose en la cama de mala gana.

La tita Dori lo arropa y le revuelve el cabello: «No te enfades, Martinillo. Descansa, que mañana madrugas». La ve marcharse con el anteojo. Disgustado, resopla. Detesta que lo llame Martinillo, prefiere Pirata. Le cuesta dormir, echa en falta a su padre, a su madre y a su catalejo. La luz quitamiedos proyecta la sombra del estegosaurio sobre el póster de Batman. En el cielo de Gotham hay un lucero que destaca sobre los demás. Es Sirio.

Recuerda a su compañero Chema el día que le mostró en la *tablet* la fotografía de Sirio, apenas un punto blanquecino sobre un fondo naranja. Se negó a confesarle el deseo, aunque Martín sospecha que pidió la camiseta de Cristiano Ronaldo.

—¡Eso es! ¡La *tablet*! —recuerda que la tableta escolar está equipada con cámara.

Salta de la cama y la busca en su mochila. «¡Sí!». La conecta, activa la cámara y sale al balcón. Su *zoom* tiene más alcance que el pequeño catalejo. En seguida, aparece en la pantalla el sombrío rostro del sanador quien, sonriente, le hace señas con los dedos. «¿Dos, tres, cinco, seis, cielo…?». Entra en el dormitorio y mira el reloj despertador: 23:00 h.– 05 d. 06m. De pronto recuerda que el anciano dijo que Sirio estaría en la vertical de su calle a las veintitrés horas del cinco de junio. Le está avisando. Enfoca la *tablet* a las alturas, aumenta el *zoom* y peina el fragmento de cielo hasta que descubre, al fin, un puntito blanco entre la bruma lumínica.

—¡Sirio! —su cara se ilumina con el brillo de la fascinación. Aprieta el disparador y toma una foto. Cierra los ojos y pide su deseo.

Da saltos de felicidad en la proa balconera. Solo lamenta no poder compartir ese instante tan especial con sus padres, ni con su compañero Chema. Busca en la pantalla al sanador para agradecerle el aviso, pero ya no está.

— 8 —

Michalik

1959

Jerusalén es un dédalo de calles sin planificación, pero desprende un magnetismo inefable. En la Ciudad Vieja es posible ver iglesias, mezquitas y sinagogas dispersas por sus barrios delimitados. Los ojos del visitante se cruzan con la mirada apresurada de judíos ortodoxos, de bulliciosos musulmanes y de peregrinos cristianos. Se la conoce como la ciudad tres veces santa. Para los cristianos, santa por ser el escenario de la pasión de Cristo. Santa para los musulmanes, porque Mahoma ascendió a los cielos desde la majestuosa cúpula de la Roca. Y santa para los judíos, porque en ella se venera el Muro de las Lamentaciones, que dicen son los restos del Templo de Salomón.

Más allá de la fe, adentrarse en Jerusalén, en su ambiente despintado de siglos, supone un viaje al pasado, abrir los ojos, los oídos y el corazón a un universo de sensaciones, a una vida bullidora y minuciosa. Pregonan bagatelas los buhoneros, claman los mercachifles de antojos y piden por Dios los suplicantes. Divulgan gangas los cambistas, pellejeros, tundidores y curtidores. Los gritos roncos de los anunciantes de propina se mezclan con las voces atipladas de las tenderas y, de cuando en vez, muleros y borriqueros exhiben sus reatas de bestias espléndidamente enjaezadas.

En un enmaderado, y a cambio de unas piastras, dos músicos entonan una romanza sefardí con cítara y *tibela*, tan pegadiza como el rosa y el jazmín de los puestos de perfumes. Hay colmados de alfombras, cerámicas, jaulas con alondras, faisanes y halcones cetreros. Puestos de sandalias, odres, quesos, miel, ungüentos milagrosos, alcándaras, ronzales, saquitos multicolores de especias, espejillos, dulzainas, lámparas votivas, pacotillas de reventa y un sinfín de artesanías sobre las que pujar a tanteo. También hay ociosos acuclillados que fuman narguiles y destajistas que salmodian versos del Corán con las palmas hacia arriba. Y no faltan las casas de tolerancia, para alivio circunstancial de turistas piadosos. La mezcla de culturas se respira en cada rincón de la ciudad, donde los vaqueros, las faldas anchas, los tacones, las gafas coloridas y el moño italiano de las turistas occidentales, cubierto por la *shayla* de cortesía, se mezclan con chadores bordados, con *thawb* hasta los tobillos, turbantes y kipás.

A su llamada, los goznes del portón giran con un chirrido mohoso. Atraviesan el atrio porticado de la basílica de San Esteban, el edificio católico más grande de Jerusalén. La iglesia se encuentra junto al convento homónimo, sede de la École Biblique et Archéologique Française, autorizada por la Santa Sede para expedir el doctorado en Ciencias Bíblicas. Cruzan el claustro dejando atrás el refulgente sol palestino. Dentro, aromas y espacios místicos invitan al silencio sacramental. Todo empuja a caminar despacio entre los vitrales y sus severos muros de piedra. Y eso hacen Kathleen Kenyon y Peter Fortabat, caminar despacio tras el portero que los conduce por una letanía de corredores tintados de penumbra.

Días atrás, Peter contó a miss Kenyon el incidente con el joven Amín, le habló de la moneda de Bar Kojba y del pergamino que estuvo a punto de comprar, de no ser por la inoportuna aparición del padre del muchacho. Pero tenía en su poder la fotografía que hizo en la cantina de Seisdedos. La Jefa le propuso acompañarlo a la École Biblique de Jerusalén, cuyos profesores son expertos en exégesis y arqueología bíblica. Miss Kenyon escribió al sacerdote polaco Stefan Michalik, con el que mantenía una buena relación, que tal vez podría aportarle información sobre aquel fragmento que tanto inquietaba a Peter. El francés, agradecido, tenía ante sí la oportunidad de entrevistarse con uno de los pesos pesados del equipo internacional encargado del estudio de los manuscritos del mar Muerto, que incluso había participado en la excavación de varias cuevas. Nadie mejor que él para su propósito.

El fraile portero les invita a pasar a un estudio con las paredes colmadas de anaqueles con libros. Junto al ventanal, un óleo de santo Domingo de Guzmán, fundador de la Orden de Predicadores. Sobre la alfombra de tartán carmesí y negra, dos sillas de cortesía, un butacón historiado y una mesa con una escribanía, varias obras apiladas y, en un lateral, un crucifijo metálico con base de mármol. Michalik, al ver aparecer a miss Kenyon, abandona sonriente su butacón de cretona para saludarla. El dominico porta una túnica alba, una capilla con capucha y un rosario de veinte misterios sujeto al cinto. Sus gafas de concha acrecientan su aire intelectual. Y ciertamente lo era porque, además de su polaco nativo, hablaba con fluidez cinco lenguas vivas y ocho muertas, entre ellas, griego, latín, arcadio y arameo. Es hombre de corazón grande y palabras iguales, dichas con el temple de los que han recibido modales y saberes.

Kathleen presenta a Peter como licenciado en Filología e Historia Antigua y uno de sus colaboradores en la excavación de Tell es-Sultan, en Jericó. Tras invitarlos a tomar asiento y cumplir con los habituales protocolos de la cortesía introductoria, la arqueóloga lo informa de que el motivo de la visita es mostrarle la fotografía que Peter hizo a un fragmento de pergamino para conocer su opinión.

El religioso la escucha con solemnidad sacramental y, sin dejar de sonreír, recoge la fotografía de manos de Peter, se arma con sus gafas de lupa y se aproxima a la ventana en busca de luz. El joven observa cómo el dominico desdibuja su sonrisa inicial conforme examina la imagen.

—¿Por qué no han traído el original? —pregunta el religioso.

—Un beduino me lo ofreció junto con una moneda. La venta se frustró, pero pude fotografiar el fragmento. Según dijo, lo tomó de una cueva y, aunque se negó a desvelar su ubicación, sospecho que procede de Qumrán.

Michalik lanza una sonrisa cargada de misterio, coge una lupa de un cajón y vuelve a la fotografía. Habla sin separar los ojos de la lente.

—Hebreo. Letra asiria cuadrada. La imagen está algo borrosa y el pergamino se aprecia dañado para una restauración interpretativa. Se leen pocas palabras de cada frase, algunas no están claras.

—La instantánea salió algo movida. Disparé con prisas —Peter espera con impaciencia algún comentario que confirme su hipótesis.

—«Y en los postreros días, dice Yahvé...» —Michalik traduce con dificultad las palabras más legibles— «Derramaré mi Espíritu sobre... naciones y tribus y pueblos... delante del trono y en presencia del Cordero... profeta de... entre vuestros hermanos...».

Michalik detiene la lectura y le entrega la fotografía. Peter no la coge.

—¿Podría traducir la última frase, por favor?

—«Yeshúa ha dicho: benditos sean los...». También está incompleta.

Peter asiente satisfecho. Él también creyó reconocer la palabra Jesús en hebreo.

—Es posible que proceda de una colección de dichos de Jesús, similar al evangelio copto de Tomás —improvisa el padre Michalik.

—¿Santo Tomás escribió un evangelio? —pregunta extrañado Peter.

—Bueno, se atribuye a Tomás porque en la introducción se dice que fue escrito por Judas Tomás Dídimo. Dídimo en griego y Tomás en arameo significan «gemelo», por lo que algunos ingenuos creen que Tomás es el hermano gemelo de Jesús. Los expertos rechazan que el autor sea el apóstol Tomás. El evangelio se encontraba entre los códices de Nag Hammadi, descubiertos en 1945 en el Alto Egipto, aunque está atribuido a corrientes gnósticas posteriores, por eso la Iglesia no lo acepta y lo considera apócrifo.

El sacerdote devuelve la fotografía a Peter con la sonrisa en retirada.

—¿Por qué cree que procede de Qumrán? —pregunta el religioso.

—El joven beduino dijo que lo encontró en el interior de tinajas escondidas en una cueva, tal y como aparecieron los manuscritos del mar Muerto. Pudiera ser que exista alguna cueva no documentada que está siendo expoliada.

El dominico, reticente, levanta una ceja y sonríe acremente.

—No debería creer todo lo que dicen los traficantes de documentos. Lo más probable es que sea una de tantas falsificaciones para timar a los turistas. Son muy frecuentes desde que se corrió la voz de los rollos del mar Muerto. Y, aun suponiendo que fuera auténtico, en ningún caso procede de la comunidad esenia de Qumrán. Durante años, rastreamos a fondo el desierto de Judea y no se encontraron más documentos que los de las once cuevas documentadas. En las demás no había nada.

—¿Cómo está tan seguro de que no pertenece a Qumrán?

—Porque la inmensa mayoría de los manuscritos del mar Muerto son anteriores a nuestra era y los pocos textos del siglo I no hacen ninguna referencia a Jesús ni a sus discípulos. Habría que hacer una datación con diferentes métodos como el paleográfico y radiocarbono para determinar su antigüedad, pero está claro que, si en un fragmento se cita de Jesús, no procede de Qumrán.

—Pero cabría la posibilidad de que aparecieran nuevos manuscritos inéditos en cuevas desconocidas, ¿verdad?

—Nada es imposible —reconoce impasible.

—Si no descarta nuevos manuscritos, ¿por qué rechaza que en ellos se cite a Jesús antes de que aparezcan? —Peter se guarda la fotografía en el bolsillo interior de su chaqueta.

El religioso, incómodo, tuerce el gesto.

—Tengo entendido —continúa Peter— que usted forma parte del equipo que estudia los manuscritos en el museo Rockefeller. Disculpe mi atrevimiento pero, ¿a qué se debe el retraso en publicar las traducciones y que no se pongan los manuscritos a disposición de la comunidad científica? Yo solicité el acceso y la École Biblique me lo denegó.

El clérigo entrelaza las manos sobre el pecho frotándose los pulgares y dedica unos segundos a examinar a Peter con ojos forenses. Tanto el filólogo como la arqueóloga reparan en que aquella pregunta era más incómoda por haber sido respondida hasta el hartazgo a periodistas e historiadores, que por la cuestión en sí.

—¿Comunidad científica? El equipo internacional ya es una comunidad científica y está formado por los mejores expertos. La École Biblique es una prestigiosa institución avalada por rigurosos estudios históricos y analiza las fuentes documentales a través de la arqueología, la epigrafía, las lenguas antiguas de Oriente Medio, la prosopografía, la numismática y la exégesis, entre otras disciplinas.

—Disculpe, no era mi intención…

—Son más de cuarenta mil fragmentos de todos los tamaños, algunos no más grandes que un sello de correos. Formar ese gigantesco puzle y detectar falsificaciones lleva su tiempo. A cada experto se le ha asignado el estudio de determinados rollos, pero no tienen dedicación exclusiva. Solo trabajan en vacaciones porque el resto del año están en sus países de origen impartiendo clases.

—Me hago cargo de la dificultad, pero han pasado doce años y se dice que la mayor parte de los fragmentos están identificados y traducidos. ¿Por qué no se publican las traducciones concluidas?

Michalik hace descender el puente de sus gafas sobre la nariz y traza media sonrisa de papel de lija.

—Ruego disculpe… —Kathleen, incómoda, trata de mediar, pero el dominico se adelanta.

—Los textos se publicarán cuando concluya nuestro elevado cometido.

—¿Y eso será? —quiere saber Peter.

—Cuando Dios disponga. No hay ninguna prisa.

—Somos muchos los historiadores independientes a los que se nos ha vetado el acceso, sin embargo sí autorizan a algunos de sus alumnos de la École Biblique, pese a que aún carecen del título de Ciencias Bíblicas. ¿No le parece un agravio?

Peter aguarda una protesta del dominico, pero queda mudo. Su mirada penetrante se había vuelto fija. Kathleen, azorada, da por finiquitada la visita.

—Peter, el padre Michalik ya te ofreció amablemente su opinión sobre la fotografía del fragmento. Es hora de marcharnos. Padre, le estamos enormemente agradecidos por su tiempo y su amabilidad.

El francés frunce el ceño con descreimiento y mira fijamente al religioso durante unos segundos, dando a entender que no creía en absoluto lo que consideraba pretextos. En pie, los tres se estrechan la mano sin la efusividad inicial. Miss Kenyon pone los ojos en blanco cuando Peter se detiene en el umbral de la puerta y se gira. Le viene a la boca una última pregunta.

—Como científico y, a la vez religioso, ¿no está usted condenado a una lucha permanente entre la verdad histórica y la fe?

El padre Michalik frunce los labios para emparedar la respuesta que se le viene a la boca. Aquel joven de ojos vivos conoce más de lo que debería saber un filólogo empleado en un yacimiento arqueológico.

—Para los dominicos la fe no es contraria a la razón —arguye Michalik con una sonrisa sardónica—. No puede haber verdadera contradicción entre ellas. El mismo Dios, adorado como Inteligencia absoluta, da a los hombres, para que las compartan, la razón y la fe. La solución está en apoyarse en esta convicción tomista para cuando surjan contradicciones aparentes entre las ciencias históricas y la tradición magisterial. En tal caso hay que trabajar en los dos niveles con el fin de restablecer una forma de continuidad.

—Entonces, ¿dónde se sitúa la verdad? —pregunta el joven.

—La verdad es un concepto tan relativo. Hasta las personas más justas, las más honradas, interpretan la realidad de acuerdo con sus propias ideas sobre lo bueno y lo malo. Al hacerlo, fabrican su propia verdad.

Peter revisa mentalmente las etapas de su argumentación para evitar tropezar con las palabras, pero guarda para sí sus conclusiones. El dominico ha confirmado que seguirán buscando casar fe y ciencia, pues consideran las contradicciones solo aparentes y para todo hay una explicación que siempre encuentran. El tomismo de Tomás de Aquino sostenía que hay que buscar la verdad donde quiera que se encuentre, la Veritas del lema de su congregación. Peter se pregunta dónde se encontraba la Veritas tomista cuando, durante siglos, la orden dominica se implicó con la Inquisición en la persecución de herejes y brujas, por lo que recibieron el sobrenombre de Domini Canes («perros del Señor»). Aquella tenacidad dominica hizo estragos en Europa, fueron inflexibles incluso con sus propios hermanos de Orden como Giordano Bruno, a quien detuvieron, torturaron y ejecutaron solo por proponer que el Sol era una estrella y el universo debía contener otros mundos habitados. La verdad como fin de la doctrina y, al mismo tiempo, el objetivo a abatir.

—Por cierto, ¿cómo se llama el joven beduino que le ofreció el pergamino? —pregunta Michalik con aire distraído.

—No lo recuerdo —miente impecablemente—. ¿Conocer el nombre de ese joven es relevante para la École Biblique?

La aspereza de Peter exaspera a miss Kenyon que se despide por segunda vez y empuja sutilmente al joven filólogo hasta el corredor.

—No tenías que mostrarte descortés. Me has dejado en evidencia —lo increpa, con alarmada reconvención, mientras tira de él por la galería.

—Michalik no me ha convencido. Siguen uniendo ciencia y fe sin pudor. Kathleen, creo que el beduino decía la verdad y conoce una cueva inexplorada que contiene rollos inéditos. Si en ella se conservan textos con referencias a Jesús de Nazaret supondría un descubrimiento fascinante para el conocimiento de la historia judeocristiana. Pueden ser crónicas de coetáneos de Jesús. Tengo que encontrar a ese chico antes de que lo encuentren ellos.

De vuelta en la camioneta, Mis Kenyon relaja el rictus.

—¿Siempre fuiste tan testarudo?

Peter se encoge de hombros y traza una mueca cómica.

Kathleen sonríe, admira la perseverancia de aquel joven al que aprecia como a un hijo. El que siempre quiso tener.

—Te facilitaré una entrevista con el profesor Allegro. Es el único miembro del equipo internacional que no tiene afiliación religiosa, y es filólogo como tú. Creo que os entenderéis.

A lo lejos, Jericó duerme bajo el sol de la tarde. Según se acercaban, a Peter le parecía estar adentrándose en una ciudad de juguete, como la versión en miniatura de la aldea que, de niño y por Navidad, formaba en torno al portal de Belén, con sus arenas de serrín y sus figuritas de barro. Un Pontiac negro los ha seguido a prudente distancia durante los cuarenta kilómetros. Ya en la ciudad, pasado el campamento de Aqabat Jabr, la camioneta se adentra por las callejas deslavazadas de la vieja ciudad y se detiene en la puerta de la residencia de miss Kenyon, una casa de campo alquilada junto al edificio donde se levantó la antigua sinagoga Shalom Al Yisrael. Al final de la calle, el Pontiac cambia de sentido y desaparece en dirección sur.

— 9 —

Filibustero

Junio, 2010

El viejo sanador se detiene y presta oído. El sonido procede de la calle Barquillo. Vuelve sobre sus pasos alumbrándose con una linterna. La apaga y sube las escaleras apoyado en su bastón. Descubre al pequeño pirata golpeando el cristal de la puerta de forja.

Simón abre lo justo para asomar la cabeza con desaprobación.

—¿Qué haces aquí? ¿Te has vuelto loco?

—Por fin vi a Sirio —sonríe.

—¿Cómo se te ocurre venir en pijama? La noche es peligrosa para un niño.

—No tengo miedo —blande el sable de plástico—. Soy el capitán de los piratas.

El anciano pone los ojos en blanco y resopla.

—Tus padres se llevarán un disgusto cuando vean que te has escapado.

—Mi padre se fue hace mucho tiempo, mi madre está trabajando y mi tita duerme en el sofá. He traído las llaves —muestra un llavero de propaganda.

El sanador se conmueve, pero cabecea una negativa.

—Vamos, te acompaño a tu casa. Con un poco de suerte nadie se enterará de que has salido.

—Sirio no lo permitirá —niega el niño con vehemencia.

—¡Pero qué dices, majadero!

—Pedí a la gran estrella ver cómo sanas las palabras olvidadas. No puedes negarte, Sirio te vigila desde el cielo —sonríe señalando a las alturas.

El anciano extravía los argumentos. Queda unos segundos en silencio calibrando las consecuencias de resistirse al poder de Sirio, de quebrar la ilusión de aquel crío tan audaz. No ha pedido a la estrella que su padre regrese, ni juguetes, tan solo satisfacer el conocimiento de algo que desconoce, la esencia misma del saber, el anhelo primigenio de los que buscan respuestas, como hacía él de joven. Mira su reloj de cadena y resopla. Un gesto inútil porque, un día muy atrás, decidió que aquel viejo reloj, como mejor estaba, era parado.

—¡Está bien, cabezota! —le hace pasar, cierra la puerta a sus espaldas y ambos se adentran en un mundo de sombras indescifrables—. Pero solo si me prometes que jamás dirás a nadie lo que has visto.

—¡Palabra de pirata! —Martín se lleva la mano al pecho.

—La palabra de un pirata no vale un centavo —gruñe Simón, que observa la estampa: pijama de ositos, pantuflas de felpa, gorro con carabela, sable de plástico y mochila de Bob Esponja.

—Soy un pirata bueno, como Morgan o Robin Hood, que robaba para los pobres. Los piratas buenos cambian el mundo.

—No pierdas el tiempo intentando cambiar el mundo, céntrate en evitar que el mundo te cambie a ti. Además, ¿Seguro que eres un pirata? ¿No serás un corsario?

El niño, que desconoce la diferencia, se encoje de hombros. Mientras se enfrentan con la linterna al túnel de sombras que se abre ante ellos, Simón le hace ver que cada palabra tiene una historia.

—Los piratas eran bandoleros marinos que asaltaban otros barcos para robarles la carga o secuestrar a los pasajeros. ¿Estás seguro de que quieres ser un pirata?

El niño se lo piensa un instante. Después niega.

—Los corsarios asaltaban barcos enemigos, pero con el permiso del rey, que les otorgaba una patente de corso, de ahí lo de corsario.

—Seré un corsario —decide, convencido.

Martín escucha con atención las explicaciones de Simón mientras avanzan por un dédalo de galerías inextricables que se adentran en una tiniebla sin fondo. Imposible ver más allá de la burbuja de luz.

—Luego estaban los bucaneros. Bucanero viene de *bucan*, que significa carne ahumada. Ahumaban carne para venderla a los navíos. Cuando los españoles los expulsaron de la isla, muchos se sumaron a los filibusteros, dedicándose a la piratería. Los filibusteros también eran piratas, pero costeaban el litoral sin adentrarse mar adentro.

El anciano se detiene. La luz sobre su rostro le otorga un aspecto inquietante.

—Esta enseña —señala la calavera sobre tibias cruzadas—, es la famosa Jolly Roger, el estandarte del aventurero irlandés Edward England, pero el cine la convirtió en el símbolo internacional de la piratería —Su voz se extravía en las entrañas del edificio.

Martín se siente fascinado con su nuevo amigo. Camina con la seguridad de quien se adentra en las tinieblas guiado por quien lo sabe todo. El anciano lee la admiración en los ojos redondos del niño y le ajusta el sombrero. Martín sonríe y porta la linterna para ayudarle. El sabio de la barba sumeria le devuelve la sonrisa y ambos retoman el silencio por la tiniebla.

— 10 —
Allegro

John Marco Allegro es alto, un tanto desgarbado, de frente cumplida y cabello fino, ingobernable hacia la coronilla. Posee la oratoria de Sócrates y la excentricidad de Heráclito, si bien exhibe, con absoluta conciencia, la tendencia de los impulsivos, de los que sueltan lo primero que se les viene a la cabeza, obviando el tamiz de la oportunidad. Sus choques con el equipo internacional comenzaron con llamamientos a la honestidad, pero su vehemencia, confundida en ocasiones con arrogancia, le causó no pocos problemas en un colectivo donde la discreción y el acatamiento son las *tablas de la ley*. Doctor por la Universidad de Oxford y profesor de Filología Semítica Comparada en la Universidad de Manchester, es el único miembro del equipo que se había labrado una reputación antes de los rollos del mar Muerto. Los demás trascendieron solo a raíz de los manuscritos.

Fue en 1953 cuando el padre Dubois le propuso unirse al proyecto por sus amplios conocimientos, seguramente desconociendo su carácter indómito pues, no solo resultó ser el investigador más independiente por carecer de ataduras religiosas, también fue el único que se atrevió a romper el consenso impuesto por la École Biblique, empeñada en poner distancia entre el cristianismo y los rollos del mar Muerto.

En 1956, Allegro editó *The Dead Sea Scrolls*, primera de una serie de publicaciones que levantaron los reparos del equipo de Dubois. Aquel año hizo unas polémicas declaraciones en el *New York Times* en las que relacionaba las sorprendentes semejanzas entre algunos rituales cristianos con los que se describen en los textos de Qumrán, anteriores al menos en un siglo al nacimiento de Jesús. No tardó el equipo del Rockefeller en salirle al paso con una durísima carta publicada en *The Times* en la que menoscabaron su credibilidad. A diferencia del equipo de Dubois, empeñado en el carácter esenio de la comunidad, Allegro pensaba que los habitantes de Qumrán no eran esenios. Se apoyaba en múltiples indicios que fueron desoídos en el Rockefeller.

Adam Richardson, el ayudante del profesor, es un joven historiador británico aficionado a la fotografía. Su presencia fue una condición de Allegro, debido al poco tiempo que disponía para el inventariado, traducción, fotografiado y análisis del amplio lote de manuscritos que el padre Dubois le adjudicó. Adam se encargaba de clasificar el material, buscar bibliografía auxiliar, tener dispuesta la cámara fotográfica, las lupas, las lámparas, las libretas de anotaciones y la intendencia.

Por mediación de miss Kenyon, John Allegro recibe a Peter en la vivienda que comparte con su ayudante durante los periodos que pasa en Jerusalén. Adam prepara té, dulces y tabaco, imprescindibles, según él, en toda tertulia. Mientras el agua hierve, Richardson ensalza a miss Kenyon, a la que considera un orgullo para el Reino Unido. También conoce a su compatriota Mylan Fisher, con quien queda de vez en cuando para tomar té y echar unas risas.

Peter, impaciente por abordar el asunto que le ha traído hasta aquí, les relata el episodio con el joven beduino en la cantina de Seisdedos y la venta frustrada al tiempo que le muestra la fotografía del fragmento. Richardson acerca una lupa al profesor.

—El padre Michalik piensa que es una falsificación y que, aun si fuera auténtico, sería una copia de algún evangelio gnóstico —informa Peter—. Destacó su similitud con el evangelio de Tomás y descartó que procediera de Qumrán.

John Allegro traduce las frases legibles y enfatiza la última: «Yeshúa ha dicho: benditos sean los...».

—Es cierto que la frase se asemeja a los dichos de Jesús del evangelio de Tomás de Nag Hammadi —confirma el profesor—, pero el resto recuerda otros documentos de Qumrán. ¿Podrías localizar al beduino que te lo ofreció?

—No será fácil. Su padre se negó a la venta y hasta golpeó al muchacho.

—Podría ser un indicio de autenticidad. Podemos aumentar la oferta y hacer un estudio pormenorizado del original.

Peter guarda la fotografía y, entre sorbos de té, se enfrascan en una interesante conversación sobre los rollos de Qumrán, en la que Allegro confirma el rumor sobre el oscurantismo del equipo internacional. Le informa que, cuando se descubrió la cueva 4, con sus ochocientos rollos, se nombró un comité bajo la batuta de dominico Tristan Dubois.

—A la opinión pública dicen que son un equipo internacional de expertos bíblicos, pero lo cierto es que casi todos son sacerdotes católicos —se lamenta el profesor Allegro mientras aplica el rascador en el hornillo de su pipa y vierte la carbonilla en el cenicero antes de cebarla con tabaco—. Imagina la objetividad: textos judíos de dos mil años interpretados por religiosos católicos antisemitas. Podría decirse que soy el único miembro sin vinculación eclesiástica. Al principio me utilizaban de ejemplo para acallar las críticas sobre el monopolio católico, pero cuando comencé a discrepar me hicieron el vacío —se lamenta el profesor inglés.

—Religión y ciencia no casan bien —aporta Richardson.

—Hace un par de años, por orden de Dubois, sufrí un acoso mediático por un miembro del equipo, el padre Coleman. Incluso recibí cartas anónimas intimidantes. No tardarán en prescindir de mí —vaticina—. No les gusta que rompa el consenso impuesto, ni a Dubois que cuestione su procedimiento inquisitivo, pero hay cosas que claman al cielo.

—¿Dice usted antisemitas? —cuestiona Peter, incrédulo.

—No debería sorprenderte. En 1953, Dubois era el presidente del consejo de administración del museo Rockefeller —vierte tabaco en la cazoleta de la pipa y lo prensa con el atacador—. Fue él quien pidió a diversas escuelas de arqueología afincadas en Israel que propusieran candidatos y donaran fondos, pero excluyó a los judíos —enciende una cerilla, aproxima la llama al hornillo y da sonoras chupadas— Se opuso... a que la Universidad Hebrea... estuviera presente... pese a su prestigio... Tiene una personalidad segregacionista, como los oficiales alemanes a los que combatí en la Gran Guerra —sus palabras salen de sus labios areoladas de humo.

Peter no puede entender que un equipo así pueda dirigir el destino del mayor descubrimiento arqueológico del siglo.

—Es intolerante y vengativo —prosigue Allegro—. En su juventud fue miembro de Action Française, movimiento de extrema derecha que ensalzaba el culto a la sangre y la patria y simpatizaba con los regímenes de Hitler, Mussolini y Franco. Así es el hombre al que se le ha confiado la responsabilidad de los rollos del mar Muerto. Difícilmente actuará con imparcialidad.

Las demoledoras palabras del profesor sobrecogen a Peter. El ayudante se suma a lo dicho y añade que el equipo internacional recibe importantes donaciones y actúa como un club exclusivo. Han desarrollado una rígida ortodoxia en la interpretación de los rollos que, con los años, se ha vuelto cada vez más dogmática.

—Su línea de actuación es inamovible —prosigue el ayudante— y quien los contradiga recibirá tales ataques en la prensa que menoscabarán su prestigio académico.

—La doctrina católica dicta la agenda —añade Allegro—. Se consideran científicos porque hacen excavaciones, pero mezclan teología e historia. Sacerdotes que enseñan el Nuevo Testamento como historia literal no van a permitir cambios en su magisterio después de dos milenios de tradición dogmática. Si algún descubrimiento les resultara incómodo por ser demasiado evidente, buscarán la forma de adaptarlo a través de científicos afines que pondrán en duda la credibilidad de los científicos independientes. Por esa razón no admiten investigadores de otras confesiones y retrasan continuamente las publicaciones.

—El padre Michalik atribuyó la lentitud a que los expertos carecen de dedicación exclusiva y solo traducen en vacaciones.

—¡Pretextos! —el profesor se encrespa—. Se hicieron fotografías a los manuscritos y cada miembro del equipo tiene a su disposición las de su lote. No necesitan desplazarse.

Allegro, tenso por la indignación que le produce un tema que conoce de cerca, se levanta de su silla y comienza a caminar en pequeños círculos. Conforme habla, mueve su pipa como la batuta de un director de orquesta.

—La cuestión —continúa— es sencilla. La Iglesia siempre ha gozado de un gran ascendiente sobre los gobiernos, la sociedad y las conciencias. Sus dogmas nunca se discutieron hasta el siglo XIX, cuando el método científico acorraló a las religiones abrahámicas a través del empirismo. Charles Darwin, por ejemplo, echó por tierra el creacionismo del Génesis. Después llegó el gnosticismo inglés, Schopenhauer y Nietzsche, que tuvieron una gran difusión en occidente.

»En el siglo XIX surgió el cuestionador Modernismo Teológico y Pío IX respondió con el dogma de la infalibilidad papal en 1870, según el cual los papas nunca se equivocan. Por tanto, no se permitía ninguna discusión dentro de la Iglesia y se debía acatar y obedecer incondicionalmente las decisiones de la curia. En 1903, León XIII creó la Comisión Bíblica Pontificia para supervisar y controlar los estudios católicos, incluyendo en el Índice de libros prohibidos por el Santo Oficio todas aquellas obras que contradijeran la línea oficial. El Modernismo Teológico fue declarado herejía.

»La Iglesia reclutaba a sus propios cuadros de eruditos —prosigue el profesor—. Una generación de clérigos adiestrados para defender la verdad literal de la Biblia, pese a sus inconsistencias históricas. Es en este contexto cuando, en 1890, se funda la *École Biblique et Archéologique Française*. Fue una de las muchas instituciones creadas para dotar a los especialistas católicos de la pericia necesaria para defenderse de la amenaza pujante de la arqueología. Es decir, se emplearía la metodología moderna para lo que ellos, *a priori*, habían decidido ya que era verdad: la literalidad histórica de la Biblia.

»Un destacado integrante del equipo internacional, monseñor Patrick Coleman, era miembro de la Comisión Bíblica Pontificia y director del Albright Institute de Jerusalén, desde cuyo cargo maniobró para que la École Biblique controlara los rollos del mar Muerto. Pretendían la tutela de los investigadores que se ajustaran al criterio establecido.

Atónito, Peter sigue la disertación de Allegro, que se mueve de un lado a otro de la estancia o se detiene pensativo, siguiendo la estela de humo de su última calada.

—¿Y si aparecen manuscritos cuyo contenido no se ajusta a su criterio? —plantea Peter.

—La idea de Coleman y Dubois es que todo lo que no se pueda acomodar a la doctrina católica debe ser suprimido.

—Realizan una depuración previa y los manuscritos polémicos se quedan en la madriguera —añade el ayudante Richardson.

—¿La madriguera?

Richardson mira a Allegro como solicitando la venia. El profesor hace un gesto aquiescente y el ayudante informa a Peter que los manuscritos del mar Muerto se disponen en mesas, protegidos por planchas de cristal, en una gran sala del museo Rockefeller conocida por la *rollería*, pero allí solo llegan los que ya han sido supervisados en un primer filtro. Dubois y Michalik eran los primeros en ver los textos y ellos decidían cuáles pasaban a la *rollería* y cuáles no.

—En la madriguera se quedaban los textos polémicos que contradecían las versiones evangélicas —expone Richardson.

—Pero... pero eso no puede ser —se lamenta Peter con las mandíbulas crispadas—. Los manuscritos de Qumrán son anteriores a los evangelios sinópticos y a las cartas de Pablo. Es un escándalo. Hay que revelar al mundo lo que están haciendo.

Richardson le muestra una fotografía hecha por él mismo en el museo, días atrás. Es una puerta de doble hoja con el cartel de *private*. A un lado, sobre una peana, hay un relieve antiguo con la menorá, el candelabro judío de siete brazos.

—Es la puerta de la madriguera. Se encuentra en el ala oeste, frente a las escaleras del sótano —apunta el ayudante.

—¿Destruyen los manuscritos polémicos? —pregunta escandalizado Peter.

—Los trasladan discretamente a la sede de la École Biblique, que está próxima al museo. De allí los envían al Vaticano en avión. En el aeropuerto italiano de Roma Ciampino espera un vehículo oficial que recoge los manuscritos de manos de un emisario de la École y recorre los dieciséis kilómetros hasta la Santa Sede. Imagino que los custodian en el Archivo Secreto Vaticano —especula Allegro.

—¿Tienen pruebas de todo esto?

—Tenemos una fuente de información solvente —añade Allegro.

—Tal vez reciben instrucciones del Sumo Pontífice —sugiere Peter.

—No creo que el recién llegado Juan XXIII esté al tanto de estas componendas —Allegro sacude la pipa y se dispone a pasar de nuevo el raspador—. Si nuestra fuente de información es correcta, los manuscritos polémicos van a parar a la Sagrada Congregación del Santo Oficio.

Peter se siente desconcertado, necesita digerir todo lo que ha escuchado.

—No ponga usted esa cara —se adelanta el profesor—, la Inquisición perdura, aunque ya no celebren autos de fe ni levanten *abrasaderos* públicos. Los usos cambian, pero administrativamente el Santo Oficio sigue vigilando y despejando el camino.

La idea de acceder a la madriguera se filtra en la imaginación de Peter y lo expone.

—No es fácil —advierte el ayudante Richardson—. Esa puerta está siempre cerrada con llave. Es posible que en su interior haya una caja fuerte.

Peter pide prestada la foto al ayudante. «Quédesela, tengo el negativo».

De vuelta a casa, Peter siente como si un millón de hormigas le estuvieran devorando el cerebro. El pulso de la indignación le palpita en las sienes. Si la versión de Allegro y Richardson es veraz, se estaba privando al conocimiento general de una relevante información sobre el origen del cristianismo. No podía quedarse de brazos cruzados, siempre luchó contra el fantasma que oscurece la verdad de las cosas, contra las cadenas que impiden al hombre ser libre a través del conocimiento. «Tengo que encontrar a Amín», piensa mientras pisa a fondo el acelerador de la Chevrolet Pick-up.

— 11 —

El cementerio

Junio, 2010

Pese al limitado campo de visión que permite la precaria linterna, los espacios por los que avanzan responden a un entorno arquitectónico de proporciones colosales. Martín se siente como un liliputiense ante aquella enormidad. Inmensas puertas de doble hoja, corredores kilométricos, techos inalcanzables, descomunales columnas de fustes rallados, salas amplísimas con mármoles que, por tramos, refulgen con la luz cenital de las farolas que filtran las cristaleras. La amplitud se magnifica con el silencio de la noche. A un lado, entre columnas cuadradas, grandes paneles con fotografías en blanco y negro sobre escenas cotidianas de otro tiempo. Al otro extremo, mostradores de mármol verde con apliques de bronce y compartimentos vidriados, idénticos a las antiguas ventanillas bancarias blindadas. Al fondo se columbra un soplo de luz mortecina que hace intuir los confines del vestíbulo, con su puerta giratoria.

Evitando los ascensores, Simón guía al niño por una escalera de mármol y, tras ganar un corredor jalonado de puertas, se adentran en un espacio amplísimo. Es una sala de juntas con una mesa redonda de enormes proporciones dotada de micrófonos, monitores para videoconferencias y otros modernos artilugios. Pese a la precaria luz, se adivina en el techo un impresionante lucernario semiesférico, una cúpula de cristal decorada con hermosas vidrieras, como un ojo gigante ideado para inundar de luz la estancia. El anciano pide a Martín que lo espere mientras él se adentra en un despacho contiguo. Los segundos de soledad se le hacen eternos. La oscuridad crea siniestras siluetas y catapultan la imaginación del niño, que mira en todas direcciones. Simón sale al poco con una cuartilla de papel que introduce entre las páginas de su viejo libro.

—Ya está. Bajemos al cementerio.

—No me gustan los cementerios —Martín palidece.

—Bueno, es más bien un hospital. El hospital de las palabras olvidadas, aunque también las hay que han muerto.

Descienden hasta el sótano a través de una suntuosa escalera presidida por una sobria escultura, un punto autoritaria. Es una madre junto a un niño desnudo y algunos emblemas que no sabe identificar. Pese a la penumbra, Martín descubre un gran salón de actos con las paredes revestidas de madera. Ambos se detienen ante una puerta cerrada. El anciano selecciona una llave del sartal, la introduce en la cerradura y acceden a una sala donde activa el sistema de iluminación. La luz los ciega por unos instantes. Cuando sus pupilas se aclimatan, aparece ante ellos un portón circular de acero macizo, como la escotilla gigante de un submarino. Martín, mudo, es incapaz de despegar los ojos de aquella puerta ciclópea tras la cual se oculta el mundo secreto de Simón. Deduce que algo muy valioso debe custodiarse tras aquellas impresionantes medidas de seguridad.

Simón desactiva el detector de movimiento y gira la rueda de combinación numérica, primero hacia un lado, después al otro. Un clic y un silbido neumático anuncian el desbloqueo. Al girar la rueda dorada, los diecinueve cilindros de acero macizo retroceden y abandonan los huecos del marco.

—¡Es el timón de un barco pirata! —exclama el niño al ver la rueda dorada.

—Parece un timón, sí, pero no lo es.

Con otra clave y, activando un segundo *timón*, libera las cuatro barras que, en forma de aspa, bloquean la puerta en su parte exterior. Tira del asa con fuerza y, aunque posee un sistema que facilita el arrastre, solo consigue moverla unos centímetros.

—¡Ayúdame, pirata! Esta puerta pesa toneladas.

Ambos empujan con todas sus fuerzas y la desplazan lo suficiente. «¡Guau!». El niño desorbita los ojos al toparse con una espectacular cámara acorazada de dos plantas. A la superior se accede por unas escaleras que conducen a un pasillo tubular que recorre peri-metralmente el nivel superior. Las paredes están cubiertas con casi mil ochocientas cajas de seguridad de tres tamaños, unas doradas, otras plateadas. Le cuesta cerrar la boca, lo mira todo embelesado, sin parpadear. Nunca imaginó que aquel edificio frente a su casa guardara en su interior tantos secretos. ¿Cuántos lingotes de oro y joyas custodian esas cajas? ¿Cuántas cosas podrían comprarse? Es la primera vez que un pirata accede a las entrañas de un tesoro tan imponente. Y no ha hecho falta bajel, ni tripulación, ni mapa, ni isla, solo un pijama de ositos y la determinación de los audaces. Siente el impulso de levantar el sable, correr ufano por la cámara al grito de «¡al abordaje!», pero la fascinación lo paraliza, lo silencia.

—Madrid guarda secretos que muchos desconocen —Simón se enternece al verle con la boca abierta y la expresión encandilada.

— 12 —
El teletipo

Dos días lleva buscando a Amín por la gobernación de Jericó. Lo ha buscado en mezquitas, cantinas y bazares, en el zoco, en el apeadero del bus, en los campamentos de refugiados de Ein Sultan y Aqabat Jabr, tras los muros leprosos del extrarradio, incluso en los eriales donde una nube de ruidosos muchachos juega al fútbol con balones de pellejo. El día anterior también buscó en espacios turísticos donde los ambulantes acuden a vender baratijas: el manantial del profeta Eliseo, el sicómoro de Zaqueo, las cuevas del monte de las Tentaciones o el monasterio de San Gerásimo, en el valle del Jordán. Llegó incluso a mirar junto a una noria accionada por bueyes que, no muy lejos, dejaba oír su lamento incesante.

Peter decide desplazarse a Jerusalén y buscar en las zonas turísticas de la ciudad de los setenta nombres. Estaciona la furgoneta en el aparcamiento del Rockefeller y se adentra a pie en la vieja ciudad amurallada, buscando entre los jóvenes vendedores que ofrecen *souvenirs* a los turistas píos que, de un lado a otro, se desplazan en busca de la vía Dolorosa, la iglesia del Santo Sepulcro o el Muro de las Lamentaciones.

Las abigarradas callejas están colmadas de buhoneros, curtidores, alfareros, orfebres y cocineros ambulantes que exponen sus mercaderías en un caos colorido y multirracial. El filólogo abre calle en el enjambre de hombres con turbantes, niños medio desnudos, mujeres con velo y largos vestidos negros. Un tendero barrigudo aborda a los europeos y, con abundante lirismo, predica la excelencia de sus productos de fama mundial: mazos, látigos, alfombras, narguiles, turbantes, babuchas...

Al doblar una esquina, Peter choca de bruces con un tipo. «Disculpe», «perdón», dicen a coro.

—¡Mylan, qué sorpresa! ¿Qué haces en Jerusalén?

—Solicité permiso a la Jefa para hacer unos trámites y unas compras. ¿Y tú?

—Estoy buscando a Amín, el beduino que me ofreció el fragmento de pergamino y la moneda, ¿recuerdas? He de encontrarlo para hacerle una oferta.

—Pierdes el tiempo. Esos truhanes son expertos timadores.

—Ya. Bueno, si lo ves dile que lo estoy buscando, que vaya mañana a la cantina de Seisdedos.

—Así lo haré.

—Te invito a un té —propone Fortabat.

—Te lo agradezco, pero llevo prisa. Nos vemos en Jericó.

Mylan no era de los que rechazan una invitación, pero en el fondo agradeció su negativa porque debía seguir buscando a Amín antes de que fuera interceptado por miembros de la École Biblique.

Harto de callejear por la vieja ciudad y de escudriñar rostros de chicos con turbantes y *kufiyya* palestinas, Peter regresa a Jericó. Por el camino reposta combustible y se dirige a Qasr el-Yahud, en el río Jordán, donde, según la tradición bíblica, Juan bautizó a Jesús; un lugar muy visitado por turistas occidentales. Tras buscarlo sin éxito en las pozas y remansos donde se refrescan los beduinos, entre los bosquecillos verdes que alegran las orillas, pone su esperanza en el santuario de Nebi Musa, a unos diez kilómetros al sur, donde los peregrinos acuden guiados por la tradición de la tumba de Moisés. Pero tampoco hay suerte, por lo que decide regresar a Jericó y comer algo en el lugar de siempre.

Llega a la taberna de Seisdedos con el sol de media mañana en lo alto. El mesonero le sirve una Bishop's Finger y asegura que hace unos días vio al pequeño Amín ofreciendo a los clientes cachimbas artesanas. «Siempre que viene intenta montar mi bicicleta. Lo eché. No fiar», responde Abdul moviendo su prominente papada. «Mándame aviso si aparece. Es importante», pide Peter al mesonero, que asiente servil a uno de sus mejores clientes:

—Abdul avisar, pero… —se lleva el índice al pómulo y desciende el párpado inferior— mucho ojo, que muchacho tiene dedos largos.

Apura de un trago la cerveza. Va a pedir otra cuando ve aparecer a Sally y a su padre, el capitán Taylor. Se dirigen a él con cara de circunstancias. «Mal asunto», barrunta. Estrecha la mano a Taylor. «Hola, Jeff, me alegra verle». Sally, cariacontecida, lo besa. Lleva todo el día buscándolo y estaba preocupada.

—He estado buscando a Amín. ¿Ocurre algo?

Sally se muerde el labio y mira a su padre. El capitán comienza con esos rodeos que te van poniendo la piel de gallina y sabes que es mejor sentarse. Al cabo, le muestra un teletipo de Jerusalén recibido en la comandancia de Jericó.

—Hoy ha muerto alguien vinculado con el equipo internacional del Rockefeller. Al parecer, se suicidó.

Peter palidece.

—¿Quién?

—Adam Richardson.

El filólogo, estupefacto, se deja caer sobre la silla.

—Al parecer, saltó desde la torre del museo. Dejó una carta de despedida en la que decía que se sentía solo, que no encontraba sentido a su vida y legaba sus pertenencias a su amigo el profesor John Allegro —añade Taylor.

—¿Lo conocías? —pregunta Sally.

—Claro. Era el ayudante del profesor Allegro. Estuve en su casa hace unos días por sugerencia de la Jefa. No doy crédito…

—¿Cuántos días?

—Ayer. No, espera, antes de ayer —titubea un momento.

El capitán le dirige una de esas miradas solemnes que anticipaban tormentas.

—¿Qué ocurre? —inquiere desorientado.

—El médico que examinó el cadáver dice que el cuerpo, además de los traumatismos mortales propios de la precipitación, presenta signos de violencia: arañazos, nudillos ensangrentados, uñas rotas y erosiones en los codos de donde se han extraído astillas de madera. Algunas piezas no encajan y el cadí ha ordenado tomar declaración a todas las personas que se relacionaron con Richardson en los días previos.

—¿Qué piezas no encajan?

—O bien mantuvo una pelea con alguien instantes antes de suicidarse, o se resistió a que lo arrojasen al vacío, por lo que estaríamos ante un asesinato. Lo desconcertante es que dejó una nota de despedida.

—¿Han comprobado si coincide con su letra?

—Fue lo primero que se hizo. Es su letra. Coincide con los manuscritos indubitados que se le han presentado al cadí. Un perito calígrafo lo ha confirmado. Pudiera ser que alguien que lo viera dispuesto a saltar tratara de impedirlo, forcejeara con él produciéndose esas erosiones, pero finalmente no consiguiera frenar su propósito. Pero nadie vio nada. Solo el impacto del cuerpo en la solería del patio.

—Si alguien hubiera tratado de impedir que se suicidara y fracasó, hubiera informado a las autoridades, ¿no os parece? —especula Peter.

El joven filólogo, desconcertado, mira en varias direcciones tratando de poner en orden su mente, intenta recordar la conversación que mantuvieron aquel día. Aún le parece verlo sirviéndole el té con amabilidad. No parecía deprimido.

—Peter, ¿dónde has estado esta mañana? Dice Kathleen que no has aparecido por al yacimiento y que te llevaste la camioneta —pregunta Sally.

—Buscando a Amín, ya te lo he dicho.

—Hay testigos que te vieron subir a la camioneta en el museo Rockefeller y marcharte en dirección a Jericó. Anotaron la matrícula.

—Es cierto que viajé a Jerusalén y aparqué junto al museo. Luego caminé por la vieja ciudad buscando al chico. Después conduje hasta Qasr el-Yahud y a Nabi Musa, pero no lo encontré. Ayer también lo busqué en los lugares de Jericó más turísticos, me acerqué a los monasterios de San Gerásimo y en el de San Jorge de Coziba, en Wadi Quelt. ¿A qué vienen estas preguntas?

—¿Por qué llevas esas maderas rotas en la caja de la camioneta? —pregunta Taylor.

—Las usamos en el yacimiento arqueológico para los andamios y pasarelas. Salí con prisas y se quedaron ahí —el joven hace un silencio y repara en las referencias a las astillas de madera extraídas al muerto— Jeff, ¿qué insinúas?

—Hace un momento has dudado sobre la última vez que viste al ayudante Richardson en Jerusalén —apostilla Taylor.

—Pero lo recuerdo ahora. Fue antes de ayer. Ayer y hoy me dediqué a buscar a Amín, tal y como me sugirió el profesor Allegro. Tomé prestada la *pick-up* del equipo.

—¿Tienes algún testigo que confirme que has estado en esos puntos entre las doce y la una del mediodía?

—No he hablado con nadie, eran turistas extranjeros. Solo buscaba a Amín.

—¿Por qué buscas a ese chico? —inquiere el capitán.

—Tiene en su poder un fragmento de manuscrito que, tanto el profesor Allegro como yo, estamos interesados en comprar. He de encontrarlo antes de que se deshaga de él o lo venda a otras personas.

—Peter —al capitán Taylor hace una pausa. Le sale la voz grave de las contrariedades— sabes que te tengo aprecio, pero debes acompañarnos a la comandancia para tomarte declaración. Harás memoria y enumeraremos con detalle tu recorrido en los últimos días. Debo remitir al cadí un informe hoy mismo. Lo entiendes, ¿verdad?

El joven se lleva la mano a la frente y mira a Sally con cara de no entender.

—¿Estoy detenido?

—No, pero debes ayudarnos a elaborar ese informe —Sally lo mira preocupada—. No tienes nada que ver en este asunto, ¿verdad?

Peter queda con la mirada perdida, es incapaz de pronunciar palabra. Dios sabe cómo interpretaron su silencio.

— 13 —

Las palabras olvidadas

Junio, 2010

—Supongo que conoces el diccionario de la lengua —pregunta Simón.

—Sí. Mi profe dice que debemos utilizar correctamente las palabras del diccionario y no otras.

—Eso no es exacto —niega el anciano—. Verás, muchos piensan que las palabras que no están en el diccionario no existen o son incorrectas, pero no es así.

—Si no están en el diccionario no existen —deduce el niño.

—¿Si vas al campo y ves una flor que no está en tu libro de botánica, esa planta no existe o el problema es que no se incluyó en tu libro? Se nos olvida que las palabras son de la gente, que el pueblo las crea y, por tanto, son de su propiedad. Todos los diccionarios, también el de la RAE, están al servicio de la lengua y no al revés.

—Entonces mi profe se equivoca.

—Supongo que tu profe se refería a que debes consultar las dudas en el diccionario. Se cree que un treinta por ciento de las palabras empleadas no están registradas. Teniendo en cuenta que el diccionario español reúne más de noventa y tres mil palabras, aún faltan casi veintiocho mil que se usan y no están recogidas.

—Noventa y tres mil… ¡Guau!

—Seguro que conoces la palabra *gominola*. Pues el término se incorporó al diccionario hace poco tiempo, a pesar de que tus abuelos ya las comían.

—Gominolas…Uhm, qué ricas —Martín se relame.

—Seguro que conoces los términos *email, link, online, influencer* o *hashtag,* ¿verdad? Pues estas y otras muchas de uso cotidiano no están en el diccionario, pero las que me preocupan son las moribundas —continúa nostálgico—. Los académicos incluyen nuevos términos y acepciones en el diccionario cuando el uso se extiende. Sin embargo, cuando se deja de usar una palabra, cae en el olvido y corre el peligro de desaparecer. Es lo que está a punto de suceder, por ejemplo, con *archiperres, cuchipanda, dandi, ganapán, gallofero, zorrocloco* o *pardiez,* que aún siguen en el diccionario, pero por poco tiempo.

—¡Pardiez que acabaré con vos! —exclama Martín agitando el sable.

—Desde el Siglo de Oro —ilustra Simón—, se empleaban eufemismos para enmascarar blasfemias. ¡Pardiez! era la forma de encubrir ¡Por Dios! o ¡Juro por Dios!

—Cuchipanda y zorrocloco suenan divertidas.

—Cuchipanda es una reunión de varias personas para divertirse. Zorrocloco alude a alguien que, fingiéndose bobo, hace lo que le interesa. Estas y otras palabras dejaron de utilizarse. Y otras no tan antiguas caerán pronto. ¿Sabes cómo se llamaba a un libro grande o voluminoso?

—¿Tocho, armatoste…?

—*Mamotreto.*

—¿Mamotreto? No la conozco.

—Es un bello término procedente del griego *mammóthreptos* que significa «criado por la abuela», por la creencia popular de que las abuelas crían niños gorduelos, por lo que un libro gordo también era un mamotreto, pero el término está en desuso y antes que después caerá del diccionario.

—¿Y morirá en la caída?

—Eso me temo. Las palabras surgen por doquier, aparecen cuando menos se las espera. Son como los seres vivos: nacen y mueren, sin embargo podrían resucitar si se les ofreciera una segunda oportunidad. Y aunque el idioma se enriquece con la diversidad, por el camino se pierden palabras hermosísimas. Muchas derivan de viejos oficios que ya no existen: talabarteros, amoladores, esparteros, meleros…Todos tenían su jerga, que se fue extinguiendo.

—Mi tita Dori dice que las palabras se las lleva el viento y algunas hieren.

—¿Diríamos que un automóvil o un cuchillo son malos porque con ellos ha muerto gente? Las palabras son nuestras amigas, nos acompañan en nuestro camino y podemos darles un uso hermoso a través de los versos, de la dialéctica sublime, de la oratoria respetuosa. Son de seda cuando seducen, porque regeneran sentimientos. El halago, la cordialidad, el respeto o el perdón se expresan con palabras. Unas construyen y otras destruyen, depende del uso que les demos. Pero no se las lleva el viento, sino el olvido. Y el olvido es una de las armas contra la lucidez que nos conduce al pesimismo.

—¿Las que ya no se usan, nunca regresan? —pregunta intrigado Martín.

—Las desusadas terminan desapareciendo casi sin darnos cuenta, con discreción, como lágrimas en la lluvia. Cuando la Academia de la Lengua percibe que una palabra ya no se utiliza, no la quita de entrada, pero le coloca el marchamo de «desusada». En ese momento cae enferma y, si nadie lo remedia, se eliminará del diccionario y morirá.

—¿A dónde van las palabras que mueren?

—No hay un cielo de palabras. Desaparecen en silencio, sin que nadie las eche en falta. Cuando te das cuenta ya no están y de su paso por el mundo solo dan fe libros viejos que casi nadie lee, pero ya no se pronuncian. Y una palabra muere cuando los labios dejan de acariciar sus sílabas.

—Qué pena —se compunge Martín.

—Por esta razón creé el hospital y el cementerio de las palabras olvidadas. Intento dignificar su memoria y recuperar alguna dándole una segunda oportunidad. Se ha creado un foro en Internet para divulgar el significado de las palabras olvidadas y fomentar el debate. Los usuarios pueden participar en línea.

—Seré sanador de palabras.

—¿Pero no querías ser corsario?

—Ya no.

—¿Sabes? —continúa Simón dando unos pasos—. En el último siglo se han suprimido del diccionario casi tres mil palabras —El anciano apunta con la contera de su bastón a una hilera de cajas de seguridad plateadas—. El significado y la etimología de cada una de ellas puedes consultarla en esas cajas que están abiertas.

El niño corre a verlas. Una caja de seguridad contiene un fichero donde, ordenadas alfabéticamente, hay tarjetas con palabras enfermas, las que corren peligro de extinción. En otra están las olvidadas, las que dejaron de usarse y han muerto. Para estas, el hospital pasa a ser necrópolis donde se custodian para que, al menos, se recuerde su paso por nuestro idioma porque, durante un tiempo, a veces siglos, nos ayudaron a comunicarnos formando parte del patrimonio cultural del castellano.

Las palabras moribundas —mastica con nostalgia el sanador—, tienen el poder evocador de las personas que ya no están, de pretéritos entrañables, de libros descatalogados, de costumbres y oficios perdidos, de antiguas modas.

Martín, ajeno a las melancolías del anciano, revisa las tarjetas del archivador y comprueba que, efectivamente, no conoce ninguna de las palabras que se perdieron.

—*Ahogaviejas* —al niño se le escapa una risita.

—Era el nombre de una planta herbácea, la Anthriscus caucalis.

—*Lagrimacer* —el menor insiste en el juego.

—Qué hermosa palabra —suspira Simón—. Lagrimacer es sinónimo de lagrimear. Pocas voces expresaban la pena con mayor enjundia.

Martín repasa las fichas de los cadáveres léxicos que un día contribuyeron a dar lustre a nuestro idioma: *adéfago, bacada, chimojo...* Cada una de esas voces definía algo en el pasado: *durindaina, gallinoso, palacra...* Se pregunta si sería posible devolverlas a la vida, darles una segunda oportunidad y levantar su estima como las modernas que presumen de figurar en el diccionario.

—A fin de cuentas —añade el anciano con un dejo reflexivo— somos el latido de nuestras palabras.

— 14 —
La declaración

En la comandancia, un sargento escribe a máquina la declaración de Peter Fortabat en presencia del capitán Taylor y su hija Sally. Visiblemente preocupada, miss Kenyon acude para interesarse y recoger las llaves de la camioneta. Sus amigos Mylan y Bernard también se presentan y lo abrazan con redoble de palmadas. El filólogo enumera todos los lugares donde buscó al beduino. En Jerusalén estuvo a primera hora de la mañana, entre las nueve y media y las once horas. Los campanarios cristianos, recuerda, estaban dando las once cuando subió a la camioneta. Entre las doce y las trece horas se encontraba en Qasr el-Yahud, distante cuarenta y cinco kilómetros, por lo que no podía estar cerca del Rockefeller a la hora en que se produjo el fatal desenlace de Richardson.

Mylan ratifica la versión de su amigo, porque se encontró con él en Jerusalén sobre las diez horas y dijo que estaba buscando al joven beduino. Pero su encuentro con Fortabat fue solo de unos segundos y no hubo testigos.

Molesta, miss Kenyon reprueba su ausencia del trabajo sin avisar, por lo que le tendrá que aplicar el correspondiente descuento de haberes. También le reprocha el uso abusivo de la Chevrolet Pick-up para uso personal.

—Lo sé Kathleen y te pido disculpas. Con las prisas olvidé comunicarlo al capataz o a estos dos —señala a Mylan y Bernard—. Pero era urgente buscar a Amín. De todas formas, pagué de mi bolsillo el combustible. Dejé lleno el depósito.

Al decir «combustible», Peter cae en la cuenta de que tiene un testigo.

—Kathleen, déjame las llaves de la camioneta, por favor —solicita Peter.

—No te irás de nuevo a buscar a Amín, ¿verdad?

—Déjamelas, voy a presentar a mi testigo.

Intrigados, lo acompañan a la calle. Peter abre la cabina del vehículo, rebusca en la guantera y coge un papel. Lo observa, sonríe satisfecho y lo entrega al capitán Taylor.

—Es el justificante de haber repostado gasolina. De regreso de Qasr el-Yahud, poco antes de Nabi Musa, llené el depósito en el surtidor de la travesía Ariha. Podéis tomar declaración al operario que me atendió. Esto prueba que no estaba en Jerusalén a esa hora.

Sally mira a su padre y él asiente.

—Servirá —sentencia Taylor.

Al fin, Peter puede demostrar que no guarda relación con el caso. El capitán regresa a la oficina, pero antes pone la mano en su hombro: «Discúlpanos, era nuestra obligación». Sally lo abraza con sentimiento. Mylan y Bernard también lo abrazan. «Ya te veía en una cárcel jordana emparejado con un presidiario bien dotado». Todos ríen la tosca ocurrencia de Mylan. Miss Kenyon se aproxima y lo mira condescendiente:

—Tenemos una conversación pendiente, pero de momento, te cambio los dos días de haberes por una comida en la cantina de Seisdedos.

—¡Hecho! —agradecido, Peter abraza a la Jefa.

—Eh, eh, que sean cuatro las invitaciones —exige Bernard—. Por el mal rato.

Peter ríe y asiente. «En seguida voy con vosotros. Tengo que hablar en privado con el capitán». En el despacho queda con Taylor y Sally.

—Jeff, tenemos que averiguar la extraña muerte de Richardson. No me creo lo del suicidio —Peter emplea un tono confidencial para no ser escuchado por el personal de otras dependencias.

»En el Rockefeller no juegan limpio y, tanto el profesor Allegro como su ayudante, llevan tiempo denunciando que la comisión de expertos está controlada por sacerdotes católicos que, tal vez recibiendo instrucciones, retrasan deliberadamente la divulgación pública de los rollos del mar Muerto y, lo que es peor, censuran los textos que contradicen los dogmas evangélicos y se los llevan en secreto al Vaticano sin comunicarlo a las autoridades. El valor de esos manuscritos es incalculable y deberían ser patrimonio de la Humanidad. Richardson me dijo que los textos polémicos los apartan en una dependencia conocida como la madriguera, antes de hacerlos desaparecer».

Padre e hija no dan crédito a aquellas palabras. Peter saca del bolsillo la fotografía que le dio el ayudante de Allegro y la muestra.

—Esta es la madriguera. La foto la hizo el propio Richardson antes de morir. El profesor Allegro me pidió que localizara cuanto antes al joven beduino que me ofreció un fragmento de manuscrito, que al parecer consiguió en una cueva desconocida donde hay muchos más —Peter saca la fotografía del fragmento de Amín—. Necesito encontrar a ese muchacho para comprarle el fragmento y convencerle de que nos guie a la cueva, antes de que caiga en poder de otros.

—¿Te has asesorado sobre ese fragmento? —pregunta el capitán.

—Miss Kenyon me acompañó a la École Biblique y nos entrevistamos con el padre Stefan Michalik. Mostró más interés por el nombre del beduino que por el pergamino. Sospecho que lo están buscando.

—Solo tengo jurisdicción en Jericó. En Jerusalén ya hay un cadí que instruye el caso Richardson —apunta el capitán.

—Pero Sally pertenece a la Interpol y la Unesco establece que todas las antigüedades sacadas de contrabando de un país deben volver al punto de origen. Jordania pertenece a la Unesco desde 1950. Tal vez se pueda conseguir una orden internacional en base a los indicios. Si usted informa al cadí de Jerusalén podría concederle atribuciones para colaborar en las pesquisas sobre la muerte de Richardson.

Sally mira a su padre, que permanece pensativo.

—Peter tiene razón —asiente Sally—. El delito de contrabando internacional es una de las competencias de la Interpol. Y tú tienes contactos en Jerusalén.

El capitán Taylor es consciente del poder y los medios que dispone el entorno académico del museo arqueológico de Rockefeller, de la corrupción del sistema judicial cisjordano, con cadíes, ulemas y muftíes dispuestos a doblar la vara por un tanto, de la inestabilidad política actual y las graves tensiones entre el reciente Estado de Israel y el reino hachemita que en estos momentos manda en Cisjordania.

—Veré qué puedo hacer.

—Gracias, Jeff —el joven pone la mano en el hombro del capitán y se despide.

La tarde languidece y todos se acomodan en la *pick-up* para dirigirse a la cantina de Seisdedos, excepto el capitán, que se desplaza al surtidor para interrogar al operario.

Un par de detalles inquietan a Taylor: el trabajador de la gasolinera, aunque recordaba a Peter, no supo precisar si el repostaje fue a primera o a última hora de la mañana. Tuvo mucho trabajo aquel día. Por otra parte, si la gasolina iba a ser costeada por Peter para compensar a miss Kenyon por el uso del vehículo, ¿por qué solicitó el justificante de pago? Cierra su libreta de notas y regresa a Jericó. Confía en Peter, a fin de cuentas, es el novio de su hija. Redacta un nuevo informe y lo remite al instructor del caso en Jerusalén.

— 15 —

La madriguera

«Justo aquí cayó», dice secándose la frente con el pañuelo. El curador del museo Rockefeller de Jerusalén gasta un aliño indumentario que a Sally le recuerda a Johnny Rocco en *Cayo Largo*. Es el arquetipo de gánster de los veinte venido a menos. Pretendidamente atildado, viste traje cruzado de rayas, solapas anchas, pelo teñido de alquitrán, cara redonda, bigotito de lápiz, voz meliflua y una risa gruesa y pellejuda, como la de un sapo, indisputablemente falsa. Señales todas, junto a la lucidez de sus ojos, de un bebedor de disculpas, un turiferario que sabe más de lo que cuenta. «Sí, justo aquí», repite señalando a una pequeña mancha de sangre seca, no mayor que la palma de la mano.

El capitán observa el patio central del museo flanqueado por dos pórticos sombríos y un estanque central inspirado en el patio de los Arrayanes de la Alhambra de Granada. Sarcófagos romanos, estelas egipcias, capiteles corintios y otras piezas arqueológicas se exhiben sin demasiada pedagogía entre las arcadas.

—Cundió el pánico y cerramos al público hasta que el cadí disponga. En el edificio solo se encuentra el personal administrativo y de vigilancia habitual y los frailes encargados de los manuscritos del mar Muerto —informa el curador.

Taylor levanta los ojos y observa la vertical sobre la que se precipitó Richardson, al pie de la torre hexagonal. Calcula, a bote pronto, no menos de treinta metros de altura. —Saltó desde la azotea, porque las ventanas de la torre tienen rejas —apunta el funcionario.

El curador los acompaña por las escaleras de la torre y, a instancias del capitán, acceden a las dependencias de sus plantas, jalonadas ambas por seis ventanas, una por lienzo. La terraza está perimetrada por seis tramos de celosía. Taylor busca desperfectos, maderas rotas, alguna señal de lucha o resistencia que justifique las erosiones y las astillas clavadas en la piel del finado. Nada. No hay nada.

Un suave céfiro mueve la melena de Sally. Trae aromas de almizcle y especias en oleadas fugaces y cálidas. Se hace visera con la mano y se recrea en las impresionantes vistas de la vieja ciudad que se extiende majestuosa ante el puro azul de un cielo antiguo. Las murallas, el muro, el monte de los Olivos, los alminares y los sacratísimos lugares entre los que destaca, como un tesoro, el hemisferio dorado de la Roca. Deben tomar declaración a empleados y religiosos, pero Sally está más interesada en localizar la madriguera.

—¿A qué dependencia corresponde esta puerta? —la joven policía muestra la fotografía que les facilitó Peter.

El funcionario saca de un bolsillo sus anteojos de medialuna, se los ajusta y observa la imagen. Es una puerta de madera de doble hoja como casi todas las del museo Rockefeller. Fue el relieve con la menorá lo que situó al curador.

—Ah, sí, este es el dintel de la sinagoga de Estemoa, del siglo III creo recordar. Esa es la puerta de un despacho cedido temporalmente a la École Biblique. Está próxima a la *rollería*. Acompáñenme.

Los tres dejan la torre y recorren una galería donde se cruzan con algunos dominicos de túnicas blancas y capa negra que saludan corteses. «Aquí es». Identifican la entrada, pero la puerta está cerrada. «Aguarden un momento». El curador se dirige a la *rollería* y pide la llave al padre Dubois. El capitán ventea el olor acre de la lejía, pero Sally se adelanta: «Desinfectante». El funcionario regresa con un dominico delegado por Dubois. «Siento la espera». El fraile hurga entre el sartal de llaves y abre la puerta. Es un sobrio despacho con una mesa, dos sillas y estanterías de madera hasta el techo, todas vacías. No hay más. Ni manuscritos, ni libros, ni caja fuerte, ni objeto alguno, ni siquiera el omnipresente crucifijo que preside cada mesa de los dominicos.

—¿Se acaba de limpiar? —pregunta Sally al monje que abrió la puerta.

—Sí, ya le hacía falta.

—¿Podrían dejarnos solos, por favor? —pide el capitán.

—Por supuesto, tómense el tiempo que precisen. Estaré en mi despacho si me necesitan —el curador hace una reverencia excesiva y pierde su solícita figura por las galerías. El fraile regresa a la *rollería*.

Jeff y Sally lo miran todo. Ella, que ha heredado el instinto detectivesco de su padre, adhiere a la yema del dedo pequeñas partículas pardas que ha visto sobre una de las estanterías, posiblemente desprendidas de pergaminos antiguos. Crujen al frotarlas. Sally abre los cajones vacíos de la mesa, en los que también hay partículas crujientes. «Mira esto». Jeff señala una de las baldas de madera. Está rota y astillada. La tonalidad del corte de las baldas quebradas prueba que es reciente.

Sally observa la puerta entreabierta y descubre al fraile con la oreja pegada. Hace una señal a su padre y da una culada a la puerta que impacta en la cabeza tonsurada del fraile que cae al suelo dolorido. «Oh, disculpe, padre, no sabía que estaba detrás de la puerta. ¿Se encuentra bien?». Taciturno, el fraile se levanta con la mano en la cabeza y se dirige a la *rollería* mascullando maldiciones incomprensibles. El capitán contiene la risa. «Los fisgones me exasperan», musita Sally, consciente de que el fraile no espiaba por iniciativa propia.

Taylor hinca la rodilla, pasa el dedo por el piso y se lo lleva a la nariz. Algo brilla bajo las estanterías. Introduce la mano y coge una pequeña arandela circular. Parece una pieza de una cámara fotográfica. Iluminándose con un mechero, rastrea el estrecho espacio entre el suelo y la balda baja de las estanterías. Al fondo, justo en el rincón, se aprecia un pequeño objeto oscuro. «Allí hay algo. ¿Lo ves?». Jeff intenta cogerlo, pero su brazo solo entra hasta el codo. Lo intenta Sally que, con la cara pegada al suelo, introduce el brazo hasta el hombro, tantea y finalmente lo saca. Es un carrete de fotos. «¿Estás pensando lo mismo que yo?». El capitán asiente y se guarda en el bolsillo el carrete y la arandela. «Vámonos».

Al salir se topan de bruces con un dominico de aspecto inquietante que los observa hierático con las manos escondidas en las mangas de la túnica. Junto a él, el fraile del chichón con la mano en la cabeza.

—¿Han concluido? —pregunta con mirada desafiante mientras el fraile auxiliar cierra con llave.

—De momento sí. Soy el capitán Jeff Taylor, de la gobernación de Jericó y ella la agente Sally Taylor. ¿Con quién tengo el gusto?

—Padre Tristan Dubois, director de la École Biblique de Jerusalén —se estrechan la mano.

Dubois frisa los cincuenticinco y hace gala de una personalidad turbadora. Su rostro no refleja la menor emoción. Se maneja con fluidez, pero es distante, enjuto, fibroso como un escalador, de cabello escaso con entradas y la piel curtida por el sol de Judea. Su aspecto, severo, la mirada, terciada sobre el hombro, transmite la seguridad de un hombre en pleno control de su entorno, aunque parapetado tras unas gafas de telescopio que sube con el dedo índice en un gesto que repite una y otra vez. Su barba, entreverada de canas, es larga y negligente; pero lo que atrae su atención es la pronunciada cicatriz que le surca cabeza y frente hasta el entrecejo. Taylor se pregunta dónde habrá conseguido semejante trofeo.

—Encantado. ¿Qué uso dan a esta habitación? —pregunta el capitán.

—Fue cedida por el museo a la École Biblique en 1952. Era un despacho auxiliar donde se recepcionaba el material que llegaba de las excavaciones. Aquí se clasificaban e inventariaban los manuscritos antes de pasarlos a la *rollería* y adjudicarse por lotes a cada miembro del equipo internacional.

—Habla en pasado. ¿Ya no se hace? —se interesa Sally.

—Desde que dejaron de llegar rollos de Qumrán, este despacho perdió su utilidad. Decidimos limpiarlo para devolverlo al museo —repone con frialdad.

—Pues lo han hecho con prisas, porque hay partículas de pergaminos en las estanterías y en los cajones de la mesa —apunta Sally.

—¿Los manuscritos del mar Muerto han estado desde el principio en el museo Rockefeller? —pregunta el capitán.

—No siempre. En la Crisis de Suez de 1956 fue cesado Gerald Lankester como director del Departamento de Antigüedades. Durante las hostilidades tuvimos que sacar del museo los manuscritos y las treinta y seis cajas fueron custodiadas durante un tiempo en un banco de Amman. Regresaron al Rockefeller al año siguiente, en marzo de 1957.

—¿Siempre con usted al mando del proyecto?

—Sí. La institución que dirijo fue elegida por el Departamento de Antigüedades de Jordania por nuestra experiencia en exégesis bíblica desde nuestra fundación en 1890.

—¿Nos muestra la sala donde se estudian los manuscritos y el lugar que ocupaban el profesor John Allegro y su ayudante? —pregunta el capitán.

En este punto el tono del padre Dubois se torna áspero. Lleva años considerando la *rollería* como un templo de su propiedad que no ha de profanarse por personas ajenas a su control.

—Esa sala es de uso restringido y solo se permite la entrada al equipo internacional de investigadores. ¿Le importaría decirme la razón de su visita?

—Imagino que tendrá noticia de la muerte violenta del ciudadano británico Adam Richardson. Trabajaba para el equipo internacional y el cadí desea esclarecer las circunstancias del fallecimiento.

—Richardson no pertenecía al equipo. Solo era el ayudante ocasional del profesor John Allegro. Se le autorizaba la entrada en algunas ocasiones por condición expresa del profesor y con su aval. Además, no entiendo el motivo de las diligencias. La causa de su fallecimiento es un suicidio y tengo entendido que dejó una carta de despedida. ¿Me muestran la orden judicial? —pregunta impenetrable el dominico.

El capitán le entrega la orden emitida por el cadí que le autoriza a realizar pesquisas, registros e indagatorias al personal del museo de Rockefeller, en aras a la recogida de información para el esclarecimiento del caso. Dubois lee despacio.

—Esta orden solo le autoriza a usted. ¿Y la señorita?

Sally le muestra su acreditación como agente de la Interpol.

—¿Ahora la Interpol investiga suicidios?

La puya irónica de Dubois dibuja una señal de alerta en el capitán. Sabe que no colaborará.

—La agente Sally es mi hija. Me acompañará, si no le importa.

—Es un deber cívico colaborar con la justicia siempre que se solicite por escrito, tal y como está reglado —hila con tono afilado—. Lamentándolo mucho, la señorita debe abandonar las instalaciones por carecer de la necesaria orden de la autoridad.

A Taylor se le aborrasca la mirada y el religioso se mantiene impasible, altivo. El capitán toma a Sally del brazo y la llama a un aparte. Dando la espalda a Dubois, saca del bolsillo las llaves del jeep y, con la otra mano, el carrete y la arandela que, con discreción, pone en las manos de su hija. «Llévate el coche. Ve al bazar de Yehuda y que revele el carrete. Dile que es urgente. Yo tengo trabajo aquí para un par de días. Ven a recogerme mañana por la tarde», susurra. Taylor regresa con el dominico y Sally se marcha, no sin antes profanar el silencio monacal desde el fondo de la galería: «Un placer, padre. ¡Nos veremos pronto!». El sonido de su voz se pierde en una letanía de corredores desiertos.

—Muéstreme la *rollería* —ordena Taylor al religioso, ya sin la mesura inicial.

Sally baja con prisas la escalinata de salida, cruza el aparcamiento y casi es atropellada por un Pontiac negro que, en ese momento entraba en las instalaciones del Rockefeller. Ella se excusa levantando la mano a sus ocupantes, que no dejan de observarla hasta que arranca el jeep de su padre y se pierde en dirección a Jericó.

— 16 —
Legados

Junio, 2010

Martín observa fascinado las cajas de seguridad de la cámara aco-razada. Deben albergar tesoros para iluminar cien años de asombro.

—¿Por qué unas son doradas y otras plateadas? —pregunta, intrigado.

—Las doradas contienen riquezas.

—¡Eres rico! —exclama Martín.

El viejo Simón sonríe y niega.

—Ser rico no enriquece.

—¿Podemos abrir una?

—Imposible. Se necesitan dos llaves, una la tiene el adjudicatario de la caja o su familia, la otra, la Institución. El contenido de algunas es secreto, en otras se conoce lo que se custodia.

—¿Piedras preciosas?

—Letras preciosas. Cada caja conserva un legado donado por eminentes intelectuales que contribuyeron a hacer un poco mejor la humanidad a través del español.

Atrapado por la curiosidad, Martín observa las cajas doradas. Se detiene en una de ellas:

Caja nº 1034
D. Luis García Berlanga
Cineasta
Legado el 27/05/2008
Apertura en junio de 2021

—Un gran director de cine —se adelanta el anciano—. Su legado es secreto y no podrá abrirse hasta junio de 2021, en el centenario de su nacimiento. Pero, entre tú y yo —se inclina confidencial y puntualiza— creo que se trata de un manuscrito secreto e inédito.

—¿Por qué no se puede abrir antes?

—Porque él lo dispuso así.

—Pero falta mucho tiempo. Yo quiero verlo ya.

—Deberás tener paciencia. Lo verás en 2021. Supongo que ya no estaré para acompañarte.

—¡Buah!, 2021 —hace un gesto de fastidio—. Hasta entonces pueden pasar muchas cosas: una guerra, un terremoto, un volcán…

—Sí, claro, o que un virus provoque una pandemia mundial que mate a millones de personas —interrumpe Simón—. ¡Qué imaginación tienes! El tiempo pasa volando, ya verás.

El pequeño pirata mira con interés las placas doradas y señala con el sable la número 1032.

—¿Francisco Ayala?

Simón entiende que, por edad, el niño no conozca a la mayor parte de las celebridades. Le informa que Francisco Ayala era un ilustre catedrático, un galardonado escritor que impartió clases en varios países. Su legado no se abrirá hasta el año 2057.

—¿Y se llevará lo que depositó ?

—Algunos lo donan hasta una fecha lejana, en la que se abrirá para descubrir el secreto que custodia, otros lo donan para siempre. Casi todos han fallecido a su apertura. Mira estas —señala las de los escritores José Manuel Caballero Bonald y José Emilio Pacheco— ¿Sabes qué fecha de apertura tiene este último? El 21 de abril de 2110.

—Yo tendré… —el niño calcula con los dedos.

—Ciento diez años —sonríe Simón.

—Un poquito mayor, pero vendré ese día.

A Martín le incomoda que, habiendo sido tan famosas esas personas, él no sepa quiénes son.

—Verás —Simón pone la mano en su hombro—. Esta cámara acorazada se construyó para custodiar oro y dinero. Ahora está colmada de pensamientos y objetos cotidianos de personas que se dedicaron a cambiar el mundo a través de la cultura. La riqueza de un pueblo no es el dinero, sino el conocimiento, porque el conocimiento ya genera dinero.

Refiere Simón a Francis Bacon cuando aseguraba, allá por el siglo XVII, que el conocimiento es poder y ese poder descansa en el desarrollo de las inteligencias. El conocimiento destierra la ignorancia, causante del atraso de muchas sociedades. Mentes brillantes crearon la electricidad, la imprenta, la penicilina, el teléfono, el ordenador, Internet… Gracias a ellos tenemos una vida más cómoda. Estas inteligencias no hubieran brillado sin el cuestionamiento, la observación, la experimentación y la valentía emprendedora para ampliar el conocimiento. Simón le hace ver lo necesario de preservar la cultura, que nos otorga una identidad y un sentido de pertenencia que nos une: el arte, la literatura, el patrimonio, la gastronomía, la música, la pintura y, por supuesto, el idioma.

El muchacho, con la sonrisa pegada al rostro, asiente sin saber muy bien de qué habla Simón, pero está convencido de que Sirio le ha concedido un gran regalo.

— 17 —

La arandela

1959

Un jeep militar recorre el yacimiento arqueológico de Tell es-Sultán. El altozano (en árabe *tell* significa montículo) supera los dieciséis metros de altura, una colina de estratos que sepultan las ruinas de la vieja Jericó. Cada una de esas capas sobrepuestas contiene vestigios de diferentes asentamientos históricos. En la más profunda, y por tanto la más antigua, se encontró un pequeño poblado del holoceno postglacial, datado en más de once mil años.

Desde el vehículo, a ambos lados del camino, Sally observa los cortes estratigráficos en los que afloran restos de fortificaciones de las distintas épocas, tanto prehistóricas como de la Edad Antigua. En la zanja número uno, la que contiene los restos más remotos, Peter, Mylan y Bernard toman muestras de sedimentos que introducen en sacos enumerados para llevarlos a la criba de flotación. Sally los localiza a pie de una sólida torre de piedra de once metros de altura que ha sido recuperada retirando la tierra que la rodeaba. Ha permanecido intacta diez mil años. En su interior encontraron unos esqueletos con las calaveras cubiertas y pintadas.

Suena el claxon. Peter, empolvado, se desprende de los guantes, asciende hasta el camino y la besa. «Sube al coche. Acabo de llegar de Jerusalén».

—¿Qué tal en el Rockefeller?

—A Richardson lo asesinaron en la madriguera, después lo lanzaron desde la torre fingiendo un suicidio.

87

El filólogo silba, pero en el fondo lo imaginaba. Estuvo a punto de llamar al profesor Allegro para conocer su versión, pero no se fiaba de mantener con él una conversación comprometida que podía ser escuchada por la operadora. Tenía pensado visitarlo en unos días, cuando estuviera más repuesto de la pérdida de su amigo.

El jeep abandona el yacimiento y Sally le ofrece sus conclusiones sobre la inspección ocular del punto donde se precipitó Richardson, la visita a la madriguera y la inquietante personalidad del padre Dubois.

—¿Visteis los manuscritos de la madriguera?

—Estaba vacía. La habían desocupado y limpiado. Según Dubois, para entregarla al museo en buenas condiciones después de haber sido utilizada durante años por la École Biblique.

—Carece de sentido —Peter cabecea una negativa—. Esos mantenimientos corren por cuenta del museo, no de los dominicos. Debieron desocuparla tras la muerte de Richardson. Temían que encontraran manuscritos en un registro. Deben estar en la sede de la École Biblique, si es que no están ya en el Vaticano.

—Aquí puede estar la respuesta —Sally le muestra el carrete y la arandela metálica, ante la expresión de sorpresa de su novio.

Camino del bazar fotográfico, Sally explica cómo buscaron marcas de lucha que justificasen las erosiones y las astillas encontradas en los codos de Adams. La primera pista la encontraron en el patio central donde apareció el cuerpo. Tras el violento impacto a tan gran altura, debía haber una gran mancha de sangre, pero solo dejó una pequeña mácula sanguinolenta, señal de que cuando arrojaron el cuerpo ya estaba muerto y no sangraba. No encontraron marcas de lucha en las galerías ni en la torre, pero sí en la madriguera. Sally cree que Richardson pudo hacerse con la llave de aquel despacho con la intención de fotografiar los manuscritos y debieron sorprenderlo. Es posible, prosigue, que en el momento en que el asesino o los asesinos irrumpieron en el despacho, Adam estuviera sustituyendo el carrete. Se inició entonces un violento forcejeo para arrebatarle la cámara. En la lucha se quebraron varios estantes de madera, quedando algunas de sus astillas en la piel de la víctima. Debieron matarlo, supone Sally, de un golpe en la cabeza, lesión que quedó enmascarada por el destrozo craneal tras el impacto desde la torre. En el forcejeo, el carrete usado cayó al suelo y rodó bajo las estanterías, pasando desapercibido para el asesino o los asesinos.

El jeep se detiene ante el bazar de Yehuda, en la calle Agripas. Entran al establecimiento y, aprovechando que no hay clientes, Sally coloca el cartel de «cerrado» y pone el carrete sobre el mostrador. «Hola, Yehuda. Esto es un encargo de mi padre. Es muy urgente». El árabe es un apunte anodino entre homúnculo y ratoncillo. Un hombre de aspecto cansino con nariz halcón, boca muy chica y orejas muy grandes, como nacido a propósito para oír y callar. Propende a encubrir su alopecia prolongando el cabello del parietal hacia el opuesto, trazando mechones paralelos. Es colaborador habitual del capitán Taylor, al que debe algunos favores de antiguo.

—Dame un par de días.

—Las necesitamos hoy. Y ni una palabra a nadie.

Sally le entrega la arandela que recuperaron bajo la estantería de la madriguera. «¿Qué opinas?», inquiere la agente. El fotógrafo la observa con atención y lee el texto sobreimpresionado en su perímetro: *Baldar f=7´2 –Balda-Bunde*.

—Pertenece a una cámara compacta de la marca Baldixette, de fabricación alemana. Tiene el objetivo desplegable y utiliza película de doce exposiciones.

Busca en un catálogo y se la muestra. Sally se queda con el catálogo con permiso del comerciante y Peter pregunta a Yehuda cómo puede desprenderse esa arandela del objetivo.

—No es fácil, posiblemente con un golpe o una caída, aunque las cámaras suelen estar provistas de fundas de piel.

—A no ser que en el momento de la caída se estuviera utilizando —propone Sally.

El fotógrafo hace un gesto afirmativo. Se despiden y regresan de nuevo al jeep.

—Si las fotografías las hizo Richardson, saldremos de dudas.

—¿Y la carta de despedida?

—O es obra de un buen falsificador o le obligaron a escribirla antes de asesinarlo. En Jerusalén hay imitadores capaces de reproducir a la perfección antiguos textos hebreos, arameos o griegos, superando incluso la opinión de expertos. La caligrafía actual es para ellos un juego de niños.

—Tal vez hay una tercera hipótesis —propone Peter con la mirada perdida en un punto invisible de la calle Agripas.

Cuando el jeep se pierde en dirección al yacimiento de Tell es-Sultan, dos individuos descienden de un Pontiac negro aparcado al principio de la calle y entran en el bazar de Yehuda.

— 18 —

El carrete

A media tarde, Sally se aproxima con el jeep a la cantina de Seisdedos. En una mesa, Peter charla animadamente con Bernard y Mylan. Suena el claxon y Mylan le hace una señal para que se una a ellos. Sally sonríe, niega y se encoge de hombros. Peter se levanta.

—Os dejo, vamos a Jerusalén a recoger al capitán.

El jeep se pone en marcha y salen de Jericó con cierta premura.

—Mi hipótesis ha fallado —anuncia ella, arrojando una carpeta sobre las piernas de su novio.

Peter la abre: el catálogo de cámaras de Yehuda, la fotografía de la puerta de la madriguera, una copia de su declaración, varios oficios y un sobre con diez fotografías con sus negativos. «¡El carrete de la madriguera!», exclama repasando cada una de las instantáneas en blanco y negro. Hay nueve fotografías de parajes, edificios y lugares turísticos de Jerusalén, y otra de un aparcamiento.

—Pero ¿qué es esto?

—Pues eso, que ha fallado mi teoría, que el carrete de la madriguera no debía pertenecer a Richardson. No hay fotos de manuscritos, ni siquiera salen personas. Estoy desconcertada.

—¿Por qué hay diez fotos y no doce?

—Yehuda dice que solo pudo recuperar diez, hay dos veladas.

Durante los treinta y siete kilómetros hasta Jerusalén la pareja especuló con distintas hipótesis, pero ninguna se sostenía. La teoría de que Richardson pudo ser asesinado en la madriguera se caía por falta de pruebas. Si nadie lo remediaba, la carta de despedida con su letra se convertirá en la prueba de convicción determinante para el archivo del caso. La frustración los enmudece.

El cielo explota en decenas de colores. Las colinas mutan su gris para enrojecer bajo los rayos del sol, que inicia la ceremonia de la puesta, cubriéndolo todo de oro. Con la mirada en la trenza escarlata del horizonte, Sally acude al refugio de los recuerdos.

—Echo de menos a mi madre —cierra los ojos un segundo y conjura su rostro.

Peter le acaricia la mano sobre la palanca de cambios. Sabe que el fantasma negro de una enfermedad cuyo nombre jamás pronunciaba se la arrebató cuando ella tenía doce años. Se lo confesó en el manantial de Eliseo la misma tarde que se conocieron. Era, decía, la mujer más buena y dulce del mundo. Aquel día le mostró el único retrato que conserva de ella, en sepia, pero saltaba a las claras que sus ojos habían sido tan verdes y hermosos como los suyos. Desde su marcha, su padre se convirtió en el referente de su vida, en un modelo a seguir que le muestra las pautas de su propio camino, un destino, una forma de mirar el mundo. Ambos suelen enmudecer en cada puesta, con sus paletas púrpuras y sus carmesíes menguantes. Los arrebatadores ocasos de nubes sobrenaturales contrastan con la severidad de una tierra que arrastra un pasado y un presente despiadado. Cada crepúsculo de sombras alargadas tiene un sol moribundo de luz incierta que cede el turno a noches portadoras de estrellas. En Judea, los días se despiden serenos, mayestáticos, con la promesa de un nuevo renacer, como el que pintó el cielo cuando su madre se marchó. Por eso, cada puesta es para ella y para su padre como un beso desde el infinito.

Dejan a un lado la Universidad Hebrea, circundan por Wadi al-Joz y, justo en el límite del barrio musulmán, se hace visible la torre octogonal del museo Rockefeller recortándose contra el lienzo dorado del crepúsculo. El jeep se interna en el aparcamiento donde espera el capitán Taylor. Peter lo saluda y se apea para ceder a Jeff el asiento delantero, pero algo llama su atención. Antes de subir al vehículo, observa la explanada de un extremo a otro, como recordando. «¿Qué ocurre?», pregunta Sally. Peter abre el sobre de las fotografías y busca una de ellas. Coincide. La instantánea era del aparcamiento del museo.

—No nos aporta nada —concluye ella.

—¿Son las fotos del carrete de la madriguera? —pregunta el padre de Sally.

Ella asiente y Jeff las toma de manos de Peter. La decepción se instala en su rostro.

—No sirven para nada —indica desilusionada poniendo en marcha el vehículo.

Tras repasarlas de nuevo, Jeff las devuelve a la carpeta. «No lo entiendo».

Durante el viaje de vuelta a Jericó, el capitán les informa que ha tomado declaración a veintiuna personas entre vigilantes, administrativos, historiadores y frailes. Nadie vio ni oyó nada. Ha visitado la *rollería*, una gran sala con una veintena de mesas donde, protegidos con planchas de vidrio, se exponen a la vista de eruditos bíblicos, casi todos religiosos, los manuscritos del mar Muerto.

—Me he topado con un ambiente hermético —se lamenta—. Todos dicen lo justo, respuestas medidas, dan rodeos y nadie sonríe. Se palpa la tensión. Y ese director francés, el de la cicatriz, es un témpano de hielo. No me gusta.

—Tiene poder e influencia —apostilla Peter—. Según el profesor Allegro, el padre Dubois es intolerante y vengativo y no duda en utilizar la revista científica de la École Biblique para hundir las reputaciones de los académicos que lo refutan.

—Ahora que lo dices, fui a ver al profesor Allegro —recuerda el capitán—. Está muy afectado por la pérdida de su ayudante. Según él, Adam jamás se suicidaría, estaba lleno de vida y proyectos. Me dijo: «¿Cómo va a quitarse la vida un hombre que lleva un mes deseando viajar a su tierra para conocer a su primer hijo?». Su mujer dio a luz el mes pasado. Está seguro de que lo asesinaron y que la carta de despedida no la escribió Richardson. —¿Le dijiste que estuvimos en la madriguera? —pregunta Sally.

—Por supuesto —conviene el capitán—. Dice que debieron llevarse los manuscritos censurados, temiendo un registro tras la muerte de Adam.

—Eso mismo pensé yo —añade Peter.

El capitán suspira. No tiene pruebas de cargo contra nadie.

—Un detalle me llamó la atención. Entre los efectos de Richardson que entregaron al profesor Allegro no estaba su inseparable cámara fotográfica. Una *bardinete* o algo así, dijo.

Sally mira a Peter por el espejo retrovisor y hace una mueca.

—Baldixette, de fabricación alemana con objetivo desplegable y película de doce exposiciones —Peter muestra al capitán el catálogo de Yehuda.

—Ya tenemos algo —suspira Taylor.

— 19 —

El soldado

—Abdul, lo de siempre —solicita Mylan.

El atocinado Seisdedos acude con tres Bishop's Finger para los chicos y un agua de menta para Sally, que no bebe alcohol cuando está de servicio, y siempre lo está. Hoy, el árabe les ofrece *musajján*: tiras de pollo fritas sobre pan de pita cubierto con trozos de cebolla, zumaque, pimienta de Jamaica y yogur seco de cabra.

—¿Cómo va el caso Rockefeller? —pregunta Mylan con la Bishop's en la mano.

—Estancado. No tiene pinta de suicidio, pero no hay pruebas de lo contrario —responde con resignación Sally.

Peter sigue consternado por la muerte de Richardson y por el oscurantismo que envuelve al lugar donde se estudian los rollos del mar Muerto. Sigue pensando que el equipo de Dubois oculta información comprometida descubierta en los rollos y que alguien acabó con Richardson cuando husmeaba entre manuscritos polémicos.

—Los dominicos no se atreverían a tanto. Una cosa es censurar textos y otra asesinar. Son hombres de Dios, no los creo capaces —espeta Bernard.

—A no ser que la información a la que accedió Richardson fuese tan relevante que compensara silenciarlo a cualquier precio —estima Peter.

El mesonero deja en la mesa el apetitoso *musajján* y Bernard se relame: «al ataque, que ya viene bendecido». Tan hambreados están, que todos comen con voracidad salvo Peter quien, tras el primer bocado, observa a un muchacho con chilaba y capucha que pasa la mano por el sillín de la bicicleta de Abdul. «Ese no será...». Se levanta y se sitúa a su lado.

—Hola, Amín.

—Salam —responde el chico con un hilo de voz.

—Te he estado buscando —el filólogo le habla despacio para no espantarlo— Siento lo del otro día con tu padre.

—Padre. No importa. Amín acostumbrado —musita con tristeza sin separar los ojos de la bicicleta. Sigue repitiendo las últimas palabras.

—¿Aún tienes el pergamino y la moneda que me ofreciste?

El niño niega.

—Puedo ofrecerte más dinero —concede el filólogo.

—Mi padre no quiere venta de libros sagrados, pero madre enferma y hermanos pobres no tienen qué comer —el niño al fin asoma el rostro por la capucha. Horrorizado, el francés descubre que tiene un ojo morado, una brecha sangrante junto al ojo izquierdo y una quemadura en el cuello que trata de simular.

—¡Dios mío! ¿Qué te ha pasado?

El chico no responde, pero sus ojos se inundan. Peter, que supone que aquello es obra de su padre, se levanta y pide a Seisdedos un trapo, agua y un cuchillo. Limpia la cara del niño, corta el trapo e improvisa una venda alrededor de la cabeza para tapar el corte abierto junto al ojo. El niño se lo agradece con una mirada.

—¿Has comido?

Vuelve a negar.

—Ven, vamos a comer juntos.

Lleva al menor a una mesa vacía. «Espera aquí». Va a la barra y, ante la mirada estupefacta de sus compañeros, regresa con dos Coca-Colas y un par de platos de pan árabe relleno de carne de oveja, salsa de ajonjolí y bolas de falafel de acompañamiento. El niño colma su boca y mastica con ansia, alternando tragos de refresco. Peter lo observa compadecido. Se centra en la quemadura del cuello. Es como un círculo con un rabito. Tiene los bordes inflamados, es reciente. Se espanta cuando recuerda haber visto a su progenitor la misma marca grabada a fuego.

—¿Ha sido tu padre? —señala con la barbilla la quemadura.

El niño asiente con los ojos tristes y el rostro embargado de recuerdos.

—Padre dice que Amín ahora es soldado, como él.

Peter pone los ojos en blanco. Ese niño solo tiene edad para ir a la escuela.

—¿Tú quieres ser soldado?

—Soldado. Amín quiere ayudar a madre enferma. No quiero soldado.

Peter no sabe cómo sacar el tema de la cueva. El veneno del miedo corre por las venas del muchacho y no va a ser fácil convencerlo de que lo guíe hasta ella.

—¿Te gusta la bicicleta de Abdul?

El niño asiente entre bocado y bocado.

—Podría comprártela si me ayudas. Y te daría dinero para tu madre.

Amín abre los ojos de par en par y mira la bicicleta. Cabecea una afirmación.

—¿Cómo ayuda Amín?

—Solo tienes que llevarme hasta la cueva donde cogiste el fragmento y la moneda. No voy a causarte problemas. Solo quiero verla.

El miedo regresa a los ojos del niño, que agacha la cabeza y vuelve a negar.

—Verla. No posible. Padre pega.

—Nadie se enterará. Te daré muchos dinares o, si lo prefieres, libras esterlinas con las que podréis comer durante todo un año, pagar un médico y medicinas. Tu madre se sentirá orgullosa de ti.

El beduino deja de masticar y piensa un momento.

—Ti. ¿Comida de un año?

—Sí. Comida para un año y, a la vuelta, la bicicleta de Abdul.

El muchacho duda y se lleva los dedos a la quemadura del cuello. El corazón de Peter se acelera. Desde la otra mesa, Mylan le hace una señal para que regrese y Sally se encoge de hombros y se levanta para acercarse, pero Peter la frena haciendo un gesto con la mano. Sally capta el mensaje y regresa con los demás. El francés sabe que el niño se debate entre la necesidad y el temor a su padre.

—¿Acaso no es misión de todo soldado cuidar y defender a quien más lo necesita? Tu madre te dio la vida. Devuélvesela.

Dos grandes lágrimas se deslizan por el rostro amoratado del niño. Sorbe y se limpia los mocos con el dorso de la mano.

—Devuélvesela. Amín acepta dinero, pero no la bicicleta. Dinero puedo esconder, pero la bicicleta padre pensará que la robé y pegará a Amín.

Peter asiente. «Se hará como digas». Amín da el último trago de refresco y señala la segunda Coca-Cola. Peter se la ofrece.

—Padre se fue con soldados. Regresa mañana. Mejor ir ahora.

—¿Ahora? —Peter no esperaba esa respuesta. Un atisbo de esperanza ilumina su mirada— ¿Cuánto tardaríamos?

El chico hace una mueca con los labios y mira a las nubes, pensando.

—Dos horas, o cuatro, no sé.

La mente de Peter se dispara. No puede desaprovechar la ocasión. El profesor Allegro no se lo perdonaría. Se ha ganado la confianza del muchacho y la ocasión es ideal por la ausencia del padre de Amín. Sin embargo, si salen ahora tendrían poco tiempo de luz, se les haría de noche a la vuelta. Su espíritu era un clamor.

—Vamos, se nos hace tarde —insta al niño.

—Tarde. Primero paga.

—Te daré un adelanto, el resto cuando lleguemos a la cueva.

El filólogo francés mira su cartera: solo tiene un billete de cinco libras. Deja al beduino con su refresco y corre a hablar con sus compañeros. Lleva la inquietud esculpida en el rostro y Sally lo percibe.

—¿Qué ocurre, cariño?

—¿Cuánto dinero lleváis encima? —requiere el francés visiblemente excitado.

—No jodas que vas a comprar baratijas al beduino —reniega Bernard.

Peter recoge el dinero y anota en una servilleta el nombre de cada uno y la cantidad. Bernard entrega a regañadientes un billete de cinco.

—El chico ha decidido guiarme hasta la cueva —susurra para no ser oído— Salgo con él ahora mismo. Estaré de vuelta antes de medianoche. ¿Quién me acompaña?

Se impone un silencio comprometido. Se miran unos a otros, desubicados ante la inesperada decisión.

—No irás sin mí, el desierto es peligroso, pero he de informar a mi padre —propone Sally.

—¡Oh, vamos, Peter! —objeta Bernard, que niega reticente—. Desde 1948 los ingleses no mandamos un carajo en Cisjordania y el rey Hussein no nos traga. No tenemos autorización y podríamos terminar en una cárcel jordana.

—Tal vez sea la cueva número doce de la que tanto hablan. Si existe, los beduinos la están expoliando. Necesito ir a comprobarlo.

—Por fin algo de adrenalina —Mylan se levanta de la mesa y le entrega diez libras.

Los tres clavan los ojos en Bernard, que no da crédito a la inconsciencia aventurera de sus compañeros. Tras unos segundos y un hondo suspiro, habla.

—¡Qué cabrones! Necesitaremos cuerdas, linternas, cantimploras y piquetas —Gardener se levanta resignado y mira su reloj— Si nos damos prisa pillaremos al capataz en la sentina. Es amigo mío, le firmaré un recibo.

—¡En marcha! —Peter palmea el pecho del arqueólogo en agradecimiento.

En aquel instante, ninguno de los presentes sabía que, en solo unas horas, iba a desatarse la tragedia.

— 20 —

Camasquince

Junio, 2010

Martín camina por la galería superior de la cámara deslizando el sable por el pasamanos. Lo mira todo con inusitado interés. Las cajas con placas doradas contienen secretos, las plateadas están vacías, o eso dice. Al final de su recorrido, en el lado opuesto de la pasarela, se detiene, señala una caja y permanece unos segundos observándola.

«No puede ser que se detenga precisamente en esa», calla Simón.

—¿Qué hay en esta caja?

El viejo Simón tuerce el gesto. Los dedos afilados del anciano se deslizan en el bolsillo de su pantalón y extraen el reloj de cadena. Abre la tapa, consulta sus agujas paradas y concluye: «Sirio cumplió tu deseo. Es hora de volver a casa». El niño finge no enterarse y porfía como un zorrocloco:

—Pero, ¿qué hay en esa caja?

Sus ojos redondos son pertinaces. Simón sabe que seguirá insistiendo, porque cuanto más se le intenta ocultar algo a un niño, más interés pone ello.

—Una palabra impronunciable —balbucea con desgana para hacerle callar.

Martín le devuelve una mirada incrédula.

—No hay palabras impronunciables —insiste el pirata—. Mi profe de Lengua dice que la palabra es una unidad léxica formada por un conjunto de sonidos con un significado, y todas se pueden pronunciar.

El anciano frunce el ceño. El niño tiene buena simiente, es despabilado, no hay duda, pero ha llegado el momento de poner fin a la visita.

—¿Sabes qué es un *camasquince*? —la voz del sanador se afila de pronto.

El niño niega con la cabeza.

—El que se entromete en lo que no le importa, el que procesiona donde nadie le da cirio —desactiva la iluminación.

—Esa palabra no está en el diccionario, ¿verdad?

—Podría haber utilizado metomentodo, que sí lo está, pero me gustan las palabras olvidadas —añade acremente—. Así que, no seas camasquince y ayúdame a cerrar la cámara. Debiste quedarte en casa repasando.

—¿Cómo sabes que mañana tengo un control de mates? —Martín no da crédito a la perspicacia del anciano.

—Me lo acabas de decir tú. Solo hay que pulsar la tecla del porqué de las cosas —responde, invitando al niño a abandonar la cámara con un movimiento reiterativo de mano.

—Me lo sé todo —replica Martín encogiéndose de hombros.

—Nunca lo sabemos todo.

Antes de empujar la gigantesca puerta de acero, el pequeño pirata lanza una última ojeada a la misteriosa caja cuyo contenido, por algún motivo, Simón se niega a desvelar.

—¿Me mostrarás algún día el contenido de esa caja?

—Hay cosas que uno debe decir solo cuando las debe decir, así que olvida el asunto, chaval —espetó tajante, colgándole a la espalda la mochila de Bob Esponja.

La aspereza de sus palabras no pasa desapercibida para Martín. Su reticencia y sus prisas no hacen sino acrecentar el interés del menor por la caja misteriosa, pero el rictus severo del sanador, mientras gira las manivelas y activa las medidas de seguridad de la cámara, le conmina a no insistir.

—No importa, se lo pediré a Sirio —concluye Martín con un punto de arrogancia.

Simón se contiene. A punto está de pretextar que a la gran estrella solo se puede pedir un único deseo. Hasta le asalta el impulso de decirle que, según la astronomía, cuando pedimos un deseo a una estrella en realidad lo hacemos varios millones de años tarde, porque la estrella podría estar muerta y solo vemos su luz antigua, como muchos de nuestros sueños, como las palabras olvidadas. Pero ¿quién es él para mancillar el universo infantil donde todo es posible? En ese momento, la luz se extingue y la linterna rasga la negrura. El camino de vuelta se tiñe de silencio, como si todo estuviera dicho. A la salida, el viejo asoma la cabeza y mira a ambos lados de la calle asegurándose de que todo está en orden. Ambos salen del edificio y se dirigen al número siete de la calle. Simón toma las llaves del niño, abre el portal del edificio, acceden al ascensor y le devuelve el llavero. Martín pulsa el número cinco en la botonera.

—Abre despacio y vete a dormir.

—Te ayudaré a resucitar palabras olvidadas —susurra el niño.

—Recuerda que prometiste no decir nada sobre lo que has visto.

El niño asiente, abre la puerta, entra en su casa y, antes de cerrar, echa una última ojeada a su extraño amigo.

—Palabra de capitán de piratas, corsarios y bucaneros —susurra con la mano la mano en el pecho, como si jurase pardiez.

A la mañana siguiente, la tita Dori lo despierta y le devuelve el catalejo. A Martín le cuesta desperezarse, se arrellana en la cama y marmotea arañando segundos al nuevo día. «¡Arriba, perezoso, cada vez te cuesta más levantarte! ¿A quién se le ocurre dormir con el sombrero de pirata y la mochila? A desayunar, que vamos tarde». Mientras se lava los dientes, intenta poner en orden sus brumosos recuerdos. Aún no sabe si su experiencia en el cementerio de las palabras olvidadas fue real, fruto de un sueño o un episodio de su desbordante imaginación. ¿Qué habrá en aquella misteriosa caja que puso nervioso al sanador? ¿Un mapa antiguo con un tesoro que no desea compartir? ¿Su legado secreto? ¿Una palabra impronunciable?

—Las palabras impronunciables no existen —susurra una voz en su interior mientras se mira al espejo con la boca llena de espuma —¿O sí?

— 21 —

La cueva

1959

Peter pasa por su casa para coger dinero con el que pagar a Amín y devolver lo prestado a los chicos. Sally hace lo propio en la comandancia para informar a su padre del improvisado viaje. El capitán intenta convencerla para que desista.

—Ahórrate el discurso, padre. Voy a acompañar a Peter.

No insiste. Sabe que es tan cabezota como él. Se dirige al armero y coge un Kalashnikov AK-47 y tres cargadores.

—¿Qué haces? —pregunta Sally.

—Voy contigo —dice ajustándose la guerrera.

—Padre, es cosa nuestra.

—Si vas tú, es cosa mía.

—¿Y eso? —Sally señala al fusil con la barbilla.

—Nunca se sabe. Andando.

Al volante de la camioneta, Peter se acoda en la ventanilla con la mirada anclada en la línea del horizonte, en cuyo celaje grisáceo se adivina el ocre de los macizos de Qumrán. Peter, Sally y el capitán se aprietan en la cabina. También el beduino, aunque el niño apenas ocupa espacio. Bernard y Mylan intentan acomodarse en la caja de la camioneta, junto a las mochilas y el material que minutos antes pidieron prestado al capataz del yacimiento.

La *pick-up* toma dirección sur y abandona Jericó. A lo lejos, la neblina del Jordán se dispersa bajo las montañas de Moab. Circulan a buen ritmo durante el tramo de carretera construida hasta la orilla noroeste del mar Muerto. Después, se internan en el desierto siguiendo la antigua calzada romana, pero su estado es pésimo y ya solo sirve para orientarse. Se adentran al fin en un paraje inhóspito y silencioso donde el único vestigio de vida es un pequeño campamento de colonos que se vislumbra a lo lejos. El vuelo rasante de una formación de cazas P-51 del ejército israelí, con sus pilotos visibles en las carlingas, les recuerdan que viven en un estado de guerra permanente. Parece haberlo estado siempre, desde que el mundo es mundo.

Del pedregoso camino parten veredas de herradura trazadas por rebaños en hilera y recuas levantiscas. Bernard escupe maldiciones desde la caja de la camioneta. «Ve más despacio o nos quedamos sin posaderas».

El sol apunta por el costado de la tarde, como si, entrando de reojo por las crestas grises de Hebrón, pretendiera el vivo sentimiento de sentirse distinto. El capitán se hace visera con la mano y otea inquieto las nubes cárdenas del horizonte. Estima no más de un par de horas de luz efectiva. En el punto en que la carretera se aproxima a las colinas desnudas de Qumrán, justo antes del oasis de Ayin Feshja, Amín canta la señal: «Aquí». Peter dirige la camioneta hasta la base de la montaña y la sitúa dentro del triángulo que forman tres solitarias palmeras cuyos penachos el sol lustra con esplendores dorados. «Hay que seguir a pie».

La orografía arriscada del desierto de Judea, en su desgarrado olvido, con su mar sin vida y sus riscos de marga, destila una atmósfera envolvente e hipnótica. Su agreste belleza y su silencio hostil, casi perfecto, también lo es premonitorio y provoca cierto desasosiego, como el escenario de una película postapocalíptica. Se cuelgan las mochilas y las cuerdas, el capitán se tercia el fusil a la espalda y comienzan la andadura. Una bandada de milanos negros vuela en dirección opuesta.

—¿A qué distancia está la cueva? —pregunta el capitán al beduino.

El joven calcula con los dedos.

—Cueva. Tres millas árabes. O cinco. No sé.

—Se nos hará de noche en el desierto —se lamenta el capitán con el rostro cerrado en funestos presagios. Nunca le dieron buena espina los planes improvisados. Tampoco los milanos negros.

A poco, Peter repara que el beduino queda rezagado y no anda.

—¡Vamos! Debes ir delante —vocea Fortabat.

—Delante. Amín no anda si no pagas libras.

—Ya recibiste un adelanto. El resto en la cueva, como acordamos.

Taylor resopla y mira la hora. «Págale o se nos echará la noche», urge.

—Si le paga ahora se largará con el dinero —advierte Bernard.

—Amín no anda —el muchacho se planta con los brazos cruzados.

—¡Maldito bastardo! —escupe Bernard, que va hacia él con el puño cerrado, pero Peter lo frena.

El francés abre su mochila y saca una botella de cristal y la abre.

—Ahora Coca-Cola, en la cueva las libras.

El niño se relame y se pone en marcha. En completo silencio remontan una escarpada ladera. El disco solar desciende despacio como una moneda incandescente. Desde aquella posición, el mar Muerto parece un foso negro a comedio de una mina gigantesca ceñida de colinas desgreñadas alzadas hacia lo absoluto. En el cielo, el trazo de fuego del sol poniente crea el oro del ocaso formando un espectáculo de otro mundo.

En los niveles inferiores de la terraza de marga, hay un gran cementerio con más de un millar de tumbas en túmulos pétreos. El imponente espacio debió servir para inhumar a los habitantes de aquella misteriosa comunidad. A Peter le embarga la sensación de encontrarse a la vez en el centro de la tierra y en medio del cielo, en un espacio sobrecogedor y desconocido, en un tiempo que ya no es de los hombres.

Tras un ascenso que los deja sin aliento, alcanzan al fin las ruinas de Hirber Qumrán que albergó, dicen, una comunidad esenia hace más de dos mil años y cuyos restos se levantan sobre una blanca terraza de marga, a poco más de un kilómetro del mar Muerto. Su presencia levanta el vuelo de los cuervos. Sus graznidos forman un eco lejano en el desfiladero.

Bernard, arqueólogo experimentado, señala cada estructura que identifica: la torre defensiva con paredes de un metro de grosor aún tiene intactas sus dos primeras plantas. Contiguas a la torre, diversas cisternas grandes y pequeñas, conectadas por una red de canales que servía para acopiar agua con la que sobrevivir en el desierto. «Mirad, un horno para cocer cerámica y una fragua». Peter se pregunta si los manuscritos encontrados años atrás escondidos en once cuevas de los alrededores fueron escritos por los esenios en algunas de aquellas dependencias o fueron traídos de otras partes de Israel para salvarlos de la invasión romana.

—¿Eso es un aljibe? —Sally señala una especie de alberca con escalones.

—Un estanque para baños de purificación ritual —apunta Gardener.

—Bautismos —apostilla Mylan.

Por un oscuro instante, el silencio se adueña de las ruinas. El susurro del céfiro sobre las piedras acrecienta los enigmas sobre la misteriosa ciudad. Les sobrecoge imaginar las durísimas condiciones de vida en aquel desierto hace dos milenios y la firmeza de asumir voluntariamente semejante precariedad.

—Se hace tarde —ataja Taylor, que no cesa de otear las proximidades.

Caminan un buen trecho por el borde de un vertiginoso acantilado. Desde las alturas contemplan el cañón sobre el lecho del *wadi*, las formas antojadizas de los farallones y el cauce seco de la riera donde, a lo largo de siglos, aguas en torrenteras esculpieron las rocas para desaguar en el mar Muerto. A ambos lados, elevados riscos en los que se distinguen algunas cuevas, tan evidentes que, sin duda, habían sido ya exploradas. Aislados en el silencio, contemplan sobrecogidos un paisaje casi irreal. Reina una calma absoluta, solo rota por el aullido lejano de un chacal. La noche los engulle lentamente.

Amín sortea un cerco de piedras en la cresta del acantilado y busca referencias al filo mismo del precipicio. Al fin les hace señas. El grupo se aproxima y ve cómo retira algunas piedras y un matorral seco dispuesto para ocultar una cuerda enrollada que precipita al vacío. Amín se descuelga con agilidad. «No jodas que hay que bajar por ahí», protesta Mylan, que siente algo de vértigo.

Uno a uno, descienden por el acantilado donde, a media altura del farallón, hay una pequeña meseta que da paso a una estrecha oquedad en la pared por la que Amín se cuela como un hurón en una madriguera. Con dificultad, siguen al beduino por el agobiante esófago. Es tan estrecho que el corpulento Mylan sufre lo suyo para avanzar. Pequeñas estalactitas, afiladas como mandíbulas de caracal, desgarran sus ropas y muerden su piel. «Menuda ratonera». Ciertamente la gruta tenía una ubicación que había contribuido a pasar desapercibida durante dos milenios. Ni desde los puntos altos ni desde lo bajo, por la riera, podía verse debido a la configuración del entorno, que oculta su entrada en mitad del acantilado. Dentro, la oscuridad se adensa y encienden las linternas. Avanzan por la estrecha galería hasta ganar una sala amplia donde, al fin, pueden ponerse de pie. La visión los impacta. Hay osamentas, varias tinajas preñadas de rollos y códices esparcidos por el suelo con sus ataduras abiertas. Intercambian miradas de asombro.

—¡La cueva número doce! ¡Sabía que existía! —a Peter le refulgen los ojos ante el tesoro documental que tiene delante.

El aire pesa, encinto de aromas de siglos. Un polvo dorado flota ingrávido en su constante indecisión entre el cielo y la tierra. Bernard y Peter, fascinados, se acuclillan y examinan algunos pergaminos y fragmentos. Abren con cuidado algunos rollos. Bernard, que ha descubierto algunas monedas y dos pequeñas tinajas semienterradas y selladas, saca la piqueta e intenta liberarlas. En cambio, Sally se siente como una intrusa invadiendo aquel lugar suspendido en el tiempo.

—¡No tocar *papelo* sagrado! ¡Pagar a Amín! —exige el joven beduino.

Bernard, cansado de las exigencias del beduino, se va para él.

—¡Cierra el pico, sabandija! ¿Despedazas los pergaminos y ahora vienes exigiendo? ¡Deja de incordiar o te deslomo, rata de desierto! —se sulfura el inglés.

El chico, intimidado, retrocede hasta la salida de la gruta.

Fascinado, Mylan salta de rollo en rollo con la emoción bailándole en los ojos. Comenta que en esta zona aparecieron los manuscritos del mar Muerto que tienen más de dos mil años. Asegura que, quienes escondieron los pergaminos en esa cueva casi inaccesible lo hicieron por temor a que las legiones romanas destruyeran sus libros sagrados. Sus últimos custodios prefirieron morir antes de entregarse. Peter abre con cuidado un rollo y compara la fotografía del fragmento que días atrás le ofreció Amín. La grafía es idéntica.

Bernard, que conoce bien el hebreo y el arameo, asegura que tienen el mismo registro paleográfico. «Tal vez pertenecen al mismo escriba».

—Yehshúah —Peter concentrado en el pergamino, sin dejar de iluminarlo con la linterna, señala una línea— Aquí... ¡Yehshúah Bar Yehosef!

Bernard se aproxima y traduce el párrafo completo:

—*Yahudah Bar Yehshúah, el hijo y discípulo amado del Maestro de Justicia, tras el finamiento de su padre Yehshúah Bar Yehosef, es voluntad del Consejo...*

—¡Dios mío! —interrumpe Peter con los ojos desorbitados— Yehudah Bar Yehshúah, ¡Judá hijo de Jesús! —Siente el olor dulzón del cuero y la tierra vieja, la fragancia de la historia liberada, dos mil años cautiva. Acaricia el pergamino con las pupilas, como una reliquia valiosa que no se atreve a tocar. Siente que el corazón le da un vuelco; abre la boca y, con los ojos fascinados, se niega a creerlo—. Según este manuscrito Jesús fue Maestro de Justicia de la comunidad de Qumrán y tuvo un hijo llamado Judá. Esto es una bomba.

—A no ser que se refiera a otro Jesús. Era un nombre frecuente —apostilla Mylan.

Sally desea saber cómo continúa el párrafo. Bernard traduce:

—*Es voluntad del Consejo de la Nueva Alianza que por edad quede como discípulo de su pariente Ya'akov Bar Yehosef hasta que alcance la gracia que Yahvé concede a los hijos de la Luz.*

—Tras la crucifixión de Jesús, su hijo Judá quedó a cargo de Ya'akov Bar Yehosef, Jacobo hijo de José, su tío Santiago... —Impactado, Peter mira a sus compañeros.

—Esto echa por tierra el mito evangélico —advierte Mylan.

Se hace un silencio fascinado. Bernard sugiere que Judá, el hijo de Jesús, tal vez sea el misterioso «discípulo amado» del evangelio de Juan. El que se recostó sobre el pecho de Jesús en la última cena.

—María Magdalena y ese joven discípulo están presentes en los momentos claves de la pasión como sus más directos allegados. Se refiere varias veces en el evangelio de Juan, pero omitieron su nombre.

—¿Por qué nunca escribieron su nombre si era el discípulo más amado de Jesús? —se pregunta Mylan.

—Porque Pablo y los evangelistas necesitaban un mesías célibe que se ajustase a las profecías del Antiguo Testamento y resucitarlo al tercer día —resuelve Peter.

Bernard se pregunta por qué dicen que en las anteriores cuevas no aparecieron textos con referencias a Jesús.

—Tal vez —se responde a sí mismo— los textos que hablan de Jesús fueron separados del resto y ocultos por alguna razón en esta gruta más secreta e inaccesible.

—O tal vez, —añade el filólogo francés— en las cuevas anteriores también se descubrieron, pero el equipo de Dubois los fue apartando y censurando.

—¿Por qué iban a hacer eso? —se pregunta Mylan.

—Quizá encontraron a un Jesús histórico distinto al Christos de la fe, al mesías paulino de los evangelios —propone Peter, con la mirada anclada en la palabra Yesúah—. Estos manuscritos podrían demostrar el proceso de divinización posterior en las cartas de Pablo y en los sinópticos posteriores. ¿Sabéis lo que supondría?

El eco de la pregunta de Bernard queda en el aire. Los rostros, precariamente iluminados con las linternas, reflejan la excitación del momento.

—Desmontar los orígenes del cristianismo —sentencia Mylan como un desolador epigrama.

Padre e hija se miran abrumados por la fascinación de los arqueólogos, tal vez excesiva en especulaciones cuando aún no se ha realizado un estudio pormenorizado.

—Debemos irnos. He de dar parte al Departamento de Antigüedades de Jordania para que vengan a retirarlos —el capitán los devuelve al presente.

Peter se gira hacia el padre de Sally. Las miradas de ambos se encuentran en la penumbra.

—Jeff, si haces eso las autoridades jordanas entregarán los manuscritos al equipo del museo Rockefeller como hicieron con los encontrados en las demás cuevas. Si los textos contradicen los dogmas cristianos, tal vez nunca se divulgarán.

—Pero es mi obligación —arguye el capitán—. No podemos llevarnos este material ni permitir que los beduinos sigan expoliándolos. Pertenecen al reino de Jordania. No hay alternativa.

—Estas tierras se ocuparon ilegalmente a los habitantes de Judea y Samaria —alega Peter—. No son del rey Hussein.

—Eso no nos compete —zanja Taylor—. Ya vimos lo que hay aquí, ahora debemos marcharnos. Es de noche y estos acantilados son peligrosos. Las patrullas podrían localizarnos y tendríamos problemas.

—Cariño, mi padre tiene razón. Debemos irnos e informar a las autoridades.

Un largo silencio se desploma sobre la gruta. Los arqueólogos miran a Peter.

—Veamos —el francés levanta las manos en señal de pacto—. Propongo que nos llevemos dos o tres rollos para su estudio por el profesor Allegro, que es uno de los más reputados expertos en exégesis bíblica. También informaremos a miss Kenyon. De esta forma, si los manuscritos de esta cueva caen en manos del equipo internacional y los censuran, tendremos una prueba a la que aferrarnos.

—De acuerdo pero, tras su estudio, se devolverán —propone Taylor.

Peter toma dos rollos y entrega uno a cada arqueólogo. El tercero, en el que minutos antes había localizado la palabra Yesúah, se lo guarda él. Improvisan envoltorios con ropa para protegerlos y los introducen en sus mochilas.

Peter suspira y observa la cueva con sus trascendencias milenarias y su tesoro documental. En aquel desierto inhóspito el sol marcaba los días, la noche su misterio y los manuscritos el sentido de lo eterno. En ese momento unas piedras ruedan en el exterior. Los cuatro dirigen sus linternas a la salida.

—¿Qué ha sido eso? —pregunta alarmada Sally.

—¿Dónde está el chico? —Peter lo busca. Enfrascados en la conversación no han reparado en él.

El capitán desabrocha su pistolera y desenfunda, apaga la linterna y se arrastra a oscuras por el estrecho pasadizo hasta alcanzar la pequeña meseta, al borde del acantilado. Taylor lo observa todo y escucha. Al cabo de unos segundos entra de nuevo en la cueva.

—Amín no está y alguien ha recogido la maroma por la que descendimos para evitar que escapemos. Está anocheciendo y, lo que es peor, el chico se ha llevado el Kalashnikov y los cargadores.

—Se ha cobrado sus servicios —espeta Sally.

—Arriba hay alguien —Taylor señala al techo de la cueva.

A Peter le parece extraño, porque nadie sabe que estaban allí, a no ser que los hubieran seguido. Bernard, gruñe: «¡Sabía que esa rata nos traicionaría!». Se hizo un silencio apreciativo sin saber qué debían hacer, si quedar en la cueva hasta la llegada del nuevo día o enfrentarse a los que aguardaban en la cima.

—Estamos atrapados —musita Sally.

El día, moribundo, se tiñe de azul oscuro.

— 22 —

Los turcos

Estambul, junio, 2010

El palacio Topkapi es uno de los monumentos más visitados de Estambul, paradigma del poder de Constantinopla como capital del Imperio otomano. Estuvo en uso hasta 1853, cuando el sultán Abdulmecid trasladó su residencia al Palacio de Dolmabahçe.

Frente a la muralla bizantina del palacio, ante la puerta de un discreto café, cuatro hombres de piel curtida y gafas de sol aguardan junto a sus maletas. Van vestidos a la europea y, el más alto, el de más edad, tiene las sienes plateadas y el rostro marcado. Es un tipo hosco, arrojadizo y, aunque frisa los sesenta, parece más en forma que sus compañeros. También es el más impaciente, porque no cesa de ojear su reloj de oro. Un Volkswagen con los cristales tintados se detiene ante ellos. Tras cruzar unas palabras, el chófer se dispone a cargar el equipaje en el maletero, pero el tipo alto retira con brusquedad al conductor:

—¡*Bavulların yanına gitme!* («¡No te acerques a las maletas!»).

Ellos mismos cargan sus equipajes en el maletero y se acomodan ante el estupor del chófer que, amedrentado, los observa por el retrovisor.

El vehículo callejea por el distrito de Fatih, cruza el puente Gálata y bordea la ribera oriental del Cuerno de Oro. Los rudos pasajeros del Volkswagen desconocen que aquel enclave ha sido escenario de grandes batallas por el control del Bósforo. Estambul, la vieja Bizancio, la prístina Constantinopla, aún conserva, en el misterio decadente de sus ruinas, en el caos de sus más de quince millones de almas, la grandeza de un pasado esplendoroso, la gravedad de civilizaciones que, asentadas en sus costas, dominaron las estribaciones mediterráneas hasta la península ibérica.

Dejan atrás la bulliciosa ciudad y el cementerio Hasdal, se adentran por barrios decrecientes y recorren los cuarenta y dos kilómetros que separan el distrito histórico con el İstanbul Havalimanı, el aeropuerto internacional. Ya en las instalaciones, se internan en el área restringida y el chófer exhibe la documentación que les permite evitar los embarques habituales y acceder a un GAT privado (General Aviation Terminal). Con valija diplomática falsa y la supervisión sobornada, sortean los controles. A pie de avión, un operario de la compañía va a hacerse cargo del equipaje, pero uno de los tipos, lo conmina:

—¡O bavullara dokunma! —vocifera.

El trabajador, intimidado, se disculpa con voz de colibrí y se retira con las manos unidas a modo de oración. Al fin, los cuatro tipos, portando cada uno su equipaje de mano, ascienden por la escalerilla del Dassault Falcon 50, avión de negocios de la compañía Deutsche Privatjet de vuelos chárter. Sonríen ante el lujo y la limpieza de la aeronave. El de las sienes plateadas enciende un cigarro y mira en todas direcciones. Dos de ellos, de rasgos kurdos, que parecen gemelos sin serlo, se arrellanan en los sillones giratorios de cuero, se desprenden de los zapatos y apoyan los pies sobre el asiento delantero. El tercero, con la constitución de un toro y el cerebro de un percebe, abre el minibar y reparte botellas de cerveza y bolsas de aperitivos. Brinda a la joven azafata una sonrisa maliciosa y el destello espurio de su diente dorado. Hace un guiño y levanta la botella a su salud. La azafata, estupefacta por su impronta patibularia, se pregunta cómo sujetos de tal pelaje pueden costearse un lujoso vuelo privado hasta el London Heathrow Airport.

—Por favor, abróchense los cinturones. Vamos a despegar —solicita.

El del diente dorado encalla los ojos en el juego de caderas de la azafata. Son anchas y hospitalarias. Su ajustado traje chaqueta deja entrever el juego de turgencias, unos andares prietos y un trasero redondo, alto, bien partido. «Gentileza de la compañía Deutsche

Privatjet», piensa. Al pasar por su lado intenta palmear sus nalgas, pero una mano lo frena en el aire, justo a tiempo. Se topa con la mirada sombría del jefe. Su rostro rajado y sus pupilas despiadadas son, por sí mismas, una advertencia.

—Si me causas un solo problema te despacho al fuego eterno de Yahannam —sentencia en perfecto turco. Su voz es tonante, como la de un general.

El kurdo asiente y masculla un sometido *evet patrón* («sí, jefe»). Sabe que es muy capaz de hacerlo. En su equipaje porta armas con las que se ha empleado sin miramientos. Un adlátere ríe la gracia por lo bajo. Se le congela la risa cuando el jefe le clava su mirada negra de íncubo.

—Esto va también por ti, y por todos. No quiero un fallo en mi equipo. ¿Está claro?

Asienten y se recomponen.

—Y lavaos los pies, que apestáis a puercos —concluye ante la mirada desorientada de la auxiliar de vuelo.

— 23 —
Torondo

Don Jaime, su tutor y profesor de Lengua Castellana, se sorprende cuando Martín pide permiso para *jar al escusado* («ir al váter»). Cuando le pregunta por qué utiliza tan extraños términos, dice que ahora es sanador de palabras olvidadas, aquellas que ya no se emplean, para ver si, extendiendo su uso, regresan al diccionario.

—¿Como cuáles? —pregunta don Jaime.

—Como *ababa* (amapola) o *alábega* (albahaca).

—¡Anda! Pero si tenemos entre nosotros a un pequeño Cervantes —dice el profesor, incómodo por desconocer el significado de los términos.

Don Jaime se pregunta qué motiva a un niño de diez años a preocuparse por palabras desusadas que, ni se pronuncian, ni están ya en el diccionario. En veintiséis años como docente es la primera vez que se tropieza con un caso así.

—¿Dónde has aprendido esas palabras?

—En el diccionario cementerio del español —responde Martín.

El tutor desconoce la existencia de ese diccionario. ¿Cómo uno de sus alumnos lo conoce y él, siendo profesor de Lengua Castellana, no tiene noticias? Necesita verificarlo. Coge su teléfono, entra en Internet y busca «diccionario cementerio del español». Aparece en la primera entrada. Es una página interactiva que recoge las palabras que el diccionario de la Real Academia de la Lengua ha suprimido en los últimos cien años. Entra en el blog y curiosea. Las voces suprimidas se clasifican por orden alfabético. Selecciona algunas al azar y pone al niño a prueba:

—¿Sabes qué era *abubo*?

—Las peras pequeñas que mi madre compra. También se les llama cermeñas.

—¿Y *ochentañal*?

—Un anciano con más de ochenta años.

—¿Te sabes todas las palabras de ese diccionario?

—*Quizabes* (quizá).

El profesor no sale de su asombro. ¿Cómo es posible? En ese momento suena la sirena que anuncia el inicio del recreo. Los alumnos salen en tropel y el patio se llena de chicos gritones que juegan, corren y comen bocadillos. Observa a Martín, que se aproxima al grupo de niños que atienden divertidos a su exposición terminológica.

—Esto —dice señalando al sumidero del patio— es un *aboñón*, y este árbol, un *albedro* —señala una lámina de la unidad didáctica de botánica.

—Mi papá dice que es un madroño —ataja un chaval pálido y pecoso.

—Pero si lo llamamos albedro sanamos la palabra olvidada —aclara Martín.

—¿Y esto cómo se llama? —su amigo Chema señala el chichón en su frente.

—Un *torondo*.

—¡Qué guay! Tengo un torondo y vosotros no —ríen con estrépito.

—¿Y yo? ¿Y yo? —pregunta el orondo y mofletudo Rodri con la boca llena de bocata de chorizo.

—¿Tú? —Martín piensa— Tú eres un mamotreto.

El profesor, que ha escuchado la conversación, hace una mueca, lo coge del brazo y, en un aparte, le habla.

—Escucha, Martín. No puedes emplear nombres que ya no se usan y mucho menos divulgarlo entre tus compañeros. En clase aprendemos a utilizar correctamente el idioma y esas palabras no están olvidadas, sino muertas, y ahora empleamos otras. Además, si utilizas términos que nadie entiende, creerán que estás hablando en clave, que les tomas el pelo y eso es una falta de educación. ¿Lo entiendes?

—Yo las resucitaré.

—¿Para qué?

—Ayudo a un amigo a resucitar palabras. Él dice que dejaron de usarse porque entraron otras nuevas que las sustituyeron y terminaron por desplazarlas, pero podemos recuperarlas si las usamos de nuevo y, para usarlas, antes debemos conocerlas.

—¿Qué amigo te ha dicho eso? —don Juan aprieta los labios.

—No puedo decirlo. Es un secreto de filibustero.

El tutor hace un silencio sin dejar de mirarle a los ojos. Definitivamente es un niño con un gran talento, pero sería conveniente hablar con su madre.

— 24 —
La celada

1959

El capitán Taylor levanta la cabeza hacia el cielo de Judea y abarca con un gesto la densa oscuridad que los rodea. Ya es noche cerrada. El claro de luna perfila el profundo declive del desfiladero. Alguien vocea en hebreo desde el acantilado y Taylor propone parlamentar con los sitiadores desde la pequeña meseta. El eco del despeñadero devuelve conminativos espeluznantes. Les sobresalta una detonación que el escarpe amplifica como un cañonazo. Después se instala un silencio dramático.

—El Kalashnikov —el capitán reconoce el sonido.

—¿Qué han dicho? —susurra Sally.

—La Nueva Alianza castiga a los traidores. No mereces ser soldado —traduce Bernard.

—¿La Nueva Alianza? —Peter queda pensativo.

Tras unos instantes, de nuevo la voz.

—¡Europeos, salid con manos en alto!

—¿Cómo saben que estamos aquí? —sisea Peter, alargando el cuello buscando alguna salida en la negrura.

—Los avisaría el chico —supone Bernard.

—No es posible. Amín se vino directamente con nosotros, no habló con nadie —A Peter no le encaja la situación.

Al decir «chico», Peter repara en la traducción de Bernard: «no mereces ser soldado». El claro de luna pinta el espanto en sus ojos. «Es el padre de Amín. ¡Lo ha ejecutado!», solloza entre dientes. Tal vez regresó del viaje antes de tiempo y, al no encontrarlo con sus hermanos, sospechó que fue a la cueva para recoger fragmentos y venderlos. Cuando vio aparecer a su hijo con el fusil, tras reconocer que había guiado a los forasteros, el padre, furibundo, le habría disparado con la misma arma que Amín se llevó para cobrar sus servicios. No merecía un final así. Solo era un niño, piensa con aflicción, un hijo de la miseria y del desierto que intentaba conseguir algunas libras para su madre enferma. Una lágrima de rabia se desliza por la mejilla de Peter.

—¡Has matado a un niño, hijo de puta! —truena.

El desgarro de Peter es devuelto reiterado por el espeluznante eco del desfiladero.

—Juró respetar lo sagrado y ha traído a los profanadores. Su alma ya está con Yahveh —repite el eco.

—¡No era un soldado, era un niño! ¡Y tú un puto asesino! —brama al vacío. Asesino, asesino, asesino, repite el eco. A Peter, bilioso, le cuesta sostener la indignación.

—Los europeos expoliáis los textos sagrados de Khirbet Qumrán y los perros beduinos los venden al barato. Invadís la tierra prometida e insultáis a Yahveh. ¡Salid con brazos en alto! —ordena la voz del padre de Amín.

El capitán hace retroceder a sus compañeros y susurra que la única posibilidad de escapar sería descender por el acantilado, dar un rodeo por la riera y alcanzar la camioneta, que está en la vertiente opuesta de la loma.

—¿Cuántas cuerdas habéis traído? —pregunta Taylor mientras abre el tambor del revólver y comprueba su carga.

—Dos de treinta y cinco yardas —Mylan las muestra.

—Si unimos los dos cabos tal vez sea suficiente —musita el capitán para no ser oído—. Bajaremos de uno en uno pegados a la pared. Yo os cubriré desde arriba. Abajo, dispersaos y no uséis las linternas. La luna os echará una mano. Buscad las tres palmeras donde dejamos la camioneta, escondeos por los alrededores y aguardad a los demás. Yo seré el último. Si me veis acompañado no os hagáis ver, dirigíos a Jericó campo a través, siempre hacia el norte.

Con el miedo esculpido en el rostro, Mylan se afana en unir los cabos con nudo de pescador triple para asegurarse de que no se soltarán. Después fija uno de los extremos a la base de una estalagmita. Lanza al vacío la cuerda, que al chocar con la pared arrastra pequeñas piedras que alertan a los sitiadores. Suena un disparo. La bala se pierde en la negrura.

—No nos ven. Disparan por aproximación —susurra el capitán. Los demás guardan silencio. La adrenalina los paraliza.

El primero en descolgarse es Mylan. Lo hace aprovechando la oscuridad, mientras Taylor entretiene a los de arriba.

—¡Nos quedaremos aquí! Tenemos víveres para varios días y vendrán a buscarnos. ¡Saben dónde estamos! —miente.

En la cima, murmuran en su lengua. Queda la cuerda floja. Mylan ha alcanzado el fondo. Le toca a Bernard, que no ha abierto la boca desde el disparo que acabó con la vida de Amín. El miedo se ha tragado su elocuencia. «Date prisa, estos cabrones son capaces de bajar a por nosotros», urge Taylor. Bernard se aferra a la cuerda con manos temblorosas. El filólogo lee el miedo negro en los ojos de su compañero. «Tranquilo, saldremos de esta», anima el francés. Desciende con dificultad, pero alcanza su objetivo.

Los sitiadores vocean.

—Lanzamos cuerda, europeos subir y respetamos vidas —El eco de su voz resonó tres veces en el desfiladero.

—¿¡Quién va a creerte después de matar a tu hijo!? —devuelve Taylor a voz en cuello.

«Te toca», musita Peter, pero Sally se niega. «Baja tú. Te cubriremos». Peter acepta porque no va armado. Desciende demasiado rápido y, en el último tramo, la cuerda le produce quemaduras en el pecho y en el hombro, por el veloz deslizamiento en rápel. La suelta con un gemido de dolor y los últimos metros rueda por la pendiente hasta caer en las arenas de la riera. Suenan dos disparos en la noche que son respondidos por el revolver de Taylor. El eco multiplica el paqueo. Sally alcanza el fondo, desenfunda y apunta a las alturas para cubrir el descenso de su padre. Taylor, el último en descender, al fin alcanza la riera y desenfunda: «Corred pegados a la pared. Os cubro».

Catapultados por el miedo, Peter y Sally corren guiados por el claror de la luna. Desde arriba los oyen alejarse a escape y disparan.

A comedio del trayecto se detienen para buscar sonidos, esperando encontrar a sus compañeros. El silencio del acantilado es sobrecogedor. Suena un nuevo disparo y, tras él, un gemido. «¡Padre!», grita Sally, que corre en dirección contraria, seguida de Peter Fortabat. Lo encuentra en el suelo con un rictus de dolor y lo abraza. Se mira las manos manchadas de rojo espeso. Fuera de sí, deja escapar un alarido de furia y dispara a las alturas. «¡Malditos hijos de puta! ¡Os haré pagar! ¡Juro que os lo haré pagar!», grita hasta donde le llega la voz. Peter impide que malgaste munición y tira del capitán poniéndolo a cubierto entre dos grandes piedras. Sally llora y se aferra a su padre, que respira con dificultad. Con un hilo de voz, musita: «Marchaos. Osman os ayudará». El capitán tira de la mano de Peter y le susurra al oído: «Cuida de mi pequeña. Solo te tiene a ti». Sally hipa y se niega a marchar sin él. «Te sacaremos de aquí», mascula entre lágrimas. Un nuevo disparo de Kalashnikov impacta a los pies de la chica. Peter la refugia junto a su padre. Sally, con la mirada inundada, entrega su revólver a Peter junto a un puñado de balas. Ella coge el de su padre. «Me quedo con él. Ve a por la camioneta».

En las alturas, varias sombras triscan de peña en peña. Alguien arranca una moto en la cima. Una segunda motocicleta también se pone en marcha. Los sitiadores saben que los europeos van armados y han alcanzado el fondo del desfiladero, por lo que intentan dar un rodeo con el propósito de cortarles el paso a la salida del cañón. La adrenalina le quema las venas y Peter corre cuanto puede por las arenas de la riera. Distingue al fondo las tres palmeras, platean sus copas al brillo de la luna. Alguien ha encendido una fogata en aquel lugar. Conforme se aproxima, descubre horrorizado que es la camioneta la que está ardiendo. Debieron incendiarla para impedirles la huida. «¡Hijos de puta!».

Las dos motocicletas se aproximan, sus faros descienden por una de las laderas del cañón levantando nubes de arena. El francés se protege tras unas rocas. Desde su parapeto, empuña el revólver. Alinea el punto de mira sobre una de las motos, aguarda a que se aproxime y aprieta el gatillo. Consigue derribarla. Tras varias volteretas, queda en el suelo con el faro encendido. La segunda hace un trompo sobre la arena y se aleja hacia la riera.

Peter, con las dos manos sobre su arma, acude al encuentro de los motoristas que yacen en el suelo. Uno está muerto o inconsciente. Sangra por la cabeza. A la luz del faro puede ver en su cuello la misma marca que grabaron en Amín. Junto a la moto descubre el Kalashnikov del capitán. Cuando se dispone a recogerlo, recibe una fuerte metida en el estómago que lo hace caer al suelo. El dolor le corta el aliento. Su agresor intenta levantarlo, pero Peter se aferra a las piernas de su oponente, las traba y empuja y ambos caen al suelo, donde ruedan y sostienen un violento forcejeo. El motorista de la chilaba, que es más alto y corpulento, consigue situarse a su espalda y le oprime el cuello con el brazo. La sensación de asfixia le nubla la vista. Viéndose perdido, el francés palpa el suelo, coge una piedra y la estampa varias veces contra la cabeza de su rival hasta que consigue zafarse. Tose y gatea buscando el revolver de Sally, que localiza junto a unas matas. El acero de una daga destella a su espalda. El de la chilaba se lanza a degüello, pero el francés, en el último segundo, consigue detonar el arma y el contrincante cae a plomo encima de él. Se deshace del atacante sin dejar de apuntarle. El disparo le ha atravesado el costado. El motero intenta levantarse, pero el dolor lo incapacita. Sintiéndose incapaz, profiere un alarido de odio y desliza la afilada hoja del acero sobre su propio cuello. Deja escapar un estertor terrible. El tajo le secciona las carótidas y divide en dos la marca que también exhibe. El rictus de la llegada al infierno se instala en sus ojos antes de sumirse en la oscuridad eterna. El filólogo coge la daga que el difunto aún sostiene y la observa. Es un pequeño alfanje con hoja curva y empuñadura labrada. El acero lleva grabado el mismo símbolo.

Peter peina los alrededores y llama a sus compañeros: «¡Mylan! ¡Bernard!». Repite varias veces la llamada, pero nadie acude. Guarda el revólver y el puñal, se tercia el Kalashnikov a la espalda, monta la moto, arranca, presiona embrague, pisa marcha y acelera a fondo elevando una nube dorada junto al fuego. A toda velocidad se pierde en dirección a la riera. Ya dentro del desfiladero, frena en seco cuando descubre a lo lejos el faro de la segunda motocicleta, como el ojo de un cíclope que aguarda a su presa en la negrura. Cambia el sentido de la marcha, abandona el cañón y se interna en la carretera, perseguido ahora por la segunda moto. Peter no sabe qué hacer, se está alejando de Sally y Jeff, no hay nadie por la carretera y para Jericó faltan veinte kilómetros. El capitán podría morir desangrado. Al poco, la moto petardea. Mete gas, pero da tirones. Se queda sin gasolina. «¡Maldita sea!». Por el espejo retrovisor los ve aproximarse. Se escucha un disparo, su moto afloja y retuerce el acelerador. Se dirige hacia la aldea de colonos. El motor renquea y sus perseguidores se aproximan. A pocos metros del poblado, la motocicleta se detiene. La abandona y corre hasta las luces de aceite. Pistola en mano y con el fusil a la espalda, Peter se adentra en una calle con casas de adobe y chozas de encañizada. Pide socorro al pequeño grupo de colonos que lo observan aparecer extenuando y sangrante. «¡Ayuda! ¡Por favor! ¡Ayuda!». Sus gestos desordenados atestiguan una viva exaltación.

Sus perseguidores renuncian a entrar en el campamento, dan la vuelta y se dirigen de nuevo a Qumrán. Los campesinos, al verlo armado, no se mueven. «Ayuda». Una mujer le aproxima un cantarillo de agua del que bebe con ansia sin dejar de mirarlos. Peter recorre los alrededores ante la mirada atenta de los colonos. Hay un viejo camión con hortalizas. «Necesito que me prestéis este camión, tengo que recoger a un herido», les dice señalando el vehículo. No entienden su lengua y el tiempo se acaba. «¡Las llaves del camión!», requiere con movimientos de mano, pero los aldeanos no se inmutan. Les apunta con el revólver: «¡Dadme las putas llaves!». Aterrorizados, los campesinos se arrodillan y levantan las manos en actitud de rendirse. La mujer que le ofreció el agua se aproxima nerviosa: «*Mafatih, mafatih*», abre la puerta del camión y señala al interior. Las llaves están puestas. «Eso es, *mafatih*», repite Peter, que sube a la cabina y arranca. Mira a la mujer por la ventanilla: «Lo siento. Es una emergencia». La campesina asiente, como si entendiera.

Se incorpora a la carretera y acelera a fondo. Conduce con el revólver en la mano derecha, temiendo una nueva celada. Localiza las tres palmeras y la camioneta de miss Kenyon, que aún arde, aunque con menor intensidad. Ya en el cañón reduce la velocidad para tratar de localizar el lugar donde hirieron al capitán. Toca el claxon y vocea por la ventanilla «¡Sally! ¡Capitán!». Detiene el vehículo y se apea. «¡Sally!». Le parece escuchar un leve gemido tras unas rocas.

Se acerca apuntando con el arma y descubre a su chica abrazada al padre. El capitán yace sin vida en los brazos de su hija. «Oh, Sally». Peter, emocionado, la abraza. «Lo siento, cariño». La hija acaricia el rostro de su padre sin dejar de gemir. «Vino para cuidar de mí», su voz vuelve a desfallecer. «Ayúdame a subirlo al camión. Tenemos que salir de aquí», urge Peter.

—¡Juro que os mataré, hijos de perra! —brama Sally a la negrura.

El camino de vuelta se tiñe de lágrimas. La cabeza de Peter es un torbellino que no cesa de girar. Se le proyectan una y otra vez las escenas de la terrible experiencia. ¿Soldados? ¿Nueva Alianza? Se pregunta qué habrá sido de Mylan y Bernard, si consiguieron escapar, si supieron orientarse o andan perdidos en mitad del desierto. Conduce con los ojos anegados, bajo el lacerante remordimiento de portar en la caja de aquel camión, entre hortalizas y fardos, el cuerpo de un capitán que quiso proteger a su hija de una empresa temeraria. Una hija que ahora se abraza a su frío progenitor, rota por perder el único referente de su vida. Fue él quien convenció al pobre Amín. Fue él quien tiró de Sally y de sus amigos para buscar la maldita cueva de Qumrán en una travesía erizada de peligros. Y todo por su puñetero afán de aventura, por la búsqueda de una empresa que no vale el precio de una sola vida. Toma consciencia de que la frontera entre el sueño y la pesadilla es tan frágil como un hilo de seda.

Llora de rabia e impotencia.

Las luces de Jericó se columbran a lo lejos.

— 25 —

Miss Kenyon

Alguien golpea la puerta con insistencia. Kathleen abre los ojos sobresaltada y mira el despertador de la mesita: las tres y diez de la madrugada. Se levanta alarmada.

—¿Quién es?

—Soy Peter. Abre, es urgente.

—¿Peter? —Vuelve a mirar la hora—. Algo pasa —deduce inquieta. Se viste a la apresurada y abre la puerta con recelo. El joven filólogo presenta un aspecto lamentable: polvoriento, magullado, tiene el drama alojado en los ojos y el cansancio en los huesos.

—Dios mío, Peter, ¿qué te ha pasado? —lo hace pasar.

La Jefa va a la cocina a por un vaso de agua. —Siéntate, por favor.

—No estaré mucho tiempo. He de irme —el joven Fortabat, exhausto, deja la mochila en el suelo y se desmadeja en el sillón de la salita—. Ayer tarde fui a explorar una cueva en Qumrán. Me acompañaron Mylan, Bernard y Sally. A última hora se unió el capitán Taylor. Se nos hizo de noche y bueno… —Peter arrastra las palabras con la intención de enfriar la noticia hasta donde le sea posible, pero Kathleen se impacienta.

—Al grano, Peter.

—Sufrimos una emboscada por unos tipos que dijeron ser soldados de la Nueva Alianza. Han matado al capitán.

—¿Al capitán Jeff Taylor? —miss Kenyon se lleva la mano a boca— ¡Cielo santo!

—Huimos —continúa tras unos sorbos de agua—. De Mylan y Bernard no sabemos nada. La comandancia ha informado al gobernador y se está preparando una expedición de búsqueda que saldrá al amanecer. Iré con ellos. He dejado a Sally velando a su padre en el hospital de la Media Luna Roja. No pude informarte antes.

—Dios mío —Impactada, se lleva las manos a la cabeza, como para sujetarla y da unos pasos por la habitación.

—¿Qué hacíais en Qumrán?

—¿Recuerdas a Amín, el joven beduino que me ofreció el fragmento de pergamino cuya foto mostramos al padre Michalik?

Kathleen asiente.

—Le ofrecí dinero para que nos guiara hasta la cueva donde cogió aquel fragmento. Una vez dentro, escapó con el fusil del capitán. El padre del niño, el tipo que impidió la venta del pergamino, acabó con la vida de su propio hijo por llevarnos a ese lugar. En aquella cueva hay vasijas y rollos de hace más de dos mil años. Los hemos visto, Kathleen. Siempre creí que existía una cueva con manuscritos que nunca descubrieron.

—¿Dónde están Mylan y Bernard? —pregunta Kathleen, pálida como una muñeca de porcelana.

—Se nos hizo de noche, escapamos de la cueva. El capitán nos pidió que nos dispersáramos y quedamos en reunirnos en la *pick-up*, pero esos tipos la incendiaron. Mylan y Bernard no aparecieron. Al capitán lo mataron, a mí me persiguieron en moto. Tuve que pedir prestado un camión a unos colonos.

El rostro de Kathleen se desencaja.

—Me prometiste que no volverías a utilizar la camioneta para temas personales.

Arrepentido, Peter agacha la cabeza.

—Salimos rápido, no quisimos perder la oportunidad.

Miss Kenyon se pone de pie y se lleva la mano a la frente.

—Has ignorado todas las banderas rojas del sentido común. Te llevas a tu aventura a dos de mis mejores colaboradores, a tu novia, a su padre y a un beduino menor de edad. El niño y el capitán, muertos, y Bernard y Mylan, perdidos en mitad del desierto. Confiaba en ti, Peter —reconviene dolida.

—¿Es que no lo entiendes, Kathleen? En esa cueva hay un enorme tesoro documental con manuscritos únicos que pueden contener la respuesta a todas las cuestiones sobre la génesis de las religiones abrahámicas.

—¡El que no lo entiende eres tú! —truena airada—. Las personas son más importantes que cualquier descubrimiento arqueológico.

—Pero es que…

—Tu imprudencia nos traerá problemas —ataja la Jefa enojada—. ¿Eres consciente de que puedes haber provocado un conflicto diplomático entre Jordania y el Reino Unido y que podrían revocar la financiación de nuestro proyecto arqueológico?

—Kathleen, todos fuimos de forma voluntaria. Quería probar la presencia de…

—Solo buscas aventura, emoción —miss Kenyon zozobra en el desasosiego y cruza los brazos en un gesto de impotencia—. No quiero gente así en mi equipo.

Aquellas palabras tocan hueso. Cierto que fue el afán de aventura lo que le animó a buscar la procedencia de aquel pergamino y cierto que cometió la imprudencia de no informar a la Jefa pero, ¿quién iba a imaginar que los acontecimientos se precipitaran de aquella manera? ¿Quién iba a sospechar que la noche y el fanatismo iban a oponerse a su curiosidad? Se sentía injustamente señalado por el infortunio, como si en Jericó aún levitara la maldición de Josué sobre los que remueven piedras de la vieja ciudad.

Se hace un silencio oneroso. Peter abre la mochila y saca un envoltorio alargado. Es una camiseta enrollada que, al ser abierta, deja a la vista un antiguo rollo de escriba. «Mira esto, por favor». La Jefa lo observa displicente sin descruzar los brazos.

—Lo traje para probar lo que digo. Mylan y Bernard llevan uno cada uno. Allegro y el pobre Richardson tenían razón, el equipo del Rockefeller ha censurado los textos de Qumrán en los que se habla de Jesús. Por eso es importante que no caiga en sus manos. Solo vine a informarte y a pedirte el favor de que lo custodies en lugar seguro hasta que pueda ser estudiado y datado —mira a Kathleen con tristeza.

La arqueóloga toma el rollo, lo abre despacio sobre la mesa y aproxima una lámpara. Se calza las gafas y se coloca el pelo detrás de las orejas. Reconoce en seguida el hebreo antiguo. Peter señala una palabra.

—Yehshúah Bar Yehosef —concluye con tono lúgubre.

El filólogo se dirige a la puerta con el ánimo roto.

—Peter —lo llama antes de que la puerta se cierre. El francés asoma su rostro cansado— Iré con vosotros.

El filólogo murmura un agradecimiento. Cuando cierra la puerta, miss Kenyon despliega el viejo rollo. Lo hace con extremo cuidado porque, cada vez que se abre, los bordes se deshacen como el hojaldre seco. Escruta las láminas cosidas de pergamino. A simple vista, podría ubicarse en el periodo helenístico-romano. Queda unos segundos pensativa y vuelve al texto, como asegurándose.

Se aproxima al teléfono de bakelita de pared y descuelga.

—Operadora, póngame con la residencia del profesor John Allegro, en Jerusalén.

— 26 —

El sicario

Londres, junio, 2010

«Te quise», murmura con la mirada perdida en su Five Seven, la *matapolis* belga que atraviesa chalecos blindados. Un velo de nostalgia le nubla el espíritu. Desde hace años, demasiados, lo mira todo con desconcierto, como quien regresa de una larga travesía de ultramar y ya no reconoce los vientos salobres de su isla. «Te quise, sí», repite con desdén, contemplando la fotografía en sepia de una joven sonriente con el pelo recogido. Su boca dibuja la línea cóncava de un desprecio destilado y antiguo. La imagen le habla de tiempos idos, de sonrisas pintureras, del idioma de la esperanza cuando verdeaba el ayer, de lo que pudo ser y no fue. «Pero me rechazaste y pagarás», concluye soltando con desaire la fotografía sobre el silenciador de la pistola. Tres toques sobre la puerta le devuelven al presente de su despacho en el distrito financiero londinense.

—¿Sí? —oculta el arma en el cajón del escritorio.

El asistente asoma la cabeza.

—Están aquí.

—¿Cuántos son?

—Solo el Turco. Tres más esperan fuera.

—Hazlo pasar.

Por la puerta del gabinete asoma un hombre de complexión poderosa. Habría sido bien parecido con sus sienes plateadas y el hoyuelo en la barbilla, de no ser por su mirada negra y su voz de barro. «Llegas tarde». Sabe que es la persona adecuada, más por las batallas de su rostro patibulario que por el costoso terno de Canali y su Rolex Daytona de seis mil dólares. «La puntualidad es una pérdida de tiempo», responde el recién llegado. No hay apretón de manos, solo el preámbulo de un taxativo cruce de palabras. Lo invita a tomar asiento, pero permanece inmóvil, peinando las paredes con su mirada oscura.

—Tranquilo, no hay cámaras. Me alegra verte de nuevo —saluda el mecenas.

El anfitrión es un potentado de cabello blanco entrado en años que ha empleado buena parte de su vida y su fortuna tras una obcecación.

—Te hacía muerto desde lo del GID —se adelanta el recién llegado con su inconfundible acento oriental. Se refiere al Dairat al-Mukhabarat al-Ammah, los servicios secretos jordanos, también conocido como General Intelligence Directorate (GID).

—Tuve suerte —esboza una mueca resentida, porque su suerte, lo supo siempre, aún permanece en la zona gris de lo impensable—. Siéntate, por favor.

—Sin rodeos. El tiempo es oro —el Turco se acomoda en una de las sillas.

Sin más demora, le entrega una carpeta con documentos.

—Aquí tienes cuanto necesitas. Como te comenté, en 1959 un grupo de europeos robaron tres pergaminos sagrados de una cueva de Qumrán. Recuperamos dos, pero el tercero nunca apareció. Llevo cincuenta años buscándolo. Se lo llevó un francés llamado Peter Fortabat. Lo buscamos por Cisjordania e Israel. Indagamos en excavaciones y anticuarios, enviamos hombres a Francia y vigilamos a su familia sin éxito. Es como si se lo hubiera tragado la tierra. Ninguna institución pública o privada dio noticias sobre aquel pergamino, ni ha sido expuesto. Ningún historiador ni universidad lo han documentado, ni citado en todo este tiempo. Ahora sabemos que fue traído a Londres por la arqueóloga Kathleen Kenyon. Fortabat trabajaba para ella en el yacimiento de Jericó. Hemos conseguido un documento que prueba que miss Kenyon encargó en Londres una datación por Carbono 14 sobre un «fragmento de pergamino de Cisjordania». Era del siglo I. No hay duda de que es el que buscamos.

—¿Hay que visitarla?

—Murió en 1978. Soltera y sin hijos.

—¿Entonces?

—No se atrevió a desvelar el contenido de ese importante manuscrito y prefirió ocultarlo. O lo escondió en su casa o, antes de morir, se lo entregó a Aaron Cohen, un anticuario de Notting Hill, íntimo amigo suyo. Ya es hora de hacerse con él a cualquier precio. En el dosier encontrarás direcciones, teléfonos, hábitos, itinerarios, puntos de encuentro y fotografías. Mis detectives han hecho un buen trabajo. Si no aparece en la casa de Kenyon, tendrás que sonsacarle al anticuario.

El invitado pasa las páginas del dosier y enarca las cejas mostrando un leve interés.

—¿Dice a cualquier precio? —trata de calibrar los límites de su intervención.

—Cueste lo que cueste.

—¿Y la plata?

—Seiscientos mil dólares fue lo acordado. Doscientos mil por adelantado y el resto a la entrega.

El rajado hace una mueca desaprobatoria.

—Cuatro kilos ahora —se refiere a cuatrocientos mil dólares—, el resto a la entrega. Es lo justo.

«Lo justo». Que aquel sicario haga referencia a *lo justo* parecía una siniestra paradoja. El potentado duda unos segundos. Lo mira con la inteligencia práctica de quien no desea granjearse un enemigo como ese y, al cabo, sonríe con aires de mundo.

—De acuerdo.

El mecenas coge el teléfono y llama. «Serán cuatrocientos mil. En billetes de cien», ordena. Después vuelve a la mirada oscura del Turco.

—Hemos aceptado todas tus condiciones, pero tomaremos medidas si incumples lo acordado o rompes el pacto de silencio. Bastará una llamada para que la Interpol caiga sobre ti. Además, sería una pena que tu esposa y tus dos hijos sufrieran la ira de Dios por tus artimañas, ahora que habéis prosperado.

Una sonora carcajada sacude el pecho del sicario. Después se abre un silencio violento tras el cual el Turco traza un gesto ambiguo. Parece una sonrisa, pero no termina de serlo, más bien una mueca preñada de malicia y sabe Dios de qué más.

—¿Me amenazas? —aquel hombre parecía inaccesible al mundo exterior.

—Eres bueno en lo tuyo, pero dicen que en ocasiones te pierde tu indisciplina. Eso no lo voy a permitir.

El sicario se yergue y a sus ojos acude el brillo acerado de las fieras antes de atacar, pero el mecenas le sostiene el pulso. Solo el cielo sabe qué pensamientos ocupan la mente del Turco. Los oportunos nudillos del secretario sobre la puerta impiden que la tensión progrese. El ayudante entrega un maletín, el sicario lo abre y cuenta los fajos con la destreza del hábito. Asiente conforme. Tampoco hay apretón de manos en la despedida. El forastero ase el maletín, le da la espalda y musita un gélido *shalom*.

—Ah —esboza el mecenas como si olvidara algo—. Te agradeceré que no hagas preguntas sobre el manuscrito.

—No me interesan los papeles viejos.

Queda claro que el único papel que interesa al hombre de las sienes plateadas es el papel moneda acuñado por la United States Mint.

— 27 —
La búsqueda

1959

La muerte del capitán Taylor conmociona a la gobernación de Jericó. Ha sido un hombre muy respetado durante el mandato británico y en la etapa jordana. A su entierro asisten cientos de personas para testimoniar a su única hija el sentimiento por la pérdida. La noticia es silenciada por el gobierno jordano, pero el *The Jerusalem Post* se hace eco en un breve sin entrar en detalles:

INCIDENTE EN QUMRÁN

En la tarde de ayer, asaltantes desconocidos emboscaron a un grupo de turistas europeos que visitaban los alrededores de Qumrán. En el tiroteo resultó muerto el capitán Jeff Taylor, destinado en la comandancia de Jericó. Se desconocen los motivos del asalto.

«Turistas europeos», repite con la mirada barnizada de ironía. Peter suelta el periódico sobre la mesa del antiguo despacho del capitán. Sally, con la expresión mustia, prosigue en la tarea de guardar en una caja los efectos personales de su padre. Está demacrada y ojerosa. «Voy con vosotros». Él intenta balbucir algo, pero desiste, la conoce bien. Recomendarle descanso sería inútil, aun cuando acaba de enterrar a su padre. Quiere regresar a la escena del crimen y él no se lo va a impedir. «Sabes que te quiero, ¿verdad?». Fue lo único que atinó a decir. «Lo sé», replica inexpresiva, ajustándose la pistolera.

Antes de que se echaran a la calle los sonámbulos de las primeras luces, un soldado avisa de que el convoy está listo. Yedid Osman, comandante de la fuerza acantonada en Jericó, era el superior del capitán Taylor. Es un tipo espigado de cuello fino, bigote rotundo y calva incipiente. Posee la serenidad de los seres íntegros y la elegancia rígida, propia de los hombres que ha envejecido de uniforme. Sus ojos vivos, hieráticos desde la pérdida de su amigo, han visto muchas miserias relacionadas con los hombres y sus guerras. Leído, observador y parco en palabras, las justas, cualidades que se echan en falta en la oficialía cisjordana donde menudean caudillos jactanciosos, ayunos en letras y sueltos de lengua. Pero Osman y Taylor sincronizaron, tenían aficiones comunes y terminaron siendo buenos amigos. Sally lo aprecia y, a su llegada de Qumrán, le contó lo sucedido salvo, por petición de Peter, la sustracción de los tres rollos que, como prometiera a su padre, serían devueltos a las autoridades una vez estudiados.

Miss Kenyon aguarda en la puerta del acuartelamiento. Tiene la tez cerúlea, los ojos enramados y unas ojeras cárdenas delatoras de haber dormido poco o nada. La arqueóloga abraza a Sally y le da las condolencias. Después abraza a Peter y le susurra al oído: «Está en lugar seguro». Kathleen ha facilitado al comandante las fotografías de Fisher y Gardener tomadas de sus expedientes personales. Osman, a su vez, las muestra a los soldados y guías beduinos de la expedición de búsqueda.

Durante el trayecto reina un largo silencio apenas interrumpido por el runrún del motor y el rascuñar de la palanca de cambios. Nadie se atreve a sacar el tema de los manuscritos delante del comandante. Osman, aunque ha sido amigo personal del capitán, no deja de ser una autoridad dependiente del reino hachemita y, de conocer que habían sustraído antiguos pergaminos, les hubiera obligado a devolverlos al Departamento de Antigüedades de Jordania, cosa que Peter desea evitar.

El amanecer dibuja una guirnalda ámbar sobre el horizonte. A una señal del francés, el convoy abandona la antigua calzada y se adentra por las arenas hasta las tres palmeras. En el triángulo que forman, aparece el chasis calcinado de la *pick-up*, como el esqueleto de un galeón hundido. Kathleen ojea a Peter, que agacha la cabeza. El comandante distribuye a sus hombres en tres grupos. El primero habría de batir la vertiente oeste del acantilado, el segundo por levante y el tercero acompañaría al resto por el interior del cañón, con la orden de comunicar por radioteléfono cualquier novedad.

Antes de internarse en la riera, reconocen el lugar del tiroteo que el francés sostuvo con los motoristas. Localizan algunas piezas desprendidas de la motocicleta y dos manchas carmesí, una menor y otra mayor. Las arenas habían bebido la sangre, pero sin rastro de los cuerpos.

—Se los llevaron —aduce Peter señalando las marcas de neumáticos— Esa mancha de sangre es del tipo que se degolló con esta daga.

El francés muestra el puñal curvo y todos se arremolinan a verlo. En la hoja tiene grabado el símbolo ם.

—Parece la *sámaj* hebrea —apunta Kathleen.

—Sicarios —sentencia Osman, que vuelve la mirada hacia el cañón barruntando presagios.

El comandante les dice que la *sámaj* es la decimoquinta letra del alefato o alfabeto hebreo y corresponde con la «s» del castellano y del inglés.

—Este puñal es la sica, el arma de los sicarios, originaria de Tracia —informa el comandante—. Era usada en la antigüedad por asesinos judíos porque podía ocultarse fácilmente bajo los pliegues de las *galabiyas*. La «s» procede de *siqariyim* o *sicarii* en latín, los famosos sicarios. Hace unos años, unos terroristas atentaron contra el responsable del Departamento de Antigüedades, Gerald Lankester, y contra el sacerdote Tristan Dubois, cuando excavaban en Qumrán. Fueron atacados con sicas, pero no consiguieron su propósito porque, a los gritos, acudió la escolta de la Legión Árabe. En el forcejo, le abrieron la frente a Dubois, que desde entonces luce una hermosa cicatriz. Consiguieron detener a uno de ellos y llevaba esta marca en el cuello.

—Base dos a base uno. Cambio —crepita el radioteléfono de Osman.

—Aquí base uno. Adelante. Cambio.

141

—Marcas de moto y manchas de sangre en la cima este.

Peter dice que los restos de sangre deben ser del joven Amín. Hay que buscar a Mylan y Bernard en el desierto, en dirección a Jericó.

—Base uno a base dos y tres. Extiendan el radio de búsqueda en dirección norte-noroeste. Cambio.

—Los *sicariyim* —aporta Kathleen— fueron un violento grupo escindido de los zelotes que se opusieron con violencia a la ocupación de Roma en el siglo i. Flavio Josefo los responsabiliza de muchos crímenes durante la primera guerra judeo-romana.

—Aquel tipo —Osman retoma el incidente de la excavación— dijo pertenecer a la Nueva Alianza; se consideran herederos de aquellos sicarios defensores de la pureza de la Ley, los elegidos. Su misión es defender la tierra prometida de invasores que profanan sus lugares santos y sus textos sagrados. Tras el juramento de lealtad, se graban la marca en la piel. Creímos que se trataba de un par de lunáticos, pero siguen en la brecha y son muy peligrosos. No temen a la muerte. Se quitan la vida cuando no ven escapatoria.

—Como el millar de zelotes que se inmolaron en la fortaleza de Masada, cercados por los romanos —apunta Peter.

El grupo sube de nuevo al camión y recorre el *wadi*. Van despacio, revisan trochas, abrigos y oquedades buscando rastros, ropas, mochilas, cualquier objeto que les aporte información sobre los desaparecidos. El comandante otea los puntos altos del cañón, ideales para una emboscada. Sally no puede contener las lágrimas cuando identifica el lugar donde cayó su padre mortalmente herido. Aún sigue su sangre en el parapeto de piedras. Peter coge su mano y propone continuar. Al fin, descubren la cuerda que dispuso Mylan para el descenso. El camión se detiene y se preparan para ascender por el farallón. A Peter no le da buena espina. «¿Por qué no han retirado la cuerda?», piensa.

—¿Te ves con fuerzas? —pregunta el francés a la Jefa.

Kathleen mira a las alturas, duda, resopla y niega con el gesto.

—Estoy mayor para esto. Pero llévate mi cámara.

Sally, Peter y el comandante ascienden por turnos mientras el conductor y los soldados quedan con Kathleen. A mitad de trayecto, la agente Taylor resbala y arranca un escalofrío a sus compañeros.

Los salientes, aparentemente sólidos, se desprenden con facilidad de la marga y caen al vacío. Los de abajo han de esquivarlos. «Ve con cuidado», vocea Peter. En el último tramo ya le fallan los brazos y a duras penas consigue alcanzar la balconada. Peter y el comandante ascienden tras ella.

Osman, pistola en mano, se ofrece a entrar el primero en la cueva. Lo sigue Sally, que también desenfunda su arma. Se arrastran por la pequeña oquedad y recorren la galería alumbrándose con linternas. Al fin, ganan la cámara del fondo, pero solo encuentran restos de vasijas rotas, cintas de atar, envoltorios de trapo y partículas de fragmentos. Olvidaron una piqueta con la que posiblemente rompieron las vasijas.

—Me lo temía. ¡Se los han llevado! —Peter se enerva. Tuvo el pálpito cuando vio que no se molestaron en retirar la cuerda del farallón—. ¡Malditos bastardos!

—No se han podido llevar tantos manuscritos en una moto —apunta ella.

—Hay rodadas de un vehículo en la arena de *wadi* —replica Osman.

—Sabían que volveríamos a por los rollos —se lamenta Peter mientras dispara la cámara de Kathleen sobre varios rincones de la cueva.

Contrariados, los tres salen de la cueva y se detienen en la balconada donde contemplan los acantilados y, tras ellos, las colinas de Ubeidiya y Kedar, bañadas por el dorado naciente. El cielo da sus colores y el desierto el sentido de lo eterno. Sobrecogido por tanta belleza y serenidad, Peter aquilata que las cuevas de Qumrán son capaces de desafiar todos los cataclismos, salvo la estupidez humana.

Tras el comprometido descenso, entran de nuevo en el vehículo militar y, bordeando el *wadi*, abandonan la riera uniéndose a la búsqueda de los desaparecidos.

—Base tres a base uno. Cambio —crepita el radioteléfono.

—Aquí base uno. Adelante. Cambio.

—Objetivo localizado a tres millas al oeste junto a ruinas de Khirbat Karm Abu Tabaq. Coincide con la fotografía del sujeto número uno. Mike, Uniform, Eco, Romeo, Tango, Oscar. Cambio.

—¿Al oeste? El capitán Taylor dijo que se dirigieran al norte, hacia Jericó —se extraña Peter.

—Base uno a Base tres. Confirme situación del objetivo. Cambio.

—Base tres a Base uno. Confirmo localizado sujeto número uno: Mike, Uniform, Eco, Romeo, Tango, Óscar. Cambio.

—Break, Break. Cambio —Osman pausa la comunicación para dirigirse a miss Kenyon—. Han encontrado a Bernard en las ruinas de Khirbat Karm. Está muerto.

La Jefa cierra los ojos y se lleva la mano a la boca.

—Por alguna razón desconocida Bernard optó por dirigirse a Jerusalén en lugar de a Jericó —apunta Peter.

—Tal vez huyó de los motoristas y quiso esconderse. Khirbat Karm es una aldea abandonada —añade Osman.

—Capitán, pregunte si conserva sus pertenencias en la mochila —propone Peter.

—Base uno a base tres. ¿El sujeto uno porta mochila? Cambio.

—Negativo. Ningún equipaje ni documentación. Delta, Echo, Golf, Óscar, Lima, Lima, Alpha, Delta, Óscar. Cambio.

El nuevo acróstico arranca un escalofrío entre los comunicadores.

—¡Lo han degollado! —respinga Peter.

—Recibido, Base tres. Cargadlo en el vehículo. Ampliamos radio de búsqueda para objetivo número dos. A mi orden, dirigirse al punto de origen. Cambio y cierro.

—Recibido. Cambio y cierro.

Miss Kenyon palidece y queda con la mirada perdida. «Que Dios nos asista». Peter la abraza. «No podemos flaquear. Hay que encontrar a Mylan». La Jefa, con los ojos inundados por el miedo, lo mira con desaliento y cabecea una negativa.

—Esto es muy serio, Peter. Tengo que informar inmediatamente a la embajada y al Foreign Office. He de solicitar la repatriación del cuerpo de Bernard y protección mientras se evacua al personal.

La Jefa intuye que los *sicariyim* no cejarán hasta dar con los profanadores de sus textos sagrados.

—Estamos en peligro, Peter. ¡Todos! —exclama pasándose la mano por el resquemor del pecho.

— 28 —
Osman

La embajada del Reino Unido y el Foreign Office reciben el teletipo de miss Kenyon, informando sobre el suceso. El primer ministro Harold MacMillan llama por teléfono a Kathleen interesándose personalmente por la situación. La arqueóloga le informa que, dada la situación actual, ha decidido clausurar el proyecto arqueológico en Jericó y recomendar al personal europeo el regreso a sus destinos de origen.

A primera hora de la mañana, acompañada por Peter y Kathleen, Sally declara ante el cadí que instruye la causa de su padre y aporta la sica que Peter arrebató a uno de los asaltantes como prueba de convicción. Días atrás, el comandante Osman había remitido al juez el atestado de la comandancia sobre la reconstrucción de los hechos, la inspección ocular y la ficha con la fotografía del terrorista que detuvieron años atrás, cuando el atentado a los arqueólogos de Qumrán. «El cabecilla es Malka Ben Samay, el padre de Amín, el joven beduino que nos guio», asegura el francés cuando ve la imagen. En el oficio, el comandante solicita orden de búsqueda para ser interrogado.

—Mató a su hijo y creo que fue él quien disparó a mi padre desde el acantilado. Es un tipo despiadado y frío. Pudo ser el autor de la muerte de Bernard Gardener y posiblemente de Mylan Fisher. No será difícil identificar al autor: va marcado en el cuello con la *sámaj* hebrea —informa Sally.

El cadí, un hombre maduro con un enorme bigote de estopa blanca, observa la sica y los mira por encima de sus gafas de medialuna.

—A ver si lo entiendo —tamborilea sus largas uñas sobre la mesa—. Ustedes traen este puñal como una prueba para desvelar al autor de la muerte del capitán Taylor, pero reconocen que su propietario solo lo utilizó contra él mismo, por tanto, no se cometió con esta arma ningún crimen probado. Traen una daga limpia, sin manchas de sangre, como recién comprada en el zoco. Si buscásemos huellas digitales en la empuñadura, serían las de ustedes mismos. Si creen que este objeto los puede conducir a otras pruebas de cargo, tráiganlas ante mí, porque esta daga no me aporta nada. Llévensela —zanja el cadí con asentado gesto de autoridad, dando por concluida la comparecencia.

—¿No debería ser usted quien ordene la búsqueda de pruebas para dar con los culpables? —pregunta Peter, con cierto enojo.

—Su insolencia es atrevida, joven. No se busquen más problemas de los que ya tienen —advierte el cadí, arreciando su tamborileo sobre la mesa.

—Vámonos —urge Sally.

Ya en la calle, se indignan ante el poco interés del cadí para esclarecer la muerte del capitán. «¿Qué clase de justicia es esta?».

Escucha la voz del comandante desde la acera de enfrente.

—¡Chicos! —Osman cruza la calle— ¿Qué tal la declaración?

—Un desastre. Ni puñetero caso nos han hecho —se lamenta Sally.

—Hay algo que debéis saber —continúa el comandante—. A primera hora de la mañana vino a visitarme Yehuda, el fotógrafo. Lleva días atormentado tras el fallecimiento de su amigo, el capitán Taylor —El comandante abre el portafolios y saca dos fotografías— Me encargó que os diera esto.

—¿Qué es? —pregunta Sally.

Peter deduce y se adelanta.

—¡Las dos fotografías que faltaban del carrete de Richardson! —se apresura a ver las dos imágenes de los manuscritos.

Yehuda contó a Osman cómo dos tipos entraron en su bazar inmediatamente después de que Sally y Peter dejaran el carrete para revelar. Le preguntaron por el encargo de la hija del capital Taylor. El fotógrafo, dice el comandante, al principio negó saber nada pero, cuando notó el filo del acero en su cuello, reconoció haber recibido el encargo de revelar un carrete. Lo amenazaron con matarlo si ellos no supervisaban las imágenes reveladas. A las pocas horas regresaron, vieron las fotografías, se llevaron las dos últimas con sus negativos, dejando el resto y obligando a Yehuda a decir que se habían velado. Osman le preguntó si aquellos tipos llevaban alguna marca en el cuello y el fotógrafo asintió. Era la *sámaj*. La reconoció cuando el comandante la dibujó en un papel. Pero el astuto Yehuda, viejo colaborador de la comandancia desde que los militares salvaron la vida de su hijo rescatándolo de un pozo, hizo una doble copia de las fotografías y las ocultó. Cuando supo del asesinato de su amigo Taylor, dudó si doblegarse a las amenazas o colaborar con la Justicia.

—Ahora tiene miedo. Le hemos puesto protección —añade el comandante.

Peter observa las instantáneas. Sus ojos refulgen al ver las imágenes de sendos manuscritos. Son las dos últimas fotografías que Richardson tomó en la madriguera del Rockefeller, justo antes de que lo asesinaran.

—Esto prueba que no fue un suicidio. Hemos de entregarlas al cadí de Jerusalén que lleva la causa de Richardson, pero antes ha de verlas el profesor Allegro.

—Seguimos sin saber el paradero de Mylan. Hemos ampliado la búsqueda a las gobernaciones de Belén y Hebrón, cuyas demarcaciones ocupan parte del desierto de Judea —informa el comandante.

—Temo que haya corrido la misma suerte que Bernard —vaticina Kathleen.

Antes de marcharse, el comandante mira a ambos lados para asegurarse de que no es oído por nadie más. Habla en confidencia.

—Escuchad. Los *sicariyim* son sionistas muy peligrosos. Fanáticos defensores de las viejas tradiciones mosaicas y atentan contra intereses occidentales, a los que consideran invasores, como los antiguos romanos. Encuentran apoyos incluso en algunos árabes que coinciden en el odio al extranjero o que colaboran por dinero. Circulan rumores que me inquietan. Yo de vosotros me alejaría un tiempo de Jericó. Es lo que te hubiera aconsejado tu padre —concluye Osman dirigiéndose a Sally— Ahora debo irme. Andad con ojo.

El comandante se marcha, pero a los pocos pasos se gira, dirigiéndose a Peter.

—Ah, otra cosa. Si tienes algo que no es de tu propiedad más vale que lo devuelvas cuanto antes.

Cuando el comandante se marcha, Peter mira a Sally y endurece el gesto.

—No he dicho nada —se adelanta ella.

—Yo tampoco —ataja Kathleen—. Creo que lo intuyó cuando preguntaste por la mochila de Bernard.

Peter se lleva la mano a la frente y resopla.

—¡Joder!

—La situación se complica —Kathleen no esconde su inquietud—. Alguien se ha empeñado en acabar con los que sacaron documentos de aquella cueva. Asesinaron a Amín, al capitán Taylor y a Bernard. Y del pobre Mylan no sabemos si está vivo o muerto. Me temo que sois los siguientes. El comandante tiene razón, deberíais poner tierra de por medio hasta que den con los culpables —a la Jefa le tiembla la voz.

—¿Y quién va a dar con los culpables, los cadís corruptos de Cisjordania que venden sus decretos por un puñado de dinares? No me iré hasta dar con el asesino de mi padre. Marchad vosotros, los europeos corréis más peligro —espeta Sally.

—Llevas apellido y sangre europea y no voy a dejarte sola —alega Peter—. Tampoco dejaré a Mylan, es mi amigo y me necesita. Además, quiero averiguar si existe alguna relación entre la muerte de Richardson y la de tu padre, y saber qué ocultan los manuscritos que censuran en el Rockefeller.

—Tengo miedo —reconoce miss Kenyon—. La gente habla de la vieja maldición de Jericó sobre los que intentan reconstruir la vieja ciudad. Esa labor la hacemos los arqueólogos en Tell es-Sultan. He decidido clausurar el proyecto arqueológico.

—¿Estás segura? Hay muchos trabajadores en la excavación —pregunta Peter, que reconoce el desasosiego en los ojos de Kathleen.

—Ya lo he comunicado al Foreign Office. No quiero ver cómo asesinan a más miembros de mi equipo, ya sea por unos manuscritos o por antiguas profecías.

—Kathleen, ¿puedes acompañarme a Jerusalén? Quiero mostrar al profesor Allegro el manuscrito y las fotografías que Richardson hizo en la madriguera —pregunta Peter.

—Mañana vuelo a Londres, junto con los restos de Bernard. Me llevaré el pergamino.

—¿Y si vamos ahora? —insiste el joven filólogo.

Sally le entrega las llaves del jeep.

—Llevaos mi coche. Tened mucho cuidado.

— 29 —
La tutoría

Junio, 2010

La madre de Martín se apea en la parada de Tribunal y sube presurosa las escaleras. El colegio Pi i Margall se encuentra a un par de manzanas de la boca de metro, en la histórica plaza Dos de Mayo, núcleo del popular barrio de Malasaña.

Clara está inquieta. Se pregunta por los motivos de don Jaime, el tutor de su hijo, para citarla aquella tarde. Su parquedad al teléfono la dejó preocupada. El profesor la recibe en el *hall* del colegio, se saludan y ambos se dirigen al despacho del Departamento de Orientación, donde toman asiento.

—¿Ha hecho Martín algo malo? —pregunta impaciente la madre.

—No, no, tranquila. Martín es encantador y uno de los mejores alumnos del Centro. Es inteligente y muy maduro para su edad. Demasiado, tal vez.

El tutor informa a Clara de que, en los últimos días, el niño se ha dedicado a divulgar entre sus compañeros palabras antiguas que fueron suprimidas del diccionario, con la ingenua idea de volver a ponerlas en circulación. Esto provoca situaciones incómodas en el profesorado, cuando los alumnos emplean voces en desuso cuyo significado desconocen los profesores, lo que genera risas y cierta tensión que ha de evitarse.

—Qué me va a contar —ataja resignada—. Lleva unos días obsesionado con esas estrambóticas palabras. Que si rebañar el plato es *abarrer*, que si el tresillo es la *emperrada*… Si me aplico el tinte dice que teñir es *azumar* y, si me paso las planchas, que lo estoy *alaciando*. Me pone de los nervios.

—Martín tiene gran capacidad creativa y una motivación intrínseca para el aprendizaje, pero ayer me sorprendió. Se ha aprendido un diccionario de palabras en desuso que no sirve para nada.

—¿Y son muchas?

—Casi tres mil y difíciles de retener. Impropio en un chico de diez años.

—No me extraña. Con tres años ya leía y montaba puzles.

—Hay algo más que quería comentarle —el profesor agrava el gesto—. Martín me dijo que está ayudando a un amigo a resucitar palabras olvidadas, pero no quiso decirme el nombre. Dijo que era un secreto de filibustero. Hablé con Chema, su mejor amigo, y no sabe nada.

—Es la primera noticia que tengo. Pudiera ser un amigo imaginario, recuerdo que de pequeño jugaba con amigos invisibles —propone Clara.

—No lo creo —niega don Jaime—. La fantasía del amigo imaginario, aunque se da en dos de cada tres niños, rara vez supera los siete años. Cierto que es más frecuente en hijos únicos, pero no creo que sea el caso de Martín. Tiene diez años y socializa bien. Me inclino a pensar que ese amigo secreto existe y la iniciativa de recuperar palabras olvidadas no sale de un niño. Se lo digo para que vigile con quién se relaciona ahora que empiezan las vacaciones estivales.

Clara queda pensativa y tocada. Se siente responsable de no prestar a Martín la atención que merece en su afán por traer a casa un sueldo digno. Se las ve y se las desea para llegar a fin de mes. Desde su separación, la hipoteca del piso la ahoga; el padre de Martín se niega a compartir gastos y ella se ve en la necesidad de doblar turnos y hacer guardias a compañeros a cambio de dinero. Solo cuenta con la ayuda esporádica de su hermana Dori, a la que gratifica por quedarse con el niño en sus turnos de noche, porque se niega a contratar a una persona desconocida. Todo esto lo piensa, pero no desea compartir sus carencias con el tutor del niño. Se limita a agachar la cabeza y musitar un lacónico «estaré pendiente».

— 30 —

Scotland Yard

Julio, 2010

El taxi se detiene junto al Curtis Green Building, un sobrio edificio neoclásico de Victoria Embankment. Ante la fachada, el famoso prisma triangular gira sin fin sobre sí mismo, mostrando en cada lado las tres palabras cromadas: New Scotland Yard.

El comisionado asistente, Robert Archer, se aproxima sonriente y le estrecha la mano tras su identificación en la oficina de acceso. Tiene los ojos claros, el cabello rubicundo y la palidez de quienes viven de puertas adentro. «Le estábamos esperando. Bienvenido». La Interpol había informado de la llegada del agente Yacob Salandpet para alertar a Scotland Yard sobre la presencia en Londres de unos peligrosos sicarios y colaborar para su captura. Salandpet debe frisar la cincuentena, no es alto de estatura, pero se le intuye membrudo y experimentado, si bien su traje de saldo y su acento delatan su procedencia de la Anatolia turca. Archer conduce al inspector por un dédalo de pasillos y dependencias concurridas de agentes uniformados y otros de paisano. En el ascensor comentan irrelevancias protocolarias sobre la climatología y su viaje desde Estambul hasta que, en la cuarta planta, acceden a un confortable despacho.

—Le presento al superintendente David Branson, del Departamento de Investigación Criminal de la Policía Metropolitana —señala Archer.

Los agentes se saludan y toman asiento. El inspector Salandpet prescinde de preámbulos y entra de lleno en el asunto para abordar el caso cuanto antes.

—Ya conocen los informes remitidos por la Interpol en Lyon. Desde hace tiempo seguimos los pasos a Basir Ben Mustapha, más conocido como el Turco, aunque creemos que es otra más de sus identidades falsas. Es un sicario profesional con varios crímenes a sus espaldas —el inspector muestra la fotografía en su teléfono móvil—. Se han emitido varias órdenes de búsqueda contra él. Sabemos que ha viajado desde Estambul a Londres y le acompañan tres de sus hombres. Van armados y son muy peligrosos.

—¿Cuándo llegaron?

—Hace cinco jornadas. ¿Sería posible consultar las muertes violentas en esos días?

—Eh... Sí, claro. Está todo informatizado —Archer coge el teléfono y marca un número— Estela, necesito las diligencias de las muertes violentas en Londres de los últimos cinco días: asesinatos, homicidios, suicidios y ataques violentos graves. Gracias. —Cuelga—. Viene de camino.

—Les facilitaron un avión privado de la compañía Deutsche Privatjet y sortearon los controles, seguramente comprando silencios. El contrato del chárter lo suscribe un tal Yeshúa Ben Josef —informa Salandpet.

—¿Está fichado? —se interesa Archer.

—Jesús hijo de José. Obviamente falso.

Sonríe el superintendente ante el rubor de Archer.

—Revisaremos las grabaciones de Heathrow. En Londres tenemos más de medio millón de cámaras de circuito cerrado —propone Branson.

—Pese a que se remitieron avisos de alerta a la OCN Interpol de Manchester y a Scotland Yard, solicité a Lyon seguirle los pasos personalmente. El Turco no es un integrista islámico, sino un sicario profesional. Es implacable y actúa rápido —advierte el inspector— Es posible que haya cumplido su encargo y vaya camino del próximo.

Llaman a la puerta. La agente uniformada aparece con varias carpetas con documentos y los listados informáticos de los casos graves en la última semana.

—Los expedientes —los deja sobre la mesa.

—Gracias, Estela.

—Veamos —el superintendente repasa el listado— Ocho homicidios y tres suicidios.

—Dos casos están aún sin resolver: el bróker envenenado y el anticuario de Notting Hill —apunta Archer.

—¿Me permite? —solicita Salandpet.

El superintendente busca los dos expedientes y se los entrega. El inspector turco examina el caso del bróker que se precipitó desde un rascacielos del distrito financiero. La autopsia demostró que murió envenenado. Salandpet lo descarta y devuelve el expediente. «No les dio tiempo».

Examina con más detenimiento el expediente de Notting Hill. Aaron Cohen tenía ochentaicuatro años. Su hijo Amos regenta el establecimiento de antigüedades del padre, el cual, pese a su avanzada edad, acudía casi a diario al comercio. El anciano gozaba de una larga experiencia y un fino instinto para detectar falsificaciones de antigüedades, obras de arte, joyas, incunables y documentos antiguos. Su olfato para adquirir piezas cotizadas hizo que su negocio prosperase desde su apertura, allá por 1958, convirtiéndose en el anticuario más popular de Notting Hill. Su hijo lo encontró en la oficina en medio de un gran charco de sangre.

—Aarón Cohen, experto en antigüedades e incunables —adelanta Salandpet.

—Recuerdo que aquel día no funcionaron las cámaras. La Científica no encontró huellas digitales.

El inspector continúa supervisando fotografías e informes del expediente. Efectivamente, las cámaras del establecimiento no funcionaban en ese momento. En cambio, las de un restaurante de comida rápida situado en la acera de enfrente recogieron la llegada de una furgoneta Volkswagen Crafter de color blanco que se detuvo en la puerta del anticuario. De ella se apearon tres presuntos operarios de telefonía y, ataviados con pasamontañas y guantes, entraron al local. Según la reconstrucción de los hechos, los asaltantes retuvieron al anciano, lo golpearon, registraron el establecimiento y lo obligaron a abrir la caja de caudales.

—Estamos investigando el registro de clientes, marchantes y traficantes de antigüedades. También a los anticuarios de la competencia con los que la víctima mantuvo algunas querellas. De momento, es todo lo que tenemos —se lamenta el superintendente Branson.

—¿Se averiguó la procedencia de la Volkswagen Crafter?

—Fue robada el día anterior al sur de Gales. Gracias a las cámaras sabemos que en Londres recorrieron siete millas hasta The City. Bordearon Hyde Park, pasaron junto a Buckingham Palace, ganaron la ribera norte del Támesis y se adentraron en el distrito financiero a través de Queen Victoria Street. Le perdimos la pista junto al Twentytwo, uno de los edificios más altos de Londres, en el 22 de Bishopsgate —continúa Branson—. Registramos los aparcamientos de aquel gigantesco edificio de oficinas, pero la furgoneta no apareció, ni quedó registrada por las cámaras interiores.

Salandpet observa con atención las fotografías de la escena del crimen y lee el informe de la autopsia. Cabecea un sutil asentimiento.

—Es el Turco.

—¿Por qué lo sabe?

—Lleva su firma. Eran cuatro con el conductor. Alguien les proporcionó información previa sobre la víctima. Sabían que en ese momento el anciano estaba solo. Las cámaras sí funcionaban, pero barrieron la señal con un inhibidor electrónico. Cuando llegó la policía la caja fuerte estaba abierta. En su interior había cincuenta mil euros y, según el hijo de la víctima, no se llevaron ni un penique. Está claro que no buscaban dinero ni joyas.

El inspector Salandpet toma el informe forense y lee literal: «Gran herida cortante en la región cervical de dieciséis centímetros de longitud que secciona el cuello de parte a parte. Por la localización, profundidad y dirección de la herida, todo parece indicar que el tipo de arma utilizada fue un arma blanca de hoja curva muy afilada».

—Lo degolló con la sica, el puñal de los sicarios de Oriente Medio. Es el Turco, no hay duda.

Los británicos reconocen con un asentimiento la capacidad deductiva del inspector aunque, en el fondo, les incomoda que un agente extranjero deduzca nuevos indicios en un crimen de su jurisdicción, pero guardan las apariencias por cortesía.

—¿Y el móvil? —se interesa el comisionado.

—El Turco trabaja por encargo. Alguien está interesado en encontrar algo oculto en Londres. Tal vez un objeto especialmente valioso, un libro o un documento. Su valor puede ser histórico o artístico, o porque desvela información comprometida en torno a negocios sucios, blanqueo de fondos ocultos por el que están dispuestos a matar.

Branson, como si hubiera descubierto el pormenor en ese momento, comenta una diligencia anexa.

—Espere. Un testigo identificó la furgoneta saliendo de la casona de la familia Kenyon, en la ciudad galesa de Wrexham. Al parecer asaltaron la casa, en la que no reside nadie en estos momentos. Se ve que no encontraron lo que buscaban.

—¿Kenyon?

—Es una distinguida familia de arqueólogos. Sir Frederic Kenyon fue director del Museo Británico. Su hija Kathleen llevó a cabo importantes excavaciones en los años cincuenta y sesenta. Llegó a ser reconocida como la mejor arqueóloga del mundo.

—¿Puedo entrevistarla?

—Murió en 1978. No tuvo hijos, pero sus sobrinos aún conservan su legado en la antigua casona en Wrexham. Denunciaron el asalto a la vivienda porque les obligaba la compañía de seguros para hacerse cargo de los desperfectos, pero no echaron en falta nada de valor.

Salandpet queda pensativo unos segundos. Manifiesta su interés en visitar la casa de los Kenyon y entrevistar al hijo del anticuario.

—Wrexham está a ciento noventa millas, unas tres horas y media en coche. Pondremos a su disposición una unidad de la Policía Metropolitana —ofrece el comisionado antes de la despedida.

— 31 —

El pergamino

El té negro humea en la tetera de porcelana. Su aroma se esparce por la residencia del profesor Allegro como un remedio encantado. «¿Leche?». Aproxima a los invitados una bandeja con pastas y *scones* con nata y mermelada de frambuesa. «Sí, por favor». A John Allegro aún se le ve afectado por la pérdida de su ayudante Richardson. «¿Azúcar?».

Peter lo pone al tanto de los acontecimientos desde su última visita. Tal y como le sugirió el profesor, buscó al beduino Amín. Le costó encontrarlo, pero dio con él y, a cambio de dinero, consiguió convencerlo para que lo guiara hasta la cueva donde encontró el fragmento. Le relata el viaje a Qumrán, el acceso a la gruta, los manuscritos que vieron, la emboscada de unos tipos que decían pertenecer a la Nueva Alianza, las muertes de Amín a manos de su propio padre, la del capitán Taylor y la del arqueólogo Bernard, así como la desaparición de Mylan. Le informa de cómo su novia Sally y el capitán, que investigaban la muerte de Richardson, unos días antes, encontraron la madriguera en el Rockefeller. Estaba vacía y la acababan de limpiar.

El profesor, que fue uno de los interrogados por Taylor, escucha atentamente el relato de Peter, matizado en ocasiones por miss Kenyon.

—Lo cierto es que en la madriguera —continúa el francés— había señales de lucha, maderas rotas que coincidían con las astillas que aparecieron en los codos de Richardson. También se encontró una arandela del objetivo de su cámara y un carrete fotográfico que hemos conseguido revelar.

Peter entrega al profesor las doce fotografías del carrete de su ayudante pero, ante la sorpresa de los invitados, Allegro se centra en las instantáneas de los lugares de Jerusalén y no presta atención a las dos imágenes de los manuscritos que les facilitó Osman. Las lleva junto a la gran lupa articulada. «A ver qué propones, querido Adam». El profesor analiza cada imagen de edificios y rincones de la ciudad y murmura para sí, como dirigiéndose a su ayudante.

—¿Crees que esta es la vieja casa del tesorero Hakkoz? —El profesor toma otra fotografía— ¿El monumento funerario donde escondieron los cien lingotes? —Una nueva imagen— Ah, la fortaleza de Horebbah en el valle de Achor. Ya te dije que allí no podía estar el cofre de plata de diecisiete talentos. Las ruinas no coinciden con la descripción, viejo cabezota. A ver esta... La casa del Tribuno y el lote número siete. ¿El de las sesentaicinco barras de oro? Cuánto voy a echar de menos tu desbordante imaginación, querido amigo.

Allegro hablaba a un muerto.

Peter, desconcertado, mira a Kathleen con cara de estar escuchado mandarín.

—El Rollo del Cobre, queridos —aclara Allegro.

Fortabat se encoge de hombros y Allegro informa que, con la pretensión de adelantarse a los saqueos de los beduinos, se inspeccionaron muchas cuevas en el desierto y, el catorce de marzo de 1952, se descubrió la cueva nº 3. En su interior se hallaron unos cuantos fragmentos y varias vasijas vacías, pero al fondo apareció algo asombroso: el denominado 3Q15 (el documento nº 15 de la cueva 3 de Qumrán). A diferencia de los demás rollos, aquel no era de pergamino ni de papiro, sino de cobre y el texto había sido grabado con un buril, algo verdaderamente insólito. El padre Dubois adjudicó su traducción a John Allegro y a Jozef Michalik, pero era imposible desenrollarlo sin romperlo debido a la corrosión del metal después de dos mil años. ¿Qué información tan relevante podía contener aquel rollo para ser escrita en metal y no sobre piel tundida?

Varios años costó decidirse por un método adecuado para seccionarlo y poder leer su contenido. En 1955 fue trasladado al College of Science and Technology de la Universidad de Manchester. Allí, con una máquina diseñada por el propio Allegro, el profesor Wright Baker, lo seccionó en veintitrés trozos, por lo que, al fin, pudo ser traducido por John. Resultó ser un inventario de un gran tesoro repartido en más de sesenta escondites de Jerusalén y sus alrededores: cuevas, tumbas, patios, cisternas, sótanos... Nada menos que veintiséis toneladas de oro y sesentaicinco de plata, además de vasijas rituales y manuscritos que fueron sacados del Templo de Jerusalén para evitar que fuera saqueado por los romanos. El rollo detalla el lugar de cada escondite.

—Adam y yo llevábamos más de un año tratando de localizar alguna ubicación, pero es prácticamente imposible. Tras dos mil años todo está cambiado, irreconocible. Hasta los nombres tradicionales de los lugares se fueron modificando.

—¿Conocías la existencia de ese rollo? —fascinado, Peter mira a Kathleen.

—Es la primera noticia que tengo. Supongo que se ha mantenido en secreto para evitar atraer a los buscadores de tesoros —replica ella.

Pero hay otras razones. El profesor les dice que al padre Dubois le preocupaba que el tesoro pudiera existir de verdad por dos motivos, en primer lugar porque sería reclamado por el Gobierno israelí, añadiendo más tensión política al conflicto, y porque Dubois había descrito Qumrán como un enclave aislado sin relación con la corriente principal del judaísmo. El Rollo del Cobre evidencia la relación entre la comunidad qumránita y el Templo de Jerusalén. Qumrán dejaría de ser un fenómeno aislado y pasaría a formar parte de los orígenes del cristianismo, puesto que el texto del Rollo del Cobre dice claramente que se refiere al tesoro que fue sacado del Templo de Jerusalén como consecuencia de la sublevación del 66 d. C.

—Esto —prosigue Allegro— trastocaría la versión del equipo internacional, que había fijado para los rollos una datación anterior a Jesús. Por esa razón, el equipo le restó importancia alegando que el tesoro era ficticio, una mera leyenda fruto del folclore popular. Pero no es verosímil que alguien se tomara la molestia de grabar un texto sin sentido sobre una lámina de cobre de gran calidad y ocultarlo al fondo de una remota cueva del desierto de Qumrán. Hacerlo en cobre evitaba su descomposición y tener que hacer nuevas copias.

Harto de oscurantismo y demoras, Allegro les confiesa que ha decidido publicar un libro que se editará en breve. De un cajón extrae el borrador titulado *The Treasure of the Copper Scroll* («El tesoro del Rollo del Cobre»). El subtítulo es aún más sugerente: «La apertura y el desciframiento del más misterioso de los pergaminos del mar Muerto, un inventario único de tesoros enterrados».

—He recibido amenazas y presiones. Me advierten de que, si lo difundo, seré responsable de los expolios y las ventas ilegales que se hagan, pero me niego a ser cómplice del oscurantismo sectario del padre Dubois.

Peter admira la audacia del profesor pese a que está convencido de que tendrá problemas con esa publicación. El francés está impaciente por mostrarle las dos últimas fotografías del carrete.

—Por favor, observe estas dos fotografías. Las hizo Richardson en la madriguera. Debieron sorprenderlo fotografiando estos documentos y lo mataron.

—Desde el principio conocíamos la existencia de la madriguera, pero Adam era tozudo, se empeñó en buscar la forma de entrar y esperó al momento propicio. Su empeño le costó la vida —se lamenta John. Un rictus de tristeza se instala en su rostro.

El profesor toma las dos fotografías y las dispone bajo la gran lupa. «Pertenecen al mismo rollo y al mismo escriba». Peter sugiere que algo deben tener aquellos textos para que Dubois los separase y los custodiara bajo llave. El profesor los lee con atención. Mueve los labios sin emitir sonidos recitando para sí palabras del hebreo.

—Sally está convencida —añade Peter— de que a Richardson se le acabó el carrete y, en el momento que lo reemplazaba por uno nuevo, fue sorprendido y atacado. El carrete usado cayó al suelo y rodó bajo las estanterías.

El profesor escucha sin separar los ojos de la lente. Se da cuenta de que tiene idéntico registro paleográfico y una extraordinaria similitud con otros documentos de Qumrán, como el *Documento de Damasco*. Detiene el dedo en una línea.

—¡Aquí está! *Ya'akov bar Yosef Tzadik achui d'Yeshua* —hace una pausa, traga saliva y traduce— *Yacob hijo de José, hermano de Yeshúa, Maestro de Justicia y de Luz, llamado el Justo y guía de la comunidad...* ¡Por fin se conoce la identidad del Maestro de Justicia de los manuscritos del mar Muerto!

—¿Ya'akov?

Allegro le explica que Ya'akov es el Yacob sefardí, que con el tiempo derivó en Jacob o Iacobus. En latín eclesiástico y con la apócope «santo», dio origen a «Sanctus Iacobus», que devino en «Sant Iago» o Santiago.

—Tengo entendido que Santiago el Justo es referido en los evangelios como el hermano de Jesús —apostilla Kathleen.

—Cierto. En Marcos y Mateo, también en Hechos de los Apóstoles. En la epístola a los Gálatas 1, 19, que es aún más antigua, Pablo lo refiere como «el hermano del Señor» —confirma el profesor—. Santiago fue una de las figuras más relevantes del cristianismo primitivo y lideró la primera *ekklēsia* judeocristiana de Jerusalén. En Hechos de los Apóstoles se le atribuye un papel decisivo como el principal autor de las resoluciones del Concilio de Jerusalén, sobre el 50 d. C. El hecho de que su asesinato provocase la destitución del recién nombrado sumo sacerdote Ananías ben Ananías, demuestra que Santiago era una figura prominente en Jerusalén, al que los sumos sacerdotes temían por su liderazgo. Aunque la tradición cristiana atribuye su martirio al hecho de declarar que Jesús era el mesías, expertos independientes no creen que Pablo sostuviera tal afirmación y están convencidos de que las autoridades judías del Templo, títeres de Roma, acabaron con él por considerarlo un personaje tan peligroso como Jesús, que persistía en la línea dura de su hermano crucificado.

—¿Los propios judíos acabaron con el hermano de Jesús?

John Allegro explica a sus invitados que se descubrieron dos tipos de textos en los manuscritos del mar Muerto: los religiosos, formados por libros del Antiguo Testamento, y un segundo grupo que documentan la vida y organización de la propia secta, tales como la *Regla de la Comunidad*, la *Regla de la Guerra* o el *Documento de Damasco*. Para el equipo internacional la importancia de los manuscritos del mar Muerto radica en su antigüedad, trece siglos anteriores al códice de Leningrado, la copia más antigua que se conservaba de la Biblia hebraica. Sin embargo y, aunque el equipo de Dubois le resta importancia, a juicio de Allegro, el corpus de material no bíblico es el más importante por tratarse de textos que ilustran sobre la vida de aquella misteriosa comunidad y desvelan sus normas internas, sus tratados teológicos, astrológicos y mesiánicos de su tiempo. El equipo internacional calificaba este material como «sectario» para restarle interés y lo atribuye a la secta de los esenios.

—Pero esos textos —asegura el profesor—, son más importantes de lo que parece.

—¿Por qué razón? —pregunta intrigada Kathleen.

El profesor explica que, por ejemplo, en el *Comentario de Habacuc*, en el *Libro de Miqueas* y en el *Documento de Damasco* se habla de un líder al que conocen como el Justo o Maestro de Justicia, un misterioso líder que fue torturado y muerto y a quien Dios reveló sus misterios mostrándole el contenido de las profecías.

—En el equipo internacional pusieron el grito en el cielo cuando propuse que el Maestro de Justicia bien pudo ser Juan el Bautista o el mismo Jesús, por las evidentes coincidencias con el Jesús de los evangelios. A ambos les fue revelada la comprensión de las profecías, habían liderado su grupo, participaron de idénticas costumbres como la comida pascual o la santa cena, el bautismo purificador, el reparto de los bienes entre la comunidad, el celo a la Ley de Moisés, etcétera. En la École se ofendieron y alegaron que los manuscritos de Qumrán son anteriores y que el grupo de Jesús acogía a todos los grupos sociales, desde pobres, prostitutas, lisiados o locos, hasta campesinos o soldados. Mientras que los esenios, según Flavio Josefo, era una sociedad elitista que se aislaba y no admitían pecadores. Para el equipo internacional, los esenios eran célibes mientras en el grupo de Jesús había miembros casados. Sin embargo, en una pura contradicción, mantienen a Jesús célibe. Argüían, por último, que ni el nombre de Jesús ni el de ninguno de sus discípulos se mencionan en los manuscritos de Qumrán. Esto último es cierto. No se menciona ningún nombre, ni siquiera de líderes o sacerdotes de la propia comunidad.

—Qué interesante —espeta Kathleen, fascinada.

—No es que no se mencionen —añade el profesor—, es que han censurado los textos donde se mencionan, porque la figura histórica choca con el mito de los evangelios.

Peter parece a punto de romper en odio contra la necedad y el desatino.

—El Maestro de los manuscritos de Qumrán fue un personaje real, aunque no se cite su nombre. En cambio, el Jesús de los evangelios, aun inspirado en un personaje histórico, terminaron convirtiéndolo en un personaje legendario, modelado a criterio de Pablo y de autores posteriores que nunca lo conocieron —arguye el francés con evidente frustración.

—Lástima que no dispongamos de los manuscritos originales para poder probarlo ante la comunidad internacional —concluye el profesor inglés.

Peter mira a Kathleen y le hace una señal. La arqueóloga abre un maletín de médico con cierres de latón y de él extrae una caja alargada de madera de palisandro que ella misma reutilizó y que, por sus dimensiones, le iba al pergamino como anillo al dedo. La abre, retira el relleno de paja, extrae el envoltorio de fieltro y lo desenvuelve. Queda a la vista un antiguo rollo casi intacto después de dos milenios.

—Procede de la cueva donde mataron al capitán Taylor —adelanta el filólogo.

El profesor desorbita los ojos. Maravillado, mira de hito en hito a sus heroicos amigos. Despeja la mesa de estudio, se calza unos guantes de fieltro y, ralentizando todo movimiento, toma el rollo con sumo cuidado y lo despliega muy despacio. «¡Fascinante! Debe tener más de tres metros de piezas cosidas», musita. No se atreve a depositar sobre él ningún objeto pesado y pide ayuda a sus amigos. Señala un cajón abierto: «Poneos guantes, por favor». Sobre la mesa desenrolla casi un metro y lo escudriña con la lupa. «Tiene una grafía muy similar al Rollo del Cobre. Parece del tiempo de Herodes. Habría que datarlo».

Peter le señala la línea que leyó al azar en la cueva y el profesor desplaza la lente, aproxima la luz del flexo y traduce: «Y como

Iōanan, Yeshúa y Ya'akov, maestros de Justicia y de la Luz, respetaron la Ley, habréis de someteros a Yahveh y exigir el cumplimiento de la Ley para la salvación eterna». Asombrado, levanta la cabeza y se desprende de las gafas:

—¡El Bautista, Jesús y su hermano Santiago fueron Maestros de Justicia! ¡Esto es una bomba! Es la prueba definitiva. Por vez primera se nomina a la jerarquía de la comunidad de Qumrán que los dominicos atribuyen a los esenios. Lo que demuestra que los tres fueron nacionalistas judíos, que se enfrentaron al invasor y a los sumos sacerdotes, títeres corruptos de Roma. Fueron estrictos cumplidores de la fe mosaica y los tres fueron asesinados: Juan, decapitado, Jesús crucificado y Santiago arrojado desde las alturas del Templo, apedreado y golpeado. El profesor toma su cámara fotográfica ajusta el enfoque sobre el párrafo y dispara. El obturador emite un leve chasquido.

—Hay que sacar de aquí esta joya antes de que caiga en otras manos. Debemos llevarlo a Londres, estudiarlo y datarlo —el profesor lo enrolla, lo envuelve en el paño de fieltro y lo entrega a miss Kenyon, que lo introduce en la caja y después en el maletín.

—Mañana se repatría el cuerpo de Bernard. Me lo llevaré en el mismo vuelo — les dice Kathleen con la voz apocada.

—Te ayudaré en el estudio —propone Allegro.

John y Peter reconocen la preocupación en los ojos de Kathleen. Tiene un expediente intachable y no desea verse involucrada en un escándalo diplomático por sacar clandestinamente de Cisjordania parte de su patrimonio histórico. Le aterra un asalto de los *sicariyim* si sospechan que aquel rollo está en su poder. La tradición judía considera que todo escrito que contenga el nombre de Dios es sagrado y la defensa de lo sagrado es lo que motiva a los violentos *sicariyim*. Miss Kenyon aprieta los labios en un gesto de incertidumbre. Pueden leerse en sus pupilas las luchas internas.

—Jefa, las vidas de Taylor, Bernard y Richardson han de servir para algo —implora Peter— Cuando se concluya el estudio lo devolveremos a las autoridades, tal y como prometí al capitán.

Miss Kenyon sonríe con tristeza y asiente, como si recordara algo.

—No sé qué voy a decir a la viuda de Bernard y a la familia Mylan.

— 32 —

FIFA

Madrid, julio, 2010

Cuando Chema y Quico se presentaron el domingo en casa de Martín para invitarlo a jugar al FIFA 10 en la Xbox 360, la madre, aleccionada sobre la inconveniencia de algunos videojuegos, se pone en guardia.

—¿FIFA? ¿No será de esos de zombis a los que tenéis que reventar la cabeza a tiros, verdad? Nada de juegos violentos.

—No, mamá, que es de fútbol.

—¿Y por qué se llama *fifa* y no fútbol?

—Porque son siglas.

—¿Siglas de qué?

Pues... —los niños se miran. Ninguno sabe el significado— Pues... F de fútbol e IFA de... *ifantil* —improvisa Chema.

Será infantil, no *ifantil*. Anda, que sois unos diablillos. Cuidado al cruzar Recoletos que los coches van como locos. Y a la una te quiero en casa.

Clara permite que su hijo disfrute con la consola de Chema, un regalo de cumpleaños que ella no puede permitirse. Lo besa en lo alto de la cabeza y los chicos entran en el ascensor muertos de risa.

Los tres niños dejan Barquillo y, por Prim, aun ríen la ocurrencia de Chema .

—También podías haber dicho, FIFA: Futbolistas Intentan Freír Árbitros —sugiere Quico.

Estallan en carcajadas estentóreas mientras cruzan Recoletos. Pasada la plaza de Colón, a la altura de Goya, Martín cree reconocer el paso corto de Simón. Inconfundible su gorra de fieltro, su barba blanca y su bastón de empuñadura labrada. Lo siguen unos metros por la isleta del paseo de la Castellana hasta que el anciano se detiene, extiende un pañuelo sobre el banco y toma asiento.

—Buenos días, Martín —el anciano lo ha reconocido por la voz hace un rato.

Los chicos frenan en seco. «¿Lo conoces?», sisea Chema. El niño asiente.

—Hola, Simón. Anoche no te vi —se lamenta Martín.

—A veces la artrosis gana la batalla.

—¿Pasarás esta noche?

—Los domingos no se trabaja. Hoy, paseo por el Retiro y a casita —espeta Simón.

—¡Vamos! Nos espera Brasil contra España en el FIFA —demanda Chema.

Quico se tapa la boca con la mano y susurra algo en la oreja de Chema. Ríen por lo bajo sin dejar de mirar a Simón.

—¿Sabes qué es FIFA? —tutea descarado Quico, que espera cosechar una ración de carcajadas cuando le endilgue su ocurrencia al anciano.

—Fédération Internationale de Football Association —replica en perfecto francés.

A Quico se le queda la cara bovina.

—Habla francés, ¡listillo! —increpa Martín.

—En 1904, delegados de las federaciones de Bélgica, Dinamarca, Francia, Holanda, Suecia, Suiza y España fundaron la Fédération con el fin de unificar las normas del fútbol. Establecieron la sede en Zúrich —ilustra Simón.

Boquiabierto, Quico piensa que, por su aspecto, aquel anciano bien pudo ser uno de los fundadores de la FIFA en 1904.

—Veo que te gusta el fútbol, ¿sabes tú qué es la UEFA? —pregunta Simón.

Quico, que aún sostiene la expresión bobina, niega moviendo la cabeza.

—Usted Está Felizmente Atontado —bromea el anciano.

Gorgoritean las risas en sus gargantas. Después, Martín mira al anciano con ternura y, en un intento de acaparar en exclusiva su complicidad, evoca su misión como sanador de palabras olvidadas.

—*Me abocardo de desmicarte. No le sueltes observancia, el gardillo trilla en fablistán* («Me alegro de verte. No le hagas caso, el chico acostumbra a hablar lo que no debe») —pronuncia Martín trenzando palabras desusadas.

El anciano y Martín sonríen cómplices. Quico sigue ojiplático, pero Chema se une a la sanación de palabras:

—*Hemos de alarnos ora* («Hemos de irnos ya»).

El propietario de la Xbox 360 tira de sus amigos y el anciano se enternece al comprobar que Martín se esfuerza en inculcar a sus compañeros palabras desusadas solo por ayudarle. «Es un fenómeno», piensa. Martín se vuelve y se despide de Simón con movimientos de mano. Hubiera preferido quedarse con él.

Ya en casa de Chema, aferrado al *joystick*, España (Martín) pierde cuatro a uno contra Brasil (Chema), con goles de Robinho, Fabiano, Nilmar y un gol en propia meta de Sergio Ramos. El único tanto de la escuadra de Vicente Del Bosque lo hizo David Villa, y fue cuando Martín aprovechó la ausencia de su anfitrión para ir al cuarto de baño y los jugadores cariocas quedaron quietos, como estatuas de sal.

—¡Brasil campeona del mundo! —grita Chema al concluir el partido.

—Solo es un juego, la campeona del mundo es Italia. Lo que pasa es que tienes práctica y siempre juegas con Brasil —se resigna Martín.

—El viernes comienza el mundial de Sudáfrica. Dice mi padre que lo ganará Brasil —advierte Chema.

Martín, cuyo sentido común le dicta que no debe contrariar al dueño de la videoconsola, cede el *joystick* a Quico y se acerca a la ventana. El piso de Chema ocupa la segunda planta de un edificio que hace esquina con las calles Claudio Coello y Ayala. El pulso se le acelera cuando descubre al viejo Simón por la acera de enfrente. Lo ve alejarse con pasos menudos, dándole la espalda.

—Ahora vuelvo —sus amigos, enfrascados en el Alemania-Brasil, ni le oyen.

El chico prescinde del ascensor, baja veloz las escaleras, sale a la calle y sigue al anciano a distancia. Quiere saber dónde vive. A tres manzanas lo ve cruzar y entrar en un edificio de ladrillo visto, en el número treintaitrés. Se queda algo triste. Echa de menos tener abuelos como los demás niños, al menos uno. Los de su madre murieron y los de su padre hace años que no los ve. Le hubiera gustado pasar el domingo con Simón, pasear de su mano por el Retiro y, como hace Chema con los suyos, comprar algodón dulce, echar gusanitos a las carpas, reír con los títeres del paseo de los Coches y ver las tortugas del palacio de Cristal. Y luego tumbarse en la hierba para ver pasar las nubes en fuga mientras Simón le cuenta historias. ¿Y si se lo pide a Sirio?

El anciano, que ha intuido la presencia de Martín, asoma la cabeza por la puerta del edificio y lo saluda con la mano. El niño enarbola una gran sonrisa y corre a su encuentro.

—*Veniente vite y pregúntome si quizabes padecías cuita* («Te vi venir y me preguntaba si quizás tenías algún problema») —pregunta el anciano.

Martín sonríe.

—¿Cuándo volverá Sirio?

—Veo que te has propuesto pedir otro deseo —ataja el anciano regresando a las palabras sanas para facilitar la comunicación—. No esperes a que aparezca la gran estrella en tu limitado campo de visión. Cuando la necesites, muévete hasta donde abarques más cielo. Búscala hasta que los luceros den sus últimos parpadeos y asomen en el horizonte los albores del nuevo día. Ella siempre estará ahí, como cada noche desde hace doscientos treinta millones de años. No seas de los que nunca alcanzan el cielo, por más que miren las estrellas. Sé de lo que hablo, créeme.

Los aforismos didácticos de Peter fascinan a Martín. Sus ojos grandes brillan a compás de su sonrisa. «Ojalá fuera mi abuelo», calla.

—Anda, ve con tus amigos. Se cumplirá tu deseo.

—¿Me llevarás al Retiro? —pide el niño, que abre los ojos en redondo, como los peces.

—Solo si lo autoriza tu madre —saca una vieja tarjeta de visita y se la entrega al niño— Dile que me llame.

Martín, agradecido, abraza a Simón por la cintura. «Ojalá fuera mi nieto», calla. El niño, feliz, corre por la acera hasta la casa de Chema. Tal y como imaginaba, Brasil le había endiñado una *manita* a los alemanes.

— 33 —

La repatriación

1959

En el aeropuerto de Kalandia, seis soldados de la British Army portan a hombros un ataúd cubierto con la bandera del Reino Unido. Ascienden por la rampa del avión fletado por el Foreign Office para la repatriación de los restos del ciudadano Bernard Gardener. Su destino: Estambul, donde harán escala para retomar el vuelo que cubrirá los dos mil quinientos kilómetros que distan hasta Heathrow.

A pie de pista, los amigos de Bernard son testigos mudos del acto. Miss Kenyon observa el féretro, después a Peter y le hace una leve señal con las cejas. El francés, perspicaz, capta el mensaje. Ha ocultado el pergamino donde nunca buscarían: dentro del ataúd. Peter le devuelve un discreto asentimiento.

Mis Kenyon, con el abrigo sobre los hombros y una carpeta bajo el brazo, se despide de Peter, de Sally y del profesor Allegro, a quien ruega que se reúna con ella cuanto antes en Londres. Emocionada, abraza a Sally. «¿Es que no piensas volver?», pregunta la joven.

—Me ha llamado el primer ministro en persona. El MOD pretende el traslado a Jericó de un escuadrón para la protección del personal inglés, pero he renunciado. He decidido clausurar la excavación —se lamenta Kathleen—. Tengo miedo, lo confieso. No sé si algún día volveré, la situación actual es peligrosa. Deberías sacar a Peter de aquí. En el Reino Unido estaríais bien.

Sally la abraza de nuevo y le dice que aún tiene varios asuntos que resolver, pero no lo descarta. Kathleen pide hablar a solas con Peter. El profesor y Sally se dirigen a la salida de las instalaciones.

La arqueóloga, con los ojos líquidos, mira al filólogo unos instantes y lo abraza con sentimiento.

—Peter, esta tierra está maldita. Sal de Cisjordania y llévate a Sally. Corréis mucho peligro, sobre todo tú.

—No puedo dejarla sola —Peter coge sus manos—. Además, el profesor Allegro quiere que ocupe la plaza de su ayudante Richardson. Tal vez sea la única oportunidad para acceder a los manuscritos del Rockefeller y averiguar qué está pasando.

—¿No crees que es meterte en la boca del lobo? —pregunta preocupada.

—Debo intentarlo. Se lo debo a Richardson, a Taylor y a mis compañeros.

Miss Kenyon acepta con resignación. Abre la carpeta y le entrega un sobre. Peter lo abre: en su interior hay un fajo de billetes.

—Para dos pasajes de avión. He incluido una carta de recomendación, por si te hiciera falta.

En el sobre también hay una tarjeta tamaño cuartilla. Por ambos lados contiene una relación de palabras y expresiones escritas con caligrafía afilada, cada una con su correspondencia en códigos y símbolos extraños. Mira a la Jefa sin entender.

—Si necesitas comunicarte conmigo, nunca lo hagas por conferencia telefónica. Los operadores de centralita escuchan las conversaciones y están aleccionados. Comunícate por carta y, cuando te refieras al manuscrito, hazlo siempre con escritura codificada por si la misiva fuera interceptada. Solo tú y yo tenemos los códigos para desencriptar. Memorízalos y destruye la tarjeta. Estudiaremos el manuscrito en el más absoluto secreto, pero no menciones en ninguna carta que procede de una cueva de Qumrán. ¿Entendido?

Peter está confundido, no alcanza a elucubrar por qué no se divulga el descubrimiento, por qué no denunciar los asesinatos de sus compañeros y no se implica a las autoridades británicas, israelíes y jordanas para buscar el emplazamiento de los rollos de la cueva y el paradero de Mylan. La relevancia de esa documentación es de interés universal y puede arrojar una información sustancial sobre la historia del cristianismo. ¿Por qué echar tierra sobre la verdad?

Kathleen, perspicaz, intuye las diatribas de Peter en su mirada perdida.

—Sé que piensas que debíamos anunciar el descubrimiento, pero nos movemos en un polvorín. Judíos, árabes y cristianos se matan ante nuestros ojos y, en medio del caos, hay fanáticos de uno y otro bando dispuestos a cualquier cosa si este descubrimiento sale a la luz. Debemos actuar con extrema prudencia.

Desconcertado, se despide de la Jefa con un segundo abrazo. Introduce el sobre en el bolsillo interior de su chaqueta y camina pensativo.

—Peter —la voz de la Jefa suena a sus espaldas.

El francés gira la cabeza. Desde las escalerillas del avión, miss Kenyon hace un movimiento de cejas para señalar a un vehículo junto a los hangares. Es el Pontiac negro.

—La maldición de Jericó.

Sus palabras suenan como los acordes tremendistas de un serial detectivesco. Peter se estremece ante el augurio de un mal presagio.

— 34 —

La llamada

Madrid, julio, 2010

Clara, que ha pasado por el súper tras su jornada laboral, llega a casa cargada de bolsas. Está cansada. «La gente está loca con el dichoso Mundial», masculla para sí. Un día más, Martín ha comido solo.

—¿Te comiste los macarrones que te dejé en el microondas?

Martín asiente, besa a su madre y le entrega una tarjeta de visita. «Dice que lo llames». La pequeña cartulina tiene una tipografía anticuada: «Simón Sandoval y Fernández. Licenciado en Filología e Historia Antigua».

—¿Es un profesor del colegio?

—Es mi abuelo.

—No digas tonterías. Ninguno de tus abuelos se llama así. Anda, ve a tu cuarto un rato —coge el teléfono y cierra la puerta de la cocina.

Clara marca el número recordando las palabras de don Jaime, el tutor del niño, que le instó a vigilar con quién se relaciona Martín.

—¿Simón Sandoval? Buenas tardes, soy Clara, la madre de Martín. El niño me ha dado su tarjeta y dice que… Igualmente… Sí… ¿Su amigo? ¿Y de qué lo conoce?... ¿Cuántos años tiene usted?... —al escuchar la edad, acuden a su memoria los escándalos de pederastia de los casos Nanysex, Kárate y los del clero, donde las víctimas eran niños entre ocho y catorce años— Mire, mi hijo aún no ha cumplido los once años y no necesita amigos de setentaiocho. Él ya tiene amigos de su edad… Ah, entonces es usted el que le enseña esas absurdas palabrejas… ¡Ahora caigo! Usted es el tipo del autobús, el sanador de palabras que dijo a Martín que moriremos de viejos si viajamos hasta no sé qué estrella... No, no, ¡Escúcheme usted! El tutor del niño me llamó para quejarse de que en el colegio empleaba términos que no están en el diccionario, y usted le hace perder el tiempo enseñándole cosas inútiles que no sirven para nada y ... Me es indiferente si el niño las estudia por su cuenta, la idea fue suya... ¿Y qué? Nadie tiene culpa de que usted no tenga familia y se sienta solo, así que le prohíbo acercarse a mi hijo o llamaré a la policía —tras la demoledora frase se hace un silencio herido.

—¡Mamá, no! —Martín, que ha escuchado la conversación, entra en la cocina, tira de su falda con los ojos anegados de lágrimas— Es mi abuelo, y lo quiero...

A Clara le conmueven esas palabras. «Mi abuelo», ha dicho el niño. ¿Cómo puede querer a un desconocido? Siente un escalofrío. Por un momento las palabras se le anudan en la garganta. Toma conciencia de la soledad de Martín, sin hermanos, sin primos, sin abuelos, sin tíos cerca. Su padre hace tiempo que se despreocupó de él. Su tía Dori va a lo suyo y se queda con él porque la gratifica y ella tiene que echar muchas horas para poder hacer frente a todos gastos, lo que le impide compartir con su hijo la mayor parte del tiempo. El niño carece de un referente masculino, alguien que cuide de él cuando ella no está, con la suficiente paciencia y madurez para inculcarle valores, pero ha de ser alguien de su absoluta confianza, no un desconocido. Podría ser un degenerado que abusa de menores. Una vieja tarjeta de visita no es suficiente, ni aun imprimiendo en ella licenciaturas en no sé qué cosas. Su hijo lo es todo para ella y, si le ocurriera algo, nunca se lo perdonaría.

—Mamá, por favor... Quiero ir a pasear al Retiro, paso demasiado tiempo solo.

Clara se lleva la mano a la frente y resopla. Los ojos se le anegan.

—¿Sigue usted ahí?... Discúlpeme, estoy un poco nerviosa. Por favor, deme su dirección para hablar en persona... Espere, tomo nota... —coge un bolígrafo y escribe en el cuaderno—. Repita, por favor... ¿Puede ser ahora?... De acuerdo, voy para allá.

Pálida, arranca la página del cuaderno, abraza a Martín y le pide que se ponga con los deberes. Los repasarán juntos a la vuelta. Sale de la casa con un nudo en el estómago que achaca a que no ha probado bocado desde que desayunó. Cuando regresa, casi a las siete de la tarde, Clara trae los ojos enrojecidos y abraza a Martín con sentimiento.

—¿Sabes? A veces juzgamos a las personas antes de tiempo, sin saber que detrás de cada uno de nosotros hay una historia desconocida —masculla emocionada—. Podrás merendar con tu amigo Simón de vez en cuando.

Martín le devuelve el abrazo y un «gracias, mamá» que le empapa el alma.

—Veamos esos deberes —dice sonándose su nariz colorada.

— 35 —

La casona

Wrexham, julio, 2010

El día amanece envuelto en un manto de bruma. Una llovizna casi imperceptible se posa silente sobre el condado y barniza las calles de Wrexham. Para un extranjero no es fácil circular por Gales sin dejarse llevar por la magnificencia de sus parajes verdes. Desde el coche patrulla, Salandpet contempla cómo las praderas bailan bajo la brisa racheada. Se recrea en los prados de heno, en el río cuajado de espumas, en el acueducto de Pontcysyllte, en la imponente torre de San Gil, en las torres y mansardas que sierran un cielo ceniza, en los parterres restallantes de flores, en las lomas suaves y los valles legendarios, con mil matices de verde combinados al desgaire. Un esplendor tan distinto a su árida tierra de solaneras y ocres desérticos, de chiquillos desarrapados, maltrapillos pedigüeños crecidos al filo de quimeras, de mujeres con la piel atezada por la miseria, de hombres envejecidos antes de tiempo, rostros aletargados por la agonía, anatomías huesudas renegridas por la intemperie. Tierra resquebrajada, como el dolor seco de los ojos que lo han llorado todo. Laderas yertas por un sol eternamente semejante a sí mismo, secarrales donde la muerte se cobija y en los que toda vida es un milagro condenadamente circunstancial.

El vehículo se interna por un camino jalonado de árboles centenarios. La imponente silueta de la casona de los Kenyon se alza como emergiendo en la niebla. El viento mece la hierba alta y juega con sus reflejos de lluvia. Es, o por mejor decir, era, un vetusto edificio de ladrillo señorial, coronado por chapiteles de pizarra, construido en el siglo XVIII. Junto a él, como un tótem protector, se yergue un abeto de alta escuela, de ramas bellamente desmayadas. Pese a la yedra y el musgo, la fachada aún luce la austeridad clásica de la etapa georgiana que recuerda a las grandes casas de campo de la aristocracia galesa. En la escalinata espera Clarise, la hija de Nora, única hermana de Kathleen Kenyon, la famosa arqueóloga. Yacob Salandpet se identifica y le estrecha la mano.

—¿Clarise, supongo?

—La misma. Encantada de conocerle, inspector.

Al subir los peldaños, el inspector se gira y mira el entorno. Siente un pálpito extraño, como de haber estado antes en esa casa. O tal vez lo ha soñado.

Cuando la sobrina de la propietaria abre la puerta, un soplo de naftalina les abraza como un espíritu viejo que aguardaba para escapar. Huele a mausoleo y a olvido, como si la sombra de la muerte se agarrase a la superficie de las cosas. El mobiliario y cada objeto dispuesto en él están bañados por una pátina blanquecina. Aún bailan en el aire motas de polvo, como si el pasado todavía estuviese vivo y en movimiento. Pese al caos que dejaron los asaltantes, la residencia conserva la esencia historiada de los siglos: yeserías elaboradas, paredes revestidas de madera, tapices, blasones heráldicos y armoriales conmemorativos de la descendencia familiar, típicos de la aristocracia o, como en este caso, de solventes burgueses que aspiraban a ella.

El inspector toma notas en un pequeño cuaderno. Después da unos pasos, se detiene frente a una ventana y le da la espalda.

—¿También tenían caballerizas?

—Y jardín con estanque, y tierras de labor, y una casita para los criados... Fiera venganza la del tiempo, decía el poeta —declama Clarise con nostalgia—. Ahora todo está descuidado. Menos mal que está asegurada. No hubiéramos podido costear los destrozos.

La estancia estaba sumida en la penumbra, apenas rasgada por retales de claridad que se filtraban con pereza a través de unos cristales nublados por años de abandono. Clarise desliza las cortinas y la luz entra en la sala de lectura donde, en su biblioteca, a bote pronto, el inspector estima no menos de ocho mil títulos. Tal vez más. Libros mudos entre telarañas. No pocos se amontonan sobre la alfombra de tartán. El policía y la mujer recogen algunos ejemplares del suelo para hacer camino. Duele verlos tan antiguos y mancillados. El tresillo de terciopelo está abierto en canal, al igual que el viejo sillón de orejas donde el abuelo leía al calor de la lumbre. Sobre la chimenea hay una placa esculpida con un compás y una escuadra sobrepuesta. Les parece escuchar el rugido lejano de una tormenta.

—¿El símbolo de la masonería?

Clarise le informa que el abuelo de Kathleen, su bisabuelo, perteneció a la Gran Logia Unida de Inglaterra. Dicen que fue uno de sus precursores. En aquel tiempo, buena parte de los intelectuales de la alta sociedad eran masones.

—Mi abuelo fue historiador, arqueólogo, paleógrafo y director del Museo Británico desde 1909 a 1930, incluso presidió la Academia Británica de 1917 a 1921.

Tras unos segundos meditados, el inspector retoma el motivo de su visita.

—¿Se han llevado algo de valor?

—Creemos que no. Venga, le mostraré algo.

Clarise conduce al policía al antiguo despacho donde Kathleen trabajó hasta sus últimos días. Es un pequeño gabinete con estanterías repletas de esfinges, amuletos, figuras aladas y objetos exóticos de sus viajes, recuerdos de su paso por los países donde excavó. También hay fotografías en blanco y negro enmarcadas en las que Kathleen posa en las excavaciones de Zimbabue, Samaria, Libia, Jericó y Jerusalén. En el suelo, una marea de libros y papeles y, sobre la mesa, carpetas y viejos cuadernos de campo en sepia que alguien ha revisado sin mucho miramiento. En la pared, tras un cuadro de la batalla de Trafalgar anclado con bisagras, hay un hueco que deja a la vista los ladrillos. En él había encastrada una pequeña caja fuerte que ha desaparecido. Era eso lo que Clarise quería mostrarle.

—Como no pudieron abrirla, la arrancaron de cuajo y se la llevaron.

—¿Conoce su contenido?

—Cuando mi tía falleció la abrimos. No había dinero ni joyas, solo efectos personales, tarjetas de visita, notas cifradas, algún recuerdo de su madre… Poca cosa.

—¿Notas cifradas?

—Sí, la tía Kathleen era muy celosa de su intimidad y empleaba deliberadamente una caligrafía impenetrable, razón por la que muchos informes y anotaciones siguen inéditos porque nadie ha conseguido descifrarlos. Al principio pensamos que era un juego heredado por aquella afición de los masones a la cábala, o tal vez solo pretendía mantenernos al margen de su vida íntima. Siempre la consideré una adelantada a su tiempo, en todos los sentidos.

—Me gustaría ver algunas de sus cartas codificadas.

—Las tarjetas cifradas, y posiblemente los códigos para su interpretación, estaban en la caja fuerte. No sé si en los archivadores de correspondencia... —Clarise busca entre decenas de cartas archivadas— Sí, aquí hay algunas cifradas.

Salandpet toma una de ellas, gira instintivamente el sobre y observa el reverso. Carece de remite. Por espacio de un par de minutos se sumerge en el extraño universo de aquella misiva. Está fechada en 1960, la suscribe un tal Peter Fortabat, quien, tras los saludos de rigor y comentarios irrelevantes sobre climatología y salud, se arranca a escribir con una miríada de códigos tácitos. Intrigado, el policía recupera varias cartas del mismo remitente en sucesivos años en los que emplea idéntico procedimiento. Es evidente que esos párrafos refieren un asunto relevante que no deseaban divulgar. Hay otra carta cuyo remitente utiliza los mismos códigos para cifrar el texto. La suscribe Aaron Cohen, en 1977.

—Peter Fortabat y Aaron Cohen... —El inspector escruta el silencio con la mirada perdida.

—Creo que Fortabat era un francés que colaboró con ella en Jericó. Lo refirió alguna vez. A Aaron sí lo conozco, era un buen amigo de mi tía. Tiene un anticuario en Notting Hill. Está delicado de salud por la edad, pero aún nos llama de vez en cuando.

—Aaron Cohen fue asesinado hace unos días, posiblemente por los mismos que asaltaron esta casa. Por eso he venido.

Clarise, impactada, se lleva la mano a la boca.

—Lamento darle así la noticia. Parece que iban buscando algo y le obligaron a abrir la caja fuerte de su establecimiento antes de degollarlo. No sabemos si encontraron lo que buscaban.

—Qué espanto —la mujer no sale de su asombro.

Al estampido metálico de un trueno demasiado próximo, sigue el redoble de otros dos lejanos. La onda expansiva rebota en las ventanas, veladas por láminas de lluvia. Huele a electricidad. Clarise, sobrecogida, asoma la cabeza y levanta la vista a un cielo tachonado de bulbos negros. «La que está cayendo».

El inspector se dirige a un mueble con vitrina. Hay una constelación de diplomas, placas, metopas y fotos antiguas enmarcadas. Observa una de ellas: Kathleen está sentada junto a una muralla. En sus rodillas sostiene un cuaderno de campo en el que toma notas. El inspector la extrae del marco y lee el reverso: «Jericho, April 25, 1956». En otra instantánea posa junto a varios amigos. Desmonta el marco y lee: «Jericho, september 2, 1959, with Mylan Fisher, Bernard Gardener, Peter Fortabat and Sally Taylor».

—Si la memoria no me falla, creo que a este —señala a Gardener— lo mataron en Cisjordania. La chica joven era la novia de este chico moreno, que era francés, el de las cartas —señala a Sally y Peter—. Y del otro no sé nada. Creo que desapareció o también lo mataron, no recuerdo bien. Ha pasado mucho tiempo y era muy joven cuando mi tía comentaba alguna fotografía. Tampoco era muy habladora. Lo que sí recuerdo es que, tras la muerte de Gardener, regresó al Reino Unido y se volvió aún más hermética.

El policía se entretiene más de lo habitual en aquella vieja fotografía en blanco y negro. Observa con atención los rostros que posan junto a Kathleen, que parecía la madre de todos aquellos jóvenes. Salandpet se pierde por los derroteros de la memoria, la lógica y la intuición, junto a la satisfacción de haberse topado, tal vez, con un indicio revelador.

—¿Le importa que me quede un tiempo con esta fotografía y con las cartas codificadas de Cohen y Fortabat?

—En absoluto. Todo sea por esclarecer la pérdida del querido Aaron. Era un buen hombre y no merecía un final así.

El inspector le entrega un recibo por los documentos retirados y agradece a Clarise su valiosa colaboración. «Por favor, manténgame informada».

Fuera, la tormenta golpea con furia el abeto gigante, sus ramas se baten unas contra otras. No tarda la lluvia en empapar sus ropas cuando, en medio de la escalinata y ante la mirada estupefacta de Clarise, el inspector se detiene un instante como si su mente repasara viejos recuerdos. A cámara lenta, observa los peldaños, acaricia la balaustrada y mira a Clarise con la impunidad de los seres invisibles. Todo le resulta familiar. Los ojos dispares, el gesto perdido, hasta que el claxon del coche patrulla le saca de su breve trance.

Durante las tres horas y media hasta Londres, Salandpet no cesa de especular con el contenido cifrado de aquellas cartas que repasa una y otra vez. Algo debió ocurrir entonces para que cincuenta años después alguien contratara a unos sicarios para buscar algo que ya se ocultaba en los años sesenta. Es preciso, piensa, desvelar los mensajes cifrados, pero urge localizar la identidad y el paradero del tal Peter Fortabat cuya vida, sospecha, pende de un hilo, si es que aún sigue vivo. Coge su teléfono móvil y marca un número.

—Scotland Yard, buenas tardes. ¿En qué puedo ayudarle?

—Buenas tardes. Soy el agente Yacob Salandpet, de la Interpol. Quisiera hablar con el comisionado asistente Robert Archer. Es urgente.

— 36 —

El Retiro

Parque El Retiro, Madrid
Julio, 2010

Del parque del Retiro Martín conserva imágenes efímeras. Sus primeros recuerdos están relacionados con silencios incómodos, las riñas de su padre y el desasosiego de su madre. Entre brumas, evoca un jardín, una fuente surtidora y una bancada donde su padre hablaba sin parar y su madre enjugaba sus lágrimas bajo las gafas de sol. Recuerda el Furby parlanchín, su Tamagochi y la pelota de Scooby-Doo. Le viene estar tumbado en el césped y ver las hojas precipitarse desde las alturas, y un pájaro negro con el pico naranja que lo miraba con graciosos movimientos de cabeza hasta que remontó el vuelo tras un baladro. Poco más retiene.

Hoy domingo, Clara hace la guardia de una compañera y, como algo excepcional, permite a Martín acompañar a Simón al Retiro, a ver si le da el aire, porque los días de fiesta se los pasa entre cuatro paredes. El anciano aparece con sándwiches, refrescos y unos prismáticos y a Martín le cosquillea la aventura. Dejan atrás Barquillo, bordean Cibeles y entran al parque por la puerta de la Independencia. Simón acude allí casi a diario porque se respira un aire distinto, porque las prisas se quedan fuera y el tiempo y los latidos no llevan tanta urgencia, ni todo es tan apremiante. Goza sentándose en un banco a leer la prensa o un buen libro, o se para a observar a la gente al abrigo de la cálida luz que mueve las sombras de sitio.

—Aquí encuentras serenidad y el sonido de los pájaros. Ves a la gente darse al aire y al sol, correr, patinar o hacer taichí. Hay salas de exposiciones, teatros de marionetas, una biblioteca, quioscos, músicos ambulantes, estanques...

—¿Veremos todas esas cosas? —pregunta Martin, con los ojos muy abiertos.

—Hoy solo algunas. El Buen Retiro es un oasis con casi treinta mil árboles de muchas especies —dice Simón—, castaños de Indias, ciclamores, palmeras, cedros, olmos, almeces, acacias...

—¿Y animales? —pregunta Martín entusiasmado.

—Claro. Mamíferos pocos, algunos topillos, murciélagos y ardillas rojas. Pero aves, muchas: gorriones, palomas bravías, carboneros, urracas o mirlos. También rapaces como el halcón peregrino, el autillo y el cárabo a los que se ve cazar en el parque. En verano hay vencejos y abubillas y, con los fríos, picogordos y mosquiteros. En los jardines hay ocas, patos y cisnes, incluso pavos reales con sus vistosos cortejos. En las aguas, peces gato, percasoles y sobre todo carpas, que las hay muy hermosas. Con cada estación, el Retiro muda su aspecto como una crisálida, regalándonos estampas pintorescas.

—¿Por eso se llama Retiro, porque la gente se retira para buscar tranquilidad?

—Esa fue la idea inicial. Aquí se construyó un palacio para que Felipe IV pudiera relajarse, al que se llamó Real Sitio del Buen Retiro, pero era solo para disfrute de la realeza y no se abrió al público hasta 1868. Ya no existe ese palacio, pero parte de sus jardines y estanques siguen aquí. Poco a poco se fueron añadiendo más elementos.

De la mano, Simón conduce al niño hasta el mirador del Parterre, un bellísimo jardín francés construido en época de Felipe V.

—¿Quieres ver al Abuelo del parque?

Martín asiente, aunque le extraña que haya alguien más viejo que Simón. Descienden por una de las rampas laterales y contemplan los cipreses topiarios, junto al monumento de Jacinto Benavente. Al fin, se detienen ante un gigantesco árbol cuyo voluminoso tronco está protegido por una reja.

—Te presento al árbol más viejo de Madrid. Es un ahuehuete.

—¿Un abuelete?

—No, un a-hue-hue-te —silabea Simón— que en lengua náhuatl significa «viejo del agua», porque es originario de México. Aunque bien podría llamarse abuelete, porque tiene más de cuatrocientos años. Este anciano ha visto marchar a muchas generaciones. Y aquí sigue, observando nuestra efímera existencia.

Los dos amigos abandonan el parterre y se aproximan al embarcadero del estanque grande. Simón paga dos tiques y suben a una barca con remos.

—A bogar, marinero.

El anciano saca de la bolsa un sombrero. «¡Mi gorro de pirata!», exclama feliz Martín. El niño se lo calza y le dedica una sonrisa blanca. «Lo dejaste olvidado en el hospital de las palabras».

—¡Arriad velas, cebad los cañones! —señala con el índice al monumento de Alfonso XII, mientras Simón rema poniendo proa al nordeste por orden del capitán.

Martín se lleva los prismáticos a los ojos. A ambos lados, cuatro sirenas con grandes peces. Más arriba, leones gigantes y, en el basamento, La Paz, La Libertad y El Progreso. En las alturas, el rey en su corcel quien, espada en mano, dirige a sus huestes.

A mitad del lago, Simón echa al agua trocitos de pan sobre los que se arremolinan hermosas carpas. Se asombra el niño de su tamaño.

—¿Sabías que este lago tuvo su propio monstruo, como en el lago Ness?

Martín, boquiabierto, mira temeroso la superficie verdosa.

—Intentaron pescarlo, pero el monstruo rompía todos los sedales por gruesos que fueran. Durante muchos años se creyó que en el fondo del estanque había una criatura de buen tamaño a la que llamaron Margarita —dice Simón mientras rema.

—¿Y qué pasó?

—Hace unos años vaciaron el estanque para limpiarlo y encontraron ocho mil peces y muchos galápagos y cangrejos. Y allí estaba Margarita, una enorme carpa de quince kilos —dice Simón con pretendido énfasis. Impactado, Martín levanta las cejas y abre la boca.

Tras el emocionante paseo en barca, visitan el palacio de Cristal, con su planta de iglesia gótica y sus paredes invisibles. El niño, fascinado, le pregunta cómo ha llegado a saberlo todo.

—Ojalá lo supiera todo. Lo que sé me lo enseñaron mis amigos.

—¿Qué amigos?

—Los libros se convirtieron en mis amigos, en mis confidentes. De niño me acurrucaba junto al fogón con un libro en la mano y me dejaba seducir. Es fascinante cómo un objeto plano hecho de un árbol es capaz de entrar en nuestras mentes con un mensaje de alguien que vivió en el pasado y consigue conmovernos, incluso cambiarnos la vida. Los libros son esa clase de compañeros que nunca te abandonan porque, cuando los has leído, se quedan en ti para siempre —concluye el anciano.

Martín medita y guarda silencio. Próximos a la puerta de Madrid, se acomodan en un banco junto a la Casita del Pescador para comer los sándwiches que preparó Simón.

—Según una leyenda, en el Retiro hay un tesoro oculto —sorprende el anciano.

—¿En serio? —Martín, con la boca llena, observa los alrededores buscando pistas.

—Esa colina que ves, con su vegetación y sus cascadas, es artificial, está hueca por dentro. Fue un capricho de Fernando VII. En el siglo pasado, un zahorí llamado Germán Cervera dijo que había un tesoro debajo de la montaña artificial.

—¿Qué es un zahorí?

—Son personas que creen tener poderes para detectar objetos bajo la tierra usando un péndulo. Pues ese zahorí convenció al ayuntamiento y los empleados municipales cavaron, pero no encontraron nada. Unos años después, unos obreros que abrían una zanja en el Retiro, junto a la actual puerta de Dante, encontraron cincuentainueve monedas antiguas de oro valoradas en trescientas mil pesetas, una fortuna por entonces. Son muchos los secretos que esconde este viejo parque.

El niño se ha terminado el sándwich y da el último trago a su refresco sin dejar de mirar a la montaña artificial. Por un momento repara que no sabe nada de su amigo.

—¿Tienes nietos? —pregunta el niño, buscándolo con sus grandes ojos.

—Ni nietos ni hijos. Llevo soltero toda la vida, como tú —sonríe el anciano.

—¿Te gustaría tener un nieto?

—Ya es imposible. Se pasó el tiempo de tenerlos.

—Yo puedo ser tu nieto. ¿Quieres ser tú mi abuelo? —pregunta moviendo la cabeza de uno a otro lado, como aquel pájaro negro de pico naranja de su memoria.

Simón se enternece y pasa la mano por la cabellera del niño.

—Los abuelos no se eligen, nos vienen dados. Yo soy tu amigo, pero ejerceré de abuelo cuando pueda y lo permita tu mamá.

—¿Tienes novia? —pregunta sin dejar de mirarlo.

—La tuve. Hace muchos años.

—¿Era guapa?

—Era la chica más bonita, cariñosa e inteligente que he conocido. No hubo otra como ella. Aun percibo su olor a mandarina y canela. Jamás encontré otra igual, por eso nunca me casé.

—¿Y por qué no estás con ella?

Simón vuelve a la Casita del Pescador y los ojos se le tornan dorados.

—Murió. Pero ¿sabes? el amor, si es verdadero, es un hilo que no se rompe jamás.

El silencio que sigue les taladra los tímpanos. Es el mutismo de la añoranza, el dolor de los tiempos idos y sus dolorosas ausencias. Los dos amigos rodean la misteriosa montaña artificial y, de la mano, atraviesan la puerta de O'Donnell bajo un cielo con nubes cambiantes que matizan la luz de la tarde.

— 37 —

El anticuario

Portobello Road bulle febril en su ambiente cosmopolita. La magia de su caos urbano y sus viviendas multicolores, donde las multinacionales aún no han metido su zarpa, atraen a un público que se dispersa por sus callejas en un frenético bullebulle. La tienda de antigüedades de Aaron Cohen dista pocos metros de la travesía con Westbourne Park Road. En el 280, aún se conserva la casa de la puerta azul donde Ana Scott (Julia Roberts) vivió su conocido idilio con el librero William Thacker (Hugh Grant), en *Notting Hill*.

Apenas quedan vestigios del asesinato perpetrado días atrás en el anticuario. Amos frisa la cincuentena, aunque más parece un sexagenario por su impronta avejentada. Es delgado, cargado de espaldas, alopécico frontal, bigotito cano y unos anteojos redondos de pasta negra. El semblante ojeroso de Amos aún delata el drama vivido. «Le agradezco que me atienda en sábado. Sé que los judíos respetan el Sabbat», corresponde el policía. Recibe de Amos un afligido asentimiento.

—Cuando regresé, todo estaba patas arriba. Los ladrones destrozaron varias obras de arte buscando detrás de los oleos, en los baúles, en los tibores orientales, en las peanas huecas de las esculturas, en alabastros griegos, en falsos techos, hasta en los tubos sinfónicos. Cuando vi a mi padre en el suelo de la oficina con el cuello abierto fue... fue...

—a Amos se le anudan las palabras y se le inundan los ojos.

—Mi sentido pésame. Daremos con los autores —el inspector le palmea la espalda en señal de condolencia.

—No entiendo por qué no funcionaron las cámaras de seguridad.

—Utilizaron un inhibidor de frecuencia. No son aficionados.

Amos le informa de que en la caja fuerte había dinero, títulos de propiedad y un códice antiguo que habían adquirido meses atrás a un coleccionista y tenían intención de subastar. El anticuario abre la caja, extrae el estuche con el códice y se lo muestra. Es un bellísimo ejemplar encuadernado en mudéjar, una traducción del siglo xv de *Magna Moralia*, escrito en el siglo vi por el papa Gregorio Magno sobre el libro de Job.

—¿Por qué, una vez abierta la caja, los asesinos no se llevaron los cincuenta mil euros, ni el códice, que está valorado en trescientos mil? —se pregunta el hijo de Aaron.

—Buscaban otra cosa —responde evasivo el policía.

—¿Pero, aunque no encuentren lo que busquen, si están dispuestos a matar, por qué no a robar cuando el trabajo ya está hecho? No le encuentro lógica —arguye Amos.

—La mentalidad de los criminales carece de lógica, pero a su padre lo mataron para no dejar un testigo que podía identificarlos. Tengo entendido que su padre era amigo de la arqueóloga Kathleen Kenyon.

—Sí, pero yo era un niño cuando ella murió. Sé que la apreciaba porque la refería con frecuencia. Decía que en sus comienzos lo asesoraba sobre cerámicas procedentes de falsas excavaciones o imitaciones de manuscritos antiguos que los marchantes pretendían vender a mi padre. Kathleen evitó más de una vez que lo timaran hasta que adquirió pericia suficiente para moverse en el mundo de las antigüedades.

Salandpet le muestra la carta remitida por su padre a Kathleen en 1977. Hacia la mitad el texto aparece encriptado. El padre de Amos nunca le habló de ello, pero salta a la vista que, si utilizaban un código, era por temor a que se conociera algo que deseaban mantener en secreto.

El policía observa la oficina donde se produjo el crimen. Todo está recogido y limpio salvo la mesa, que sigue desordenada. En ella hay un bloc de alambre con una salpicadura de sangre seca en el lomo. El inspector lo examina. Tiene anotaciones hechas a bolígrafo hasta la mitad de sus páginas.

—Era de mi padre —espeta Amos—. Lo usaba para tomar notas cuando hablaba por teléfono: referencias, precios, nombres, lotes, direcciones...

—¿Este bloc estaba cerrado o abierto cuando llegó la policía?

—Estaba siempre abierto, porque lo usaba a diario. Se pasaba el día al teléfono.

Salandpet lo hojea y se detiene en la primera hoja en blanco. Alguien arrancó la página previa. Aún se conserva la tira de papel perforado en el túnel de alambre. Escribieron a bolígrafo y el trazo quedó ligeramente marcado en la página siguiente. "¿Tiene un lápiz?". El policía sombrea el papel con el grafito y se hace visible lo marcado:

B. Gardener BRC-Nht
P. Fortabat. Spn. Ayala 33

Amos, asombrado por la revelación, dice que esa no es la letra de su padre. El inspector deduce que lo escribió el asesino con la información que sonsacó al viejo Aaron.

—¿Gardener y Fortabat eran amigos de su padre?

—No sabría decirle. Mi padre tenía muchos conocidos. Miraré su agenda —del cajón de la mesa saca un pequeño dietario y busca por la G en el listín alfabético de direcciones—. Gage, Garbutt, Gibson, Graham...

—No se moleste, Bernard Gardener murió en 1959. Busque a Fortabat.

—A ver... efe...Fisher, Fontaine, Foster... ¡Fortabat!, aquí está: «Fortabat, P. Ayala, 33». Solo figura una dirección, sin ciudad ni número de teléfono.

El policía coge el dietario para confirmar lo que acaba de oír.

—Y debe estar vivo porque, si se fija, es de los pocos contactos que mi padre no había tachado. En los últimos años fue perdiendo a muchos conocidos por su avanzada edad y tachaba los nombres conforme fallecían.

—¿Le importa que me quede con esta libreta y con el dietario? Hemos de hacer algunas comprobaciones.

—En absoluto. Por desgracia ya no le serán útiles a mi pobre padre.

—Permítame —saca el teléfono móvil y fotografía tanto las cartas que le facilitó Clarise como el cuaderno y el dietario de Aaron. Después marca unas claves y transfiere las imágenes por red segura. A continuación, firma y entrega un recibo por los documentos y se despide de Amos reiterándole su valiosa colaboración. «Se hará justicia», dice al estrecharle la mano.

Por las calles hay un gran ambiente de clientes y turistas. El inspector evita el bullicio dirigiéndose a Talbot Road, donde aguarda el agente de la Policía Metropolitana junto al coche patrulla. Antes de entrar en el vehículo, hace una llamada.

—Hola, Gisèle, soy Salandpet. Por línea segura os he remitido el dosier con lo que tengo del caso. Necesito que envíes la documentación a Scotland Yard y a la sede de la Interpol en Manchester, pero antes hay que contactar con la OCN Interpol de Madrid y remitirles orden de búsqueda del ciudadano francés Peter Fortabat, residente en España cuya última dirección conocida es el número treintaitrés de la calle Ayala, pero desconozco el municipio... Sí, ya sé que sin municipio es más difícil, pero es urgente. Pásame el número de la Interpol-Madrid. ¿Inspector Soria? De acuerdo, contactaré con él. Llámame si hay novedad. Muchas gracias, Gisèle.

El policía queda pensativo unos segundos. Revisa las cartas de Fortabat y Cohen, escudriña su texto codificado intentando una interpretación imposible. ¿Qué ocultaban? Se dispone a entrar en el coche patrulla cuando vibra su teléfono. Opta por quedarse fuera.

—Al habla Salandpet... Oh, qué casualidad, inspector Soria, iba a llamarlo en este preciso momento... El placer es mutuo... ¿Ya recibió la orden? ¡Qué rapidez! Verá, estoy asignado a la OCN Interpol de Ankara y me encuentro en Londres siguiendo los pasos de un grupo de sicarios liderados por el Turco, que tiene varias órdenes internacionales de búsqueda. Alguien los ha contratado para buscar un objeto valioso que aún no hemos identificado. Scotland Yard está al tanto. Estos tipos son extremadamente peligrosos. Acaban de asesinar a un anticuario en Londres y me temo que se dirigen a España en busca de un tal Peter Fortabat. No dudarán en asesinarlo si no les entregan lo que buscan. Está todo en el informe de Lyon.

Hoy mismo viajaré a Madrid y lo pondré al día personalmente, pero ahora es prioritario encontrar a Peter Fortabat porque corre peligro, también sus allegados y quienes se crucen en su camino. ¿La dirección? Pues, ese es el problema, que tenemos el nombre y la dirección, pero no sabemos de qué ciudad... Se trata de la calle Ayala número treintaitrés... Una calle muy común... ¿Va a consultar ahora el callejero? De acuerdo, espero...

Mientras Soria realiza consultas telemáticas, el inspector enciende un cigarro e intercambia unas palabras de cortesía con el agente conductor. «En cuanto me fume el cigarro nos vamos».

—Sigo aquí, dígame, Soria... ¿Muchas calles? ¿En casi toda España?... Vaya... Verá, me consta que Fortabat llegó a Madrid sobre 1960, pero no sé a dónde se dirigió después. No creo que se instalara en una ciudad pequeña —medita unos segundos mientras da la última calada al cigarro mediado antes de aplastarlo contra el asfalto—. Si eliminamos las calles Ayala que están fuera de Madrid, ¿qué nos queda?... Espere tomo nota: Madrid, Alcalá de Henares y Rivas-Vaciamadrid.

Salandpet entra en el coche y el agente conductor lo pone en marcha. Queda pensativo unos instantes.

—Habrá que estudiar todas las posibilidades para... ¿Qué matasellos? ¡Las cartas que me facilitó Clarise! ¡Es verdad! Espere —el inspector abre su carpeta y mira el sobre de la carta de Fortabat— Carece de remitente pero en el matasellos se lee: «Madrid-Central, 15-marzo-1960». ¿El palacio de Comunicaciones de Cibeles? Ajá... Desconocía que ahora es el ayuntamiento de Madrid. Esto confirma que la dirección es la correcta. Busque solo en Madrid centro. Muchas gracias, inspector Soria. Por favor, avísenme cuando localicen a Fortabat. Corre peligro y debe considerarse como testigo protegido. Gracias por todo. Nos veremos pronto.

— 38 —
Cara a cara

Una bruma ocre procedente del desierto inundó la ciudad desde muy temprano. La calima evanescente se ha adueñado de Jerusalén, otorgándole un aspecto fantasmagórico. Peter y el profesor sujetan los pañuelos sobre sus bocas y transitan con urgencia por las calles de la Ciudad Vieja. Atraviesan la puerta de Herodes, bordean la muralla y cruzan la vía de Solimán el Magnífico. Una inscripción con caligrafía angulosa les anunciaba que habían llegado a su destino: École Biblique et Archéologique Française. Tres golpes de aldaba suenan en el convento de San Esteban.

Los padres Dubois y Michalik examinan un manuscrito con una lupa cuando el fraile portero llama a la puerta del gabinete.

—Ha venido Allegro. Le acompaña un joven francés —informa el fraile.

—¿Allegro? ¿Estás seguro de que es él? —cuando se tensa, su cicatriz se oscurece.

—Profesor John Allegro y Peter Fortabat —confirma.

—Qué raro que Allegro se atreva a venir aquí. Algo trama —apostilla Michalik.

El director de la École mesa su barba entreverada y queda pensativo unos instantes ante la inesperada visita del profesor. Su relación con él no ha sido precisamente fluida tras los últimos desencuentros en el equipo internacional. La indisciplina y las polémicas publicaciones del británico tensaron las relaciones hasta el punto de que Allegro dejó de asistir a las convocatorias y acudía a la *rollería* en horarios en los que no coincidía con el padre Dubois. Pese a todo, no puede negarse a recibirlo.

—Hazlos pasar y quédate cerca.

El portero se marcha y Dubois guarda el pergamino en un cajón. Allegro y Peter entran en el despacho y, tras una fría salutación, toman asiento. Hierático, el profesor Allegro prescinde de protocolos y expone directamente el motivo de su visita, que no es otro que nombrar a Fortabat como su ayudante en sustitución del malogrado Adam Richardson.

—Eso no es posible —sentencia el padre Dubois con esa voz suya tan opaca. Su sillón con respaldo alto le confería un porte imperial—. Con Richardson se hizo una excepción en su momento, pero las cosas han cambiado.

—¿Cómo que han cambiado? —Allegro se irrita al ver fracasar el plan que había trazado con Fortabat—. Mi ayudante murió en el mismo Rockefeller y necesito nombrar a otro. Fue la única condición que puse cuando me propuso trabajar en su equipo.

—Lo siento, pero en lo sucesivo no se permitirán ayudantes en el museo.

Se abre un silencio puntiagudo y extraño, en el que cada cual se despliega a sus propias deducciones. El profesor sabe que tiene perdida esa batalla. El plan no ha funcionado, pero no desea perder la oportunidad de mostrar sus naipes a Dubois.

—¿Por qué esa resistencia a que investigadores independientes accedan a los manuscritos? —Allegro escupe la pregunta con cierto desdén.

—Solo acceden los debidamente autorizados por el Departamento de Antigüedades.

Allegro refiere los manuscritos descubiertos en 1945 en Nag Hammadi. En 1948 ya habían sido comprados por el Museo Copto de El Cairo y a los tres años ya estaban traducidos y puestos a disposición de la comunidad científica.

—¿Insinúa que no divulgamos los rollos del mar Muerto deliberadamente? —al dominico le vibra el desafío en la voz.

—¿Por qué entonces tanto hermetismo? —inquiere el profesor—. El material de cueva número 1, el que se custodian en el Jerusalén occidental, se publicó con rapidez, pero los que controlan ustedes llevan una década de silencio. Los textos de varias cuevas están traducidos y el inventario sigue sin publicarse.

Dubois entorna los ojos y se arma de paciencia. Es Michalik quien sale al quite.

—A la complejidad de la fragmentación —interviene el sacerdote polaco— hay que añadir la inestabilidad política. Los miembros del equipo no pueden pasar largas estancias en Jerusalén y no olvidemos la falta de fondos suficientes.

—Los textos de Nag Hammadi se publicaron rápidamente porque la Iglesia no tuvo oportunidad de controlarlos. Me pregunto si el monopolio del Rockefeller es por iniciativa propia o siguen instrucciones —espeta Allegro.

—Sus insinuaciones ofenden, pero ya conocemos su impulsividad —replica Dubois—. El equipo internacional está constituido por eminentes expertos procedentes de varios países. Yo trabajo como arqueólogo, no como religioso, y el padre Michalik como experto en papirología hebrea, no como dominico.

El profesor inglés se ríe en sus barbas.

—Olvida que pertenezco al equipo y sé cómo funciona. Usted regula el flujo de información de manera que las conclusiones estén al servicio de sus propósitos. Ha excluido a los expertos de la Universidad Hebrea de Jerusalén porque son judíos, ha vetado el acceso a historiadores independientes y ha impuesto un consenso aislando a quien disiente. No parece un criterio coherente que cinco de los ocho miembros del equipo sean sacerdotes católicos de la École Biblique —arguye Allegro.

—Lamento que tenga esa opinión de sus compañeros. Lo que no entiendo es por qué no renuncia —un brillo de brasas prende en la mirada del dominico.

—Si no he renunciado es porque estoy interesado en estudiar todos los manuscritos, no solo el lote que me adjudicó. Y usted no ha prescindido de mí porque le interesa presentar mi reputación académica y mi laicidad como paradigma de una falsa imparcialidad, pero me aíslan y me desacreditan como hicieron con Roth y Driver.

Se refería a Cecil Roth y Godfrey Driver, dos reputados profesores de la Universidad de Oxford, que alertaron de que no se estaba teniendo en cuenta las evidencias internas de los propios rollos y que el fanatismo mesiánico y nacionalista de los textos no encajaba con la comunidad esenia, apuntando hacia un perfil zelota de sus habitantes, lo que les supuso feroces críticas del equipo de Dubois.

—¿Por qué esa insistencia en asociar Qumrán con los esenios? —pregunta John.

Dubois toma el ejemplar *Historia Natural*, de Cayo Plinio Segundo y lee una cita marcada. Su voz de terracota suena como la de un archimandrita de monasterio:

> En el lado occidental de la costa [del mar Muerto]... está la solitaria tribu de los esenios, que es más notable que cualquier otra tribu del mundo, pues no tiene mujeres y ha renunciado a todo deseo sexual, carece de dinero y no tiene otra compañía que las palmeras. [...] Así pues, durante miles de siglos, algo increíble en una nación en la que no nacen las personas, si es fructífero para el arrepentimiento de otros su vida pasada. Por debajo de ellos estaba la ciudad de En-Guedí, superada solamente por Jerusalén por su fecundidad y los bosques de palma, ahora es un montón de cenizas como Jerusalén. Luego viene el castillo de Masada, sobre una roca, que no está lejos del lago asfaltitas [mar Muerto].

—Viendo cómo Plinio atribuye la antigüedad de los esenios en «miles de siglos», ya demuestra su falta de rigor, pues se sabe que aquella secta se retiró al desierto tras la revuelta macabea promediado el siglo II a. C. —postula Allegro—. En *La guerra de los judíos*, Flavio Josefo los describe como pacifistas en buena relación con el rey Herodes. Pero, más adelante, Josefo se contradice y escribe que desprecian el peligro, dominan el dolor a su voluntad y valoran la muerte más que la vida si llega con honor. Incluso refiere los suplicios que padecieron en la guerra. Esto cuadra más con los zelotes.

—Pamplinas —ataja Dubois con aplomo—. La comunidad de Qumrán se asentó sobre los restos de una fortaleza abandonada del siglo VI a. C. Los autores de los rollos llegaron allí hacia el 134 a. C. hasta que la ciudad fue destruida por un terremoto que provocó un incendio accidental en el 31 a. C., siendo abandonada. Con el sucesor de Herodes, se emprendió su reconstrucción hasta que la destruyeron los romanos en el 68 d. C.

—Muy ingenioso lo del incendio *accidental* —ironiza el profesor con aire obstinado— ¿Acaso no han reparado que los autores de los manuscritos hablan de ellos mismos como los Guardianes de la Alianza? En el original hebreo aparece como Nozrei ha-Brit, de donde deriva la palabra *nozrim*, una de las primeras denominaciones hebreas de los cristianos. De la misma fuente procede la palabra *nazoreo* o *nazareno* que utilizaban los cristianos primitivos y que nada tiene que ver con el gentilicio de Nazaret.

El primer error, añade Allegro, está en considerar que, cuando Plinio dice que «por debajo» de los esenios estaba la ciudad de En-Guedí, da por hecho que «por debajo» se refiere al sur, pero puede referirse a que los esenios residían en las montañas mientras En-Guedí estaba en la misma zona, pero *por debajo*, es decir en la zona baja de las montañas. En ese caso, la comunidad esenia se ubicaría, no en Qumrán, sino junto a En-Guedí, treintaitrés kilómetros al sur.

—Lo hemos documentado todo. Excavamos Qumrán e inspeccionamos cuarenta cuevas a lo largo de ocho kilómetros de risco —espeta Dubois.

—En esas excavaciones magnificaron los elementos que consideraban esenios y silenciaron los que apuntaban a una posibilidad distinta —acusa el profesor.

Al padre Dubois le cuesta mantener la calma y mira a Michalik como reteniendo el impulso de atajar la falta de diplomacia del británico.

—Señor Allegro —en la expresión de Dubois se adivina un contundente gesto de enfado—, la paciencia de Dios es infinita, por desgracia la mía no. Creerse superior a los demás es el más despreciable de los vicios. Usted filtra información a la prensa, critica a su propio equipo, divulga traducciones no autorizadas y, con el libro que pretende editar sobre el Rollo del Cobre, boicoteará la futura publicación oficial sobre ese manuscrito cuando, en realidad, no es más que una leyenda sobre un tesoro que nunca existió.

—¿Cómo está tan seguro de que nunca existió?

—Porque en el Arco de Tito, construido en Roma solo diez años después de la destrucción del Templo de Jerusalén, se representa a soldados romanos transportando el botín del Templo —a Dubois se le ve irritado—. Si va a persistir en su insolencia, lo mejor es dejar la conversación en este punto.

Allegro hace una mueca cómica al tiempo que se pone en pie dispuesto a marcharse mientras se abotona la chaqueta y replica al director de la École Biblique:

—La cuestión es que llevan tiempo ocultando manuscritos incómodos, que no se ajustan a la versión evangélica. Pero ahora tenemos pruebas —se engalla el profesor.

De pronto se respira una pausa contenida. La última frase ha inquietado a Dubois. El director saca un pañuelo y limpia las gafas de pasta mientras lo mira con reojos dictadores. Se concede la gracia de un cigarro e, inclinándose en el respaldo de su butacón imperial, observa, sin ver, cómo las volutas de humo tejen arabescos en el aire.

—Adelante, exponga su teoría —concede un asentimiento ecuménico. Se sube con el dedo sus pesadas gafas y lo invita a tomar asiento. Necesita saber a qué pruebas se refiere.

El profesor se sienta y toma aire, como si necesitase ganar tiempo para vestir sus palabras con juicio.

—¿Por qué ningún historiador de la época cita a Jesús? Porque fue un personaje intrascendente en una zona geográfica irrelevante. Las escasas referencias no cristianas, como el testimonio flaviano en *Antigüedades judías*, o la de Tácito en *Anales*, son interpolaciones cristianas tardías. Sin embargo, casi todos los expertos creen que existió un líder de una secta judía del que solo se sabe que fue bautizado y crucificado por sedición. No hay ni una sola prueba documental o arqueológica fuera de la literatura cristiana.

—Sabemos que Sócrates existió solo por las referencias de sus discípulos y nadie pone en duda su existencia —apunta Dubois—. ¿Por qué con Jesús ha de ser diferente?

—Porque Jesús fue un personaje divinizado y Sócrates no. Por eso a Sócrates no se le pone en duda. Los relatos evangelistas fueron desarrollados décadas después de su muerte por autores que no lo conocieron y, con cada copia renovada de pergamino, se iban eliminando o añadiendo detalles a conveniencia, hasta conformar, en el siglo IV, el canon oficial del Nuevo Testamento. La importancia de los manuscritos del mar Muerto estriba en que no hubo copias intermedias ni censuras interesadas durante dos mil años.

—¿Tiene alguna prueba determinante? —pregunta Michalik, igualmente ansioso por conocer el origen de su tesis.

—Los textos de Qumrán describen una comunidad judía muy diferente a la esenia. No citan nombres de personas, pero sí a tres personajes sobre los que orbita su historia: su líder, el Maestro de Justicia, y dos adversarios: el Sacerdote Malvado y el Embustero. El Sacerdote Malvado, que persigue, enjuicia y tal vez mata al Maestro de Justicia, ustedes lo identifican con Jonatán Macabeo y, la invasión del ejército extranjero, con los romanos de Pompeyo, en el 63 a. C. De esta forma alejan los hechos del tiempo de Jesús.

—¿Y no fue así? —pregunta Dubois, con la inquietud contenida.

—No, no fue así. En tiempos de Pompeyo, Roma todavía era una república; pasó a convertirse en imperio en el 27 a. C., con Octavio. En los rollos de Qumrán hablan de un rey o monarca de los invasores y de que hacían sacrificios a sus estandartes. Flavio Josefo documenta esta práctica en la época de la caída del Templo en el 70 d. C. No tendría sentido hacerlo en tiempos de la república, cuando las tropas victoriosas harían sacrificios a sus dioses, no a su rey. Se refieren, pues, a la época herodiana.

—¿Algo más? —el director de la École se impacienta.

—La capa de cenizas que se descubrió en la excavación de Qumrán demuestra que sufrió un devastador incendio, por lo que la ciudad fue abandonada un tiempo —prosigue Allegro—. Según las monedas encontradas, el incendio ocurrió a comienzos del reinado de Herodes el Grande, que ocupó el trono desde el 37 a. C. al 4 d. C., pero la reconstrucción de la ciudad se hizo bajo el régimen de Arquelao, hijo de Herodes, que gobernó entre el 4 a. C. y el 61 d. C. Si, como usted sostiene, Qumrán hubiera sido una comunidad de pacíficos esenios en buenas relaciones con Herodes, el incendio debió ser hijo del azar o de la mala fortuna, no por acciones de guerra. Pero no fue así. ¿Por qué no ocupan la ciudad ni la reconstruyen durante los veinticinco años siguientes al incendio si, como usted sostiene, fue obra de un terremoto y los esenios eran amigos del rey Herodes? Muy sencillo: no se atrevieron a reconstruirla hasta que no muriese quien mandó destruirla, que fue el mismo Herodes. Además, en la reconstrucción fortificaron la ciudad.

—¿Por qué iba a ordenar Herodes la destrucción de esa comunidad de pacíficos ascetas célibes? —pregunta el director de la École Biblique.

—Porque ni eran pacíficos, ni ascetas, ni célibes, sino nacionalistas judíos dispuestos a combatir —continúa el profesor Allegro.

—Nuestra tesis ha sido avalada por los mejores historiadores —espeta Dubois.

Allegro lanza al aire una carcajada solitaria que no transmite alegría, sino una furia domesticada.

—Querrá decir por los historiadores del equipo internacional que usted dirige. Hay un detalle significativo: en Qumrán se encontraron cuatrocientas cincuenta monedas que abarcan desde 135 a. C. a 136 d. C. Pero el mayor número de ellas procede de los dos períodos con mayor actividad: entre 103 y 76 a. C. con ciento cuarenta y tres monedas encontradas, y entre 6 y 67 d. C., con doscientas cincuenta y cuatro.

—Prosiga —apremia Dubois con cara de palo.

—Como ya he dicho, usted identifica al Sacerdote Malvado de los manuscritos con el sumo sacerdote Jonatán, que vivió entre 160-142 a. C., medio siglo antes de la primera concentración de monedas. Necesitaba una fecha antigua para la fundación de Qumrán y se aferró a la moneda más antigua, la única acuñada entre 135 y 104 a. C., pese a que el sentido común sugería que la comunidad databa entre el 103 a. C. y 76 a. C., periodo del que se encontraron ciento cuarenta y tres monedas.

—Demagogia —zanja el padre Dubois pisándole lo dicho—. Son legión los exégetas que reconocen el carácter esenio de la comunidad.

Allegro reprocha al dominico cómo desde el principio se refirieron a Qumrán empleando términos monásticos como *scriptorium* o *refectorio*, es decir, lo asocian al monacato, que «es el ambiente de donde ustedes proceden». Para el profesor, uno de los errores imperdonables de la excavación en Qumrán fue pasar por alto el carácter militar de la ciudad, pues estaba equipada con una torre defensiva y gruesas murallas. También aparecieron restos de una fragua para templar armas y se encontraron puntas de flechas. Para colmo, en el cementerio de la comunidad había cadáveres de mujeres y niños.

—¿No quedamos en que, según Plinio, se trata de pacíficos ascetas célibes que rechazan a las mujeres? ¿Si fueron pacíficos, por qué construyeron estructuras militares y fabricaron armas? ¿Y si fueron célibes, por qué aparecieron restos de mujeres y niños?

—Las mujeres y los niños pueden ser beduinos posteriores —improvisa Michalik.

—Eso choca frontalmente con el rollo 1QS de Qumrán conocido como la *Regla de la Comunidad*, que contiene normas que rigen los matrimonios y la crianza de hijos.

Un silencio espeso se desploma entre ellos, momento que Michalik aprovecha para llevarse a los labios un cigarrillo y rascar un fósforo, en un aparente intento de romper las incómodas sordinas. Peter se deleita con las tesis de Allegro, cuyo fervor dialéctico resulta casi contagioso, pero sospecha que su licencia no le saldrá gratis.

El profesor sostiene que las monedas, los elementos defensivos, las armas, la fragua y la presencia de mujeres y niños, demuestran que no eran esenios, sino pugnaces nacionalistas dispuestos a defenderse, incluso a morir matando, como los zelotes de Masada, que se suicidaron de forma masiva cuando se vieron acorralados por los romanos en el 73 d. C. Además, el rollo 1QM de Qumrán, *Regla de la Guerra*, demuestra su carácter militar.

—Estoy convencido de que el Jesús histórico era un zelote, o al menos un combatiente nacionalista —concluye Allegro.

—La tesis de un Jesús zelota es ridícula. Los evangelios son un alegato al pacifismo y la misericordia. Además, los zelotes como partido nacionalista surgen en el año 60, son posteriores a Jesús —el director de la École Biblique niega con una irritante sonrisa.

Allegro aparta la puntualización con un movimiento de mano.

—En la época de Jesús el zelotismo ya existía como filosofía. Si Jesús no es zelote, desde luego va siempre rodeado de ellos. Algunos autores piensan que la presencia de zelotes en el grupo de Jesús fue disfrazada y reescrita para apoyar la versión del cristianismo paulino de los gentiles, es decir, los no judíos. Se sabe que Simón el Zelote era uno de los doce apóstoles de Jesús, del que casi nada se sabe porque suprimieron sus referencias. También Judas Iscariote, cuyo nombre procede de los feroces sicarios.

Allegro no cree que Jesús fuera tan manso como lo pintan los evangelios. Recuerda el violento episodio cuando derribó las mesas de los cambistas del Templo, o cuando, en Getsemaní, instruyó a sus seguidores para que se armaran. En Lucas 22, 36, Jesús dice: «El que no tenga espada, que venda su capa y compre una». En Mateo 10, 34 dice: «No penséis que vine a traer paz a la tierra; no vine a traer paz, sino espada». Desde luego iban armados. Judas Iscariote portaba la sica, el puñal de los sicarios. Pedro, en el momento que lo van a capturar, saca su espada y le corta una oreja a un soldado romano.

—Jesús no reconocía la autoridad de Roma y fue condenado a muerte por sedición. Los dos condenados que crucificaron junto a él debieron pertenecer a su grupo. En apócrifos tardíos los llaman Gestas y Dimas y los convierten en el bueno y el mal ladrón, pero Flavio Josefo dice que a los rebeldes violentos se les llamaba *lestai* (bandidos). Recuerde que los evangelios son paulinos y en ellos se erradicó cualquier rasgo violento de Jesús y, aun así, se entrevé a un Jesús que permite la violencia y nunca la condena.

—¿Y qué tiene que ver Jesús de Nazaret con la comunidad de Qumrán? En los rollos no aparece su nombre ni el de sus discípulos —remata el dominico.

—Tampoco aparece la palabra esenio y ustedes la dan por segura. ¿Sabe? Estoy convencido de que los manuscritos del mar Muerto donde se cita al Jesús histórico han sido deliberadamente censurados.

—Una acusación grave. Supongo que podrá demostrarlo —espeta Dubois, ceñudo.

Fortabat mira al profesor y asiente. Peter saca un sobre con cuatro fotografías: una del fragmento de Amín, dos del carrete de Richardson encontrado en la madriguera y, la cuarta, la que el propio Allegro hizo en su casa sobre parte del rollo que Kathleen se llevó a Londres. Los dominicos, intrigados, las observan con lupa.

—Pertenecen a documentos de Qumrán que ustedes no tienen catalogados. En ellos se habla de Juan, Jesús y su hermano Santiago como Maestros de Justicia. Por fin el Jesús histórico: un líder que luchaba con armas por su pueblo y por la ley mosaica. Un hombre valiente que nunca fue cristiano ni lo hubiera consentido, incapaz de hacer milagros ni resucitar, porque solo era un ser humano, no el hijo de Dios.

Los dominicos palidecen y se miran un segundo, coincidiendo en una misma dirección de pensamiento. Tristan Dubois improvisa una negativa:

—Estas fotografías no prueban nada. Pueden tratarse de falsificaciones o de apócrifos del siglo II o III, incluso posteriores. ¿Dónde están los originales?

—Este manuscrito —Allegro señala la fotografía del rollo de Londres— está a buen recaudo. Pero estos —señala las dos instantáneas del carrete de Richardson— estaban en el despacho donde ustedes filtraban el material de Qumrán antes de pasarlo a la *rollería*. El empeño de mi ayudante de fotografiar esos documentos le costó la vida. El capitán Taylor recuperó un carrete en la escena del crimen.

Michalik enmudece, pero el padre Dubois, con la cicatriz más visible que nunca, trata de esbozar una explicación.

—Le aseguro que no tenemos nada que ver en...

—Al fin tenemos la prueba de que la comunidad de Qumrán no era esenia sino zelota y estaba encargada de custodiar los rollos que fueron traídos de Jerusalén y ocultados en las cuevas del desierto para protegerlos de los romanos. Y Jesús fue uno de los Maestros de Justicia de esa comunidad —ataja Allegro sin permitirle continuar.

Fortabat se sobrecoge imaginando el impacto de divulgarse las teorías del profesor británico. No habría periódico o emisora de radio, piensa, que no se hiciera eco de tan fabulosa noticia. A grandes titulares, anunciarán la falsa originalidad del cristianismo, la estafa bíblica y el perfil de los autores anónimos de la escuela de Pablo que, décadas después de su muerte, convirtieron a un hombre aguerrido en uno de los mitos religiosos más influyentes del mundo. Sentía el sabor del vértigo y, al mismo tiempo, la satisfacción de ser una de las primeras personas en conocer la escurridiza figura del auténtico Jesús.

Para Allegro, el Mentiroso no es otro que Pablo, un forastero de Tarso de Cilicia, que ingresó en la comunidad y, una vez dentro, se enfrentó al Maestro de Justicia, que por entonces era Santiago. Pablo comenzó a predicar su propia doctrina inspirada en la comunidad a la que pertenecía, pero adaptando la Ley a los gentiles, prescindiendo de leyes rituales como la controvertida circuncisión para competir en el amplio mercado de religiones. Se apropió del personaje histórico de Jesús, a quien no llegó a conocer, haciéndolo pacifista, apolítico y transformándolo en la cara amable de un dios que se había mostrado implacable en el Antiguo Testamento.

—Ya. Y supongo que el Sacerdote Malvado será el sumo sacerdote del Templo de Jerusalén —pregunta Dubois con media sonrisa.

—Exacto —concede Allegro—, Ananías Ben Ananías, sumo sacerdote designado por el rey Herodes. Tras la muerte de Jesús, Santiago tomó la jefatura de la Iglesia primitiva y lideró una facción de judíos celosos de la Ley y hostiles con el clero saduceo. Ananías era un personaje corrupto y odiado que se había vendido a Roma y a sus reyes títeres. Santiago se arrogó las funciones sacerdotales que le correspondían y Ananías ordenó su ejecución. La muerte de Santiago pudo ser una de las causas de la sublevación de Judea en el 66 d. C. Ananías terminó asesinado posiblemente por los edomitas o los zelotes seguidores del Maestro de Justicia. No tardó Roma en tomar represalias y arrasar Jerusalén y el Templo en el año 70 d. C.

—En definitiva —concluye el padre Dubois dando muestras de cansancio—, según usted el Jesús histórico no era el hijo de Dios, sino un zelota fundamentalista vinculado con la comunidad de Qumrán, donde residían, no pacíficos esenios, sino zelotes armados. Lo demás fueron invenciones de Pablo y de los evangelistas posteriores, que modelaron a su gusto el Cristo de la fe. ¿Es así?

—Desde luego los habitantes de Qumrán no responden al perfil pacífico de los esenios de Flavio Josefo —sentencia Allegro ante la mirada fascinada de Peter.

—Y para probarlo traen unas fotografías de mala calidad de unos originales que no aportan, que bien pudieran ser falsificaciones o apócrifos tardíos. Esta vez, su retórica de fino vuelo no le va a funcionar. En fin, profesor, ha sido un placer verle y conocer al señor

Fortabat —les señala la puerta con gesto perentorio—. El portero los acompañará a la salida. Que la bendición del Señor los guíe.

Los invitados se ponen en pie y prescinden de saludos. Se dirigen hasta la puerta y, cuando se disponen a salir, el profesor se gira y vuelve a tomar la palabra.

—¿Sabe, padre? Antes de entrar en este despacho ya sabía que no aceptaría a Peter como mi ayudante, en cambio me marcho con la certeza de que saben que estamos cargados de razones. Pero tarde o temprano se conocerá la verdad —Allegro lo señala con su dedo índice. Su voz es serena, como de haber cumplido a satisfacción un cometido.

Dubois, incómodo, contrataca con un aforismo inquietante.

—Dios muestra por señas lo que la vida es y lo que de ella cabe esperar.

Sofocados, Allegro y Fortabat miran a Dubois sin saber qué decir. En dirección a la salida, calibran en silencio el alcance de aquellas perturbadoras palabras. ¿Se refería el dominico a la dureza de la vida, despótica y hosca, o estaban ante una amenaza soslayada?

— 39 —
El criptógrafo

Londres, julio, 2010

El coche de la Policía Metropolitana estaciona en el parque móvil de Scotland Yard y el mismo agente que lo llevó a Wrexham y a Notting Hill, le acompaña hasta el despacho del comisionado asistente Robert Archer.

—He visto los informes que ha remitido. Excelente trabajo, inspector —concede el comisionado estrechándole la mano e invitándolo a tomar asiento.

—Solo vine a despedirme. Mi vuelo para Madrid sale en hora y media. Peter Fortabat es la pieza clave y he de localizarlo antes que de que lo haga el Turco.

El semblante de Salandpet está más tenso que cuando llegó a Londres. Su expresión es algo distante, como si su mente ya estuviera en España.

—Hay poco más de quince millas hasta Heathrow, pero con grandes retenciones. Si va en taxi perderá el vuelo. Venga, lo acompaño, llegará antes. ¿Lo ha comunicado a Madrid?

—Sí, y a la sede central de Lyon.

En el coche patrulla, el agente conductor activa las sirenas por orden de Archer.

—Hemos alertado a los aeropuertos, estaciones ferroviarias y puestos fronterizos. Les remití el listado de las identidades habituales del Turco —apunta el comisionado.

—Es un tipo peligroso y escurridizo. Es posible que ya esté en España, pero empleará un tiempo en vigilar a su presa. Debo adelantarme.

El coche de policía bordea el Big Ben, pasa junto a la abadía de Westminster, enfila la ribera del Támesis y aumenta la velocidad por Grosvenor Road.

—Ya hay un criptógrafo trabajando en la decodificación de las cartas.

—¿Quién?

—El estadounidense Bruce Schneier. Uno de los mejores. Trabaja para el Departamento de Defensa de los Estados Unidos, pero colabora con Scotland Yard.

El vehículo desplaza sus destellos por el gran camino del oeste. A la altura de Hammersmith, Salandpet repasa el *modus operandi* del Turco desde que llegó a Londres. Relata cómo siguió un plan elaborado por la cabeza pensante de quien lo contrató, que además le proporcionó información detallada sobre los objetivos que previamente había vigilado, seguramente haciendo uso de detectives privados. Robaron la Volkswagen Crafter y se dirigieron a Wrexham, asaltaron la antigua casona de miss Kenyon, se llevaron correspondencia encriptada y la caja de caudales con los códigos. Recibieron órdenes de visitar a Aaron Cohen quien, sometido a tortura, facilitó dos nombres: Bernard Gardener y Peter Fortabat.

—¿Quiénes son? —pregunta el comisionado.

—Durante los años cincuenta del pasado siglo, Gardener y Fortabat trabajaron en un yacimiento arqueológico de Jericó que dirigía la arqueóloga Kathleen Kenyon. A finales de 1959, Gardener fue asesinado por unos desconocidos. Kathleen regresó al Reino Unido y a Peter Fortabat se le perdió el rastro en 1960, pues no regresó a su país. Cincuenta años después, alguien ha contratado al Turco para buscar algo valioso que la arqueóloga sacó de Cisjordania. Han buscado en la casa de los Kenyon y en el anticuario de Cohen, por lo que me temo que ahora bucarán en los entornos de Gardener y Fortabat.

—¿Pero no ha dicho que Gardener murió en 1959?

—Buscarán entre sus descendientes. Debe existir alguna razón por la que han incluido a Gardener —especula Salandpet.

—¿Dónde residen? —inquiere Archer.

—La abreviatura «Spn» utilizada para Fortabat sugiere que reside en España y la carta remitida a Mis Kenyon en 1960, aún sin remite, tenía matasellos de Madrid. Si la dirección facilitada por Aaron es correcta, reside en la calle Ayala número treintaitrés. Pero desconozco la segunda abreviatura «BRC-Nht» usada para Gardener. Tal vez corresponde a alguna ciudad del Reino Unido, porque Gardener era británico.

—No conozco ninguna ciudad que coincida con esas siglas, pero lo investigaremos. Aunque falleciera en 1959, no será difícil encontrar su antigua dirección y la de sus descendientes —concluye el comisionado.

El vehículo policial se adentra en las instalaciones de Heathrow a tiempo para que Yacob Salandpet consiga su tarjeta de embarque. En la terminal, los dos policías se despiden con un afectuoso apretón de manos.

—Tenga cuidado con ese hijo de puta —lo previene el comisionado.

—Lo tendré. Estaremos en contacto. Avíseme de cualquier novedad y salude al superintendente Branson.

— 40 —
El vuelo

1960

El Vickers 700 de la Middle East Airlines, se posiciona en la pista de despegue del aeropuerto de Kalandia. Siguiendo las instrucciones de la azafata, los pasajeros con destino a Beirut se ajustan el cinturón de seguridad.

Peter aún no ha asimilado la intensidad de lo vivido en los últimos días. Su boca aún guarda el sabor de las lágrimas de Sally, el acíbar de una despedida precipitada, la incertidumbre de una promesa. «Me reuniré contigo, pero ahora debes salir de Cisjordania o te matarán». Lo dijo mirando a los hangares. Allí estaba el Pontiac negro, como un halcón ubicuo siempre al acecho. Sally se quedó en Jericó con dos empeños: localizar a Mylan vivo o muerto y dar con el asesino de su padre. Conociéndola, Peter sabe que pondría los cincos sentidos en ello.

No hubo tiempo para sopesar otra alternativa que no fuera la de salir por pies. Todo se había precipitado demasiado rápido. Sally se lo suplicó cuando vio el estado en que quedó la residencia de Peter tras ser asaltada por unos desconocidos mientras acompañaba a Allegro en su entrevista con el padre Dubois. Abrieron a cuchilladas el colchón, las sillas y el sofá, levantaron baldosas, destrozaron paredes y altillos, abrieron cajones, armarios, arrojaron al suelo ropas, libros, jarrones y el transistor de consola. Miraron en los muebles de cocina, rompieron espejos y cuadros por si había dobles fondos. Buscaban el manuscrito. Abatido por aquel desastre y ante la insistencia de Sally, Peter no tuvo más remedio que improvisar un pequeño equipaje.

Antes de dirigirse al aeropuerto, entregó a Sally parte del dinero que recibió de Kathleen para compensar al propietario de la vivienda.

Braman los turbohélices, el fuselaje tiembla, el morro de la nave se eleva despacio y, tras unos instantes, vira hacia los cielos del nordeste siguiendo la franja verde del río Jordán. El avión se interna en los límites occidentales de Jordania y Siria para evitar el espacio aéreo de Israel. El paisaje muta del ocre desértico a las tierras glaucas del valle del Rift. A quince mil pies de altura, en la vertical de la reserva de Nahal Meitsar, resalta el brillo diamantino del lago Tiberíades donde, según los evangelios, Jesús caminó sobre sus aguas.

Les sirven aperitivos y ofrecen revistas y tabaco a los turistas que regresan complacidos de Tierra Santa. Misioneros y turistas, embriagados de fe, muestran sus medallitas, estampas con oraciones, frasquitos con agua del Jordán o chinitas del monte de los Olivos y comentan alegres la gratificante experiencia de haber caminado por los parajes que pisó el dulce Jesús, haber presenciado los horizontes que vieron sus ojos, respirar su mismo aire.

A Peter le quedan lejanas las catequesis, los cursillos de cristiandad, los rosarios en la capilla del liceo Louis-le-Grand de París donde transcurrió su prístina infancia. No puede evitar una sensación extraña. Por entonces, el pequeño Peter no se planteaba si Jesús era una leyenda o un personaje real, si la versión neotestamentaria estaba basada en una historia verídica o era fruto de un plan concebido para una religión nueva. Le sobrecogía, eso sí, la ternura que desprendían las tallas del Redentor, aquella ascendencia paternal plasmada en meritorias esculturas que conseguían, con su tenebroso realismo, provocar escalofríos ante el eccehomo, con esa expresión resignada a su negra suerte. Ahora, le cuesta imaginarlo esgrimiendo aceros, tramando emboscadas o maquinando insurgencias para liberar de invasores la tierra prometida. El adoctrinamiento católico asentó en él una imagen idealizada de Jesucristo y, en el fondo, se resiste a una verdad distinta que desposea al personaje de su carisma seductor, de su pacifismo misericordioso, de los mensajes de amor y su entrega al prójimo.

—Tengo que confesarle, profesor, que me cuesta visualizar a un Jesús zelota.

Allegro apoya la cabeza sobre el respaldo y mira al techo.

—Normal. Dos mil años de doctrina pesan demasiado. De todas formas, nada hay de extraño en el recurso a la violencia de un pueblo avasallado. Eran hombres, no dioses. La resistencia antiimperialista no prospera poniendo la otra mejilla —espeta el británico evocando el sermón de la montaña.

—Esa es precisamente la grandeza del mensaje evangélico: no responder al mal con otro mal, sino con el bien, con amor al enemigo en respuesta a la vieja ley del Talión —se lamenta el francés—. Ese discurso constituye la esencia del cristianismo y es tan poderoso que nos sigue alcanzando.

—De lo que va esto —matiza Allegro, que percibe en el francés la flaqueza de mostrar al mundo un Jesús diferente—, es de conocer al personaje histórico tal y como fue, no de evaluar la literatura mítica evangélica.

Por entonces, dice Allegro, la violencia era consustancial a la historia misma. El pueblo judío sufrió lo indecible y el antisemitismo continuó en la Edad Media, incluso en épocas contemporáneas, recordemos el nazismo. Israel era un reino pequeño con una sugerente posición geoestratégica y estaba permanentemente amenazado por grandes reinos vecinos que aspiraban a controlar la ruta de caravanas para evitar el desierto arábigo.

—El pueblo judío ha sufrido lo suyo —reitera—. Diferentes imperios quisieron exterminarlos, quemaban sus textos sagrados y erigían estatuas paganas en el Templo de Jerusalén. Los niños circuncidados eran asesinados junto a sus madres. El rey seléucida Antíoco IV Epífanes prohibió los ritos judíos y profanó el Templo en 167 a. C., lo que provocó la rebelión de los Macabeos con la que el pueblo de Israel gozó de una efímera libertad hasta el 63 a. C. Luego llegó la poderosa Roma que también reprimió a los semitas con dureza. Pompeyo sometió Israel y profanó el Sancta Santorum del Templo. Después de Jesús, el caudillo Simón Bar Kojba se rebeló contra Adriano y el romano mandó expulsarlos definitivamente, surgiendo la gran diáspora. Desde entonces, los judíos han vagado apátridas por el continente, siendo repudiados por muchos países: los visigodos los expulsaron en la Hispania del siglo VII. Volvieron a expulsarlos de España en el XII y el XV. Se los expulsó de Francia, de Inglaterra, de Milán, Lituania, Portugal, Nápoles, Túnez, Génova, Austria... incluso de los Estados Pontificios a finales del XVI. La teología paulina, que deseaba congraciarse con Roma, señaló a los judíos como responsables de la muerte de Jesús. El sambenito antisemita caló conforme el cristianismo se extendía y se convirtió en un pesado lastre que alcanza nuestros días, pero lo judíos no tuvieron nada que ver en la crucifixión de Cristo. El responsable fue el prefecto Poncio Pilato.

El profesor le recuerda que, tras el holocausto nazi, miles de judíos deseaban regresar a sus orígenes bajo la égida de un pasado común, pero los árabes, que durante siglos aprovecharon la diáspora judía para establecerse en Israel, vieron peligrar su estatus. Tras la Segunda Guerra Mundial, el Reino Unido entregó su mandato y transfirió el problema a la recién creada ONU que, en una decisión salomónica, dividió el espacio en dos mitades, el oeste para los judíos, que crearon el Estado de Israel, y el este para los árabes. Cuando Israel declaró su independencia, se inició la guerra árabe-israelí y Palestina quedó repartida entre Israel, Jordania y Egipto. Desde entonces, israelíes y palestinos andan a la greña, si bien los judíos forjaron un poderoso ejército y sometieron a los cisjordanos ocupándoles territorios mediante una colonización progresiva.

—En el siglo I, los judíos vivían esperanzados con la llegada del mesías y, los cristianos, que en sus orígenes no eran sino una secta judía, tenían idénticas esperanzas mesiánicas —completa el francés.

—Cierto, pero tras el nombramiento de Herodes el Grande en el 37 a. C., algunos decidieron que ya no esperaban más al mesías, que, si no venía, iban ellos a buscarlo —bromea el profesor Allegro—. Y los mesías aparecieron por doquier. Desde la muerte de Herodes hasta la primera guerra judeo-romana del 66 d. C. hubo, como mínimo, once mesías, todos falsos, entre ellos Juan el Bautista y Jesús. Y Roma los ajustició a todos.

—Un problema añadido fue la manipulación del concepto mesías o *meshiah*, que en la Biblia aparece, no como enviado de Dios, sino como el *ungido* con el aceite sagrado, privilegio reservado exclusivamente al rey, al sumo sacerdote y más raramente a algún patriarca o profeta —sugiere Peter—. Los primeros cristianos reciclaron el término y depositaron en el mesías la confianza de restaurar la grandeza de Israel.

—Exacto. Tenga en cuenta —continúa Allegro— que desde los últimos escritos del Antiguo Testamento hasta Juan el Bautista transcurren cuatro siglos durante los cuales el pueblo de Israel sufrió lo indecible y se preguntaba por qué tardaba tanto el mesías esperado.

—¿Jugo de frutas, agua, tabaco, prensa…? —ofrece la azafata.

Ambos toman un cigarrillo y la sonriente empleada de Middle East Airlines les entrega una caja de cerillas de propaganda.

—Aguardaban con tanta ansia la venida del mesías, que los cristianos creyeron ver en el Antiguo Testamento algunas profecías que predecían su llegada —prosigue Allegro tras exhalar el humo de la primera calada—. Pero, en realidad, son versículos sacados de contexto y convertidos, con mucha imaginación, en el mensaje interesado. Por la misma regla, el judaísmo negaba a Jesús porque otras profecías decían que el mesías debía construir el Tercer Templo, reunir a todos los judíos en Israel, traer una era de paz mundial, acabar con el odio, la opresión, el sufrimiento y la enfermedad y unir toda la raza humana como una. Y nada de esto hizo Jesús como mesías.

—Utilizaron aquellas imaginativas profecías como marchamo de credibilidad para convertir a Jesús en el mesías esperado, cuando llevaba muerto más de medio siglo.

Allegro asiente y pone a Peter varios ejemplos en voz baja para no incomodar a los fieles de los *souvenirs* que viajaban en el mismo avión.

—Llevan dos mil años repitiéndonos que Jesús nació de una virgen el 25 de diciembre en la pequeña ciudad de Belén, pero ninguna de las tres afirmaciones tiene validez histórica porque, ni María era virgen, ni Jesús nació en Belén, ni el alumbramiento fue en diciembre. En los mismos evangelios se reconoce que Jesús tuvo varios hermanos, entre ellos Santiago, José, Judas y Simón e incluso hermanas y que, después de su muerte, sus seguidores fueron guiados por su hermano Santiago, también llamado el Justo, curiosa coincidencia con el Maestro de Justicia. Pero ni los evangelistas se ponen de acuerdo. Según Mateo, nació «en los días del rey Herodes», pero por

Josefo sabemos que Herodes el Grande murió en el 4 a. C. Por tanto, el nacimiento de Jesús hay que ubicarlo unos dos años antes de la muerte del monarca, es decir, entre el 7-6 a. C.

—Según esto, Cristo nació antes de Cristo —postula Peter, sonriente— ¿Y los expertos qué dicen?

—Se considera como fecha probable del nacimiento entre marzo y abril del año 7 a. C. La culpa la tuvo Dionisio el Exiguo, un monje que, en el siglo v, creó un nuevo calendario de Pascuas comenzando desde el nacimiento de Cristo, al que llamó Anno Domini («Año del Señor»). Como el Exiguo desconocía la fecha del nacimiento decidió interesadamente que fuera el 25 de diciembre. De ahí que nuestro calendario esté plagado de errores.

—¿Dice que el Exiguo decidió la fecha interesadamente? —pregunta el francés.

—Lo del 25 de diciembre solo fue una estrategia para ensombrecer la festividad del Sol Invictus, importante culto pagano. En el solsticio de invierno, el dios Sol inicia su victoria sobre la oscuridad haciendo los días más largos. La intención era sustituir progresivamente ese festejo por la Natividad de Jesús, una artimaña para acabar con las antiguas celebraciones paganas. Poco a poco fue calando el embuste y en el siglo vi la Natividad decembrina ya aparece en el arte bizantino.

—¿Y lo del portal de Belén, tampoco es cierto? —pregunta Peter.

—Tampoco. La inmensa mayoría de biblistas creen que la versión de Belén es pura invención para hacerlo coincidir con la profecía del libro de Miqueas, que decía que el futuro mesías debía nacer en Belén. Otra profecía en el libro de Samuel decía que el mesías esperado debería ser descendiente del rey David. Dicho y hecho. Mateo y Lucas lo presentan como betlemita de la estirpe del rey David; sin embargo, Marcos, que es el texto más antiguo, dice que Jesús vino de Nazaret de Galilea y, cuando regresa, dice que fue «a su patria». Lo más gracioso es que los dos sinópticos no se pusieron de acuerdo en su mentira. Mateo dijo que Jesús nació en Belén porque sus padres vivían allí. Lucas adorna aún más la fantasía diciendo que nació en Belén de casualidad tras un viaje relámpago de sus padres para registrarse en el censo de impuestos. Algo ridículo, porque los impuestos se pagaban donde se residía y carece de lógica tan arriesgado viaje de más de cien kilómetros en burro con una mujer a punto de parir. Pero los evangelistas eran capaces de todo con tal hacer cumplir las profecías.

—Pero en los evangelios se alude al gentilicio «de Nazaret».

—Claro, y la Iglesia, que no es tonta, ante la contradicción, salió al paso pretextando que la intención de Mateo y Lucas no era aportar un dato histórico, sino religioso. Cuando les interesa, la Biblia es un texto histórico y, ante probados disparates, se escudan en metáforas que nosotros, ignorantes profanos, no sabemos interpretar. El caso es que levantaron un gigantesco mito en torno al portal de Belén —prosigue Allegro ante la mirada atenta del francés—. En el punto de Belén donde creen que estuvo el santo pesebre, el emperador Constantino levantó un templo en el siglo IV, hoy basílica de la Natividad, donde millones de fieles se postran emocionados cuando, en realidad, no nació allí.

Peter suspira y mira por la ventanilla meditando sobre la compleja construcción del mito. Desde las alturas, la isla de Chipre parece planear sobre el mar levantino como una gigantesca raya, con su larga cola del distrito de Famagusta y su afilado aguijón en el cabo Apostolos Andreas.

—Disculpe —interrumpe el tipo sonriente del asiento de atrás. Es un hombrecillo enjuto vestido a la europea cuyo semblante gravita en torno a una nariz mayúscula y unos ojos hundidos. Con su fez turco, le recuerda a Boris Karloff en *La momia*, pero con bigote de herradura—. Usted es el señor Fortabat, de la excavación de Tell es-Sultan ¿verdad? Soy Farid, hermano de Abdul Seisdedos. Los he visto muchas veces con sus amigos en la cantina —se presenta tendiéndole la mano, que Peter estrecha con recelo. El árabe sonríe y le muestra los seis dedos de su mano.

—Polidactilia. Se transmite de padres a hijos —apostilla Allegro.

—¿Viajan al Líbano por turismo o por negocios?

—Vamos a Londres. En Beirut hacemos trasbordo.

—Oh, qué casualidad. Yo también voy a Londres —el hombre les muestra los pasajes de avión— voy a casa de mi pariente Reda Madani para trabajar como intérprete en su escuela. Hablo cinco idiomas —amplía su sonrisa oriental, orgulloso—. Es un gusto compartir con ustedes el viaje hasta Londres.

—El placer es nuestro —responde Allegro.

Seisdedos se les aproxima y les susurra para no ser oído por otros pasajeros:

—No pude evitar escuchar la conversación y coincido plenamente con ustedes. Las religiones son un negocio. Solo sirven para inocular en el pueblo el miedo a la condenación. El islam nos prohíbe beber alcohol y comer carne de cerdo. Claro que los judíos tienen más alimentos prohibidos con las normas *kosher*. En cambio, los cristianos no le hacen ascos a nada. Miren... —de un bolso de mano saca una botella, un envoltorio con lonchas de jamón y media libra de pan—. Vino de la Toscana y *jalufo* ibérico. Mi hermano Abdul sabe dónde encontrar lo bueno. El islam lo condena, pero a Alá no le importa. ¿Gustan?

A Allegro se le escapa una carcajada y los tres comparten la exquisitez de Farid.

— 41 —
Beirut

1960

Tras tomar tierra en el aeropuerto de Beirut y retirar el equipaje, John, Peter y Farid se acomodan en el restaurante del aeropuerto para tomar un refrigerio. Aún faltan dos horas para la salida del vuelo BA4552 con destino a Londres. «Yo invito», se adelanta el árabe, que se muestra encantado de compartir viaje con aquellos europeos tan instruidos.

Farid habla sin parar. Cuenta anécdotas hilarantes sobre las costumbres palestinas, sobre su mujer, sus nueve hijos y su bigotuda suegra, que lo trae por la calle de la amargura. Peter lo observa con atención y Allegro no cesa de reír sus ocurrencias. Cuando el traductor jericoano se ausenta para ir los servicios, Peter se aproxima a Allegro.

—No me gusta este tipo —musita.

—¿Por qué?

—No tiene trazas de permitirse este costoso vuelo. Su cordialidad es excesiva, tengo la impresión de que está interpretando.

—Pues es la mar de simpático.

Peter se abotona la chaqueta. «Ahora vuelvo». Se dirige a los servicios y, sin hacer ruido, escucha en la antesala un diálogo sesgado. Farid habla con alguien ¡en hebreo! «Pero si es árabe», piensa. Empuja la puerta un centímetro, suficiente para ver cómo Farid se lava las manos y bisbisea con un hombre vestido de chilaba al que no consigue ver el rostro porque lleva puesta la capucha. Observa con estupor cómo, al secarse las manos, se le desprende el pequeño dedo extra. «¡Kahretsin!», maldice en turco. Pese a que se le ha desgajado, no sangra. Saca del bolsillo de la chaqueta un pequeño envase de pegamento y lo aplica en el falso apéndice. El francés se espanta cuando el supuesto árabe desabotona el cuello de la camisa y se afloja la corbata. A través del espejo descubre en su cuello la *sámaj* hebrea. Ni es árabe, ni tiene seis dedos, ni es hermano de Abdul. A Peter se le desorbitan los ojos y el corazón se le desboca. Corre hasta la mesa de Allegro.

—¡Es un sicario! Ha venido con un compinche. Tiene la *sámaj* en su cuello —Peter, nervioso, precipita las palabras a gran velocidad—. El sexto dedo es falso, solo quería ganar nuestra confianza. Siguen el rastro del pergamino. ¿Qué hacemos?

—Tranquilo. Déjame pensar —sorprendido, el profesor se lleva la mano a la sien.

Alterado, el francés no sabe si pedir protección a la policía libanesa o llamar a Sally. Mira a los comensales intentando adivinar si tienen marcas en sus cuellos. Todos le parecen sicarios camuflados, incluso el camarero que les sirve.

—¿Cómo sabían que salíamos hoy? —pregunta el profesor.

—Alguien les habrá informado —prosigue con el gesto de urgencia instalado en el rostro—. Excepto tú, Sally, Kathleen y yo, nadie lo sabía.

—Hay más personas que saben que el manuscrito está *a buen recaudo*.

—Dubois y Michalik, pero no dijimos dónde estaba —Peter recuerda que el Pontiac negro estaba en el aeropuerto de Kalandia cuando despidieron a Kathleen—. Estos tipos son sionistas radicales y en la École Biblique son antisemitas. Son rivales. No lo entiendo.

—Si localizaron a Mylan tal vez le sonsacaron que tú te llevaste otro rollo y sea el único que les quede por recuperar —comenta el profesor en sordina—. Es a ti a quien buscan, así que yo proseguiré mi viaje a Londres con normalidad para que me sigan. Tenía pensado viajar a la editorial de Nueva York después de estudiar el manuscrito con Kathleen, pero cambiaré el orden. En el mismo aeropuerto de Heathrow sacaré un billete para Estados Unidos. Los aeropuertos están vigilados, por lo que confío en darles esquinazo allí mismo. Ahora debes buscar alguna excusa para no volar a Londres.

—¿Qué excusa? —Peter, nervioso, mira en todas direcciones. Ve a Farid aproximarse tirando de su maleta. Al fondo del pasillo están las islas de facturación.

—Voy a preguntar por otros vuelos. Ponle una excusa —improvisa.

Peter coge su maleta y pregunta al empleado de Middle East Airlines sobre los horarios de los vuelos inmediatos.

—¿A qué destino desea viajar, señor?

—Al del primer avión que salga —pide con apremio

El empleado lo mira con cara de no entender.

—En cincuenta minutos sale un vuelo para Atenas.

—¿Cincuenta minutos? ¿No hay ninguno antes? —le urge con voz seca.

—Hay uno para Madrid que sale en pocos minutos.

—¿Quedan plazas libres en ese vuelo?

—Sí, pero está a punto de despegar y ya no creo que sea posible.

Peter alarga el cuello y busca a Allegro en la distancia. Sigue en la mesa charlando con Farid. Coge un folleto turístico del mostrador, saca de la cartera dos billetes, los introduce en el díptico y, con disimulo, lo aproxima al empleado.

—Tengo un pasaje para el vuelo de Londres, quisiera cambiarlo por el de Madrid. Por favor, llame y diga que es una emergencia.

El empleado se guarda el dinero y hace una llamada por radioteléfono tras la cual se dirige de nuevo al francés.

—No le puedo cambiar el billete, aunque puedo expenderle uno para Madrid, pero el comandante dice que si en dos minutos no ha embarcado se queda en tierra.

Peter acepta, paga el billete, el empleado toma sus datos y le extiende la tarjeta de embarque.

—Que Alá le compense —agradece Peter estrechándole la mano con efusión.

—No soy árabe, señor, soy cristiano maronita.

—Pues que la gloria sea con el Cristo maronita —improvisa arrancando en carrera hasta la mesa para despedirse de Allegro, pero el británico, perspicaz, se le adelanta:

—Le decía a Farid que habías ido a informarte por unos errores en tu pasaje y...

Peter lo interrumpe. No puede perder un segundo. Se disculpa por tener que marcharse y estrecha la mano de Farid, «Ha sido un placer conocerle». El tacto con el dedo falso le arranca un escalofrío. El profesor Allegro aferra con sus dos manos la de Peter y la agita con efusividad. «Buen viaje, profesor». Peter percibe que Allegro le ha pasado algo en el saludo. La nota ha quedado adherida a la palma de su mano.

—¿Pero, no viajaba a Londres? —el traductor tuerce el gesto y se pone de pie.

—Lo siento, me ha surgido un problema de última hora. Un asunto familiar —arguye con urgencia—. Les deseo un buen viaje —coge la maleta y se marcha con rapidez. Se vuelve y entrega al profesor una mirada desesperada.

El traductor, desconcertado, duda qué hacer. Su sonrisa oriental se ha desvanecido como por ensalmo. Coge el asidero de su maleta, pero el profesor Allegro le sujeta el brazo. «Amigo Farid, no tenga prisa, nuestro avión no sale hasta dentro de dos horas. Siéntese y que nos pongan una copita de vino. Ahora invito yo».

Peter se guarda la nota de John, mira su reloj de cadena y corre hacia la zona de embarque, pero una azafata le impide el paso. «Lo siento, el terminal ya está cerrado».

—Señorita, tengo el billete pagado, no puedo perder ese avión —mira por las cristaleras— ¿Qué avión es?

La azafata le señala uno blanco con una franja negra a la altura de las ventanillas, que estaba siendo remolcado hasta la calle de rodaje por un *push-back*. Peter se lanza escaleras abajo, recorre un vuelo entero de peldaños pero, en el acceso a la pista, se topa con la mirada reptil de un individuo de infausta hechura. Pese a la capucha, lo reconoce de inmediato con su barba negra y su cuello grabado. Es el padre de Amín. Se le aproxima y desenvaina la sica que oculta bajo la *galabiya*. «Volvemos a vernos. Devuelva *papelo* sagrado de la cueva. Abra maleta». Peter le arroja a la cara la maleta de hebillas. «¡Toda tuya!» y corre hacia la pista. Se le cruza la cabeza tractora que arrastra los equipajes del vuelo. Va conducida por un agente de rampa.

—¡Oiga! —vocea Peter.

—¿Qué ocurre?

El de la chilaba desaparece con la maleta de Peter.

—¿Va hacia aquel avión? —señala Peter al aparato de la franja negra. Le muestra la tarjeta de embarque.

—Sí, suba, está a punto de despegar.

Hasta que el Comet no se eleva sobre el cielo de Yeşilköy y vira en dirección al oeste, Peter no baja la guardia. Cuando el corazón recupera el gobierno de sus propios latidos, empieza a temer por el profesor Allegro. «Es inteligente. Sabrá situarse en lugares concurridos próximos a policías y vigilantes». Cuando repara en su situación, le invade una gran angustia. Se dirige a España, un país que no conoce, con un idioma que no domina, regido por una dictadura de corte fascista que no simpatiza con la República francesa que acogió a los republicanos españoles tras la Guerra Civil y que combatió y venció al nazismo. Carece de contactos, ha perdido su equipaje y le queda poco dinero.

Lleva atropelladamente sus a manos a los bolsillos y, al no encontrar lo que busca, abre con frenesí su cartera donde al fin localiza la arrugada nota que el profesor Allegro le pasó discretamente en la despedida. Es la dirección de la editorial neoyorkina Doubleday a donde podrá escribirle. Del bolsillo interior de la chaqueta saca el sobre con un gesto precipitado. Extrae la carta de recomendación de Kathleen, la encuentra inútil fuera de Inglaterra. Allí miss Kenyon es muy respetada, sobre todo en la zona de Oxford, donde cree recordar la habían propuesto para decana del prestigioso St Hugh's College, centro femenino perteneciente a la prestigiosa Universidad. Por último, extrae la tarjeta con el vocabulario y las claves que le facilitó la arqueóloga. Comienza a memorizar los códigos y a repetirlos mentalmente. Tiene por delante seis horas y toda una vida porque, a pesar de su precaria situación, aún está vivo y da gracias.

— 42 —
Northampton

Julio, 2010

A las 21:50 horas, el Airbus A319 de Iberia toma tierra en el aeropuerto Madrid-Barajas. El inspector Salandpet contempla el diseño vanguardista de la terminal 4, con sus cubiertas onduladas y sus columnas pares amarillas. A la salida, se acomoda en el asiento trasero de un taxi.

—Buenas noches. Usted dirá.

—Al hotel más próximo al treintaitrés de la calle Ayala.

En la radio, el locutor presenta con énfasis el número tres de *Los 40 principales*: «Desde el décimo puesto, esta semana irrumpe con fuerza hasta el número uno de los 40, el *Waka Waka. Esto es África*, de Shakira, tema oficial de la Copa Mundial de la FIFA Sudáfrica 2010».

—Eso está en el barrio de Salamanca. En la calle Ayala no recuerdo ninguno. La mayoría están en la Castellana o en la calle Serrano —el taxista consulta unos segundos su GPS—. El más cercano es el Pillow, en la calle Velázquez número cuarentaicinco, a unos cien metros de Ayala treintaitrés. ¿Cómo lo ve?

—Perfecto.

El taxista asiente y se pone en marcha. Esquiva varias furgonetas de reparto y algunos *riders* con sus mochilas cúbicas. En la avenida de la Hispanidad el tráfico se densa y mira a su cliente por el espejo retrovisor.

—Extranjero, ¿verdad?

—De Turquía.

—Yo me vine a Madrid con veintidós años, pero nací en Jaén, ¿sabe dónde está?

Salandpet niega observando por la ventanilla la retención de vehículos que tocan el claxon de manera desaforada. Los ocupantes tremolan banderas y bufandas rojigualdas.

—Sí, hombre, entre Granada, Córdoba y Ciudad Real. No probará usted mejor aceite de oliva. Mi familia materna de Castillo de Locubín y la paterna de la capital, del barrio de la Malena, donde la leyenda del lagarto —apostilla orgulloso el taxista.

La estrepitosa caravana de coches, con sus muestras de euforia, se hace más compacta conforme se adentran en el casco urbano de Madrid.

—¿Qué ocurre? ¿Hay elecciones? —pregunta el agente.

—La Roja acaba de ganar a Paraguay en el mundial de Sudáfrica.

—¿La Roja?

—Por el color de la camiseta de la selección española. Eliminamos a Portugal, la selección de Cristiano Ronaldo, que ese chaval es más peligroso que una caja de bombas. Después cayó Paraguay y ya estamos en semifinales. Ahora toca Alemania, hueso duro de roer. A ver si hay suerte.

A la altura del club de golf Olivar de la Hinojosa, el teléfono del inspector vibra y la pantalla se ilumina con una llamada entrante: «Soria OCN-Madrid». Descuelga.

—Al habla Salandpet... Hola, inspector Soria... Claro que la dirección es correcta: calle Ayala número treintaitrés —frunce el entrecejo, contrariado— ¿Una residencia de ancianos? ... Espere, tomo nota —saca un bolígrafo y escribe en su cuaderno sosteniendo el teléfono entre la cabeza y el hombro— Residencia Santa María del Monte Carmelo... Entiendo... ¿Han consultado el registro histórico de clientes?... Es un súbdito francés que llegó a España hace cincuenta años. Debe estar nacionalizado... ¿Y en el Registro Central de Extranjeros? Hasta que salgamos de dudas, se debería montar un dispositivo de vigilancia preventivo, al menos para esta noche. Mañana visitaré esa residencia. De acuerdo, manténganme al tanto, y salude al comisario de mi parte. Muchas gracias, Soria.

El inspector queda pensativo unos segundos. La dirección de Peter Fortabat que el anticuario facilitó al Turco es una residencia de ancianos donde no conocen a nadie con ese nombre. Tampoco aparece en la base de datos del Documento Nacional de Identidad. Se preguntaba si el viejo Aaron dio al sicario una dirección al azar para salir del atolladero. «No, no pudo ser al azar».

En ese momento le salta una notificación en el móvil. El comisionado Archer de Scotland Yard le remite una fotografía. Es una lápida de granito, mohosa por el paso del tiempo, con una leyenda esculpida:

In memory of
BERNARD GARDENER
Archaeologist,
died on the 7 of October 1959 in Palestine.
Age, 34 years

Recibe un segundo mensaje con un enlace de la edición digital de *The Guardian* con fecha de hoy junto a tres palabras: «Aclarado el enigma». La página se abre con docilidad y el inspector lee la noticia:

PROFANAN UNA TUMBA EN NORTHAMPTON

A primera hora de esta mañana, el Ayuntamiento de Northampton ha denunciado la profanación de una tumba en el Billing Road Cemetery. Uno de los empleados se topó *con la fosa* abierta que contenía los restos del arqueólogo Bernard Gardener, fallecido en Palestina a los treintaicuatro años. «Me sobresalté cuando vi la losa desplazada y los restos óseos sobre el césped. Es una gamberrada muy desagradable», ha declarado el operario a *The Guardian*.

Billing Road Cemetery se encuentra en el 36 South Terrace de Northampton y fue inaugurado en 1847 por la empresa Northampton General Cemetery Company. En 1959, el cementerio fue adquirido por el ayuntamiento de Northampton. En Billing Road reposan los restos de célebres personalidades locales y alcaldes de la ciudad. Familiares de algunos difuntos allí inhumados han expresado su malestar temiendo que se repitan los actos vandálicos. El Concejo ha solicitado una mayor vigilancia policial.

Relee la noticia y repara en que las siglas «BRC-Nht», correspondían al Billing Road Cemetery de Northampton.

¡El Turco ha buscado en la tumba de Gardener!, piensa sorprendido. ¿Qué le hizo pensar que lo que buscan podía estar oculto en su tumba desde hace cincuenta años? Si la referencia geográfica de Gardener en Northampton era cierta, ¿por qué iba a ser falsa la dirección de Fortabat en Madrid? El Turco sigue una ruta de búsqueda basada en los indicios que va encontrando, pero está dirigido por alguien que sabe lo que busca y está muy cerca de encontrarlo, piensa. Si no había nada en la tumba del arqueólogo, el sicario se dirige en estos momentos a su siguiente objetivo: Peter Fortabat.

Un tercer mensaje vibra en su teléfono. Es de nuevo el comisionado Archer: «Le he enviado por mail la decodificación de las cartas. Schneier es un *crack*». Y lo era ciertamente, porque el experto en criptografía solo ha precisado cuarentaiocho horas para descifrar los textos codificados. Entra en su correo y abre el archivo adjunto con la transcripción de las cartas remitidas a miss Kenyon por Peter Fortabat y Aaron Cohen.

No da crédito a lo que lee.

—¡Un pergamino del mar Muerto!

—¿Cómo dice? —pregunta el taxista.

—Eh… que… que huele como a muerto.

—Lo siento… —el taxista se ruboriza— Es que llevo todo el día con el vientre regular. Abriré la ventanilla.

— 43 —
La residencia

Madrid, julio, 2010

A las tres de la madrugada se le desploman los parpados y deja de luchar contra ellos. El teléfono se le desmaya entre los dedos. El inspector Salandpet consigue al fin descansar unas horas, después de pasar buena parte de la noche remitiendo informes a Scotland Yard, a la central de Lyon, a su oficina de Ankara y a la Comisaría de Policía Judicial de Canillas. Lo despierta el zumbido del teléfono. Abre los ojos a una mañana sucia y gris.

—Al habla Salandpet... —desorientado mira el reloj— Buenos días, Soria, ¿qué tal?... Estoy en el hotel Pillow, en la calle Velázquez cuarentaicinco, cerca de Monte Carmelo. Voy ahora a la residencia a ver qué averiguo. ¿Habéis leído los informes? En Scotland Yard creen que el Turco no ha viajado a España en avión, sabe que los aeropuertos están vigilados y en las estaciones de autobuses y ferrocarriles tiene poca escapatoria. Sospechan que viajarán por carretera. Están revisando los robos de coches y los movimientos de alquileres de vehículos sin conductor... Sí, yo también he pensado que quien les facilitó un vuelo chárter puede conseguirles un vehículo. Si viajan por carretera dispondremos de algún tiempo para encontrar a Peter Fortabat... ¿Cuánto? Pues, si contamos desde la apertura de la tumba en Northampton, el viaje por el sur Inglaterra, la travesía del canal de la Mancha, atravesar Francia y llegar a Madrid, alojarse, localizar a la víctima, estudiar los alrededores, hacer seguimientos y montar vigilancia, calculo unos cuatro o cinco días, aunque ya han pasado dos. Debemos localizar cuanto antes a Fortabat y convencerlo para que se acoja al programa de protección de testigos... Gracias, Soria, manténgame informado ante cualquier novedad, por favor.

Tras una ducha rápida, se viste ropa limpia, se coloca la funda sobaquera, revisa el cargador de su pistola ST10 de fabricación turca y se calza la americana. Pese a todo, sigue con el aspecto cansado. Recorre los cien metros que lo separan del número treintaitrés de la calle Ayala. Observa las seis plantas del edificio. Podría pasar por un bloque de viviendas de no ser por la iglesia parroquial aneja y el rótulo en relieve de la entrada, «PP. Carmelitas. Residencia Monte Carmelo».

—Buenos días nos dé el Señor —sonríe la carmelita Sonsoles, tras el mostrador de recepción.

El policía se presenta marcado con las ojeras del sueño inacabado y la marca diagonal de un pliegue de almohada en la mejilla.

—Buenos días. Estoy buscando a un viejo amigo llamado Peter Fortabat, es francés —le muestra la fotografía en blanco y negro que le proporcionó Clarise y señala al joven que posa entre Kathleen y Sally—. La foto tiene cincuenta años, pero tal vez podría reconocerlo. Las facciones nunca se pierden del todo.

La monja se calza unas gafas de presbicia y observa la foto.

—No lo conozco. Esta mañana dos policías también preguntaron por el señor Fortabat, pero ya dijimos que ninguno de nuestros residentes tiene ese nombre, y eso que consultamos el archivo histórico desde nuestra fundación en 1975.

—¿Podría ver las fotografías de los residentes?

La monja desconfía y lo observa de hito en hito. Tanto interés le suscita suspicacia. Repara en su aspecto desaliñado, sin afeitar y su acento extranjero.

—No nos está permitido por la Ley de Protección de Datos. ¿Usted también es policía? ¿Podría identificarse?

Salandpet prefiere no divulgar su identidad. Dos visitas consecutivas de la policía suscitarían cierta alarma. Si se identifica como agente de la Interpol, igual le pide una orden judicial para acceder a la residencia. Opta por una mentira piadosa.

—Lo de Fortabat solo era curiosidad. En realidad, yo venía a otra cosa —guarda la fotografía—. Me gustaría informarme de las condiciones de la residencia. Hace un año mi padre sufrió un ictus y por mi trabajo no puedo atenderlo como se merece. Me estoy planteando ingresarlo en una residencia. Me han hablado muy bien de Monte Carmelo y he visto en la web que disponen de algunas plazas libres. Me preguntaba si podría mostrarme las instalaciones para tomar una decisión.

—Ah, muy bien. Efectivamente, tenemos dos vacantes de un par de ancianitos que la pasada semana se marcharon dichosos a la llamada del Señor. Antes de mostrarle las instalaciones es mejor que revise nuestras tarifas y servicios para ver si se ajustan a sus posibilidades —la monja le entrega un catálogo publicitario de servicios y un folio plastificado con los precios y servicios complementarios.

Salandpet observa que la mensualidad triplica su nómina como policía en Ankara. La monja aprovecha para resaltar las excelencias de la institución.

—Monte Carmelo es una residencia privada regentada por los Padres Carmelitas. Tenemos treintaicinco años de experiencia en el cuidado de personas mayores, sean o no dependientes. Nuestro lema es la excelencia y ofrecemos un ambiente confortable y digno con todas las comodidades que merecen nuestros mayores.

—Me parece bien. Quisiera ver las instalaciones, sobre todo las zonas comunes.

La monja se desprende de su reticencia inicial y sonríe. Avisa a una compañera para que la sustituya en la recepción y lo guía por los despachos del médico geriatra, el endocrino, el psicólogo, el fisioterapeuta, la trabajadora social y la enfermería, pero es en la sala de día, la biblioteca, el comedor y en el taller ocupacional donde el policía observa detenidamente los rostros de los ancianos tratando de identificar a Fortabat.

—Los residentes disponen de servicios de podología, peluquería, lavandería, comedor, limpieza, terapia ocupacional y, por supuesto, atención espiritual católica —enfatiza *católica,* por su acento extranjero.

El policía se agacha para mirar el rostro de un anciano que dormita con la barbilla pegada al pecho.

—Las habitaciones son amplias, con baño adaptado, armario, teléfono directo al exterior, interfono de comunicación interna, aire acondicionado y calefacción —continúa.

En la sala-biblioteca hay varios ancianos, unos leen, otros juegan al ajedrez y varias señoras de cabellos blancos bordan a *petit point*. Salandpet se asoma por encima del ABC que tapa el rostro de un residente. El anciano le devuelve una ojeada displicente. Hace rato que la carmelita se ha dado cuenta de que no presta atención a sus explicaciones y no ha pedido ver los dormitorios disponibles. Tiesa como un sable, se planta con los puños en jarras sobre sus caderas.

—Señor, ya le he dicho que aquí no hay ningún Peter Fortabat. Haga el favor de abandonar la residencia.

Descubierto, el agente hace una señal de acatamiento.

—Disculpe que le haya hecho perder el tiempo —devuelve al mostrador la documentación publicitaria.

— 44 —
El pálpito

Tras la visita a la residencia, sale a la calle más frustrado de lo que entró. Se enciende un cigarro. Husmea por los bloques aledaños, lee los buzones buscando un golpe de fortuna, pregunta a conserjes y a comerciantes si conocen a Peter Fortabat. Nadie ha oído hablar de él. En la esquina con Velázquez, busca la placa de la calle por si estuviera en un error, pero no hay duda, junto al escudo de Madrid se lee con claridad: calle de Ayala. ¿Y si es el Ayala de San Sebastián de los Reyes o el de Rivas-Vaciamadrid?, se pregunta.

Regresa a los aledaños de la residencia, lo observa todo como queriendo encontrar el hilo perdido de la madeja. Se detiene en la iglesia de Santa María del Monte Carmelo que, junto con la residencia, forma parte del conjunto conventual de los Padres Carmelitas. De los años setenta, calcula. Sube los seis peldaños de acceso evitando al mendigo que dormita en el pórtico. Está cerrada. «No hay misa hasta las siete», se adelanta una señora que pasa por allí con su carrito de compra.

Regresa a la puerta de la residencia. Los carmelitas tienen una tienda abierta al público: Librería ARS Carmelitana. Decide entrar a echar un vistazo. Encuentra una gran variedad en libros religiosos, catecismos, biblias, ensayos teologales, otros de mariología, tratados de derecho canónico, guías de peregrinaciones, libros de autoayuda cristiana y revistas de institutos seculares. También hay complementos para liturgias, orfebrería religiosa, cuadros sacros, medallitas, rosarios y un largo etcétera. Le atiende un joven con camisa negra y alzacuellos.

—Buenos días, ¿en qué le puedo ayudar?

—Solo echaba un vistazo. Tienen ustedes cosas muy interesantes.

—Todo en la obra del Señor es interesante. Mire cuanto guste —recita solícito el joven religioso con la voz afelpada, acusadamente nasal.

—¿Por qué la tienda se llama ARS Carmelitana?

—Son las siglas de Agencia Religiosa Sacerdotal. Las librerías ARS son propiedad del Instituto Secular Siervas Seglares de Jesucristo Sacerdote. Nos dedicamos a la evangelización y a la formación de líderes, ya sean sacerdotes, seminaristas, consagrados o laicos.

—Entiendo.

El inspector curiosea los expositores deseando abordar el motivo de su visita.

—¿Conoce algún vecino del barrio llamado Peter Fortabat? Es un amigo de la infancia y me han dicho que vive por aquí.

—No, que yo sepa. Al menos, no entre nuestros clientes.

—Es este —le muestra la foto de 1959—, aunque ahora será un anciano.

—No me suena, lo siento.

El inspector, resignado, hace un gesto afirmativo, guarda la foto y repasa los lomos multicolores de los anaqueles. Toma una Biblia y revisa la página de créditos donde figura el nombre del editor y el impresor.

—Tengo entendido que la Biblia es el libro más vendido de la historia y se ha traducido a casi todos los idiomas del mundo.

—Cierto. Aunque no me extraña que se vendan millones de ejemplares porque es el libro más hermoso que se ha escrito jamás, colmado de historia y valores éticos —asiente sin dejar de sonreír.

—¿Cree que la Biblia es un libro histórico?

—Por supuesto. Todos sus episodios ocurrieron de verdad.

—¿Sabe? Siempre me pregunté por qué la Biblia se explota mercantilmente por sociedades privadas —le señala con el dedo el propietario del copyright: ©United Bible Societies— ¿No cree que debería ser patrimonio de la humanidad y que cualquier editorial debería tener derecho a publicarla?

—Las Sociedades Bíblicas invierten en traducciones. La traducción sí tiene copyright —improvisa el joven sacerdote para salir del paso.

—Pero las Sociedades Bíblicas están registradas como organizaciones cristianas sin ánimo de lucro, deberían difundir la palabra de Dios sin obtener beneficios, sin embargo, se apropian de los textos sagrados como si fueran suyos y conservan el monopolio del *best seller* más vendido y rentable de la historia. Prohíben la edición a cualquier otra editorial, incluso demandan a quienes lo intentan. Además, no son baratas. ¿Cuánto cuesta este ejemplar de Biblia Reina Valera?

—Sesentaisiete euros, porque es bilingüe y con tapa dura. Las hay normales por treintaiún euros.

—¿Se da cuenta? Facturaciones astronómicas sin competencia comercial.

—No entiendo a qué viene esto. ¿Tiene usted una editorial o le han enviado de la Agencia Tributaria? —espeta ofendido el joven del alzacuellos ante los ambages tendenciosos del cliente—. Solo soy un seminarista que echa una mano en la biblioteca carmelitana. Y lo hago sin ánimo de lucro.

—No es mi intención incomodarlo. Al ver este ejemplar de la Biblia me asaltó una antigua duda. Siempre me pareció indecente hacer negocio con la palabra del Señor.

—¿Le puedo ayudar en algo más? —pregunta, ceñudo, el seminarista.

—No, muchas gracias. Ha sido muy amable.

Salandpet sale de la librería ARS Carmelitana arrepentido de haber acosado al joven dependiente. Solo es un mandado, pero no ha podido reprimir el impulso al leer los créditos. Su madre decía que las cosas hay que decirlas siempre a la cara, sin dramas, pero sin paños calientes. Se desprende de la corbata y enciende otro cigarro. Ha dormido poco y, desde el café que tomó durante el vuelo de Londres, no ha probado bocado. Frente a la librería hay una cafetería. Decide descansar un rato, comer algo, repasar sus notas y ordenar sus ideas antes de visitar la Comisaría General del barrio de Canillas. Se acomoda en una mesa junto a la ventana y pide huevos revueltos con beicon, patatas y vino de la tierra.

El niño de la mesa de al lado devora una crepe con chocolate y bebe un batido. Entre sorbo y sorbo, cose a preguntas a su abuelo, un septuagenario con gorra de fieltro, gafas de concha y una barba blanca, larga hasta el pecho. Cuando el anciano le habla, los ojos del niño brillan de veneración.

—No debes abusar de Sirio. Ya te concedió lo que pediste, así que deja que la gran estrella atienda a otros niños. Intenta alcanzar tus anhelos por ti mismo —oye decir al abuelo.

Dócil, el chico asume el consejo. Salandpet regresa a su plato y una ráfaga de nostalgia lo devuelve a su pasado. Él nunca conoció a sus abuelos, ni siquiera disfrutó de un padre que lo llevara al colegio, o a pasear a un parque, o a pescar al río, o un hermano con el que jugar al fútbol. O un abuelo que le contara historias antiguas, que le cantara canciones infantiles y le enseñara juegos de antaño, que lo llevara a merendar o a pedir deseos a las estrellas. Su infancia estuvo marcada por la precariedad de un país en guerra, por el desamparo de crecer sin hermanos, sin medios, sin respuestas, con el único referente de su madre. La adora, es verdad. Sacrificó su bienestar por él, se volcó por entero como hijo único, le inculcó tolerancia, respeto, amor, paciencia, esfuerzo y sentido de la responsabilidad, pero echó en falta el referente masculino, o un abuelo comprensivo, como el de la mesa de al lado. Envidia sus miradas cómplices, el brillo en los ojos del menor que delata querencia y seguridad; y los del abuelo, que desprenden ascendencia y ternura de sentirse rejuvenecer, de que es parte de su legado, algo que lleva mucho de aventura en el atardecer de su vida. Las leyes de la naturaleza, concluye, deberían prohibir que padres y abuelos se marchen antes de la mayoría de edad de los niños. Lo sabe porque sufrió esas carencias, porque en su corazón quedó para siempre el insondable vacío de la ausencia. Por eso piensa que la suya es un alma vieja, que jamás fue niño.

Una mosca se aproxima al plato del chiquillo y la espanta con la mano.

—¡*Jopo mosquilón!* («¡Largo de aquí mosca!»).

La expresión arranca la sonrisa del anciano.

—*Aglayo me hallo de avispar cuan priso presto y platicas dicciones seyer. Troncarás cuan gardillo con agalluelas que alvar expedito, que descollará y parlará ex cáthedra* —replica el anciano.

El policía piensa que usan algún dialecto del español, tal vez gallego o valenciano. Desconoce que practican con voces suprimidas del diccionario por desusadas y que la respuesta del abuelo ha sido: «Asombrado estoy de ver lo rápido que aprendes y hablas palabras antiguas. Te convertirás en un muchacho con agallas que madura rápido, que destacará y hablará con autoridad».

El niño, que lo ha entendido todo, agiganta la sonrisa y la admiración. El viejo, cómplice, le regala un guiño.

—Anita, la cuenta, por favor —solicita el anciano a la camarera.

Desde el ventanal, los ve cruzar la calle de la mano. Acude la madre del niño, intercambian sonrisas y el abuelo le revuelve la melena en señal de despedida. Después se interna en la residencia del Monte Carmelo. «¿Es un residente?». Por un instante se le acelera el pulso y llama a la camarera.

—Disculpe, ¿conoce al anciano que acaba de salir con su nieto, el que estaba sentado en la mesa de al lado?

—Claro, es un cliente de toda la vida, pero el chico no es su nieto.

—¿Por casualidad se llama Peter Fortabat?

—No, es Simón y el niño Martín.

—¿Simón qué más? El apellido.

—No lo sé. En el barrio lo conocemos por Simón. Es muy majo. Vive en la residencia de ancianos de enfrente.

El inspector agradece la información a la camarera y queda con la mirada perdida en un punto invisible del plato. Saca la fotografía en blanco y negro y observa con atención al joven Fortabat. Extrae el envoltorio transparente del paquete de tabaco, arranca un trozo de celofán y lo sobrepone en el rostro del francés. Con el bolígrafo le dibuja gorra, gafas y una barba larga. Mira el rostro de Fortabat alternativamente con el plástico y sin él, con los trazos de bolígrafo y sin ellos. Tras meditados segundos, coge el teléfono móvil, busca en el listado de contactos y marca.

—Hola Soria, soy Salandpet. ¿Recuerda la residencia de ancianos Monte Carmelo donde buscaron a Peter Fortabat ? Necesito cualquier información sobre un residente llamado Simón. Sí, en la calle Ayala número treintaitrés. No tengo el apellido, pero tengo un pálpito.

— 45 —
El desconocido

Al filo de un alba gris, espantosamente anodina, el inspector se posiciona en la confluencia de las calles Velázquez y Ayala. Enciende un cigarro y espera. A la hora que debía hacerlo aparece puntual el anciano, con su bastón y su paso pando, propio de quien no tiene prisa. Avanza por Núñez de Balboa, cruza Alcalá y se adentra en el parque del Retiro. Salandpet lo sigue a prudente distancia. Vibra su teléfono. Es Soria.

—El comisario ha asignado dos escoltas camuflados y una unidad móvil prevenida en los alrededores —informa el policía madrileño.

—Gracias, Soria. Hablaré con él.

El anciano se sienta en un banco junto al estanque de la Casita del Pescador. Como cada día, a la misma hora, echa pedacitos de pan a los patos y abre el periódico que lleva plegado en el bolsillo de la chaqueta. «Rutinas diarias. Un blanco perfecto», piensa el inspector.

Salandpet se acomoda en el mismo banco y saluda por cortesía. No sabe cómo iniciar la conversación. Por vez primera en muchos años siente un nudo en el estómago. Es consciente de que el día de hoy marcará un antes y un después en la vida de aquel apacible septuagenario. Decide abrir cuanto antes la caja de los truenos. Saca la vieja fotografía y se la muestra. El anciano, chocado, mira con desconfianza al desconocido.

—¿Se acuerda? Jericó, 2 de septiembre de 1959. De izquierda a derecha, Mylan, Bernard, Kathleen, Peter y Sally.

—¿Quién es usted?

—Alguien que puede salvar su vida si colabora.

—No sé de qué me habla. Deje de molestar o llamo a la policía —Simón se pone de pie y cierra el periódico.

El inspector Salandpet le muestra su acreditación como agente de la Interpol.

—Señor Fortabat, siéntese y charlemos. Es importante lo que tengo que decirle.

—Me confunde con otra persona —el anciano extrae de su cartera el documento de identidad y se lo muestra— mi nombre es Simón Sandoval.

—Por favor, Peter —el policía suspira, como si necesitara armarse de paciencia—. Llevo mucho tiempo buscándolo, he recorrido muchos kilómetros para dar con usted. Creía que no llegaría a tiempo. En estos momentos unos sicarios se dirigen a Madrid para asesinarlo y recuperar el manuscrito que se llevaron de Cisjordania. Hace unos días asaltaron la antigua casa de Kathleen Kenyon en Wrexham, a continuación registraron la tienda de antigüedades de Aaron Cohen, en Notting Hill, y asesinaron a su propietario. Después profanaron la tumba de Bernard Gardener en Northampton, pero no encontraron lo que buscaban. Antes de morir, el viejo Aaron dio su nombre a los sicarios. Ahora saben que usted tiene lo que buscan. Solo intento ayudarle. Por favor, no me lo ponga difícil.

El anciano muda el semblante y mira en todas direcciones, como si temiera ser atacado en cualquier momento. El asombro asalta su pecho y le aprieta el corazón de esponja. Exhala un suspiro y, al fin, se sienta sin mirar a su interlocutor.

—¿Qué sabe de mí?

—Todo, Peter. Sus años en Jericó, el incidente de la cueva, las muertes de Taylor y Bernard, la desaparición de Mylan, su llegada a España, su nueva identidad, su ingreso en el Instituto Cervantes, la traída a España del manuscrito...

—Continúe —el anciano pierde la mirada y hurga en los desvanes de su memoria.

—Con nuevo nombre encontró trabajo como profesor de Francés y de Filología. A partir de 1991, se sacó un dinero extra impartiendo clases y certificaciones de idioma a extranjeros en el Instituto Cervantes. Se jubiló en 1997, pero, a sus setentaiocho años, aún trabaja en un proyecto sobre palabras desaparecidas, o algo así.

—¿Qué más?

—La prueba de radiocarbono confirmó que el manuscrito es del siglo I. Probada su autenticidad, miss Kenyon no se atrevió a divulgar su contenido por temor a las repercusiones del descubrimiento y porque temía echar por tierra su reputación al tener que explicar lo que no fue sino un expolio documental en el que hubo varios muertos. También, por temor a un conflicto diplomático, primero con Jordania y, a partir de 1967, con Israel. Kathleen, angustiada, pidió consejo a su amigo Aaron, a quien confesó su historia. Con él se comunicaba por carta con el mismo sistema de códigos. Mientras usted le reclamaba el manuscrito para divulgarlo ante la comunidad científica, ella, aconsejada por Aaron, se negaba a soltar una bomba informativa cuyas imprevisibles consecuencias escapaban a su control. Con los años, fue espaciando su comunicación con Kathleen pero, cuando cayó enferma y usted se enteró de que el manuscrito lo custodiaba Cohen, temió que el anticuario pudiera venderlo tras su muerte. Entonces viajó al Reino Unido para recuperarlo. Visitó a miss Kenyon y ella, al fin, mandó a Aaron entregarle el manuscrito con la condición de que no lo hiciese público mientras ellos dos vivieran. Usted aceptó y lo trajo a España en agosto de 1978.

—¿Cómo lo ha sabido?

—Porque hemos desencriptado las cartas. El problema es que alguien con suficiente poder y dinero descubrió que el manuscrito estaba en el Reino Unido y contrató al Turco, un implacable sicario que intenta recuperarlo. Ahora es usted quien está en peligro, por lo que le propongo acogerse al programa de protección de testigos.

—¿Cómo conoce tantas cosas de mí?

—Soy policía.

Simón, Peter Fortabat, permanece un instante perdido en sus cavilaciones. Tras cincuenta años de silencio, de repente aparece un desconocido que lo pone todo patas arriba. Se siente desconcertado y triste.

—Se ha dejado muchas cosas… —musita con la mente a muchas millas de allí.

—¿Como qué?

—La mujer de mi vida —a Peter le brillan los ojos cuando evoca a Sally—. Hui de Jericó porque corríamos peligro. Ella me convenció para salir de Cisjordania y me prometió que se reuniría conmigo, que me encontraría, pero jamás apareció. Tras la muerte de su padre, intenté convencerla de que viajara conmigo, pero no quiso, dijo que necesitaba encontrar al asesino de su padre y a nuestro amigo Mylan. La tuve presente cada minuto de mis días. Soñaba con su vuelta hasta que, varios años después, Kathleen me remitió aquella demoledora noticia.

El anciano saca de su cartera un viejo recorte de *The Jerusalem Post* fechado el tres de septiembre de 1967. El papel casi se fragmenta en manos del inspector, de las veces que ha sido abierto y cerrado durante el último medio siglo.

ATENTADO EN JERICÓ

En el día de ayer se produjo un atentado a las afueras de Jericó contra la agente Sally Taylor, de treintaidós años de edad, que había trabajado para la Interpol. Según ha hecho público la gobernación jericoana, la policía, hija del conocido capitán de origen británico Jeff Taylor, que también falleció en 1959 víctima del ataque de unos desconocidos en el desierto de Judea, se disponía a conducir su coche cuando se produjo una deflagración, quedando el vehículo completamente destrozado y causando la muerte instantánea de la agente. Al parecer, el vehículo portaba un artefacto explosivo adherido a los bajos de la carrocería. Por el momento, se desconoce la autoría del atentado. Tanto el ejército de Israel como el Directorio de Inteligencia Militar, el Mosad y el Shabak, han negado cualquier responsabilidad, atribuyéndose el suceso a una posible venganza de algunos de los investigados por la agente projordana.

El inspector baja la mirada tratando de ordenar los sentimientos encontrados que se agolpan en su corazón.

—Desde entonces soy una sombra devorada por el tiempo, esperando en vano una indulgencia —musita Peter con la voz rota—. Cincuenta años y aún me taladran punzadas de culpa por no haberla llevado conmigo, por no haber hurtado a la muerte una vida en plena vida —solloza Peter evocando el momento en que su mundo se derrumbó como un castillo de naipes. Con la mente extraviada, ancla los ojos en la Casita del Pescador. Por un instante cree estar viendo y oyendo a Sally a través del océano del tiempo—. La asesinaron. Sin ella nada tenía sentido. Ni la vida, ni la muerte. Solo encontré un motivo para seguir respirando: no dejar de amarla. Solo pensando en ella se justifican las lágrimas y los crespones del corazón. Me la he representado en la soledad de mis proyectos, en mis lecturas de pergamino, en cada cosa que hacía por nimia que fuera. Así quemé mis puentes con el mundo en cincuenta inviernos.

Peter se desmorona y envejece diez años en pocos segundos. Transcurre un largo silencio antes de continuar.

—Llevo escondido demasiado tiempo. No deseo seguir ocultándome lo poco que me queda. Lo entiende, ¿verdad?

El inspector, conmovido, carraspea.

—Todos tenemos una fecha donde se nos partió la vida —musita el policía sonándose la nariz.

— 46 —

Salandpet

Próxima la hora del almuerzo, Peter entra en la residencia Monte Carmelo acompañado de Salandpet. La carmelita, al ver al impostor que el día anterior le hizo perder el tiempo, sale con humos del mostrador: «Señor, ya le dije ayer que no...». El anciano levanta la mano y la frena: «Es mi invitado, hermana». La religiosa, sorprendida, arquea las cejas y el policía se encoje de hombros y sonríe.

Toman el ascensor hasta el tercer piso.

—He vivido solo todo este tiempo. Tras jubilarme me gobernó la artrosis, entonces decidí ingresar en esta residencia. No es barata, pero nos cuidan bien —arguye.

Ambos recorren la silenciosa moqueta de un pasillo jalonado de imágenes sagradas. En una de las paredes hay dos pinturas sacras: María Magdalena doliente a los pies del Calvario y la Santa Cena con Jesús bendiciendo los alimentos. En un rincón, sobre una mesita de taracea, la talla de la virgen María que ora con un rosario de cuentas en sus manos.

—Fíjese en lo que convirtieron al líder de una pequeña secta judía —Peter señala la Santa Cena—. Cuando lo crucificaron no sospechaba que medio siglo después lo utilizarían para crear una religión en la que él mismo no hubiera creído, pues era un férreo defensor del judaísmo. ¿Cómo se hubiera sentido de saber que, a su muerte, sería llamado el Divino, el Hijo de Dios? Se habría horrorizado. Es lo opuesto a lo que él representaba en la Palestina de su tiempo. Si ahora viera la mitomanía y la idolatría que se ha generado en torno a él, se volvería a morir del susto —arguye Peter.

El anciano hace una pausa. Sin dejar de mirar la pintura, lanza una pregunta al policía.

—¿Es usted creyente?

—Crecí en Turquía en un ambiente suní, pero no sentí la llamada de Alá. Mi madre me contagió su escepticismo —responde Salandpet.

—Una mujer inteligente.

El inspector agacha la cabeza y suspira.

Peter abre la habitación con la llave y lo invita a pasar. El espacio es generoso, con una extraña mezcla entre hospital y sacristía escolástica. Dos amplias ventanas con cortinas de muselina lo hacen luminoso. Tiene dos zonas diferenciadas: a un lado, la cama, dos mesitas y el armario empotrado. Delante, separados por una coqueta con cajoneras, una zona de estar, con aparador antiguo sobre el que descansa un televisor. Hay una mesa redonda con cenicero flanqueada por un viejo sillón de orejas con capitoné, una lámpara cromada de pie y dos sillas de rejilla de ratán a las que han añadido cojines floridos para hacerlas menos incómodas. El anciano le señala el sillón, pero el policía se lo cede y ocupa una de las sillas.

—No tengo vino ni cerveza. Puedo ofrecerle un antiinflamatorio —bromea el anciano.

—¿Qué fue del profesor Allegro? —se interesa Salandpet.

El anfitrión abre el aparador, que lo tiene colmado de libros, y busca un ejemplar de tapa dura editado en 1960 por la editorial estadounidense Doubleday: *Treasure of the Copper Scroll* (*El tesoro del Rollo del Cobre*), de John Allegro. Salandpet lo hojea. Le falta la primera página, que contenía una dedicatoria manuscrita por el autor. Se vio obligado a arrancarla porque estaba dedicada a Peter Fortabat y temía que fuera descubierta en España su verdadera identidad.

—¿Conoce esta obra?

El inspector niega.

—Me la remitió Kathleen por encargo de Allegro. Fue un éxito de ventas en varios países, aunque levantó las iras del equipo al que pertenecía.

—¿Qué equipo?

—La mayor parte de los manuscritos del mar Muerto fueron llevados al museo Rockefeller, en el Jerusalén árabe, que por entonces estaba bajo mandato de Jordania. Allí, un pequeño equipo internacional dedicó décadas a su estudio, pero estuvo monopolizado por los católicos de la École Biblique de Jerusalén, a los que la comunidad científica acusó de retrasar deliberadamente la publicación y exhibición de los manuscritos e impedir el acceso de otros historiadores. Fue un escándalo.

—¿Y así durante cuarenta años?

—Así es. Incluso nombraban herederos de los manuscritos asignados antes de morir, como si fueran de su propiedad. En 1971, Tristan Dubois legó los derechos sobre *sus* pergaminos al padre Alain Perrin, que sería el nuevo director de la École Biblique. El precedente de Dubois daba impunidad a los demás miembros a seguir su ejemplo, por lo que sus sustitutos siguieron siendo miembros de la École Biblique, que continuó conservando el monopolio, incluso durante la dominación de Israel. Promediados los setenta, y aún más en los ochenta, ya se hablaba abiertamente de escándalo y el equipo internacional se ganó las antipatías de la comunidad científica.

Peter ilustra la prepotencia de la École cuando, en 1991, el nuevo director del equipo internacional, Eduard Walker, calificó públicamente al judaísmo de «horrible religión originalmente racista». Por vez primera, el gobierno israelí reaccionó y Walker fue destituido. Demasiado tarde. En cuatro décadas les dio tiempo a purgar los textos. En 1993, cuarentaiséis años después del descubrimiento, aún quedaban manuscritos sin publicar. Aquel año salió una nueva obra que tuvo una gran repercusión: *El escándalo de los manuscritos del mar Muerto*, de Michael Baigent y Richard Leigh.

—Allegro falleció en 1988 sin haber visto divulgados los manuscritos de Qumrán —se lamenta Fortabat—. Era un personaje peculiar, algo excéntrico, en ocasiones un histrión, pero decidido y honesto. Luchó contra el oscurantismo del equipo internacional. Yo lo admiraba, aunque siempre supe que perdería aquella guerra. Lo atacaron con tanta virulencia que acabaron con su reputación.

—¿No supo más de él?

—Le escribí un par de cartas dirigidas a la dirección que me pasó en el aeropuerto de Beirut, pero a última hora no me atreví a echarlas al correo. La Brigada Político-Social de la dictadura española solía supervisar la correspondencia que carecía de remitente. Kathleen me informó por carta que, en 1961, el rey Hussein de Jordania nombró a Allegro asesor honorario en el tema de los rollos del mar Muerto. En su empeño por acabar con el oscurantismo católico, Allegro convenció al gobierno jordano para nacionalizar el museo Rockefeller, pero a los pocos meses estalló la guerra de los Seis Días y el museo y los manuscritos del mar Muerto pasaron a Israel como botín de guerra.

—Supongo que, con la ocupación israelí de 1967, acabaría el control católico sobre esos textos judíos.

—Supone mal. Sorprendentemente, los judíos dejaron a los católicos hacer y deshacer a su antojo. Estaban más centrados en objetivos militares que en papeles viejos. Además, la Iglesia católica estaba en plena campaña de conciliación con el pueblo hebreo. Poco antes, Juan XXIII había exculpado a los judíos de su responsabilidad por la muerte de Jesús, eliminado el persistente antisemitismo del derecho católico.

—Peter, ¿dónde está el manuscrito? —el inspector mira inconscientemente el aparador donde guarda sus libros.

—A buen recaudo, en la cámara acorazada de un banco.

—Usted prometió no divulgar el texto hasta la muerte de Kathleen y Aaron, pero ya fallecieron ambos. ¿Qué piensa hacer ahora?

—No fue la única promesa. En 1959 prometí al capitán Taylor y a mi querida Sally que devolvería el manuscrito a las autoridades.

—No lo entiendo. Se lleva el pergamino en 1959 con la intención de mostrar al mundo la manipulación y la censura de algunos manuscritos del mar Muerto y documentar la verdadera imagen del Jesús histórico. Mueren varias personas por ese objetivo y usted, cuando puede hacerlo, no lo hace. ¿Por qué prefiere seguir ocultándolo? Dice que prometió devolverlo a las autoridades. ¿A qué autoridades? El mapa político es ahora muy diferente. ¿Qué será del manuscrito cuando usted fallezca?

Peter se mesa la barba blanca, como si necesitara pararse a pensar.

—Junto al manuscrito he dejado una serie de instrucciones en caso de mi fallecimiento. ¿Sabe? En aquel tiempo buscaba la verdad a toda costa. A mis años, mi prioridad es la paz. La interior.

— 47 —
Café Gijón

La tarde languidece en las calles de Madrid. Fortabat sale de la residencia a tranco suave y medido, sin percatarse de que dos individuos lo siguen. Deja atrás Ayala y se interna en el paseo de la Castellana. En la confluencia con Recoletos, una de las sombras se separa y cruza de acera. En la calle Prim los dos individuos se vuelven a unir y se sitúan a pocos metros del anciano. A la altura del número siete de la calle Barquillo, Peter se detiene y busca en el edificio de enfrente. Saluda a alguien en las alturas. Desde el balcón, un niño con un sombrero de pirata lo mira a través de un catalejo y le hace señas con un sable de plástico. El anciano prosigue unos metros, mira a ambos lados, introduce la llave y abre la puerta de hierro del número cuatro. A la salida busca de nuevo al niño, pero el balcón está vacío. Recorre el camino inverso y, en la esquina de Prim con Recoletos, las sombras, que no le pierden la pisada, al fin lo abordan por la espalda. Uno de ellos lo sujeta por el hombro: «Señor Fortabat, espere». El anciano se gira sobresaltado.

—¡Coño, Salandpet, qué susto me ha dado!

—Disculpe. Veníamos siguiéndolo. Le presento al inspector Arturo Soria.

—¿Arturo Soria? Como la calle de Ciudad Lineal.

—¿Podríamos hablar en algún sitio tranquilo? —pregunta Salandpet.

—Estaba a punto de entrar en esta cafetería para tomar un néctar, pero voy a necesitar una tila —señala un bar antiguo.

Peter entra en el local y se dirige a su rincón habitual, junto al ventanal que da a Recoletos. «Mejor allí», sugieren los policías. Se acomodan en un velador, de tal forma que el anciano queda de espaldas a la puerta y ellos de cara a ella para ver quién entra al establecimiento. Los agentes piden café y Peter «lo de siempre».

—¿Saben dónde estamos?

Los policías niegan.

—En el famoso café Gijón, fundado en 1888, conocido por sus tertulias literarias. Tras la Guerra Civil, se convirtió en el lugar de encuentro de la intelectualidad madrileña. Fernando Fernán Gómez fundó aquí el prestigioso premio literario Café Gijón, que lleva convocándose desde 1949. Imaginen en estas mesas a Pío Baroja, Ramón y Cajal, Severo Ochoa, Pérez Galdós o Gabriel Celaya, incluso a Truman Capote y Orson Welles. Buenos tiempos de letras y tertulias entre humadas y vermús.

El camarero sirve los cafés y la copa de vino tinto.

—¿No iba a pedir un néctar? —pregunta Soria.

—Crema de néctar lo llamaba Polifemo —eleva ligeramente la copa.

Los agentes trazan una mueca cómica.

—Peter —inicia Salandpet con los antebrazos sobre la mesa—, la Policía no puede mantener el dispositivo de vigilancia ni incluirlo en el programa de protección de testigos si no se persona en el procedimiento judicial. Han pasado tres días. Debe usted declarar.

—No voy a ir al juez. Hará preguntas que no responderé.

—¿Es consciente del peligro que corre? —inquiere Salandpet.

—Solo sé lo que ustedes dicen. En Madrid nadie me ha molestado.

—Es usted un blanco perfecto —añade el inspector Soria—. Las mismas rutinas a las mismas horas. Ni siquiera observa si lo sigue alguien. ¿Qué hubiera ocurrido si en lugar de nosotros lo abordan los sicarios?

—Pues a morir, que para mi edad ya forma parte de la ley natural.

—Peter, esta gentuza no funciona así —objeta Salandpet—. Son muy peligrosos y utilizan crueles procedimientos. Es posible que estén observándonos en este momento, pero esperarán a que esté solo.

El anciano guarda silencio perdido en el abismo púrpura de su néctar riojano.

—Me darán una nueva identidad, modificarán mi aspecto y me ingresarán en otra residencia a cientos de kilómetros, ¿no es eso?

—Es posible —vaticina Soria— Pero vivirá tranquilo los años que le queden.

—No voy a testificar ni a solicitar medida alguna —se opone—. Si declaro se hará público el contenido del manuscrito y no volvería a ver a mi nieto. No lo permitiré.

—Si no testifica no podremos protegerlo. Y Martín no es su nieto —espeta Salandpet.

—Qué sabrán ustedes. Ese niño es la persona más importante para mí. Llevo demasiados años con identidad falsa, debatiéndome si divulgar o no un descubrimiento arqueológico que puede herir a miles de almas esperanzadas en que su líder los salvará. Hace tiempo que mi compañía me entristece, es mejor la de los libros, pero ese niño me ha devuelto la ilusión de sentirse querido.

Salandpet agacha la cabeza. Las palabras del anciano le alcanzan.

—¿Qué necesidad tiene de acudir a horas intempestivas a la calle Barquillo? —pregunta Soria.

En ese momento entra en la cafetería un tipo corpulento con una chaqueta de piel vuelta y un imponente sello dorado en el anular. En la barra pide «*coffee* con leche». Su rostro patibulario y su acento de la Anatolia le hacen inconfundible. Salandpet da una patadita a su compañero.

—La misma por la que acudo al parque del Retiro cuando empieza la luz, o a pasear cuando cierran las tiendas. Hacer cosas fuera del tiempo oficial es gozar de momentos añadidos, fugarse de uno mismo, entregarse a algo que no deja de ser tú, En román paladino, usar la libertad para hacer lo que a uno le apetezca —responde Peter, haciendo bailar el vino en su copa.

Soria capta el mensaje de su compañero y observa los movimientos del nuevo cliente. Tiene la piel atezada por el sol, el pelo rizado, muy negro, y un bigote de herradura que contrasta con el brillo de un diente de oro. Disimuladamente, alarga el cuello como si buscara a alguien, pero su intención parece la de intentar visualizar el rostro de Peter, que está de espaldas a él.

—Llevo en el Instituto Cervantes desde su fundación en 1991 y me tienen cariño. Carmen, la directora, es mi amiga y me permite echar un rato en mi proyecto a última hora. Así trabajo más tranquilo.

Salandpet, ajeno a las palabras de Peter, se acoda en la mesa y desliza la mano hacia la pistolera oculta en su costado izquierdo.

—Me dieron una llave del acceso lateral y Julián, el vigilante, otro buen amigo, me facilita las cosas. No cobro un céntimo, pero el proyecto me hace bien, me mantiene activo en los atardeceres de mi vida —continúa Peter, ajeno a las componendas de los policías.

Soria se levanta y, despacio para no levantar alarma, se dirige a la barra y se sitúa junto al recién llegado. Le muestra la placa y le insta a identificarse, tan discretamente que no se le escucha hablar.

—Además —porfía el anciano—, que no me creo que cincuenta años después alguien quiera liquidar a un carcamal como yo. Pero si ya no queda nadie de aquel tiempo... ¿Quién iba a estar interesado?

Inopinadamente, el tipo del diente de oro saca una pistola y el inspector Soria la aferra con las dos manos intentado desviar el tiro. Salandpet desenfunda y se levanta con tal brío que caen al suelo la mesa de mármol y las dos sillas. Peter, absorto, queda con su copa de vino en la mano, ajeno a lo que ocurre a sus espaldas y sigue parloteando:

—Así que he llegado a la conclusión de que lo de los sicarios es un cuento chino.

Los policías forcejan con el intruso, que consigue hacer fuego un par de veces. Soria cae herido en el hombro. Salandpet le apunta y lo conmina a soltar el arma y arrojarse al suelo, pero el tipo aprovecha la confusión y el griterío y sale por la puerta, huyendo a toda mecha. Los clientes, histéricos, se precipitan hacia la salida y entorpecen el paso del policía, que ordena a voces que se aparten. Cuando accede a la acera lo ve introducirse en un Chrysler 300 verde metalizado que desparece a toda velocidad por Recoletos, en dirección al paseo del Prado. Salandpet regresa a la cafetería: «¡Llame a una ambulancia!», ordena a un camarero.

Peter, con la copa de vino mediada aún en la mano, gira la cabeza y observa el estropicio: Soria sangra en el suelo, Salandpet presiona su herida con una mano y ase el arma en la otra. Parecía como si en pocos segundos un tornado hubiera arrasado el bohemio café Gijón. En el suelo, sillas, loza, vidrios, servilletas, zapatos, abrigos y tiques de comandas sin pagar. La cuna de las letras, aquel espacio humanista donde respetados intelectuales compartían ponderadas tertulias sobre ciencia, arte y progreso al abrigo de la tolerancia y los vermús, se asemeja ahora a un templo profanado por el caos de la sinrazón y la violencia.

De un trago, Peter acaba el contenido de su copa. El gozo fugaz de su alquimia no logra disipar sus angustias.

—No pienso declarar —musita entre dientes.

— 48 —

La comparecencia

Durante los seis días transcurridos desde el incidente del café Gijón, Peter no ha salido de la residencia del Monte Carmelo. La buena noticia es que el inspector Soria evoluciona bien de su herida. La mala, que el vehículo en el que escaparon, el Chrysler 300 verde metalizado, parece habérselo tragado la tierra. No fue ni robado ni alquilado y utilizaron una matrícula falsa, tal y como predijo el comisionado Archer. Ahora, Peter se siente culpable. Remordido, ha cambiado de idea y promete a Salandpet declarar ante el juez.

El inspector se ha ofrecido a acompañarlo a la Audiencia Nacional. Los juzgados de la calle Génova distan un corto paseo, pero dadas las circunstancias, como medida de seguridad, optan por tomar un taxi. Los dos pasajeros se apean, entran en el edificio, se identifican y se dirigen al Juzgado Central de Instrucción número cinco.

—Aguarde en la sala de espera, en seguida le tomará declaración don Pablo —invita el agente judicial al leer la citación.

—Perdón, ¿ha dicho «don Pablo»?

—Sí, don Pablo Ruz.

—Pensé que el titular del Juzgado número cinco era don Baltasar Garzón —pregunta Peter, extrañado.

—Hace unos días don Baltasar fue suspendido cautelarmente por el Consejo General del Poder Judicial y ha sido sustituido por don Pablo.

Peter regresa a la sala de espera, contrariado.

—¿Ocurre algo? —pregunta el inspector.

—Han sustituido al juez.

—¿Por qué?

—Es una historia delirante y, aunque se la contara, seguiría sin entenderla. Olvídelo.

A la llamada, Peter entra en la sala. Dentro se encuentra el juez acompañado del secretario. Tras los preámbulos identificativos, el instructor toma la palabra:

—Según los informes remitidos por la Interpol, usted es Peter Fortabat, nacido en el 1 de noviembre de 1932 en la ciudad francesa de París. Llegó a España en 1960 procedente de Beirut, y aquí ha residido hasta el día de la fecha con la falsa identidad de Simón Sandoval Fernández, dedicándose a impartir clases como profesor de Francés y Filología. En la actualidad se encuentra jubilado y con domicilio en la residencia de ancianos Santa María del Monte Carmelo, calle Ayala número treintaitrés. ¿Es así?

—Sí, señoría.

—En el Código Penal, la falsedad documental viene regulada en los artículos 390 a 399. En ellos se estipula que el particular que cometiere en un documento público, oficial o mercantil, alguna de las falsedades descritas en el apartado 1 del artículo 390, será castigado con las penas de prisión de seis meses a tres años y multa de seis a doce meses. ¿Qué tiene que decir al respecto?

—Señoría, si hace cincuenta años tomé aquella decisión fue para salvar la vida. En 1960, me vi obligado a huir porque una violenta secta asesinó a dos amigos en Cisjordania, posiblemente a tres. En Madrid cambié mi identidad por miedo y porque temía que la Brigada Político-Social descubriera mi pasado contestatario en mi juventud en Francia y me detuviera creyéndome un agitador antifascista. Pero he llevado una vida honrada y he pagado mis impuestos. Si me procesan, alegaré estado de necesidad y la prescripción del delito debido al tiempo transcurrido.

El juez asiente y repasa los informes remitidos por la Interpol.

—Según consta en las actuaciones, en 1959 usted se apropió de un antiguo manuscrito en una cueva del desierto de Judea y se lo entregó a la arqueóloga Kathleen Kenyon, quien lo conservó en el Reino Unido hasta que usted lo trajo a España en 1978 donde, al parecer, continúa oculto. ¿Es cierto?

—Sí, señoría.

—También consta que unos individuos, supuestos sicarios a sueldo, intentan localizar ese manuscrito y, en su búsqueda, han perpetrado algunos crímenes en el Reino Unido. Se informa de que el pasado cuatro de julio, encontrándose usted en el café Gijón junto a los policías Yacob Salandpet y Arturo Soria, entró al establecimiento un individuo que protagonizó un incidente al tratar de identificarlo, resistiéndose a los policías e hiriendo con arma de fuego al inspector Soria. Se cree que se trata de uno de los cuatro supuestos sicarios liderados por el apodado el Turco, del que constan numerosos antecedentes, encontrándose a día de la fecha en rebeldía y existiendo contra él varias órdenes de búsqueda y captura. ¿Es esto cierto?

—Así será cuando lo dice la policía. Yo solo fui testigo del incidente del café Gijón —responde Peter.

El juez abandona los informes, se acoda en la mesa y, tras un silencio reflexivo, retoma el interrogatorio.

—Señor Fortabat, ¿qué buscan esos individuos?

—La única prueba de la existencia del Jesús histórico.

—¿Podría ser más explícito?

Peter hace una breve sinopsis del contenido del rollo y los motivos de su relevancia histórica. También detalla las muertes del capitán Taylor y Bernard Gardener, la desaparición de Mylan Fisher, así como la datación en Londres del pergamino por radiocarbono, prueba que lo situó entre el 25 y 50 d. C. Concluye con el oscurantismo de la École Biblique, institución católica que controla el equipo de expertos que estudian los manuscritos del mar Muerto.

—¿Qué interés tenía la Iglesia católica en esos manuscritos?

—Parece ser que la École Biblique los censuraba cuando consideraban que podían comprometer la singularidad del Cristo de la fe en el Nuevo Testamento y los remitían al Vaticano.

—¿En qué basa sus acusaciones? —inquiere el juez.

—Tuve conocimiento de esas prácticas por el profesor John Allegro, que era miembro del equipo internacional, y de su ayudante Adam Richardson, que apareció muerto en el museo Rockefeller, donde se custodiaban los manuscritos. Dijeron que se suicidó, pero todo apuntaba a que lo asesinaron.

—¿De qué modo intervenía el Vaticano?

—Hay dos organizaciones vaticanas muy poderosas: la Pontificia Comisión Bíblica y la Congregación para Doctrina de la Fe, que imponían sus verdades a golpe de decretos. Por ejemplo, en 1905 la Comisión Bíblica estableció por decreto que Moisés era el autor literal del Pentateuco. Cuatro años después decretó la exactitud histórica del creacionismo del Génesis, el episodio de Adán y Eva. Otro decreto de 1964 sentenció la verdad histórica de los Evangelios y que todo intérprete de las sagradas escrituras debe abrigar un espíritu de obediencia a la autoridad de la Iglesia. Por tanto, cualquier historiador o arqueólogo vinculado a la Iglesia, sean cuales seas sus conclusiones científicas, no puede contradecir a la autoridad doctrinal de la Comisión. En los años noventa, el presidente de la Comisión era el cardenal Joseph Ratzinger quien, desde 1981, era el prefecto de la Congregación para la Doctrina de la Fe, que no era otra cosa que el viejo tribunal del Santo Oficio, es decir, la Inquisición. Ratzinger era el gran inquisidor de la Iglesia.

—¿Ratzinger? ¿Se refiere a Benedicto XVI, el actual papa?

—El mismo. Ratzinger fue siempre ultraconservador y controlaba la Congregación para la Doctrina de la Fe, la más poderosa de la curia vaticana.

—¿Qué tiene que ver el Vaticano actual con los manuscritos del mar Muerto?

—Muy sencillo: la supervisión de todo documento relacionado con el origen del cristianismo. Señoría, hasta 1971 se suponía que la Pontificia Comisión Bíblica y la Congregación para la Doctrina de la Fe eran organizaciones distintas, pero en realidad las dos se superponían, desde sus funciones hasta los integrantes de su junta de gobierno. En 1969, ocho de los doce cardenales que dirigían la Congregación dirigían también la Comisión. Ambas instituciones vaticanas compartían las mismas oficinas y fueron puestas bajo la dirección del mismo cardenal que, desde 1981, era Ratzinger.

—Sigo sin ver la relación con los manuscritos del mar Muerto.

—En un segundo documento, la Congregación prohibió a los teólogos católicos disentir, promovió a pecado la disensión. Si un teólogo cuestiona, recae la culpa sobre él. Es decir, uno es libre de aceptar las enseñanzas de la Iglesia, pero no de cuestionarlas o rechazarlas.

La libertad solo se manifiesta a través de la sumisión. Muchos sacerdotes y estudiosos han sido expulsados por contradecir los dogmas.

—¿Quiere decir que faltó objetividad histórica en los responsables de estudiar y traducir los manuscritos del mar Muerto?

—Sí, señoría. La École Biblique que controlaba los manuscritos del mar Muerto estaba al servicio de la Pontificia Comisión Bíblica y de la Congregación para la Doctrina de la Fe. De hecho, la École era el aparato propagandístico de la Comisión Bíblica y se concibió como un instrumento para promulgar la doctrina cristiana, disfrazada de investigación histórica y arqueológica. El propio Tristan Dubois, director de la École, fue nombrado asesor de la Comisión Bíblica en 1955 y así estuvo hasta su muerte en 1971. En 1955 todavía se estaba comprando y ordenando gran parte del polémico material *sectario* de la cueva 4 de Qumrán y, en diciembre de ese año, el Vaticano puso dinero para comprar una cantidad importante de fragmentos. El problema, señoría, —concluye Peter— es que los manuscritos del mar Muerto no son artículos de fe, sino documentos de una enorme relevancia histórica y arqueológica, que no pertenecen a la Iglesia católica sino a toda la humanidad y estuvieron al arbitrio de la Congregación con su aparato de censura.

—Si son patrimonio de la humanidad, ¿por qué sacó usted ilegalmente el pergamino del país y lo ha mantenido oculto medio siglo?

—Para evitar que fuera censurado y quedara fuera del conocimiento público.

—Pero usted no lo ha difundido. Sigue fuera del conocimiento público.

Peter agacha la mirada. Asiente despacio.

—Empleaba los veranos en estudiar el texto, reservando la saliva para el día que pudieran airearse las palabras, pero nunca encontré el momento porque hubiera tenido que confesar episodios que llevo toda una vida tratando de olvidar. Al final, mi prístino afán de aventura se redujo a la cordura común de los sumisos, resignado a mi falta de credibilidad para divulgar una noticia de esa naturaleza. No fue fácil vivir una identidad impropia y mudar mi piel por Simón Sandoval. Era un huido, ¿imagina a un don nadie rebatiendo dos mil años de tradición cristiana ante dos mil quinientos millones de fieles? Los exégetas cristianos me hubieran despedazado. Cuando quise recurrir al profesor Allegro, ya había fallecido. Después llegó el temor a que fuera incautado o robado. Temí arriesgarme a perder una prueba tan valiosa. Durante años, mi vida ha sido como un retablo tenebrista, con una pesada losa que me dejaba sin aire, sin saber qué hacer, con promesas incumplidas, con sueños inacabados, con mis soledades y mis demonios. Después acudieron el cansancio, la artrosis y el hastío de convivir con la conciencia manchada.

—¿Dónde tiene escondido el manuscrito? —pregunta el magistrado.

El anciano se pone tenso. Lleva muchos años temiendo que un juez le hiciera esa pregunta. Al fin llegó el momento.

—Con todos mis respetos, revelaré a su señoría su paradero cuando se garantice su traslado con las debidas seguridades.

—De acuerdo. Solicitaré el dispositivo a la Comisaría General de Policía Judicial. Contactaremos con usted en breve —el juez Ruz, tras una deliberada pausa de efecto, hace una última consideración—. Supongo que es consciente de que puede ser acusado de un delito de tráfico ilícito internacional de bienes culturales y patrimonio arqueológico protegido por la Unesco.

—Soy consciente —responde el viejo Peter con un dejo de tristeza.

— 49 —
Gol de Iniesta

Llega al fin la gran final. El paseo de la Castellana es un ir y venir de jóvenes, de familias con camisetas rojas, bufandas rojigualdas y rostros encerados de grana y amarillo. Como abejas en torno a una colmena, la muchedumbre se aprieta alrededor de las pantallas gigantes de Colón y Cibeles. y en las que se han dispuesto por tramos en el paseo de Recoletos para la retransmisión, desde Johannesburgo, de la final de la copa del Mundo entre Países Bajos y España. Doscientas mil almas, cada una con sus tics y sus manías, sostienen el tormento interior de la expectación. Un hombre envarado por la tensión se muerde las uñas. Lleva una peluca grana y permanece atento a los lances del juego. Tres amigas con las caras pintadas y ataviadas con la *roja* clavan los ojos en el plasma y se unen por los brazos, con el alma en un puño. Los aderezos futboleros les otorgan un aspecto tragicómico. Vendedores ambulantes de bebidas, envueltos en banderas patrias, pregonan sus géneros sin perder de vista sus neveras ni los detalles de la transmisión. El país se paraliza por el encuentro, que alcanza un ochentaiseis por ciento de cuota de audiencia, la mayor en la historia de una emisión televisiva.

Peter deja a la muchedumbre en su histeria carmesí y pasea su parsimonia por Marqués de la Ensenada. Los aledaños de la colmena están desiertos, vacías las paradas de bus y metro. Novecientos diez millones de espectadores están presenciando la final, según la FIFA. Suenan en su cabeza las risas de Martín: «FIFA: Futbolistas Intentan Freír Árbitros»". Hace días que no lo ve, lo echa de menos. Hoy domingo, si su madre trabaja, debe estar con su tía Dori.

En la esquina de Piamonte con Barquillo se detiene en la complejidad del ser humano, en cómo un país se funde fraternal en la defensa de unos colores y, tras el evento, regresan a sus aborrecimientos habituales, a la repulsiva rivalidad que los incapacita para solventar sus diferencias cotidianas. Él nunca fue futbolero, ni poco ni mucho. Su infancia en París estuvo marcada por las privaciones de la posguerra. Los niños de su tiempo jugaban entre los escombros de los bombardeos al *bilboquet*, al *mouchoir* o la *petanque*. Las niñas brincaban con la *corde à sauter* o la pata coja en el *escargot*, con su caracol de cuadrados pintado con tiza.

El silencio de la calle Barquillo amplía el sonido de su bastón contra la solería. David Villa empalma con la zurda un balón colgado. Se le marcha escorado. Truena en el cielo un ¡uy! colectivo. A la altura del número siete levanta la cabeza. Y allí está, puntual, su querido pirata, encaramado al castillo de proa, con su gorro de tres picos y su *tablet*, esperándolo a él y a Sirio, la gran estrella. El niño agita el sable cuando lo ve aparecer. «¿Cómo no estás viendo el partido?», se pregunta el anciano.

Martín hace *zoom* en su tableta y ve al anciano lanzarle un beso. De pronto, se espanta al ver cómo tres tipos abordan a Simón. Uno le coloca las manos atrás, otro le apunta en la cabeza con una pistola y el tercero le arrebata la llave para abrir la puerta. Lo introducen con violencia en el interior del edificio.

—¡No! ¡Dejadlo en paz! ¡Simón! —grita, desencajado.

El niño corre hasta la tita Dori y, con palabras atropelladas, dice que a Simón lo han secuestrado tres hombres malos. Con la boca llena de palomitas, su tía le insta a que cambie de videojuego y no incordie, que el partido está muy interesante. El novio de Dori alza el *gin-tonic* y brinda por la Roja. Martín sale de casa, baja las escaleras a toda velocidad, cruza la solitaria calle y golpea con insistencia la puerta donde han entrado los hombres malos y Simón.

—¡Dejadlo! ¡Abrid la puerta! —vocifera.

Se sobresalta cuando una mano peluda lo aferra por el brazo.

—¡Deja de gritar y lárgate! —ordena un tipo de piel atezada, cabello ensortijado y bigotito labial.

—¡No me iré! ¡Es mi abuelo! ¡Abrid la puerta!

El hombre le tapa la boca para evitar que siga gritando y habla en turco por el intercomunicador de su oreja: «Tengo a un niño en la puerta que no para de gritar. Dice que es su nieto. ¿Qué hago con él?». La puerta se abre, alguien tira con fuerza de Martín y lo baja en volandas por las escaleras. «¡Suéltame!». Está oscuro, pero al fondo hay una sala con luz y se escuchan golpes. Aterrorizado, el niño patea y grita: «¡Simón, Simón!». Consigue zafarse y corre hacia la luz. Descubre al anciano con las manos atadas. Sangra por la nariz y por la boca. Hilos sanguinolentos mezclados con saliva y lágrimas se pierden en la fronda de su barba. «¡Malditos!». El niño asesta mandobles de plástico. Abraza a Simón y llora. El del diente de oro levanta la mano para abofetear al niño, pero el Turco se lo impide. El anciano le besa la cabeza: «Tranquilo, Martín, tranquilo», musita. Una mirada de cristal emerge de las sombras y se sitúa a su altura.

—Así que te llamas Martín…

—Es mi abuelo —asiente entre lágrimas.

—¿Sabías que tu abuelo robó algo que no le pertenece y se niega a devolverlo?

—¡Simón no es un ladrón!

—¿Simón? ¿Veo que a ti también a ti te mintió? Tu abuelo no se llama Simón, se llama Peter y es un ladrón de manuscritos. Pregúntaselo.

—¿Es verdad? —requiere el niño acongojado.

—Me llamo Peter Fortabat —asiente con un hilo de voz. El niño retrocede hasta que su espalda topa con la pared. El Turco se le aproxima y le clava sus ojos de obsidiana.

—No quieres que le hagamos daño, ¿verdad?

A sollozos vivos, Martín sacude horizontalmente la cabeza como si no llegara a entender la situación.

—Cuando devuelva lo que robó nos iremos —sus ojos se hacen más penetrantes—. ¿Sabes dónde esconde un manuscrito secreto?

El menor asiente ante la mirada atónita de Peter.

—Llévame hasta él y nos marcharemos.

El niño se enjuga las lágrimas con los puños de pijama y sale seguido por los tres sicarios y el maniatado. Caminan en silencio por la planta sótano, atraviesan una sala de actividades y, tras una puerta, Martín señala un cuadro eléctrico que el Turco activa. La luz los ciega por unos segundos. Ante ellos aparece la puerta circular de una cámara acorazada.

—¡*Harika!* («¡Maravilloso!») —exclama uno de los sicarios al contemplar el imponente blindaje.

—Ábrala —ordena el Turco a Peter tras liberar sus manos.

El anciano desactiva el detector de movimiento, marca la clave y hace girar la rueda de combinación mecánica hasta escuchar el clic. Con dificultad, gira la manivela dorada. Después, desactiva la segunda clave, hace rodar la segunda manivela y se liberan las barras exteriores. Tira de la pesada puerta, pero le fallan las fuerzas. Los tres sicarios, a una, consiguen abrirla lentamente. El anciano libera la cancela metálica interior y al fin acceden a la cámara acorazada. Los turcos contemplan atónitos cientos de cajas de seguridad distribuidas en dos plantas donde deben custodiarse riquezas incalculables. Una fiera sonrisa ilumina el rostro del Turco. La cámara acorazada de un banco es el lugar adecuado para ocultar un valioso manuscrito.

—¿Sabes en qué caja está el manuscrito? —pregunta al niño.

—Sí.

El jefe de los sicarios hace una señal con la barbilla y Martín avanza mirando las placas, se detiene frente a una de ellas y la señala con su sable.

—¿Tiene las llaves? —pregunta el Turco. Peter cabecea una negativa.

Los sicarios, que no están dispuestos a perder más tiempo, disparan y las cerraduras escupen chispas. Martín, asustado por las detonaciones, se acuclilla y se tapa las orejas. Hubiera preferido acurrucarse con Simón, pero le ha mentido y está un poco enfadado con él. Las cerraduras ceden y consiguen abrirla. De su interior extraen un sobre sepia cerrado. Dentro hay un taco de folios mecanografiados. En la primera página se lee: *Viva Rusia-Por Luis García Berlanga.*

—Pero, ¿qué es esto? —pregunta el Turco arrojando al suelo el contenido.

—El manuscrito secreto. Me lo dijo él —responde el niño señalando a Peter.

—Es un manuscrito inédito de un director de cine. No debía abrirse hasta junio de 2021 —musita Fortabat.

El Turco pone el cañón de la pistola en la sien del anciano.

—Se me acaba la paciencia. Dime en qué caja del banco está el manuscrito o te vuelo la cabeza.

—Esto ya no es un banco. Ahora custodia cultura, un tesoro que nunca estuvo a vuestro alcance.

El Turco hunde el puño en el estómago del anciano, que se dobla sobre sí mismo para recuperar el aliento. ¡*Olamaz!* («¡No puede ser!»), musita el tipo del diente de oro. A una señal, sus hombres disparan a otra caja al azar. Las cerraduras saltan por los aires. Extraen un cuaderno y lo muestran a Peter.

—Es el legado… de la bioquímica… Margarita Salas… —habla con dificultad. El golpe le ha dejado sin aliento—. Debía abrirse dentro de ocho años.

El Turco se tensa. Se lleva la mano a la parte posterior de su cintura y desenfunda su afilada sica. El resto sucede a la velocidad del desastre.

—Por favor, deja que el niño se vaya. No quiero que vea esto —suplica el anciano.

—Esto. Es tu última oportunidad.

Peter escruta el rostro del Turco. El sesgo de sus ojos sin luz le sobrecoge. Sabe que es capaz de cualquier cosa.

—Deja que el niño se marche —se enroca.

—Marche. Llegó tu hora —el sicario le dobla el cuello para aplicar el tajo.

Cuando el filo roza la carótida, el anciano, repara en un detalle:

—¿Amín?

El sicario se frena y lo mira desconcertado. Le lanza una mirada racheada preguntándose quién diablos es este tipo. El físico de bisonte, el tronco poderoso, el mentón partido y la cabellera ondulada, como la de su padre.

—¡Eres Amín! Amín ben Malka. Repites mi última palabra cuando te pones nervioso. Y esa cicatriz de tu frente te la curé yo cuando tu padre te zurró. Soy Peter, del equipo arqueológico de Tell el-Sultan en Jericó. ¿No me recuerdas? Eras un niño, vendías baratijas en la cantina de Seisdedos: Barato, amuleto sagrado, monedas, *papelo* antiguo...

El Turco aleja la sica y pierde la mirada en un punto infinito.

—Nos guiaste a la cueva de los pergaminos. Tu padre te grabó en el cuello el *sámaj*, justo ahí —señala la zona oculta por el cuello alto de su suéter negro—. Lo vi el día que te invité a comer porque estabas triste y tenías hambre. Tienes que acordarte.

El sicario da un paso atrás, se pierde en el pozo de su memoria.

—Creímos que habías muerto, que tu padre te había matado con el Kalashnikov que te llevaste del capitán Taylor.

—Taylor. Mi padre me disparó —musita. Se levanta el suéter y muestra la cicatriz en su velludo abdominal.

—Tenías diez años. Aún recuerdo el brillo de tus ojos ante la bicicleta de Seisdedos. Quise comprártela, pero pediste el dinero para socorrer a tu madre.

Asustado, Martín mira al sicario. Le cuesta imaginar que aquel matón un día tuvo diez años, como él.

—Me dieron por muerto —el Turco deja de repetir la última palabra escuchada, señal de que baja la guardia— pero alguien me recogió, me curó y cuando supe que padre mató a golpes a madre, me marché de Cisjordania. No pude despedirme de ella. Ni en eso me sonrió Dios. Llegué a Turquía oculto en un camión y me internaron en un orfanato.

—¿En qué te has convertido, Amín?

El Turco se mira las manos marcadas de cicatrices y observa su reflejo en el acero de la sica. Aquel anciano ha removido lodos de muy atrás, episodios que tenía relegados en la sentina del olvido. Por su corpulencia y resolución, Amín parece más joven de los años que frisa, hasta que le miras a los ojos y ves en ellos un alma envejecida por el dolor y el resentimiento, un corazón donde siempre es de noche. Piensa que a todo se hace hábito el desamparado, en especial a la miseria y a la violencia. Porque nadie que haya vivido sus contiendas puede volver a creen que las personas somos mejores que las bestias.

—¿Sabe cómo sobrevive un huérfano en los suburbios de Estambul? Solo te respetan si tienes plata, armas o cojones.

Se hace un silencio comprometido. Amín y Peter descubren en sus rostros las capas inesperadas con que la vida los fue revistiendo durante medio siglo. El francés es un anciano de tez plegada en torno al cerco carnoso de sus ojeras y una barba nívea hasta el pecho. Del antiguo beduino no quedaba ni la carcasa de lo que había sido. La vida le esculpió otra mirada desbastando la bisoñez de sus ojos de niño. Ahora tiene canas en su cabeza y cicatrices en su alma, y una ojeada resentida convencido de que no hay esperanza en el mundo cuando es el diablo quien reparte el destino.

—¡Basta! ¡Me cargo al niño y verás cómo canta! —el tipo del diente dorado pone el cañón en la cabeza de Martín.

Amín intercepta su mano y el disparo se dirige al techo. La manaza del Turco lo aferra por el cuello, lo estampa contra las cajas de seguridad y blande la daga frente a él.

—¡Maldito puerco! ¿Aún no sabes quién es el jefe? —increpa hecho una furia y con el rostro encarnado.

—*Babam patron. Seni uzun zaman önce öldürmeliydi* («Mi padre es el jefe. Debió matarte hace tiempo»).

La sica se abre camino por el cuello como una garra metálica. El árabe se desploma. El tajo le ha seccionado el pescuezo de parte a parte y la sangre avanza silenciosa por el piso de la cámara. Un escalofrío se clava como un estilete helado en la nuca del anciano. Sus nervios se traban, lo paralizan. Con el rostro allanado por el terror, Peter tapa los ojos del niño para evitar que presencie los estertores del moribundo. Martín tiembla y llora con el rostro entre las piernas del anciano, que repara en la actitud despiadada del líder. «Si asesina a uno de los suyos, qué hará con nosotros».

Amín, piensa Peter, es el paradigma de los menores que crecen en un ambiente de extrema violencia. Los niños se vuelven inseguros e irritables al carecer de recursos personales para afrontar el clima de terror y terminan asumiendo la violencia y emulándola. Ver *su* Caja de las Letras mancillada por el crimen y la intolerancia, produce en Peter un enorme desasosiego. Jamás imaginó algo así en el símbolo de la memoria y la cultura hispanohablante, en la casa del lenguaje, de la comunicación y el entendimiento.

—Amín, cálmate —Peter intenta tragar saliva, pero la boca se la ha quedado seca.

—Cálmate. Su padre me sacó del orfanato y me metió en esto. Son escoria —escupe sobre el cadáver— Creen que pueden darme órdenes.

Vuelve a repetir su última palabra. Está tenso. Ahora es peligroso. Peter sabe que cuando consiga el manuscrito acabará con él, como hizo con Aaron Cohen.

—Dame el pergamino —Su voz de cuchillo le conmina. La sica aún gotea en su mano.

—Te lo daré si dejas que el niño se marche.

—Marche. No quiero testigos.

—Esta vez harás una excepción. El niño tiene la misma edad que tú tenías cuando nos conocimos. Merece la oportunidad que no tuviste. Si no lo liberas puedes matarme, pero jamás encontrarás el pergamino.

El Turco mira a todos lados como buscando alternativas. Da unos pasos inciertos sobre la cámara dejando sobre el brillo de las baldosas las huellas ensangrentadas de sus zapatos.

—Soltaré al niño cuando tenga el rollo.

—Primero el niño y tengo que ver cómo se marcha ileso —condiciona.

Tras unos tensos segundos, el Turco acepta.

—Lo haré solo por aquellos días. Ya no te debo nada.

Peter asiente, coge al niño por los hombros y le habla con palabras olvidadas.

—*Xion alarte desta chirinola, antaina en guidar a durindaina. Que prisen acuá destos marranchos malfacientes.*

Le hace un gesto imperceptible y el niño, con la mirada inundada, asiente.

—¿Le hablas en clave? —vocea el Turco, que se encrespa por momentos.

—No, solo es un juego para tranquilizar al niño.

—¿Qué te ha dicho? —aprieta el brazo de Martín para que hable.

—Que cuando salgas de aquí, no se me ocurra llamar a la Policía o estos hombres lo matarán —responde hábil Martín.

—Eso es —musita Amín—. La boca cerrada.

El Turco le devuelve el gorro y el sable. Pulsa el comunicador y cruza unas palabras con el hombre que tiene apostado en la calle. Después, tira del niño, lo saca de la cámara y caminan presurosos por la galería. Le siguen Peter, maniatado y apuntado por el cuarto sicario, que no ha abierto la boca tras el degüello de su compañero. En completo silencio suben las escaleras, abren la puerta y dejan salir al niño. La calle está solitaria y taciturna, solo el rumor lejano de la retransmisión televisiva se escucha por algunas ventanas abiertas.

—«Aparece Navas. Entrega el balón a Fernando Torres, prepara el centro, la pide Iniesta, el rechace para Ces, Ces para Iniesta, gol, gol, gol, gooooool… ¡Iniesta de mi vida!…».

—¡Vete ahora! Y la boca cerrada —manda el Turco.

El niño corre por la solitaria calle Barquillo en dirección a su casa. El sicario desconoce que el mensaje que Peter le dio en palabras olvidadas era: «Si sales de esta junta de rufianes, date prisa en guiar a la policía. Que apresen aquí a estos cerdos malhechores». Cuatro minutos después, la selección española se alzaba con la copa mundial de fútbol.

— 50 —
El asalto

El inspector Salandpet saca un paquete de tabaco de la máquina parlante y da un trago a su refresco. Los clientes de la cafetería estallan de alegría con el gol de la selección española. El policía asiste divertido a la explosión de euforia. Vibra su teléfono.

—Hola Soria. No le oigo, espere salgo a la calle, esto es una locura... ¿Y su brazo?... ¿Cómo? —Su rostro pareció de pronto hostil, inquisitorio. Mira su reloj—. ¿Cuándo se recibió la llamada?... No me joda que no lo tomaron en serio... Ese niño era Martín, ¡estaba pidiendo ayuda!... ¡Dios mío, Peter está en peligro! —se levanta y sale precipitadamente de la cafetería.

—Señor, su cambio —la empleada le aproxima un plato con monedas y un tique, pero él lo rechaza— Gracias señor, vuelva cuando quiera.

—¿Habéis enviado una unidad de intervención?... ¡¿Cómo que no hay efectivos?! La vida de una persona está en juego... No puedo creer que se haya movilizado a todo el personal por la final del Mundial... Ya sé que no soy español y desconozco la problemática de los eventos futbolísticos masivos, pero... —sin abandonar la comunicación, Salandpet cruza la calle corriendo y entra en la residencia—. Espere un momento, Soria... —se separa el teléfono de la oreja—. Buenas noches, hermana, ¿Simón se encuentra en la residencia o ha salido? —pregunta en la recepción a la religiosa.

—Salió. Dijo que iba un rato al Instituto Cervantes. No tardará en volver. Si lo desea, puede esperarle en la sala —ofrece la carmelita.

—No, gracias —sale de la residencia, corre en dirección a la calle Barquillo y retoma la conversación— Soria, ¿sigue ahí?... El Turco ha aprovechado la expectación del partido de fútbol y que las principales vías de los alrededores están cerradas al tráfico. Es muy listo... Hay que comunicarlo a la Comisaría General y rodear el edificio... ¿¡Qué!?... ¿Pero cómo pueden faltar efectivos?... ¡Ni final histórica, ni leches!... —A Yacob se le calcina la sangre— ¡Estoy calmado!... ¿Habéis avisado a los Grupos Especiales de Operaciones?... Cuarenta minutos desde Guadalajara es demasiado tiempo —afloja la carrera unos segundos, sujeta el teléfono con la cabeza y el hombro, saca el arma de su funda sobaquera, libera el cargador, comprueba que está repleto de munición, lo inserta de nuevo en la base del puño, desliza la corredera y carga la ST10. Unos jóvenes con la cara pintada con los colores de España, al verlo manipular la pistola, interrumpen sus cánticos y cambian de acera— ¿Qué más dijo el niño?... ¿Cómo que el Turco ha matado a uno de los suyos?... Ese tipo está loco. ¡Soria, no esperaré a los geos! ¡Voy para allá ahora mismo!... ¡No me calmo! —Se abre paso a codazos entre la muchedumbre de Recoletos. Pasa ante el café Gijón y se adentra por Prim, para evitar perderse por calles que no conoce—. Si no actuamos rápido lo vamos a perder... —El inspector corre cuanto puede, pero le falta el aliento. No está tan en forma como años atrás—. Al Turco no, joder, a Peter... ¡Deje de decir que me calme! Peter no puede morir, ¡Ahora no!... —La voz se le quiebra por un momento— ¡Que no me calmo, coño! ... —afloja la carrera— ¡Peter es mi padre, maldito sea! ¡¿Lo entiende ahora?! —vocea en mitad de la calle. Los ojos se le inundan.

Durante unos segundos Soria solo escucha la respiración jadeante de Salandpet.

—Perdóneme, estoy tenso —se excusa cuando recupera el aliento—. He tardado toda una vida en dar con él. Es una larga historia, pero ahora no hay tiempo. Tengo que dejarle. Mande refuerzos.

El inspector gana la calle Barquillo, donde ya deambulan algunos hinchas que han salido de sus casas a festejar la victoria de la selección. Los vehículos hacen sonar los cláxones y agitan bufandas y banderas. Una pareja se aproxima por la acera. Ella lleva una peluca de rizos rojos y amarillos, él una bandera anudada al cuello y una botella de vino. Los aborda a la altura de una persiana vandalizada con un grafiti de letras grandes.

—Hola, chicos, necesito la bandera y la peluca.

—Déjanos en paz, tío —rechaza el novio.

Salandpet le muestra la placa. Les retira la peluca, la bandera y la botella de vino mediada. «Es una emergencia. Lo siento». Se anuda la bandera al cuello a modo de mandil, se calza la peluca y, con la botella en la mano, finge estar ebrio. Se aproxima a la puerta del Instituto Cervantes por donde entraron los sicarios. Empuja con disimulo y trastea el pomo. Cerrada con llave. Finge beber de la botella mientras escruta los alrededores. Un tipo de tez morena y bigotito labial se baja del asiento trasero de un Chrysler 300 verde metalizado aparcado en la misma calle. «Es el coche en el que huyeron», piensa. Al volante hay otro individuo con el cabello blanco, pero no logra identificarlo. «Oe, oe, oe», vocea mientras se aproxima el sicario.

—¡Largo de aquí! —insta el sicario.

—¡Somos campeones! Oe, oe, oe. ¡Echa un trago, amigo! —Se abraza al sicario y salta agarrado a él: «oe, oe, oe», pero recibe un empujón. «¡Largo de aquí, estúpido!». Ante la persistencia del *borracho* el tipo echa mano a la pistola, pero la funda está vacía. «¿Buscas esto?». Salandpet lo encañona con el arma que le ha arrebatado. «Tírate al suelo». El mercenario saca una daga curva y se le abalanza, lanzando tajos al aire. El inspector consigue esquivar todos menos el último, que le produce un profundo corte en el antebrazo. Tras un breve forcejeo con fintas y golpes, la botella de vino impacta en la cabeza del sicario, que cae a plomo en el acerado, sin conocimiento. El inspector lo esposa por la espalda, lo cachea, recupera la sica y la documentación. Le desprende de la oreja el intercomunicador y lo coloca en la suya.

—¡Suelte el arma y tírese al suelo! —suena una voz de mujer.

La agente de la policía municipal le apunta con su pistola reglamentaria.

—Soy policía, de la Interpol —levanta las manos, en una la botella, en la otra la pistola del sicario.

—¿No ha oído a mi compañera? ¡Tírese al suelo! —ordena otro agente municipal, que también le apunta desde el lado opuesto.

—Soy el inspector Yacob Salandpet, de la Interpol y estoy de servicio. Tengo mi placa en el bolsillo. Hay que detener a ese coche —señala al Chrysler.

En ese momento el vehículo arranca y enciende las luces.

—¡Se va! ¡Hay que detenerlo!

—¡No se mueva! —grita la agente.

El inspector desoye la orden y corre hasta el coche.

—¡Ayúdenme, se escapa! ¡Soy policía, joder!

Los agentes dudan ante su ridículo aspecto con peluca rojigualda, la bandera y las manchas de vino. El inspector dispara varias veces al vehículo, pero el Chrysler acelera, gana el final de Barquillo y se incorpora en la calle Alcalá perdiéndose en el tráfago de la ciudad. Salandpet regresa y muestra su identificación a los agentes.

—Lo siento, inspector —se disculpa la agente.

—Unidad 81 a Central —comunica por radio el policía municipal—. Vehículo en fuga dirección Alcalá-Gran Vía. Es un Chrysler 300 verde metalizado matrícula VRJ3329. Lleva varios impactos de bala en luneta trasera y carrocería. Hay que interceptarlo. Tenemos un detenido herido. Envíen ambulancia a la calle Barquillo número cuatro.

—Es un sicario turco —el inspector señala con la barbilla al esposado—. Hay otros tres dentro de este edificio y tienen un rehén. Son muy peligrosos. Los geos están de camino. Les dejo su documentación y mi tarjeta con el teléfono. Por favor, localicen al director del Instituto Cervantes y que me llame. Es muy urgente. Tengo que irme.

—¿A dónde va? Está sangrando —pregunta la agente mirando su brazo.

—Haga lo que le digo. No queda tiempo.

Corre hacia el edificio aledaño y llama por el portero automático a las dos viviendas de la última planta. «Policía, abra la puerta. Es una emergencia». Sube en el ascensor, se identifica a los vecinos. «Necesito acceder al edificio de al lado». Un vecino lo acompaña a la terraza ático.

—No podrá, es más alto —comenta el vecino.

Efectivamente, el edificio de las Cariátides tiene mayor altura. Salandpet mira su reloj y se desespera. Al fondo de la terraza hay tablones, cuerdas y barras de andamios desmontados.

—¿De quién es eso?

—De los pintores. Blanquearon el patio interior y quedaron en venir a recogerlo.

Coge una de las cuerdas, la ata a una barra para los ángulos de andamiaje y lo lanza como una jabalina a la terraza del edificio paredaño. Al tercer intento la barra queda encajada. Con dificultad por el dolor de su brazo, consigue trepar por la cuerda, alcanzar la cornisa y saltar al ático. En ese momento suena su teléfono.

—Diga… Me trae sin cuidado la orden del comisario general, no voy a esperar a los geos. Estoy en el tejado… voy a entrar, Soria… ¡Pues que me expediente! —cuelga.

Corre por la terraza hasta una puerta de acceso, pero es metálica y está cerrada con llave. Si dispara a la cerradura podría alertar a los sicarios y precipitar una agresión a Peter. Hay un ventanuco sin reja. Rompe el cristal y accede al interior. Es un habitáculo con los cuadros eléctricos del aire acondicionado. La puerta interior es de madera y la hace saltar de una patada. Corre por la galería alta, encuentra unas escaleras y, empuñando la pistola con las dos manos, desciende sin hacer ruido. Suena el intercomunicador de su oreja: *yeni bir şey?* («¿Alguna novedad?»). El inspector queda unos segundos en silencio, mirando el hueco de la escalera cuya negrura se pierde en el infinito. *Her şey yolunda* («todo en orden»), responde.

Desciende una planta guiándose por la luz mortecina de las farolas que se filtra por las cristaleras de la fachada. Se orienta por el tenue brillo del pasamanos que traza finos destellos cromados. Fuera, decenas de cláxones festejan la victoria de la selección española. El edificio es gigantesco, tardaría demasiado en revisar todas las dependencias de sus ocho plantas. De nuevo vibra el móvil. Se apresura a cogerlo temiendo ser localizado.

—Espere… —susurra.

Busca un lugar alejado de la escalera donde poder hablar sin ser oído. Entra en un pequeño cuarto de limpieza y cierra la puerta.

—Diga.

—Hola, soy Carmen Caffarel, directora del Instituto Cervantes. ¿Qué está pasando?

—Soy el inspector Salandpet, de Interpol. En estos momentos hay unos peligrosos sicarios dentro del edificio y tienen un rehén.

—¡Dios mío!

—Necesito que me ayude a localizar el lugar de trabajo de Peter Fortabat.

—No trabaja ningún Peter Fortabat en el Instituto.

—Perdón, quise decir Simón Sandoval.

—Ah, sí. Se encarga de la Caja de las Letras.

—¿Dónde? —susurra con la mano delante del teléfono.

—En el sótano, cerca del archivo. La Caja de las Letras es la antigua caja fuerte del banco. Pero allí no hay nada de valor. ¿Es que han secuestrado a Simón?

—Gracias —cuelga.

El inspector se pregunta qué hacen los sicarios en un lugar como el Instituto Cervantes. Hubiera sido menos arriesgado secuestrar a Peter en la calle e introducirlo en el vehículo que esperaba en la puerta. Sin embargo, se encerraron con él en el edificio utilizando su llave. ¿Para qué? ¿Tal vez creen que es ahí donde oculta el pergamino? Pero una institución cultural pública no es un lugar seguro para custodiar un documento histórico tan valioso. ¿O sí? Piensa unos segundos y cae en la cuenta. «Pero, ¡qué listo es este viejo!». Cuando le preguntó por el lugar donde guardaba el pergamino de Qumrán, Peter respondió que estaba «en la cámara acorazada de un banco». Aquel edificio no era un banco, pero lo había sido. Tenía las medidas de seguridad de una entidad financiera, sin serlo. Nadie lo hubiera sospechado. Peter colaboró con la Institución y se ganó la confianza de sus jefes para encargarse de la Caja de las Letras cuando reparó en sus excepcionales medidas de seguridad. Detrás de su interés en aquella cámara acorazada estaba su pretensión de ser el custodio del pergamino, el guardián de la memoria. Era el escondite perfecto. Pero hay algo que no encaja: ¿Cómo llegó a saberlo el Turco? ¿Quién le informó?

Un golpe seco lo devuelve al presente. Ya no se escuchan cláxones. La policía ha debido cortar el tráfico de los alrededores. El silencio ahora es absoluto en el interior del edificio de las Cariátides. Retrocede cuando se hacen audibles unos pasos que se dirigen hacia él. Se queda inmóvil, retiene el aliento y percibe tras la puerta una inquietante presencia. Es el Turco o uno de sus apóstoles, piensa. Su corazón se acelera. Cuando los altos techos reverberan el crac-crac de montar un arma, tiene el tiempo justo de echarse al suelo. Una lluvia de plomo perfora la puerta con un ruido ensordecedor. Astillas de madera saltan por los aires, los proyectiles perforan cubos, fregonas y estantes con productos de limpieza. Hilos de hipoclorito de sodio se precipitan sobre él. La lejía abrasa la herida de su brazo, le produce dentelladas de dolor que a duras penas puede soportar sin gritar. Alguien patea la puerta y el inspector se la juega y dispara, pero todo está negro, solo identifica el marco de la puerta con los flases de las detonaciones. El sonido de los pasos se pierde en la penumbra. No está lejos.

Suena de nuevo el intercomunicador en su oreja: *yeni bir şey?* («¿Alguna novedad?»). Aguarda unos segundos antes de responder. Busca un lugar seguro donde parapetarse para no ser localizado por su voz. Esta vez la respuesta es otra: *Yaşlı adama dokunursan, seni öldürürüm* («Si tocas al viejo te mataré»).

Debe bajar al sótano, pero hay un sicario escondido en la oscuridad. Le parece oír algo al fondo de la escalera. Vuelve a guiarse por el brillo del pasamanos y desciende aferrado a él. De pronto, se abre una brecha de luz que lo señala desde las alturas, como al artista en un escenario. Suena una ráfaga y los proyectiles, que rozan su cabeza, impactan en la solería de mármol levantando lascas y chispas. Responde con dos golpes de gatillo. Aprovecha la oscuridad momentánea para continuar el descenso, pegado a la pared contraria. Un calor viscoso se desliza por su cuello. Se lleva la mano a la cabeza y palpa la herida abierta. Una bala le ha rasgado la mejilla y seccionado la oreja. La sangre le empapa la ropa. Los sonidos del sótano son cada vez más audibles, pero su perseguidor le pisa los talones. Repara que está dejando un rastro de sangre. Se arranca una de las mangas de su chaqueta y la aplica contra su oreja para taponar la herida.

Decide parapetarse tras una gran columna y esperar a su perseguidor. Contiene la respiración cuando el sicario pasa a pocos centímetros de él. En ese momento vibra su teléfono, lo extrae rápidamente del bolsillo para silenciarlo, pero se ilumina la pantalla: «Llamada entrante: número oculto». Lo arroja por las escaleras, pero es tarde, le ha localizado. Soporta una nueva ráfaga que impacta en la columna hasta que al sicario se le agota la munición y se dispone a cambiar el cargador, momento que Salandpet aprovecha para hacer fuego orientándose por el foco de luz. De los tres disparos uno hace blanco. Un golpe seco y un gorgoriteo líquido certifica que su perseguidor ha sido abatido. Le arrebata la linterna y le ilumina la cara. El disparo le ha entrado por la boca. Es uno de los hombres del Turco y lleva chaleco antibalas. Agoniza. La pantalla del teléfono móvil de aquel tipo sigue encendida. Sorprendido, comprueba que la llamada con número oculto la hizo el propio sicario para localizar su posición en la oscuridad. ¿Quién le facilitó su teléfono?

Revisa el cargador de su pistola, le quedan dos cápsulas. La enfunda en la sobaquera. Toma el arma del mercenario, un subfusil checo Skorpion de culata plegable, desecha el cargador vacío y coloca el de repuesto que el difunto no llegó a instalar. Se escucha el sonido de una turbina eléctrica y, a lo lejos, ¡un helicóptero! «Los geos. Ya era hora». Le consta que eran cuatro los sicarios que viajaron desde Estambul a Londres, los que asaltaron la casa de miss Kenyon y dieron muerte a Aaron Cohen. Si la versión de Martín era cierta, el Turco había acabado con uno de sus hombres, el segundo fue detenido en la calle y el tercero acaba de ser abatido. ¿Quién era el quinto hombre que conducía el Chrysler? ¿Está solo el Turco con Peter o habría alguien más con él?

En la planta inferior recupera su teléfono. Está roto. Se aprecia una tenue claridad en la planta sótano procedente de un punto de luz lejano. Desciende las dos últimas plantas y, prevenido, recorre el sótano guiándose por la claridad del fondo. Accede al fin al vestíbulo de la Caja de las Letras. Se topa con la imponente puerta circular de la cámara acorazada que comentó la directora Caffarel. Está abierta y sale luz de su interior.

—¡Salgan con las manos en alto!

Nadie responde. Hay un cadáver en el suelo junto a un charco de sangre. Activa el intercomunicador:

—¡Turco, estás solo! ¡Entrégate! —pero nadie responde.

Prevenido, el inspector entra en la cámara. Huele a sudor y a sangre. Asciende los peldaños de acceso al pasillo perimetral para comprobar que no hay nadie apostado. Desciende y se adentra en la sala jalonada con cientos de cajas de seguridad de diversos tamaños. Martín llevaba razón, el Turco ha matado a uno de los suyos. El hedor de la muerte envenena el aire «¿Por qué lo habrá hecho?».

Muchas de las cajas de seguridad están forzadas y abiertas. En el suelo, además de pisadas sanguinolentas, hay libros, cartas, postales, sobres y diversos objetos extraídos de las cajas. Un dolor sordo bate su brazo al ritmo de pulso. Siente un sopor volcánico y la mente se le enturbia. Ha perdido mucha sangre. Chirrían al fondo los goznes de la gran puerta cilíndrica. La ve cerrarse lentamente. Corre hasta ella con la visión borrosa y detiene su carrera momentáneamente a falta de un palmo para encajar en el marco. Hay alguien detrás empujando. Cuando lo ve asomar por el resquicio, no da crédito.

—¡Soria, qué coño hace!

El inspector madrileño lo mira sin pronunciar palabra. Salandpet empuja con todas sus fuerzas, pero siente el peso de la fatiga mordiéndole los músculos. La visión se le nubla y la pesada puerta va cerrándose centímetro a centímetro hasta que al fin encaja, saltan sus bloqueos y queda herméticamente sellada. Imposible escapar de aquel habitáculo. Aturdido, envuelto en un sudor frío y los músculos acalambrados, se deja caer apoyando su espalda en las cajas de seguridad. Sus pensamientos se filtran como el poso caliente del café. Su cabeza, que a duras penas sostiene su consciencia, es un torbellino de preguntas sin respuesta:

¿Por qué Soria me ha encerrado en la cámara acorazada?

¿Cómo entró en el edificio?

¿Es Soria el quinto hombre?

¿Era él quien conducía el Chrysler?

No, el tipo del Chrysler tenía el cabello blanco.

¿Dónde están Peter y el Turco?

¿Cómo tardan tanto los geos?

¿Cuánto tiempo podré respirar en esta cámara sellada?

Y de repente, como un fogonazo, aquella idea. Repasa el episodio del café Gijón. Soria se acercó a la barra y mantuvo con el sicario una conversación ¿convenida?... Una pelea, ¿fingida?... Un disparo, ¿pactado?... Aún resuenan sus últimas palabras al teléfono: la escasez de efectivos, su insistencia para que no entrase al edificio, que aguardase a la llegada de los geos. Su mente escupe fragmentos: Peter... el Turco... Soria... el quinto hombre... el Chrysler... el helicóptero... motores eléctricos... El corazón le da un vuelco. ¡Los ascensores! ¡Maldito hijo de puta!

En un aterrador instante cae en la cuenta de que aquel helicóptero no era del GEO, sino el plan de fuga del Turco. Siente una desazón que le quema el pecho. «Ha cogido el ascensor hasta la terraza. Va a huir en helicóptero». Detiene su diálogo interior, se pone en pie y da unos pasos torpes hasta la puerta de la cámara. La golpea con la culata del subfusil, se desespera y llora de impotencia: «¡Padre!» ... Las rodillas no le sostienen y cae al suelo. No puede discurrir con lucidez. El acero se ondula, la puerta coraza se torna líquida como lava fundida y se esparce en arroyuelos incandescentes. Danzan las cuatro cariátides como doncellas espectrales atrapadas en conjuros, contornean gráciles sus troncos desposeídos de brazos, mueven las caderas lascivas bajo sus trajes talares. Acuden coribantes con danzas orgiásticas al son de liras y flautas de pan. Sus pies descalzos chapotean en la sangre del turco muerto. Aquelarre sagrado para gloria de Artemisa Cariátide, hija de Zeus. En sus cabezas portan los entablamentos que las condenan como pilastras eternas, como las cariátides de la tribuna del Erecteion, desde donde contemplaron el Partenón aquel día robado de algún sueño. «¿Te acuerdas, madre, cuando fuimos a Atenas?». Desconsoladas por la ausencia de sus atlantes, en eterna espera de sus telamones, fueron convertidas en esclavas, sentenciadas a llevar las más pesadas cargas sobre sus cabezas. «Decías que las esculpían como columnas, condenadas a aguantar eternamente el peso de la soledad. Como tú, querida madre. La soledad traza extraños laberintos... No llores... ¿Sabes que encontré a padre?».

El baile ritual de las cariátides en derredor del estambulita muerto es lo último que ve antes de hundirse en las espesas tinieblas que cercenan su luz. Un sonido escalofriante llega hasta sus oídos desde la distancia. A lo lejos, una voz se alza en un lamento desesperado sin reparar que es la suya.

— 51 —

El hospital

Le despierta un aguijonazo en el antebrazo. Siente la presión de una venda en la cabeza y otra sobre el brazo izquierdo. Está algo aturdido y tiene la boca seca por la mascarilla de oxígeno medicinal. Dos mujeres hablan cerca de él.

—¡Qué nervios! ¡Por Dios! ¡¿Pues no se puso Alberto, mi mayor, a saltar en el sofá con el gol de la selección?! Porque la ocasión lo merecía, si no, le pego un zapatillazo que lo reviento, porque lo de saltar en el sofá ni de chico se lo he consentido —comenta la limpiadora mientras pasa el mocho por el piso de la habitación.

—Fue un partido de infarto. Qué dos horas de tensión —replica la enfermera.

—Lo más chulo fue el morreo que le dio el portero Casillas a la reportera esa de los ojos claros, la Piconera.

—La Carbonero.

—Eso. ¿Lo viste? ¡Ay, la juventud! Lo bueno es que al final los Países Bajos se comieron un florón. Que se jodan los holandeses —concluye la limpiadora.

—¡Anda!, pero si ya se ha despertado nuestro poli favorito —exclama sonriente la enfermera.

—¿Dónde estoy? —pregunta, aturdido, el enfermo.

—En el hospital Gregorio Marañón de Madrid.

El inspector Salandpet intenta alcanzar una botella de agua de la mesita, pero tiene el brazo atado a una bolsa de sangre. La enfermera le llena un vaso. «Beba despacio. El doctor García dijo que lo avisáramos cuando despertara».

—No será usted holandés, ¿verdad? —pregunta inquieta la limpiadora.

Salandpet cabecea una negativa. La empleada resopla aliviada y se marcha escondiendo su sonrisa de media boca. No tarda en aparecer el doctor acompañado de dos policías veteranos.

—Bienvenido al mundo de los vivos —bromea el médico—. Soy el doctor Roberto García Gonzalo. Le hemos intervenido el brazo y reconstruido el pabellón auricular derecho. Perdió mucha sangre. Si no llegan a sacarle a tiempo de esa caja fuerte, hubiera muerto desangrado o asfixiado. ¿Cómo se encuentra?

—He tenido días mejores. ¿Cuánto tiempo llevo aquí?

—Cuarentaiocho horas.

—¿Y Peter Fortabat?

—Ingresado en este mismo hospital. Se pondrá bien y lo verá en breve. Estos señores de la policía desean hablar con usted. Les dejo solos.

Se despide de él con amabilidad.

—Soy Carlos Soto, jefe superior de Policía de Madrid —le estrecha la mano—. Le presento a Francisco Aldana, comisario general de Policía Judicial.

—Un placer.

—Inspector, le trasmito nuestra felicitación y la del director general —el comisario, un hombre metido en canas con el pecho constelado de condecoraciones, le saluda con un firme apretón de manos—. Ha puesto usted en riesgo su vida para desarticular una banda internacional de delincuentes. Informaremos de su destacada intervención a la sede central de la Interpol en Lyon y a la OCN de Ankara para que se reconozcan sus méritos.

—¿Y los sicarios?

—Todos muertos menos el que vigilaba la puerta, que en estos momentos declara ante el juez instructor de la Audiencia Nacional.

—¿Apareció el Chrysler?

—Lo incendiaron en Mirasierra, un barrio a las afueras de Madrid. Se aseguraron de que no encontrásemos huellas biológicas ni digitales —añade Carlos Soto—. Ahora lo importante es que se reponga y nos acompañe al traslado del pergamino. El señor Fortabat se ha negado a entregarlo si usted no está presente. Entre tanto, debería dar las gracias a la persona que le salvó la vida.

—¿Quién?

—El inspector Arturo Soria.

Aquella frase le llega como una descarga. No da crédito.

—¡¿Soria?!

—Lo hemos propuesto para la cruz al mérito policial con distintivo rojo.

—¡Pero si fue Soria quien me encerró en la cámara acorazada! —El inspector se incorpora temblando de indignación. El pulso se le acelera— ¡Soria es un traidor!

—Sí, eso dijo usted en la ambulancia y también que la puerta de la cámara acorazada se derritió como el chocolate y que las cariátides bailaron alrededor del muerto —espeta el comisario principal.

—Alteración de la lucidez por shock hipovolémico —añade Soto.

—Soria pidió a la directora del Instituto Cervantes que le abriera la puerta —prosigue Aldana—. Entró para ayudarlo y entretener al Turco mientras francotiradores de los geos se apostaban en los edificios de los alrededores y preparaban el asalto. Fortabat se negó a decir al Turco dónde escondía el pergamino y el sicario montó en cólera. Si no lo mató es porque lo necesitaba vivo para dar con el manuscrito. Forzaron varias cajas de seguridad, pero el rehén insistía en que nunca se le ocurriría esconder algo tan valioso en una institución cultural abierta al público. El Turco supo que había caído el hombre que tenía vigilando en la calle y, cuando reparó en que usted entró en el edificio, envió al único hombre que le quedaba a buscarle. Antes había degollado a uno de los suyos por una disputa entre ellos. Viéndose perdido y sin el manuscrito, ató y amordazó a Fortabat, se escondieron y, cuando lo vio entrar en la Caja de las Letras, cerró la puerta. Después subieron por el ascensor hasta el ático, pero Soria los seguía de cerca. El Turco dejó a Fortabat unos instantes solo y salió a la terraza buscando el helicóptero. En ese momento apareció el inspector Soria pidiendo silencio al anciano. Lo puso al día. Le contó que usted arriesgó su vida por él porque era su hijo.

—Me correspondía a mí dar esa noticia —comenta desilusionado.

—Era una situación extrema. Fortabat, impactado por la noticia, le entregó las claves para la apertura de la cámara acorazada con el fin de rescatarlo. El Turco salió a la terraza para señalizar al helicóptero con el que pensaba huir con Fortabat, pero un francotirador del GEO, apostado en la torre del Círculo de Bellas Artes, lo alcanzó. No fallan. Con sus fusiles de precisión te atraviesan a más de un kilómetro. Soria puso en huida al piloto —apunta el jefe superior de Policía de Madrid—, pero más tarde fue detenido en la base de Cuatro Vientos. Según la empresa de aerotaxis, había sido contratado para recoger a unos pasajeros y dicen no saber nada del asunto ni conoce a los sicarios. Alguien pagó muy bien ese servicio nocturno.

—¿Quién contrató?

—Dicen que no sabe el nombre. Un tipo con pelo blanco. Cuando pagan el triple por un servicio y ponen el dinero encima de la mesa, no hacen demasiadas preguntas.

—El que conducía el Chrysler tenía el pelo blanco.

—Puede ser el mismo o que usen pelucas. El caso es que Soria liberó a Fortabat, que ya estaba débil, después bajó al sótano, lo liberó a usted y llamó a los servicios sanitarios.

El inspector queda con la mirada perdida. Juraría haber visto a Soria cerrar la puerta de la Caja de las Letras, aunque también habría jurado ver bailar a las cariátides.

—¿Comisario, puedo hacerle una pregunta?

—Por supuesto.

—¿Ordenó usted a Soria que yo no entrara al edificio y amenazó con expedientarme si lo hacía?

—Sí —reconoce Aldana—, lo ordené. El protocolo de actuación para estos casos recomienda que sea una unidad de intervención especializada la que se haga cargo de la situación.

—Pero yo incumplí su orden. ¿Por qué no me expedientan?

—Las situaciones evolucionan minuto a minuto. La amenaza de expedientarlo fue un recurso para hacerle desistir de una empresa sumamente arriesgada.

—¿Y a Soria, lo autorizó a entrar solo o también lo amenazó con expedientarlo?

El comisario tuerce el gesto ante la desconfianza de Salandpet.

—No lo autoricé. Supe que Soria estaba dentro cuando llegaron las ambulancias.

—Entiendo —concluye el inspector.

El jefe Soto, intuyendo las reticencias de Fortabat, interviene:

—Señor Salandpet, lleva usted poco tiempo en España y desconoce muchas cosas. El inspector Soria es uno de nuestros mejores agentes y le precede una trayectoria intachable. Su actuación en el Instituto Cervantes es una más de las celebradas intervenciones en las que se ha jugado la vida. Por eso lo vamos a condecorar.

—No era mi intención poner en duda a nadie, solo trato de reconstruir los hechos en función de mi memoria, pero veo que no llegué en condiciones mentales óptimas.

El comisario lo mira fijamente. Es un tipo de cabello tupido y barba cana entreverada. Gasta gafas de concha y, tras ellas, una mirada escrutadora.

—¿Puedo hacerle yo ahora una pregunta?

—Claro.

—En los informes de Soria se habla de un pergamino sacado de Cisjordania, llevado al Reino Unido en 1959 y traído a España en 1978. ¿Qué contiene el dichoso pergamino para que esos malditos sicarios maten por él?

— Dejemos la historia a los historiadores. Nuestra labor es poner a disposición judicial a delincuentes sobre los que pesan órdenes internacionales de búsqueda —Salandpet se guarda la versión de Peter sobre el Jesús histórico.

Aldana traza una mueca helada y se despide del policía estrechándole la mano. Antes de salir, el inspector pregunta al comisario por su teléfono móvil.

—Su teléfono quedó destrozado. La comisaría le ha proporcionado uno nuevo para que pueda usted comunicarse. Lo tiene en el cajón de la mesita.

—Aunque esté destrozado me gustaría tenerlo, al igual que el resto de mis pertenencias. ¿Es posible?

—Supongo que sí. Veré qué puedo hacer.

—Muchas gracias, comisario. Gracias por su visita, a los dos.

Cuando queda solo abre el cajón, coge el teléfono y lo escruta. Es nuevo. Opta por quitarle la batería y la tarjeta y devolverlo al cajón.

En ese momento entra la enfermera con una bolsa de sangre.

—Esta es la última. Ya mismo está en casa.

—Se llama Beatriz, ¿verdad?

—Sí, ¿cómo lo sabe?

—Escuché cómo la llamaba una compañera en el pasillo. Muchas gracias por sus cuidados, es usted muy amable y una gran profesional.

—Es mi trabajo —sonríe agradecida.

—¿Le puedo pedir un favor?

—Usted dirá.

—¿Podría dejarme su teléfono móvil para hacer un par de llamadas? Seré breve. El mío no funciona.

La enfermera saca del bolsillo su terminal y se lo entrega con una sonrisa.

—En quince minutos volveré a por él. Y no cotillee las conversaciones de WhatsApp —bromea.

— 52 —
Recuerdos

En el hospital, el inspector Salandpet se pasa el día hablando por teléfono, pero no desde el terminal que le facilitó la policía, sino del que ha conseguido comprar a través de Beatriz, su enfermera. En el comercio de telefonía consiguieron transferir los archivos del antiguo terminal al nuevo y eso le tranquiliza.

Hoy tiene mejor aspecto. La medicación, las transfusiones y el oxígeno han surtido efecto y su mejoría es evidente. Le han retirado el suero, las bolsas de sangre y la cánula nasal. Sus heridas cicatrizan a buen ritmo y, si los resultados del Angiotac no determinan alteraciones, le darán el alta médica hoy mismo.

—El médico vino a primera hora y me dijo que estuviera vestido para las once. Creo que me dará el alta —comenta por teléfono. Llaman a la puerta de la habitación—. Tengo que dejarte. Luego te llamo —cuelga. El doctor García Gonzalo regresa, pero viene acompañado. Empuja una silla de ruedas con un anciano barbudo de aspecto desmejorado. Tiene moretones alrededor de los ojos y varios apósitos en la ceja y la nariz.

—¡Peter!

Fortabat deja la bolsa de sus pertenencias en el suelo y se pone de pie con dificultad. El inspector salta del sillón y lo abraza con fuerza. Ambos lloran durante largos segundos ante la mirada conmovida del doctor.

—Disculpen que los interrumpa —el médico, emocionado, se dirige a Salandpet—. He firmado el alta. En diez minutos vendrá una ambulancia a recogerlos. He hablado con el director de la residencia del Monte Carmelo y ha autorizado que se alojen unos días juntos. Tendrán mucho que contarse.

—Muchas gracias, doctor —replican a coro.

—¿Es verdad lo que me dijo Soria? Que tú eres mi... —a Peter las palabras se le entrecortan en la garganta por la emoción.

Salandpet, con los ojos húmedos y una mueca contenida, asiente y vuelve a abrazarlo. Ninguno de los dos puede contener las lágrimas.

—Estuve a punto de decírtelo en El Retiro, pero no me atreví —musita el inspector junto al rostro del anciano— Esperaba el momento, pero se me adelantó Soria.

Peter lo mira y le pasa la mano por cabeza, imagina el bebé que un día fue, el niño que no gozó, el adolescente y el joven que se perdió cuando los hados de la providencia aún no le habían informado de que Sirio concedía deseos. «Mi hijo», susurra.

—Mamá estaba embarazada cuando te marchaste en 1960.

A Peter le flaquean las piernas y se sienta en la silla de ruedas sin soltar las manos del policía. Se instala en los ojos de su hijo con el deseo de buscar el tiempo perdido. Escruta cada poro de su rostro, memoriza sus facciones para evocarlas por si el destino decide separarlos de nuevo. Busca algún parecido con el recuerdo jovial de su madre, imposible buscarlo en su avejentada impronta. Tiene los ojos turquesa de Sally, y sus pestañas, y esa forma de mirar que seduce sin hablar. Percibe el legado de su chica como un beso desde el cielo. Le cuesta creer que su propio hijo esté frente a él después de toda una vida en soledad, pero ahí está, con su cabeza vendada y su brazo en cabestrillo, con el cabello ensortijado, su madurez sentada y sus valores intactos, luchando por lo que cree justo. Tras la alegría emocionada del encuentro, a Peter lo invade una gran tristeza, la de no haberlo visto crecer, la de haberse perdido sus cumpleaños, sus progresos escolares, sus juegos, su graduación, su primer día como policía, haber estado en sus momentos difíciles... Tiene un nudo en la garganta y no les llegan las palabras a los labios. Vuelve a llorar desconsolado y el policía, que intuye los motivos de su quebranto, lo abraza conmovido: «Nunca es tarde, padre». Al oír «padre», el anciano se estremece. Jamás imaginó escuchar una palabra tan bella en el ocaso de su vida.

—Nunca lo supe —suspira Peter.

—No te lo dijo porque te habrías quedado en Jericó y corrías peligro. Me lo contó muchas veces.

En ese momento acuden los camilleros para trasladarlos a la ambulancia. Yacob camina junto a la silla de su padre, empujada por un sanitario. Durante el trayecto en la ambulancia continúan mirándose.

—Desde pequeño me hablaba de ti.

El anciano agacha la mirada y se muerde el labio. Se siente culpable. El policía le levanta la barbilla para mirar sus ojos cansados.

—¿Sabes cómo me llamo?

—Salandpet —responde Peter con un hilo de voz.

—Yacob Salandpet... ¿Qué te dice mi nombre, padre?

Peter no entiende qué quiere decir. Yacob es Santiago, el hermano de Jesús, el Justo, la figura más relevante de la primitiva Iglesia sobre el que gravitaron las luchas con Pablo de Tarso para gestar un cristianismo a medida de los gentiles. Yacob representaba la pureza y la fidelidad a la Ley y al pueblo de Israel. Hablaba de ello con Sally antes de marcharse. Yacob era la clave del pergamino y del hijo venidero. Le puso Yacob en memoria a nuestra búsqueda de la verdad. «¿Y Salandpet?».

—Piensa, padre.

Peter, con la mirada perdida, va pronunciando: Sa-lan-pet... S-alanp-et... Al fin cae en la cuenta del acrónimo: Sal-and-Pet... «Sally and Peter», susurra. Se lleva las manos a la cara y vuelve a llorar.

—Os llevo en mi nombre. Así me inscribió mamá en el registro de Ankara. Con la invasión israelí, marchamos a Turquía. Prefirió registrarse como viuda y evitar la ignominia como madre soltera en aquella sociedad misógina.

La ambulancia se detiene en el número treintaitrés de la calle Ayala. Salen a recibirlos el director, el personal y la mayor parte de los residentes que les tributan un cálido aplauso que Peter, aún con los ojos enrojecidos, agradece emocionado. El propio director empuja la silla hasta la sala de día. En el trayecto, palmadas en la espalda, apretones de manos y sonrisas.

—Así que no te llamas Simón, sino Peter —sonríe Saturnino Egea, antiguo oficial de correos en el distrito de Hortaleza.

—¿Y qué más da? —La hermana Sonsoles sale al quite—. Simón es Pedro y Pedro, en francés, es Peter. *Tú eres Simón, hijo de Jonás, pero te llamarás Cefas, que quiere decir Pedro.* Está escrito.

Fina, la anciana menuda de la calceta y el punto de cruz, le coge las manos con los ojos desbordados de admiración.

—Estás herido. ¿Te lo hicieron los sicarios? Yo me hubiera muerto de miedo.

Se hizo un silencio expectante.

—Daños colaterales de lucha. Al primer sicario lo noqueé con un golpe de kárate en la tráquea, mortal de necesidad. Al segundo le hice mi llave especial de judo con técnica de cadera, así —hace el movimiento—. Al tercero lo tumbé con un gancho de izquierda. El cuarto, al ver mi dominio en artes marciales, se rindió y lo detuvo la policía.

Peter guiña a Yacob, que sonríe y enarca una ceja.

—Eres nuestro héroe, Peter —exclama la carmelita Sonsoles.

—¿Todo eso ocurrió de verdad? —pregunta fascinada Fina.

—Pues claro que no, Fina de mi alma. Solo pretendía alegraros el día. ¿Creéis que este viejo achacoso, que ha pasado toda su vida entre letras, podría con cuatro sicarios armados hasta los dientes? Si estoy vivo es gracias a Yacob —señala al señor de la cabeza vendada que lo acompaña— un inspector de la Interpol que arriesgó su vida por mí y estuvo a punto de morir para salvarme.

Los asistentes se arrancan en aplausos y centran su atención en Salandpet.

—Eres nuestro héroe, Yacob —corrige la monja.

El inspector, azorado, dice no con el dedo índice.

—Eh, eh, no os paséis, porque si Yacob es un héroe algo tuve que ver, porque Yacob es mi hijo y en los genes se heredan el talento y la audacia —concluye Peter orgulloso, provocando la hilaridad en los concurrentes.

—Así que era policía —dice la monja con gesto cómico—. Bendito sea el Santísimo Poder de Dios.

El padre Vicente Aranda, director de la residencia, que también ha reído las ocurrencias de Fortabat, los acompaña a las habitaciones y dice que prepararán una cena especial para dar gracias a Dios, que ha permitido su vuelta a la residencia. Padre e hijo agradecen la atención.

Al fin quedan solos en la habitación y Yacob vuelve a abrazar a Peter. Después, toman asiento uno frente a otro.

—Escribí varias veces a tu madre, pero no me atreví a poner remite en las cartas. Al despedirnos me dijo que ella me encontraría, pero jamás apareció —Peter regresa al páramo de la nostalgia.

—Tras la guerra de los Seis Días, la vida se nos hizo insoportable en Cisjordania porque los Taylor habían colaborado con el régimen jordano, aliado del bando árabe —prosiguió el inspector con un dejo melancólico—. Mamá intentó localizarte en Francia y en el Reino Unido. Años después, cuando consiguió el teléfono de miss Kenyon, la llamó, pero la arqueóloga vivía con miedo permanente y temía hablar. Pensaba que las cartas podían ser leídas y las llamadas escuchadas. Había perdido a amigos muy queridos y se negaba a correr más riesgos.

—El miedo no tiene huesos y hace que las personas que lo sufren se escabullan como el agua por cualquier rendija —medita Peter.

—Solo le pudo sacar que estabas en España, pero nunca supimos tu paradero —continúa el policía—. A Peter Fortabat se lo había tragado la tierra y desconocíamos tu nueva identidad como Simón Sandoval. Mamá te echaba tanto de menos que ahorró durante unos años para costearse un viaje a Reino Unido. Quería hablar personalmente con Kathleen Kenyon para que, fuera de conferencias telefónicas o correspondencia postal, mostrándole a su hijo, convencerla para que nos facilitara tu dirección en España. Me llevó con ella. Yo era un adolescente. Lo recuerdo como un viaje muy largo y lluvioso. Pero al final no pudo ser porque, cuando llegamos a Wrexham y dimos con su residencia a las afueras, empapados por la lluvia, nos dijeron que miss Kenyon acababa de morir. Falleció antes de facilitarnos tu dirección. Nos quedamos al funeral por cortesía, pero fue un duro golpe para mamá y para nuestra economía, porque aquel viaje se llevó nuestros ahorros. Cuando hace unos días me topé con tus cartas en el archivo de Kenyon, supe que habías coincidido aquel día con nosotros, sin saberlo. Tú estabas allí para recoger el pergamino y mamá para conseguir tu dirección.

Peter se pierde en la bruma del tiempo. Sus ojos buscan en el espacio invisible de los recuerdos hasta que, al fin, identifica un detalle en apariencia baladí.

—¡La chica del sombrero negro!

—¿Cómo dices? —pregunta el agente.

—Fue el 24 de agosto de 1978. Cayó en jueves, lo recuerdo bien. En la víspera recibí el pergamino de manos de Aaron Cohen. Al día siguiente, la enfermedad de Kathleen se agravó y por la tarde falleció. Me quedé al velatorio, pero no pude asistir al funeral porque tenía que viajar a Londres y coger el avión para Madrid. Aquella tarde lluviosa me despedí de la familia Kenyon y, cuando me disponía a bajar por la escalinata de la casona para coger el taxi, cedí el paso a una señora que llevaba el pelo recogido y un tocado negro. Iba cogida del brazo de un chaval delgado, con espinillas en la cara.

—Éramos nosotros. Recuerdo que se volvió en la escalinata, como si hubiera recordado algo, como si dudara —rememora Yacob.

—Una lección para todos los que, como yo, creían que el futuro está en nuestras manos. Antes de aquel viaje escribí varias veces a Kathleen recabando noticias de Sally.

—Lo sé, hemos decodificado tus cartas —confirma el policía.

—Caray. Ya no se pueden tener secretos.

Hacen un nuevo silencio sin dejar de mirarse. Sus ojos hablan de todo lo que no han podido compartir por las añagazas de un destino caprichoso y cruel. Peter le pide que le hable de él, de su vida, de lo que fue y lo que espera de ella.

—Tengo dos hijas encantadoras. Mi matrimonio fracasó por mis largas ausencias en misiones oficiales.

—Y alguien te sustituyó —supone Peter.

Yacob asiente con tristeza.

—Mi mejor amigo. Lo peor de la traición es que nunca viene de tus enemigos —se lamenta resignado.

—Y lo peor del amor es que no sea verdadero. Cuando se ama con el alma no hay antepechos inabordables. Muy al contrario, la distancia y el silencio alimenta la esperanza de tornar al abrazo plácido, al beso estremecido, al regazo cómplice de las luciérnagas, porque solo es amor cuando es para siempre —musita el anciano perdido en la añoranza de sus tiempos idos.

Yacob asiente con un rictus de tristeza.

—Muchas personas mancillan el término. Se pasan la vida de flor en flor buscando el amor ideal que nunca encuentran porque solo se aman a sí mismas.

Peter se levanta de la silla y camina con dificultad hasta el frigorífico. Saca una jarra de agua y llena dos vasos. De su cabeza no se va la imagen de aquella tarde de lluvia en Wrexham cuando se cruzó con su chica y su propio hijo en 1978. De pronto, una idea se cruza y todo cambia. «Un momento, ¿1978?». Siente un escalofrío. Algo no cuadra. Deja los vasos en la mesa y busca en su cartera el recorte de prensa de *The Jerusalem Post* que le envió Kathleen anunciando la muerte de Sally. Abre el viejo recorte: «Atentado en Jericó». Mira la fecha: tres de septiembre de... ¡1967! Sally murió en 1967, no pudo viajar a Wrexham en 1978. Clava los ojos en la espalda de Yacob. ¿Por qué le ha mentido? ¿Quién es este tipo? ¿Por qué se ha hecho pasar por su hijo? ¿Es un farsante oriental con pretensiones económicas o está involucrado con los sicarios? Peter se queda lívido en el umbral de la puerta. El corazón le bombeaba a ritmo de metralleta.

Yacob escruta el silencio. Algo no va bien. Se gira.

—¿Ocurre algo?

Sus ojos grises y despechados lo traspasan.

—¡Lárguese! —conmina el anciano señalando la puerta.

—Pero...

—No sé quién es usted, pero me ha mentido. Sally Taylor murió el 3 de septiembre de 1967 —reprocha Peter mostrándole el recorte de prensa.

—Peter, yo... Lo siento... —balbucea.

Peter abre la puerta.

—¡Largo! ¡Fuera!

Salandpet abandona la habitación y Peter la cierra de un portazo. Las sombras de la soledad se instalan de nuevo en su corazón, la decepción le aferra la garganta. Se apoya en la mesa y llora de rabia.

— 53 —
El paseo

Desde su salida del hospital, Peter no solo se ha negado a salir a la calle, tampoco ha comparecido ante el juez instructor, no ha regresado al Instituto Cervantes ni ha vuelto a ver a Martín y, lo más preocupante, apenas prueba bocado. El día que echó a Salandpet de su habitación, tampoco se presentó a la cena que la residencia organizó en su honor, lo que suscitó la lógica preocupación del personal. El geriatra de Monte Carmelo expidió un certificado a la Audiencia Nacional informando sobre su estado de salud, que desaconsejaba por el momento su comparecencia por padecer síntomas compatibles con el síndrome de estrés postraumático, por lo que solicitaba un aplazamiento.

Lo peor fue la rocambolesca patraña de aquel supuesto policía turco que se hizo pasar por su hijo. Una historia bien trabada que creyó a pies juntillas y lo llenó de ilusión hasta que aparecieron las contradicciones y las mentiras. El golpe de realidad fue tal, que la soledad y la tristeza se cebaron con él con mayor virulencia que otras veces.

Es sábado soleado y la hermana Sonsoles le anima a dar un paseo: «Otro lindo día que el buen Dios dispensa a sus criaturas». Ha insistido en acompañarlo al parque de El Retiro para tomar un poco el sol a ver si, con su vitamina D y el aire de los eucaliptos, remonta el ánimo. La llamada de Clara ha sido oportuna, como magnífica su idea de hacerse los encontradizos en el parque. «Seguro que Martín lo anima», opina para su fuero interno.

—Si es que no puede fiarse uno de cualquiera —comenta la carmelita, que empuja la silla por la calle de Velázquez. Peter arrastra un gesto ausente—. Hay muchos hijos falsos buscando herencias de ancianos ingenuos. Qué casualidad que todos proceden de países pobres.

Llegados al cruce con Alcalá, avanzan un trecho y, cerca del monumento a Espartero, cruzan la puerta de Madrid hasta el paseo de los Coches.

—A Saturnino, sin ir más lejos, le apareció una hija dominicana, hasta que la policía descubrió el ardid. Faltó poco para que lo despeluchara. Pregúntele.

La religiosa se desvía por la zona ajardinada hasta la Casita del Pescador. Se sientan en un banco frente a la montaña artificial. Peter deduce que, por alguna razón, la religiosa sabe que aquel es su rincón favorito.

—¿Por qué un policía se inventaría algo así? —se pregunta Peter.

La carmelita, que tiene respuesta para todo, especula.

—¿Y cómo sabe que es policía? Es turco, como los atracadores del Instituto Cervantes. Y si es policía, peor aún, porque tuvo acceso a información personal. Se hizo pasar por el héroe de aquel atraco, cuando el verdadero protagonista fue un policía español llamado Soria. Salió en todos los periódicos.

—¿Soria?

—Sí, creo que lo van a condecorar. Ese sí es un policía auténtico, español. Dicen que desciende del famoso Arturo Soria, el de Ciudad Lineal.

La hermana Sonsoles rebusca en su bolso, saca un ejemplar doblado del *ABC* y se lo entrega abierto por una página marcada. «Tenga. Lo guardé para usted». Peter lee:

TRES MUERTOS Y UN DETENIDO EN EL EDIFICIO DE LAS CARIÁTIDES

Según informa la Jefatura Superior de Policía de Madrid, en la noche del pasado once de julio, un grupo de cuatro delincuentes de nacionalidad turca asaltaron la sede del Instituto Cervantes, sito en la calle de Alcalá nº 49, conocido como el edificio de las Cariátides. Los asaltantes tomaron como rehén a Peter Fortabat, más conocido por el sobrenombre de Simón Sandoval, jubilado colaborador de la

Institución y con domicilio en la residencia de ancianos Santa María del Monte Carmelo de Madrid, de los padres carmelitas. La intervención policial, que contó con el apoyo del Grupo de Operaciones Especiales de la Policía Nacional, produjo un balance de tres asaltantes muertos y uno detenido, consiguiendo la liberación del rehén justo cuando el jefe de la banda, Amín ben Malka, se disponía a huir en helicóptero desde el tejado del edificio. Al parecer, aprovecharon la retransmisión de la final de la Copa del Mundo de fútbol para abordar al señor Fortabat y acceder al edificio por una de las puertas laterales de la calle Barquillo con el propósito de acceder a la cámara acorazada del edificio sita en el sótano, donde abrieron numerosas cajas de seguridad en la creencia de que en ellas se custodiaban objetos de valor. Los delincuentes extranjeros desconocían que el emblemático edificio de las Cariátides, que había sido propiedad sucesiva del Banco Español del Río de la Plata, Banco Central, Banco Central-Hispano y Banco de Santander, en 2006, pasó a ser la sede central del Instituto Cervantes. En su cámara acorazada, conocida como Caja de las Letras, ahora solo se custodian legados culturales.

El caso Cariátides se cerró con una exitosa operación policial pues, sobre los asaltantes, pesaban órdenes internacionales de búsqueda. La policía resalta en su comunicado la destacada actuación del inspector Arturo Soria Solís quien, tras abatir al líder de la banda, puso en fuga el helicóptero, rescató al anciano, salvó la vida de un compañero herido que quedó atrapado en la cámara acorazada y llamó a los servicios sanitarios para la evacuación de los heridos. Se da la circunstancia de que, unos días antes, este inspector había sido herido en el brazo por uno de los integrantes de la banda en el café Gijón, incidente del que ya informó este periódico en ediciones anteriores. El citado agente ha sido ascendido a inspector jefe y propuesto para la concesión de la medalla al mérito policial con distintivo rojo. Un éxito más de la Policía Nacional en su incansable lucha contra el crimen organizado.

Tras la lectura, Peter queda pensativo.

—¿Lo ve? Ni media palabra del policía turco —concluye la carmelita, que no para de mirar a ambos lados como buscando a alguien.

—Todo esto es muy extraño —se lamenta Peter—. La noticia no se ajusta a los hechos —musita el anciano con los ojos anclados en el periódico.

—Lo dice la policía.

—Pero yo estaba allí.

Queda unos segundos en silencio. No logra hilvanar los acontecimientos. ¿Por qué no se menciona al inspector Salandpet que estuvo dentro del edificio y cayó herido? ¿Por qué no se hace alusión al pergamino y se atribuye el móvil a una vulgar confusión de los atracadores? Tampoco se habla de Martín, el niño que avisó a la policía. ¿Qué intereses hay detrás de esa nota de prensa tan sesgada? No consigue atisbar las piezas que faltan en el complejo puzle del caso. Por otro lado, y desde hace días, le inquieta el momento de entregar a las autoridades el pergamino. Durante medio siglo ha librado una lucha entre la obligación y el sojuzgamiento, entre la necesidad de divulgar la verdad que algunos se empeñan en ocultar o fulminar la esperanza de dos mil quinientos millones de cristianos desmontando la naturaleza mítica de su líder.

Peter guarda silencio mientras lidia con los pensamientos hasta que, tras unos minutos reflexivos, sorprende a su acompañante con una inesperada cuestión.

—Hermana, ¿puedo hacerle una pregunta?

—Pruebe.

—¿Cómo imagina a Jesús de Nazaret?

La carmelita, que no esperaba aquella interpelación, medita un momento.

—Yo siempre lo imaginé esbelto y guapo, sí, porque la belleza física no es incompatible con la belleza interior. Lo pienso como un ser de luz, con paciencia infinita, un ejemplo de amor incondicional, auténtico. No en vano es el salvador del mundo, el Redentor, el Hijo de Dios. De joven, su mensaje me caló tan hondo que dediqué toda mi vida a aplicar sus enseñanzas, no digo más —a la hermana Sonsoles le brillan los ojos, parece que lo está viendo— ¿Y usted cómo lo imagina?

—Pequeño de estatura, negro de piel y agudo de ingenio. Achaparrado, nariz aguileña y ojos pardos, como los palestinos de su tiempo.

—¿Y ya está? —pregunta decepcionada.

—Bueno, propendo a verlo como un líder nacionalista que defendió a su pueblo del invasor con tácticas de guerrilla. Tal vez sabía leer porque los rabinos interpretaban la Torá, pero lo de escribir ya es otra cosa. Lo detuvieron y lo condenaron a muerte por sedición junto a otros miembros de su grupo. Lo veo casado y con hijos.

—Casado y con hijos, dice —la religiosa pone los ojos en blanco—. Ya tenemos a otro Dan Brown ¿Y la Inmaculada Concepción? ¿Y los milagros? ¿Y la resurrección? ¿Y el reino celestial?

—El mito paulino se creó medio siglo después de su muerte. Solo fue un ser humano. Así de auténtico y de sencillo, sin más artificios ni prodigios sobrenaturales. Un rabí nacionalista en un tiempo de fanatismo religioso y profecías mesiánicas.

La monja, incrédula, alza las cejas. Después le regala un mohín severo y un «pobre ignorante» con la mirada. Él, en cambio, piensa que el hombre es el único animal consciente de su propia muerte y, por esa razón, se inventó un reino celestial, una vida ultraterrena donde morar plácida y eternamente. Decía Borges que la teología no es más que un producto de la mente humana, una rama de la literatura fantástica. Él, por su parte, considera que los débiles cimientos teológicos descansan sobre la inestable base de un embuste. La religión, para Fortabat, no era más que un producto cultural nacido del terror primigenio ante una naturaleza hostil y misteriosa. Pero se lo calla por respeto a la hermana Sonsoles.

—¿Puedo hacerle otra pregunta?

—La última —acepta la monja a regañadientes.

—Si apareciera un documento histórico auténtico que demostrara que el Jesús histórico fue un hombre normal y corriente, que no fue el Hijo de Dios ni el mesías esperado, que no hizo los milagros que le atribuyen los evangelios y que su historia y sus poderes fueron inventados después de su muerte... ¿Seguiría creyendo en él?

—¿Y usted cree que después de dos mil años de tradición cristiana cualquier documento que aparezca ahora iba a cambiar algo? La verdad de Jesús no está en los documentos, sino en el corazón de cada cristiano —Inquieta, la carmelita estira el cuello y al fin encuentra la ocasión de zanjar el tema—. ¡Anda! Mire quién viene por allí.

Martín, su madre y una anciana se aproximan por la puerta de O'Donnell. El niño corre a abrazar a Peter y él lo besa y le revuelve el pelo.

—He vuelto a ver a Sirio y le he pedido otro deseo —sonríe ufano Martín.

—Yo también le pedí otro. Me alegra verte de nuevo, piratilla.

—Hola, Simón —Clara, le da dos besos— me alegro de verlo recuperado. Estuvimos muy preocupados con lo del Instituto Cervantes. No se habla de otra cosa en el barrio. Cuando me dijeron que Martín se escapó de casa y estuvo con los secuestradores me iba a dar algo. Ha estado castigado, pero a quien debería castigar es a mi hermana Dori. No me puedo ir tranquila a trabajar.

—Martín es muy listo y valiente. Defendió a su *abuelo* y avisó a la policía. Es un héroe.

El niño esconde su sonrisa y mueve mecánicamente la pierna por timidez.

—Un héroe imprudente. Ah, disculpe, le presento a la abuela de Martín, que ha venido a vernos.

—Encantada —recita ofreciéndole la mano, que Peter toma con delicadeza.

—El placer es mío. Ella es la hermana Sonsoles, de la residencia del Monte Carmelo. Me ha acompañado a dar un paseo.

La abuela tiene el cabello cano recogido en un moño severo, lo que le otorga un aire vetusto. Le sonríe un rostro amable, de camino a una afortunada senectud, con las inclemencias inexorables del paso del tiempo. Así y todo, deduce, debió ser muy atractiva en su juventud.

—Vamos al palacio de Cristal, abuelo —Martín tira de su mano.

—Disculpe, el niño me llama *abuelo*, pero solo somos buenos amigos —se justifica ante la abuela de Martín, que no ha dejado de mirarlo desde que llegó. Le dispensa miradas de refilón que él finge no advertir.

—¿Cómo se encuentra? —pregunta Clara.

—Voy tirando, aunque he perdido peso y cierta movilidad. Lo del ánimo ya es otra cosa.

—El shock de aquella terrible experiencia, supongo.

—Un turco que dijo ser policía se hizo pasar por mi hijo y removió viejas heridas. Pero pasará.

—Yacob Salandpet —pronuncia la anciana.

—Ese. ¿Lo conoce?

—Sí. También dijo que era mi hijo.

—¿También a usted quiso engañarla?

La anciana lo mira con las mejillas arreboladas. Sus penetrantes ojos turquesa se tornan líquidos como el mar.

—No te mintió.

Un silencio insondable lo detiene todo.

—Es nuestro hijo, Peter.

Sus palabras flotan en el aire durante varios segundos. Se hace un silencio estremecedor durante el cual las pupilas peinan cada pliegue en sus rostros.

—Nació el 24 de julio de 1960 en el hospital de la Medialuna Roja de Jericó —prosigue la anciana—. Se hizo policía en 1983 y, desde 1992, está destinado en la Oficina Central Nacional de Interpol en Ankara. Hoy cumple cincuenta años.

Salvo Clara y Martín, que sonríen cómplices, el anciano y la religiosa, impactados, se llevan la mano a la boca, al unísono. Los labios entreabiertos de Peter quieren dibujar su nombre, pero de su garganta solo emerge un estertor de dos sílabas:

—¿Sa... lly? —la piel erizada.

Ella asiente con la emoción bailándole en el rostro. Temblando como un álamo azotado por el viento, Sally le ofrece sus manos y él las acoge. El primer contacto les arranca un estremecimiento. Se observan, se reconocen, se lloran. A Peter le palpita el pecho, la mirada se le enturbia y, por un momento, cree que las rodillas no le sostendrán. Le cuesta asumir que está frente a ella, el amor de su vida, medio siglo más bonita. Un regalo inesperado de Sirio porque, días atrás, había pedido a la gran estrella reunirse con ella cuanto antes, pero nunca imaginó que fuera en esta vida porque, a estas alturas, él ya sabe que hay luces que solo la muerte puede volver a reunir. El abismo del tiempo transcurrido lo acongojaba. De repente percibe el futuro como el agradable sol de verano que hace largos los días y breve la oscuridad. Ahora, paradojas de lo humano, le empapa un frenético deseo de vivir mil años, o de morir en ese mismo instante, por la vaharada de indecible felicidad que se le instala en el pecho.

Se dedican la mirada acuosa de los enamorados y las preguntas se le anudan en la garganta. El rictus resignado de Peter se desvanece cuando saca a flor de labios una sonrisa trémula. Se le filtran lágrimas en la boca y el alma se le asoma a los labios dejando escapar dos voces imperceptibles, como liberadas al fin tras medio siglo contenidas: «Mi amor». Sally agacha la cabeza sobre su pecho y se retira en un llanto acongojado y Peter, que le sobreviene un estremecimiento que agita rincones de su cuerpo que tenía olvidados, la besa en lo más alto de la cabeza y la abraza ahogando el sollozo. Estremecidos, quién lo diría, vuelven a sentir sus almas palpitar al unísono.

Cuando Peter quiere darse cuenta de que existe, Sally separa sus labios cálidos de los suyos. Los demás aplauden conmovidos. Martín los abraza, se siente feliz. Clara y la hermana Sonsoles, pañuelo en mano, son testigos del emotivo encuentro de una pareja que lleva toda una vida añorándose. La religiosa se hace cruces y musita una plegaria, arrepentida por haber dudado del policía turco.

Clara hace una señal a la carmelita y a Martín.

—¡Ejem! —emite una tosecilla pudorosa—. Dejémoslos, tienen toda una vida que contarse —tira de la mano de Martín.

La religiosa reparte por pares besos centelleantes: «Ha sido lo más bonito que he visto en mucho tiempo. Que Dios los bendiga». Se marcha sonándose la nariz y se vuelve para mirar a los ancianos, que se han sentado en el banco como dos adolescentes.

Peter saca su reloj de cadena y, al fin, cinco décadas después, hace girar su corona estriada dando cuerda a sus sueños.

—¡Conservas el reloj que te regalé! —exclama ella.

Sally lo compró en el bazar de Yehuda. Se lo entregó, primorosamente envuelto en papel fantasía, en su veintisiete cumpleaños. Desde aquel 1 de noviembre de 1959 lo ha llevado siempre en el bolsillo. Necesitaba tocarlo cada día, pese a que decidió dejar de darle cuerda el día que se despidió de ella, porque el tiempo se paró para él, como negándose a vivir horas que no le correspondían si ella no estaba a su lado.

—Dejé de buscarte cuando Kathleen me envió la noticia del periódico donde se anunciaba que habías muerto. Quise morir contigo aquel día. Nunca lo superé.

—Tuvimos que fingir mi muerte para que los sicarios dejaran de buscarme —comenta Sally, acariciando las pecosas manos de Peter—. Di con el asesino de mi padre, era Malka ben Samay, el padre de Amín. Conseguí las pruebas, pero se resistió cuando iba a ser detenido, nos atacó con una sica y tuve que disparar. ¿Sabías que mató a golpes a su esposa?

—Sí. Me lo dijo el propio Amín. La violencia lo marcó de por vida. El pobre tuvo un pasado desdichado y un presente abyecto.

Hace una pausa evocando el rostro del sicario en los umbrales de su finitud.

—En fin, ya descansó en sus turbios abismos —murmura resignado—. ¿Pero, y tú? Háblame de ti —requiere, Peter.

—¿Yo? —Sally toma aire y retoma sus recuerdos—. Después de aquello el niño y yo vivimos un infierno. Tras la muerte de Malka, fanáticos de la Nueva Alianza, crecidos tras la invasión israelí, me acosaron como hienas furiosas. Quemaron mi casa, profanaron la tumba de mi padre, hicieron pintadas clamando mi lapidación. El comandante Osman me propuso provocar un falso atentado y anunciar mi muerte para poner fin a aquella pesadilla. Él se encargó de todo, del coche, de los explosivos, incluso de difundirlo en la prensa. Tuvimos que huir de Jericó por la noche, como proscritos —se emociona evocando aquellos tiempos y Peter le enjuga las lágrimas con sus dedos—. Con documentación falsa, nos registramos en Ankara y, tras unos meses muy malos, conseguí un trabajo como monitora en un colegio. Me pagaban poco, pero fue suficiente para sacar adelante a nuestro hijo.

Peter la observa y calla. No se atreve a preguntar algo porque teme que la respuesta suponga volver a perderla. Finalmente sucumbe al hostigamiento de su curiosidad.

—¿Te casaste?

Sally baja la cabeza y exhala un suspiro.

—Sí, Peter, me casé. La vida era muy dura para pasarla en soledad y había perdido la esperanza de encontrarte. Y mira que lo intenté. Contacté varias veces con miss Kenyon, pero se negaba a darme información sobre ti por carta o teléfono. La pobre vivía temiendo que la mataran para arrebatarle el pergamino. En 1978 viajé a Wrexham con Yacob para hablar con ella, con tan mala suerte que falleció el día que llegamos. Era mi último cartucho para encontrarte y me di por vencida. Poco después apareció Ismail, un artesano de alfombras atento y cariñoso. No fue un flechazo, pero se portó bien, nos cuidó y se volcó con Yacob. Se ganó mi cariño, después mi corazón, aunque el niño, consciente de que no era su padre, nunca se entregó por completo a él.

Una expresión de infinita tristeza hace que, de pronto, el rostro de Peter envejeciera varios años.

—¿Lo amas? —el anciano palidece y el corazón se le desboca. Teme que su respuesta lo hiera a lo vivo. Sally queda unos instantes sumida en sus recuerdos. La pausa se hace eterna.

—Supongo que lo quise. Falleció en 1989.

El color regresa al rostro de Peter y los latidos se someten al fin al gobierno de su corazón.

—Oh, lo siento —improvisa por cortesía ahogando un suspiro de alivio. Vuelve a sus ojos claros.

—Era un buen hombre. Alguno más me pretendió después, pero unirte a alguien sin estar verdaderamente enamorada te deja un poso de carencias difícil de sobrellevar. Lo que sentí por ti fue único. Aprendí que la soledad me conducía a cierta paz y en los últimos años no he deseado más que eso, paz.

Peter asiente. Lo sabe por experiencia propia. Ella vuelve a perderse en la sentina de la memoria y retoma el recuerdo de su viaje a Wrexham.

—Aquel día, en casa de miss Kenyon, me crucé con un hombre que se te parecía. Estuve a punto de llamarlo, pero no me atreví.

—Debiste hacerlo. Era yo.

—Lo sé. Me lo ha dicho Yacob. Vine a Madrid en cuanto supe que estabais hospitalizados —dice Sally sin soltar las manos de Peter—. Él quiso que nos viésemos en este mismo punto. Cuando lo echaste de la habitación, habló con Clara y ella llamó a la hermana Sonsoles para concertar un encuentro con Martín en El Retiro.

—Pobre. Lo siento. Lo siento mucho. No le creí. Estaba convencido de que habías muerto en 1967. ¿Dónde está Yacob? —sisea emocionado.

Sally lo mira con ojos líquidos, alza el gesto y sonríe.

—Si te digo dónde está no lo vas a creer.

—¿Ha vuelto a Ankara?

Ella niega y suspira.

—Está en el banco de enfrente.

Peter lo busca. Junto al estanque de la Casita del Pescador un hombre se oculta tras un periódico. Le delata su cabeza vendada. Peter sale a su encuentro. «Estás leyendo el periódico al revés. ¡Levántate y dale un abrazo a tu padre!». Los tres se abrazan, ríen y lloran.

—Vamos, os invito a comer para celebrar el cumpleaños de mi niño, que las penas del alma se confortan mucho con las compensaciones del cuerpo —suelta Peter, más animado—. Conozco un sitio donde ponen un cocido madrileño y una sopa de ajo que os vais a chupar los dedos.

—¿Mejor que la *maqluba* de Seisdedos? —ríe Sally.

—Mucho mejor —responde Peter, que camina animoso enganchado del brazo de Sally y de Yacob.

—¿No olvidas algo? —pregunta el inspector, señalando la silla de ruedas que ha quedado unos metros atrás.

Clara y Martín vienen de vuelta. El niño, al ver la silla vacía, corre a montarse en ella. Divertida, su madre la empuja.

—Solucionado —sonríe Fortabat, que mira al cielo entre los árboles y da las gracias a Sirio, allá donde se encuentre.

— 54 —
Lucha interna

Peter espera a Sally en la recepción de su hotel. Han quedado para desayunar y dar un paseo evitando la sofocante canícula de mediodía. Al geriatra de Monte Carmelo le ha sorprendido la rápida recuperación del viejo *Simón*, quien, desde la aparición de Sally, ha sustituido la silla de ruedas por el bastón y hace gala de una asombrosa vitalidad.

—Estás radiante —sonríe Peter ofreciéndole su brazo.

—No seas adulador. ¿Y la silla de ruedas?

—¿Acaso la necesito? Estoy hecho un chaval.

Llevan días riendo y llorando con recuerdos y anécdotas de todo tipo vividas durante tantos años separados, pero aquella mañana en la cafetería del hotel sería distinta porque Peter le pide formalmente que se quede a vivir con él en Madrid. Ha hablado con el director de la residencia y, haciendo una permuta con la habitación de Fina, la más amplia de la residencia, podría habilitarse para dos personas. «Fina está encantada, además nos harían un precio especial por ser pareja, y más a mí, que ya me conocen en Monte Carmelo como el héroe de las Cariátides», comenta sonriente.

—Peter, tengo una pensión de 5.600.

—Eso es fantástico, Sally. Es mucho mayor que la mía.

—No, Peter, hablo de liras turcas. Son unos 350 euros mensuales. En Ankara me llega para vivir modestamente, pero en Madrid es una miseria. No podría costearme esta residencia privada. Además, allí viven las dos hijas de Yacob y me gustaría seguir viéndolas porque las adoro.

Peter medita unos segundos, después se inclina hacia adelante y toma sus manos.

—Sally, deseo conocer a nuestras nietas, pero tienes setenta y seis años y yo setenta y ocho. ¿Qué tiempo nos queda? El destino nos separó durante demasiado tiempo. Ahora nos regala una segunda oportunidad. Tengo unos pequeños ahorros de la venta de mi piso. ¿En quién emplearlo mejor que en el amor de mi vida?

Sally lo escucha enternecida. Lo mira con esos ojos glaucos que tanto fascinan a Peter, y se le enturbian por momentos. Se desvanece en sus labios un suspiro.

—¿Qué edad tienen? —Peter la mira con cariño indisimulado.

—Dieciocho y veintidós.

—Pronto se emanciparán y comenzará su tiempo, un tiempo que nosotros no tuvimos. Ahora te toca a ti, a nosotros.

La melodía del teléfono de Sally pulveriza el hechizo.

—Hola, tesoro... Llevamos varios días sin verte... Estamos desayunando en la cafetería del hotel... De acuerdo. Hasta ahora —cuelga el teléfono y se dirige a Peter— Es Yacob, dice que lo esperemos, quiere contarnos algo. Lo he notado tenso. Este caso le está afectando.

—Normal, está su padre involucrado.

Peter comenta las luchas internas que ha sufrido en torno al pergamino. Durante los primeros años lo estudió a fondo y tomó muchas notas. La pasión que le anidaba supo ser lo bastante intensa como para borrar toda huella de desaliento. Sin embargo, cuando se animó a divulgar sus conclusiones, las personas que hubieran testimoniado sobre aquella historia, la arqueóloga Kathleen Kenyon y el profesor John Allegro, habían fallecido, y él, sin crédito alguno por haber conseguido la nacionalidad española con documentos falsos, tendría que explicar un expolio documental en el que perdieron la vida varias personas. Durante las dos décadas siguientes decidió olvidarse del pergamino. De vez en cuando lo revisaba para asegurarse de que seguía en el mismo sitio: la caja de seguridad de un banco cuyo alquiler ha costeado hasta 2006. Aquel año decidió trasladarlo a la Caja de las Letras, donde actualmente se encuentra, para que, llegada la hora de su muerte, sin tener descendencia conocida, no cayera en manos de una entidad bancaria privada sino de una institución del Estado. El Instituto Cervantes reunía las medidas de seguridad y él era su custodio. Para guardarlo, habilitó una caja de seguridad de la que solo él tenía llave y, junto al pergamino, dejó una carta explicándolo todo. Al igual que los literatos y cineastas de la Caja de las Letras, él también dejaba un legado para ser abierto después de su muerte, aunque en su caja no había una placa grabada que lo anunciase.

—Tengo entendido que el Turco abrió las cajas de seguridad —quiere saber Sally.

—Alguien le informó sobre la posibilidad de que el pergamino estuviera en la Caja de las Letras, pero no esperaba encontrarse con casi mil ochocientas cajas. Solo les dio tiempo a forzar una veintena. Hubieran necesitado varios días para abrirlas todas y no tenían tanta munición para reventar todas las cerraduras.

—¿Las abrieron al azar? —pregunta Sally.

—Las primeras al azar, después intentó afinar. Yo le decía que jamás escondería un pergamino tan valioso en un sitio público, pero me entró el pánico cuando se aproximaban a la caja donde se encontraba el manuscrito. El Turco estuvo a punto de dar con ella. Después de abrir algunas, se puso tenso y llamó por teléfono a la persona que lo contrató. Estuvieron probando con varios números posibles. Amín hablaba por teléfono sin dejar de observarme. «¿Cuál?», preguntaba a su interlocutor. Cuando dio orden de abrir la caja 619 comencé a sudar. El número coincidía con la cita de Mateo 6, 19: «No os acumuléis tesoros en la tierra, donde la polilla y la herrumbre destruyen y donde ladrones penetran y roban». Se me aceleraba la respiración y Amín se dio cuenta. Forzaron esa caja, pero estaba vacía. Sin dejar de mirarme, dijo a su jefe: «Estamos muy cerca». Y efectivamente lo estaban.

Impactada por el relato, Sally piensa en la angustia que debió sentir Peter y rememora la noche aciaga en que su padre fue asesinado.

—Te costaría disimular, imagino.

—Amín era muy inteligente. Tenía una mirada penetrante y percibía mi debate interno. Lástima que malgastara su talento en el mundo del hampa —Peter deja de mover la cucharilla, la deposita en el plato y da un sorbo a su café—. Cada vez que forzaban una caja estudiaba mis reacciones, y a mí, la verdad, se me da fatal fingir y, conforme se aproximaban a la caja del pergamino, la respiración se me aceleraba. Escuché la voz del teléfono: «Espera, déjame pensar. Tal vez alguna que aluda a Jericó. Podría ser la de las trompetas de Jericó, en Josué 6, 13». «Abre la caja 613», ordenó Amín a su esbirro. Los tres disparos sonaron como una terna de truenos. «Vacía», respondió. Con la cita de Josué se acercaron más al pergamino. La llegada de Yacob fue providencial porque Amín envió a su único hombre disponible a su encuentro, justo cuando habían puesto su atención en la caja donde se custodiaba el manuscrito. Oímos el tiroteo. Amín daba órdenes a sus hombres por el intercomunicador, pero no respondían. Cuando reparó en que estaba solo en aquella ratonera, me llevó al ático por los ascensores. Llamó al helicóptero y quiso llevarme con él, porque no renunciaba a recuperar el manuscrito.

—Qué experiencia tan atroz —dice Sally mientras le acaricia la mano que reposa sobre la mesa.

—A raíz de todo esto, han vuelto a resucitar mis fantasmas en torno al pergamino. Un juez está esperando que lo entregue a las autoridades y no sé qué hacer.

—Deberías entregarlo y liberarte de esta losa. Si la existencia del pergamino se difunde, seguirás estando en peligro —sugiere ella con instinto de salvaguarda—. No tenemos edad para seguir huyendo. Además, le prometiste a mi padre devolverlo a las autoridades.

Fortabat baja la mirada y se aviene.

—Sí. Creo que ha llegado el momento. Mi temor era que cayera en manos de los que han censurado la verdadera historia del Jesús histórico. ¿Recuerdas el monopolio del equipo internacional en el museo de Rockefeller?

—Cómo olvidarlo —recuerda Sally.

—Pues hasta hace poco tiempo no se han hecho públicos los manuscritos de Qumrán y no todos. El museo de Israel está organizando un proyecto digital y, a pesar del tiempo transcurrido, solo han colgado en Internet las fotografías de cinco pergaminos. Sobre el resto se han escrito decenas de libros, pero todavía hay material que no se ha divulgado y los fragmentos polémicos, que ponían en cuestión episodios evangélicos, simplemente desaparecieron.

Sally iba a balbucir algo cuando Yacob entra en la cafetería y toma asiento junto a ellos. «Un té negro, por favor», pide al camarero. Ya no lleva la aparatosa venda en la cabeza, pero aún conserva un apósito en la oreja derecha y la marca de la bala que rozó su mejilla. Su madre siente un escalofrío cada vez que piensa lo cerca que estuvieron de arrebatarle a su único hijo.

Yacob, con semblante grave, mira a Peter.

—Padre, quiero que hagas memoria. ¿Viste al Turco cerrar la puerta de la cámara acorazada cuando yo estaba dentro?

—No lo vi. Antes de coger el ascensor hasta el ático, me dijo «ahora vuelvo, no te muevas» y se marchó en dirección a la cámara acorazada. Me pareció que hablaba con alguien, pero tal vez murmuraba o maldecía. Tardó poco en volver.

—¿Por qué atribuyen a Soria la muerte del Turco si fue abatido por un francotirador del GEO?

—El francotirador le acertó en el cuello. Desde el suelo, herido, me llamó con la mano, intentaba decirme algo, pero la garganta se le inundó de sangre y ya solo boqueaba como un pez cuando lo sacas del agua. Me acerqué para escucharlo, pero Soria me echó a un lado de un manotazo y lo remató. Dijo que era muy peligroso. Me quedé con las ganas de saber lo que quería decirme —precisa Peter.

—¿Crees que lo remató para atribuirse el mérito de su muerte o para evitar que escucharas lo que iba a decirte? —pregunta el inspector observándole con ambivalencia.

—No lo sé. No conozco a Soria, pero con Amín tuve una larga conversación en la Caja de las Letras cuando se marchó Martín.

Según Peter, Amín tenía un perfil duro que no compaginaba con su mirada acuosa. Pese a su corpulencia y su aspecto de ampón, era un alma atormentada que gravitaba en un pozo sin asideros donde trepar hacia la luz. Había sido una víctima de la violencia y del maltrato infantil. La orfandad y el instinto de supervivencia en un medio tan hostil modelaron en él una personalidad implacable, alguien cotizado en el crimen organizado dispuesto a los más peligrosos encargos por plata, como él decía. Un dinero que luego no lo satisfacía, porque lo material nunca llena los huecos de las carencias afectivas. Dilapidaba cientos de miles de dólares, casi siempre en juergas y prostitutas, pero también hacía donaciones a orfanatos y familias humildes. Era como si el dinero le quemase en las manos, como si no fuera para él, como si su urgencia fuese no tener nada, para empezar de cero en un bucle delirante de pobreza-opulencia-pobreza. «Mientras planeo un golpe no pienso en otras cosas. Si medito sobre mi vida, me aborrezco y me asalta el deseo de sacar a pasear la sica por mi propio gaznate», dijo a Peter después de haber dado muerte a su compañero.

Toparse inesperadamente con Fortabat desató en Amín un shock existencial y, por un instante descendió al soterraño de su dolor. Fue como un punto transmutatorio en el que inopinadamente accedió a otra dimensión: la de los años de su infancia. Le alcanzó la ternura de su madre, que se desvivía por él, los juegos con sus hermanos, las baratijas que ofrecía risueño a los turistas hasta que la guerra y un padre autoritario y cruel lo avejentaron cuando aún no había visto once otoños. El padre de Madani, el compañero que degolló en la Caja de las Letras, lo sacó del orfanato siendo un adolescente, abusó de él y lo convirtió en un ratero que aportaba a la familia el producto de sus robos. Drogas, malos tratos y violaciones hicieron que los valores inculcados por su madre, sus verdaderas raíces, se diluyeran en su memoria como una gota de miel en un océano de sangre. Si olvidaba sus orígenes sentía menos vergüenza de sí mismo. Pero aquel día en la cámara acorazada, Peter le hizo viajar al regazo materno y, cuando Madani quiso acabar con Peter, estalló en Amín la ira con la que se rebeló contra su pasado, contra los abusos del padre de Madani responsable de haberlo introducido en el mundo del hampa. Y lo hizo de la única manera que conocía: la violencia. Era como erradicar de un tajo horizontal el pasado que hubiera deseado no tener.

—Le pregunté —continúa Fortabat— si era miembro de la Nueva Alianza como su padre. Lo negó. Repudiaba cualquier enseñanza de su padre, a quien aborreció con todas sus fuerzas. Él no tenía más teología que la plata.

—Muchos delincuentes han crecido en el infierno y al final quedan sepultados en sus propias ruinas —suspira Sally, a quien sobreviene un sentimiento de compasión hacia el pequeño Amín que conoció en Jericó.

—Aquella noche algo se removió en él. Vi en su mirada las luchas de un hombre perdido entre la obligación de culminar su trabajo y la rebeldía de una vida que detestaba —continúa Peter—. Ahora que lo dices, es posible que quisiera decirme algo antes de morir.

—¿Tal vez el nombre de quién lo contrató? —propone sin separar los ojos del ventanal.

—No lo sé. ¿Cómo llegas a esa conclusión?

Yacob deja su té sobre la mesa y concentra la mirada a través de la cristalera en la bucólica arboleda de Recoletos. Mantenía el gesto a medio camino entre el estupor y el cansancio.

—No es una conclusión. Solo me hago preguntas porque hay flecos que se me escapan. Algo patina en esta historia y necesito averiguar qué es.

Yacob saca una fotografía de un tipo al volante del Chrysler y la pone encima de la mesa.

—Este es el jefe de la banda, el que contrató a los sicarios.

Peter y Sally se miran impactados.

—¡No me lo puedo creer! —Peter niega apesadumbrado—. Tenemos que ponerlo en conocimiento de las autoridades.

—Ya no sé de qué autoridades fiarme. Deja primero que haga unas averiguaciones —replica circunspecto el policía, que se levanta y paga la cuenta —Tengo que irme. Disfrutad del día. Os mantendré informados.

—Cariño, ten cuidado —musita Sally.

Se miran con triste complicidad. Fortabat, que ve el miedo en los ojos de Sally, no está dispuesto a revivir los momentos más siniestros del pasado ni correr el riesgo de perderla de nuevo. Otra vez no.

— 55 —
El bolígrafo

El inspector Arturo Soria descuelga su americana del perchero y se la coloca. Se asegura de llevar en los bolsillos lo necesario y ase su macuto azul. Apaga la luz y sale de su despacho del Complejo Policial de Canillas. Justo cuando cierra la puerta suena su teléfono.

—Al habla Soria… Hola, jefe, ¿qué tal?… ¿Ahora?… Pero ya me iba, hoy comienzo mis vacaciones y… De acuerdo, voy para allá.

El policía tuerce el gesto y se dirige al despacho del comisario general. Toma el ascensor, recorre el ala oeste y saluda en el trayecto a compañeros y conocidos que aún se interesan por su brazo. Llama con los nudillos antes de entrar.

—Adelante, Soria —invita el comisario Aldana—. Pase y siéntese, por favor. He citado a unos amigos para aclarar algunas cuestiones del caso Cariátides antes de sus merecidas vacaciones. Solo será un momento.

Soria deja el macuto en la entrada. Al ver que en el despacho se encuentran el inspector Yacob Salandpet, su padre y una señora que no conoce, permanece de pie, contrariado. Es la primera vez que el jefe no le tutea. Conoce a Aldana desde la Academia y nunca le habló de usted. El detalle no le gusta.

—Prefiero que las cuestiones profesionales las tratemos en privado.

—De una u otra manera, estas personas forman parte del caso y se han ofrecido amablemente a colaborar para cerrar las diligencias que hemos de elevar al instructor. Al inspector Salandpet y a su padre, el señor Fortabat, ya los conoce. Le presento a Sally Taylor, madre de Salandpet. Siéntese, por favor.

Soria, con el gesto avinagrado, toma asiento sin estrechar la mano a la anciana. Descubre que el jefe ha dispuesto una cámara con su trípode en un ángulo del despacho.

—¿Es necesario? —señala la videograbadora con la barbilla.

—Un trámite habitual, ya sabe —el comisario resta relevancia al detalle y se centra en la cuestión principal, pero su entonación se agrava—. Soria, el pasado domingo once de julio, cuando toda España estaba pendiente de la final del mundial de fútbol, ¿qué hacía usted en la comisaría si estaba convaleciente del disparo recibido en el café Gijón?

—No me gusta el fútbol, vine a quitarme papeleo atrasado.

—Pero, según las cámaras de seguridad, apenas realizó tareas administrativas. Se pasó el rato hablando por teléfono. Estuvo poco rato y salió con prisas.

—Hice varias llamadas, entre otras a Salandpet y a usted mismo. Estaba preocupado por Yacob, porque se empeñaba en entrar al edificio de las Cariátides negándose a esperar a los geos. Era un acto temerario y por eso le informé a usted, para ver si con su orden le hacíamos desistir de aquella imprudencia.

—Cuando le avisaron de la llamada de un niño que alertaba de un secuestro en la calle Barquillo, dijo al agente informante que usted se encargaría personalmente del asunto. ¿Por qué no ordenó el envío de una patrulla?

—Estábamos escasos de efectivos por el mundial de fútbol. Además, en centralita no tomaron en serio esa llamada y decidí acercarme. Me salió un niño vestido de pirata diciendo que unos hombres malos habían secuestrado a su amigo Simón en «la caja fuerte de las palabras olvidadas», que a él lo dejaron salir y que su amigo le dio un mensaje. Empezó a hablar en un dialecto que no entendí. Su tía dijo que el niño es algo rarito y su madre lo iba a llevar a un psicólogo. No le di mayor importancia.

—Ese niño no es rarito —la mirada de Peter prende como una bengala—. Martín también estuvo retenido por los sicarios y puse como condición para colaborar que lo dejaran marchar. Ese dialecto que usted dice son palabras desusadas del castellano. Era nuestra forma de comunicarnos en clave para que los sicarios no se enterasen.

—Señor comisario, le insisto en que los temas profesionales los hablemos sin la presencia de personas ajenas a la investigación.

—¿A qué personas ajenas se refiere? ¿Al inspector Salandpet gracias al cual se incoaron nuestras diligencias policiales y que ha recorrido Europa siguiendo a los sicarios del caso Cariátides? ¿A su padre, el señor Fortabat, que ha sido víctima y testigo directo? ¿O a la señora Sally Taylor, antigua agente del orden en Cisjordania, que también fue testigo del origen del caso hace cincuenta años en torno al pergamino que buscaban los sicarios? Solo tratamos de encajar las piezas para poner fin cuanto antes a este caso.

El comisario lo observa conteniendo un enfado creciente; se percibe en la autoridad intimidante que emplea, desconocida para Soria. Para el inspector madrileño, la presencia de la familia Fortabat y la cámara de video no eran sino una encerrona. Aldana lo pone a prueba con la mirada y el inspector acepta el pulso.

—Soria, lo conozco de hace muchos años y valoro su profesionalidad, por ello le insto a que sea lo más sincero posible. ¿Ha conocido personalmente a alguna de las personas involucradas en el asalto al Instituto Cervantes?

Todas las miradas confluyen sobre él.

—Piense bien su respuesta. Intentamos evitar futuras responsabilidades —el comisario le aprieta.

—No los conocía. Supe de sus identidades por los informes que proporcionó Salandpet y los remitidos por la central de Interpol en Lyon.

—El inspector Salandpet desea plantearle algunas cuestiones. Puede responder o guardar silencio si lo prefiere. Adelante Yacob.

—Agradezco al comisario Aldana la oportunidad de poder concertar esta cita puesto que, desde el día de autos, en esta Comisaría General no se me ha permitido el acceso a las diligencias policiales del caso, pese a que, como bien ha dicho el comisario, se incoaron con la información que yo mismo proporcioné —añade, remarcando notoriamente el *yo*—. Tras su ascenso como inspector jefe de la Unidad Central de Delincuencia Especializada, el caso Cariátides pasó a sus manos. Desde ese momento, ordenó a sus subordinados que no me facilitaran información hasta que usted no estuviera presente.

—Es un caso *sub iúdice* y usted no forma parte del equipo —acierta a decir.

—Pero usted nunca estaba presente. Desde aquel día nunca me ha cogido las llamadas, por lo que me he visto privado del acceso a las actuaciones. He tenido que informar a la central de Lyon y buscarme la vida, cuando no había necesidad de ello. La Interpol se creó como centro de lucha contra la delincuencia y, cada oficina, está obligada a prestar cooperación con las de otros países miembros para alcanzar los objetivos contra el crimen organizado internacional. Cosa que usted, como agente de la OCN en Madrid, ha incumplido.

Se hace un silencio durante unos segundos, hasta que Salandpet muestra varios periódicos en los que se informa sobre el caso Cariátides, según la versión de la policía.

—¿Quién redactó el comunicado de prensa que se entregó a los medios de comunicación? —pregunta Yacob, clavando los ojos en Soria.

—La jefa de prensa de la Jefatura de Madrid, por orden del comisario principal don Carlos Soto.

—Pero usted colaboró en su redacción —Salandpet da por hecho algo que solo intuye, pero Soria cae en la trampa.

—Me pidieron que aportara detalles por haber sido testigo principal de los hechos —Soria ha dejado de mirar a los ojos, ahora mira su reloj.

—Si querían detalles solo tenían que acceder a las diligencias policiales, no era necesaria su presencia —arguye el inspector de Ankara.

Yacob hace ver que esa nota de prensa estaba colmada de imprecisiones, no por el hecho de que a él se le haya excluido y que todos los méritos se los arrogara el propio Soria, sino porque no se ajustaba a la verdad: se atribuyó el móvil a la torpeza de unos simples delincuentes extranjeros que confundieron la Caja de las Letras con la caja fuerte de un banco y no una peligrosa banda de sicarios que buscaban un valioso pergamino y, en cuya búsqueda, habían provocado la muerte de varias personas.

—No me importa en absoluto que me obviaran en la nota de prensa, pero no se debe hurtar la verdad a la ciudadanía porque es ella quien paga nuestros salarios. La versión de los hechos que en el hospital me dieron los comisarios Aldana y Soto no coincidía con el posterior comunicado de prensa. Eso me hizo sospechar que algo no iba bien. Para colmo, se atribuye el mérito de la muerte del Turco, cuando ya había sido abatido por un francotirador. Herido de muerte y desarmado, Amín ben Malka pidió a mi padre que se acercara para decirle algo, pero usted lo impidió rematándolo con un tiro en la cabeza, alegando que era peligroso. Temía que el Turco hablase en los umbrales de su muerte, que delatara a quien contrató sus servicios y... a usted.

—Eso es ridículo —reconviene Soria.

Yacob saca su teléfono móvil y le muestra una fotografía. La imagen tiene escasa calidad pues se hizo con la precaria luz de las farolas. En ella se aprecia una de las puertas laterales del Instituto Cervantes tomada desde un punto alto de la calle Barquillo.

—La hizo Martín con su *tablet*. Aquella noche, cuando lo dejaron salir, llamó a la policía y, como no lo tomaron en serio, salió al balcón e hizo esta fotografía en la que se ve a uno de los sicarios entrar en el Chrysler. Desde ese punto no se ve al conductor, pero sí al copiloto que le acompaña en el asiento delantero. Hemos ampliado la imagen y, aunque está algo turbia, se distingue la cabeza de un hombre que habla por teléfono y guarda un extraordinario parecido con usted.

—A esa hora estaba en la comisaría. Esa imagen no prueba nada.

—Martín le mostró esta fotografía cuando se presentó en su casa y usted la borró de la *tablet*. Hemos tenido que recurrir a un informático para recuperar el fichero borrado. Si la imagen no prueba nada, ¿por qué intentó deshacerse de ella? He comprobado la hora en la que se hizo la fotografía y coincide con una de sus llamadas a mi teléfono aquella noche. Usted no me llamó desde esta comisaría, sino desde el vehículo de los mercenarios. Será fácil comprobarlo a través del Sistema Integrado de Interceptación Telefónica. Se sorprendió cuando le dije que iba a entrar en el edificio porque era mi padre a quien habían secuestrado. Fue para usted una contrariedad por lo que, primero, trató de convencerme para que no entrase, después llamó al comisario Aldana solicitándole una orden que me impidiera entrar. Cuando en la calle Barquillo detuve al sicario que salió del vehículo, el Chrysler huyó, pero en algún punto cercano debió apearse usted y regresó cuando yo ya estaba dentro del edificio. En cuanto apareció la directora Caffarel, que estaba avisada por mí, usted le ordenó abrir la puerta y accedió al interior con la excusa de ofrecerme cobertura mientras llegaban los geos.

Soria niega sin decir palabras. Hace rato que está a la defensiva. Salandpet se sitúa frente a él sin dejar de mirarlo.

—Fue usted quien me encerró en la cámara, no el Turco. Me hicieron creer que tenía alucinaciones, y es posible que tuviese algunas, pero usted estaba allí. Recuerdo con nitidez su rostro empujando la puerta.

Soria sonríe y niega.

—La cosa no acaba aquí —prosigue Yacob—. He estado en la Jefatura de la Policía Municipal de Madrid y, gracias a las imágenes captadas por algunos semáforos y entidades bancarias, he reconstruido la ruta que siguió el Chrysler. De Barquillo se incorporó a la calle Alcalá, pasó por Gran Vía hacia la Universidad Complutense, tomó la M-30, circuló un trecho por la M-40 y se desvió por la salida 54 en dirección a la avenida del Ventisquero de la Condesa, en el barrio de Mirasierra. Después, el conductor abandonó el vehículo en un solar y lo incendió.

—Típica eliminación de pruebas —apostilla el comisario Aldana.

—Desde su unidad, se ordenó retirar los restos del vehículo de forma inmediata, antes incluso de la preceptiva inspección ocular. Me costó lo mío localizar el desguace donde llevaron el vehículo, pero di con él y, entre los restos del coche, encontré esto...

Salandpet saca dos bolsitas transparentes. De una extrae un fragmento rectangular de tejido negro semiquemado en el que se aprecia unos centímetros de velcro. De la segunda, los restos de un bolígrafo metálico del que se conserva la mitad inferior y en la que puede leerse parte de su texto grabado: «A. Sor...», «XXV A...», «1984-2...».

—¿Lo reconoce?

Soria no responde. Su mirada adquiere un brillo gélido.

—Yo lo reconocí al instante —el comisario coge la pieza y señala el grabado—. El dos de octubre del año pasado, festividad patronal de la Policía Nacional, se entregaron en esta comisaría algunas condecoraciones. Yo mismo le entregué a usted la Cruz a la Dedicación al Servicio Policial que se concede al cumplir veinticinco años en activo. Ese día, los compañeros de su Unidad le regalaron este bolígrafo con la siguiente dedicatoria:

A. Soria Solís
XXV Aniversario
1984-2009

—Se compró en la papelería de la Gran Vía de Hortaleza —precisa Salandpet—. El comerciante lo ha identificado. Apareció bajo el asiento del copiloto del Chrysler incendiado, justo donde minutos antes estaba usted sentado, como demuestra la fotografía de Martín. Y esta pieza de tejido negro que aún conserva el velcro, pertenece al chaleco antibalas oficial de la Policía Nacional. ¿Dónde está su chaleco, Soria?

Soria, rojo de indignación, mira su reloj. Abre la boca, pero no encuentra la frase adecuada. Salandpet se le adelanta.

—Aguarde, aún hay más —interrumpe Yacob que estrecha la mirada y levanta la mano en señal de pausa—. En su huida, el conductor del Chrysler se saltó un semáforo radar.

Yacob avanza por la galería del teléfono y muestra una segunda fotografía en la que se distingue a un hombre maduro, con el pelo blanco, al volante del Chrysler. La muestra a cada uno de los concurrentes. «Este es el quinto hombre».

—Se le ve mayor —apunta el comisario.

—Tras el asalto al Instituto Cervantes, usted —continúa Salandpet, dirigiéndose a Soria— me llamó al hospital y me dijo que habían localizado al propietario del Chrysler, que se lo habían robado unos días antes y que había interpuesto una denuncia. Efectivamente se interpuso la denuncia, pero era falsa y se tramitó *a posteriori*. Mirasierra, el barrio donde aparecieron los restos calcinados del coche, es un complejo residencial con vecinos de alto poder adquisitivo. Resulta curioso que el Chrysler apareciera incendiado a escasos cien metros de la mansión donde reside su propietario. ¿Qué ladrón regresa al barrio donde robó el coche para incendiarlo? Comprendí entonces que usted estaba protegiendo al propietario del vehículo y que él era el mecenas que contrató a los sicarios. Un millonario con propiedades en España, Francia y Reino Unido, heredero de una pudiente familia de joyeros judíos cuyas empresas cotizan en bolsa. En los últimos años ha invertido en empresas de construcción y ha conseguido importantes contratos de obra pública en España. Un *niño de papá*, como lo llamáis aquí, que en su juventud, atraído por el afán de aventura y las antigüedades, se unió a algunas excavaciones en Oriente Medio.

Yacob les muestra la tercera imagen: la fotografía en blanco y negro que, en Wrexham, le proporcionó Clarise, la sobrina de miss Kenyon.

—Se trata de Mylan Fisher —lo señala en la imagen.

—Aún no doy crédito. Siempre creímos que fue asesinado junto a Bernard por aquella secta de fanáticos —se lamenta Sally.

—Conocía el valor del pergamino que Peter entregó a Kathleen Kenyon. Y esto nos lleva a pensar… —Yacob señala a su padre invitándolo a deducir.

—Que lleva tiempo detrás del pergamino que sacamos de Qumrán y contrató a los sicarios para conseguirlo —prosigue Peter.

—Pero él se llevó otro pergamino de la cueva, ¿recuerdas? —apunta Sally— ¿Para qué quiere el de Peter?

—O no consiguió sacar el suyo de Cisjordania o lo sacó, pero necesita el de Madrid para completarlo por alguna razón —especula Yacob—, bien porque sea continuación del suyo o porque el de Peter contiene información mucho más relevante.

El comisario Aldana se dirige a Soria y le pregunta qué sabe sobre todo esto. El inspector, herido en lo vivo, mira de nuevo su reloj y se dispone a abandonar el despacho, pero antes se dirige a su jefe:

—Paco, me acabas de tratar como a un desconocido frente a estos extranjeros. Veintiséis años de servicio y cuatro medallas al mérito policial. ¿Ya olvidaste mis tres hospitalizaciones en las arriesgadas operaciones cerradas con éxito, gracias a las cuales te ascendieron a comisario?

Aldana, incómodo, no sabe qué decir. Soria se estira las mangas de su chaqueta, coge su macuto y se dirige a la puerta de salida.

—Arturo, no deberías...

—¿¡No debería qué!? —se engalla ofendido con la mano en el pomo de la puerta—. Hoy comienzan mis putas vacaciones después de un año horrible y no voy a renunciar a ellas porque des credibilidad a un ladrón de pergaminos y a un cipayo turco. Si no estoy suspendido, me marcho.

Sally se lleva la mano a la boca y le dedica una mirada furibunda. Aunque su conocimiento del castellano no es absoluto, le alcanza para saber que, si bien los cipayos fueron soldados de caballería del antiguo Imperio otomano, en España el término había degenerado para referirse peyorativamente a determinados policías y mercenarios.

Salandpet cierra los ojos y toma aire, para volver a alzar una mirada estoica.

—Soria —llama el inspector que todavía guardaba un último naipe.

El policía español se gira iracundo tendiendo hacia él un dedo amenazador, pero se topa con un documento que el agente de Ankara le planta ante los ojos. Soria lo coge y lo lee. Es una orden de registro a su nombre suscrita por el juzgado de Instrucción nº 5 de la Audiencia Nacional.

—Saque lo que tenga en los bolsillos. Después nos acompañará a su domicilio —inquiere Salandpet, arrebatándole la orden.

Soria cabecea su indignación y resopla.

—Muy bien. Acabemos con esto de una puta vez.

Se dirige al escritorio del comisario y comienza a vaciar sus bolsillos hasta que, inopinadamente, desenfunda su arma, se gira y apunta al pecho de Yacob. Todos retroceden un paso, sorprendidos. Da un puntapié al trípode y derriba la videocámara. «Se acabó el circo». Soria se hace con las armas y las esposas de Yacob y Aldana y les arrebata a todos sus teléfonos móviles.

—Soria, piense lo que hace —advierte Aldana con las manos en alto.

—Mis sospechas eran ciertas —Yacob, que no ha subido las manos, desentierra su sonrisa lobuna de policía veterano—. Se le han complicado las cosas y pretendía huir aprovechando sus vacaciones.

—¡Cierra la puta boca, turco de mierda! ¡Todos de cara a la pared!

Soria esposa al comisario a la espalda sin dejar de apuntar a Salandpet.

—¿A dónde cree que va? ¡Está en un complejo policial, no sea insensato! —ruega el comisario.

—¡Cállese!

—No solo es encubridor, ahora también cómplice —prosigue Salandpet— ¿Se larga a Tenerife a que su primo lo proteja, ese alto cargo del Gobierno canario al que investiga la Brigada Anticorrupción? Un político corrupto que ha recibido costosos regalos a cambio de concesiones administrativas a una empresa constructora que se benefició de importantes proyectos urbanísticos. Adivinen quién dirige esa empresa.

—¿Mylan? —los hermosos ojos verdes de Sally se tiñen de sorpresa.

—El mismo. Soria encubre a Mylan por encargo de su pariente y ahora colabora con él en su empeño de hacerse con el pergamino a cambio de suculentas recompensas —comenta Yacob mientras el armado esposa a Peter—. Pero llega tarde. Lo sabemos todo y hemos informado al Ministerio Fiscal y al juez instructor. Debería haber visto la cara de su señoría cuando comprobó que usted le remitió diligencias manipuladas en el caso Cariátides.

—¡Cierra la boca! —entrega un juego de esposas a Sally sin dejar de encañonar al inspector. Prefiere no acercarse demasiado al policía turco— ¡Póngaselas a su hijo o lo liquido aquí mismo!

—Cohecho, prevaricación, asociación de malhechores, revelación de secretos y, ahora, retención ilegal de policías y testigos. Más méritos para su intachable hoja de servicios —prosigue con media sonrisa irónica.

—Basta Yacob, deja que se marche —insta su madre, que teme que pierda definitivamente el control.

Soria arranca la conexión de la telefonía e Internet y guarda las armas, el *walkie* del comisario y los teléfonos móviles, en su macuto. Sitúa a los tres esposados de cara a la pared, coge las llaves del despacho, baja la persiana de la ventana, apaga la luz y toma a Sally por el brazo.

—Vais a estar calladitos si queréis verla viva.

Salen del despacho, lo cierra con llave, oculta la pistola en el bolsillo de la americana y, tomando a Sally por el brazo, la dirige hasta el parque móvil. Por el trayecto intercambia algunos saludos con otros policías, que piensan que es una detenida.

—¿A dónde me lleva? —pregunta Sally aterrorizada.

—Entre en el coche y cállese.

El vehículo circula despacio por el recinto del complejo policial y se detiene en el control de salida. El jardinero encargado del mantenimiento ha plantado su carro de herramientas en mitad de la calle, ante la barrera, una casualidad que no pasa desapercibida al inspector. El agente tarda en abrir pese al identificador automático de matrícula. Soria desconfía y suda. Su mirada rebota una y otra vez en los espejos del vehículo, observando en todas direcciones. Necesita salir de allí. Desde la oficina de control, el agente de puertas le hace una señal para que aguarde, mientras habla por teléfono. Soria se tensa y mira el reloj. Baja del coche con apremio, se dirige a la oficina y muestra su acreditación.

—Soy el inspector jefe de la UDEV, por favor abra la barrera, tengo un caso urgente.

—Espere un momento, inspector —insiste el policía sin soltar el teléfono.

—¡Que no espero más, joder! —Soria entra en la pequeña oficina y pulsa el botón que abre la barrera.

Al salir de la cabina, ve que Salandpet se aproxima a toda carrera. Soria, dominado por el sentimiento oscuro de la traición, desenfunda su arma y le apunta, pero recibe un fuerte impacto en la mano y la pistola rueda por el asfalto, momento que aprovecha Yacob para abalanzarse sobre él. Ambos caen al suelo y forcejean sobre las señales de cebra del paso peatonal, a escasos metros de la calle. Yacob se incorpora, Soria gatea y recupera su arma, pero recibe una patada en el rostro que le hace sangrar efusivamente por la nariz y la boca. Una nueva taconada le hunde el pómulo y queda sin conocimiento.

—¡Bien hecho, hijo! —Anima Sally, que aún tiene en la mano la azada del jardinero con la que propinó el providencial golpe en la mano de Soria—. Con que un cipayo, ¿eh? Este cretino pensó que una antigua agente de la Interpol iba a esposar a su propio hijo sin darle la posibilidad de liberarse.

Todo ha sido tan rápido que el policía de puertas tarda en reaccionar y pedir refuerzos. Yacob registra a Soria. En el interior de su pasaporte hay un billete de avión para ¡Ankara! Desbloquea el teléfono de Soria usando la huella digital de uno de sus dedos. Revisa sus conversaciones con Mylan Fisher y abre unos ojos intrigados. Aldana, exhausto por la carrera, se incorpora junto a varios agentes. Más retrasado, apoyándose en su bastón, Peter avanza con la premura que le permiten sus años.

—Tenían pensado volar hoy mismo a Ankara. ¿Qué se les ha perdido allí? —Salandpet se desorienta.

—¡Yacob, las niñas! —grita Sally, que rompe a llorar.

El inspector palidece cuando repara en la posibilidad de que Mylan haya reclutado nuevos sicarios para secuestrar a sus hijas y presionar a Peter, su abuelo, para que les entregue el pergamino. Vuelve a mirar el billete. El pulso se le acelera.

—El avión despega en ¡veinte minutos! Mylan ya habrá embarcado —Yacob, desencajado, entrega el pasaje al comisario general y echa a correr. Aldana, tras revisarlo, entra en la oficina del control de puertas y llama por teléfono.

—Germán, soy Aldana, contacte urgentemente con la comisaría del aeropuerto Madrid-Barajas y ordene la detención inmediata del ciudadano británico Mylan Fisher, que en estos momentos embarca en el Boeing 757 matrícula EC-ISY pilotado por el comandante Jesús Guil. Despega en veinte minutos. Contactad con la torre de control y pasadme la llamada con el controlador terrestre. ¡Prioridad absoluta!

Cuelga el teléfono y se dirige a los inspectores que lo acompañaron.

—¡Echando leches para Barajas con Salandpet! Hay que evitar que ese avión despegue. ¡Moved el culo, maldita sea! —ordena Aldana.

Yacob marca un número de teléfono mientras corre acompañado de varios agentes. «Los traidores brotan como flores tardías», piensa mientras selecciona un número en la agenda del teléfono. «¡Cógelo!... ¡Coge la llamada!... ¡Por fin! Sonya, ¿estás bien?... De acuerdo, escucha con atención: estáis en peligro. Quiero que recojas a tu hermana, os vayáis con toda urgencia a mi oficina en la OCN de la Interpol y os quedéis allí hasta que vuelva a llamaros. Es muy importante que no os mováis de allí. ¿Lo has entendido?... Dime si lo has entendido... Ahora no hay tiempo para explicaciones... Haz lo que te digo ¡ya!... Tengo que dejarte...

«Por aquí», un inspector le abre la puerta de un vehículo camuflado al que suben varios agentes de paisano. Colocan la sirena portátil en el techo, circulan a toda velocidad por la calle Arequipa y se internan en la M-40. Le sigue una segunda unidad con cuatro hombres más. Afortunadamente, el aeropuerto de Madrid dista solo nueve kilómetros del complejo policial de Canillas y la sirena abre calle en el intenso tráfico de la autovía de circunvalación. Yacob, descompuesto, hace otra llamada, pero comunica: «¡Mierda!». Hace otra más: «¿Sargento Aptal? Soy Yacob Salandpet, le llamo desde Madrid... Estoy intentando comunicar con el superintendente Öztürk, pero comunica. Es importante que me llame por un asunto muy urgente. Mis dos hijas se presentarán en la oficina en unos minutos. Deben ofrecerles protección podrían ser objeto de un secuestro. Recibirán instrucciones de la central de Lyon y de la OCN de Madrid. Si mis hijas no han llegado en cinco minutos, salgan a buscarlas. Confío en usted, sargento. Son mis hijas... Gracias Aptal».

El inspector Soria despierta aturdido y esposado. Se lleva las manos a la boca sangrante. Dos sanitarios le atienden. El comisario Aldana le clava los ojos.

—Confié en usted, ¡¿qué coño ha hecho con su vida, Soria?! —reconviene el comisario.

—Mi vida dejó de ser mía hace tiempo —musita y tose cohombros sanguinolentos.

— 56 —
El pasajero

Los coches de policía irrumpen veloces en el aeropuerto. Los controles de acceso, alertados por la comisaría de Barajas, les franquean el paso. El Boeing 757 está en pista de salida de la terminal uno, a punto de iniciar el despegue. El *push-back* que lo remolca se aparta y los motores rugen. La aeronave comienza a deslizarse lentamente por el asfalto, pero inopinadamente, reduce su avance y, por orden de la torre de control, aborta el despegue, abandona la pista y se desvía hacia un ramal auxiliar donde, al fin, se detiene. Los motores se apagan. Se aproxima un camión con escaleras hidráulicas de embarque que las eleva hasta la puerta de acceso de la aeronave. Hay un coche patrulla con tres policías. Los vehículos camuflados de la comisaría de Canillas se detienen a pocos metros del avión y el comisario Daniel Lomas le sale al paso. Todos se identifican y se saludan.

—Inspector Yacob Salandpet, de Interpol —le muestra la acreditación y le estrecha la mano— ¿Cómo está la situación?

—Hemos conseguido retrasar el despegue. Contactamos con el controlador de tierra y con el comandante de vuelo. Solo tenemos unos minutos para practicar la detención. En el interior hay doscientos ochenta y nueve pasajeros y ocho tripulantes. Según la lista de embarque, Mylan Fisher se encuentra a bordo —informa el comisario.

La puerta junto a la escalera hidráulica se abre y asoma el comandante Jesús Guil. Los agentes ascienden. El comisario cruza unas palabras con el piloto. Tres policías quedan en la puerta para que nadie salga. Una azafata facilita al comandante la lista de embarque y se dirigen al asiento de primera clase asignado al señor Fisher, pero está vacío. Revisan el compartimento de equipaje de mano. También vacío.

—Ha embarcado. Debería estar aquí —asegura la azafata.

—Es un hombre mayor, con cabello blanco —añade Salandpet.

—Sí, sí, sé quién es. Estaba aquí hace un momento. El avión está completo y no ha podido ocupar otro asiento.

Los policías observan uno a uno a los pasajeros y piden la documentación a todos los varones con más de sesenta años, por si hubiera optado por comprar dos billetes, uno de ellos con identidad falsa y camuflar su aspecto. Salandpet pide a la azafata que abra los servicios, los roperos y las galeras donde se preparan las comidas ante la mirada inquieta de los pasajeros. Todos los habitáculos están vacíos. Mylan Fisher ha desaparecido.

—No ha podido salir. Cuando llegamos, el avión ya estaba en pista. Aunque nos hubiera visto llegar por la ventanilla, no pudo escapar —comenta el comisario.

—¿Se puede acceder a la bodega desde la zona de pasajeros? —pregunta Yacob al comandante Guil.

—Las bodegas tienen el acceso exterior, por el lateral.

—¿No hay ninguna posibilidad de acceder desde el interior?

—Hay una, pero está descartada.

—¿Cuál? —pregunta impaciente Salandpet.

—Existe una pequeña escotilla en el suelo de la cabina de los pilotos desde la que se accede al compartimento electrónico donde se encuentran la mayoría de los ordenadores de los sistemas del avión. Desde allí se puede acceder a la bodega a través de un mamparo con puerta. Pero la cabina del avión está cerrada desde el interior y ningún pasajero tiene acceso.

—¿Se ausentaron en algún momento de la cabina? —inquiere Yacob.

—Solo cuando detuvimos el avión a petición de la torre de control. Me dirigí a la puerta a recibirlos, pero en la cabina quedó Wilson.

—¿El copiloto?

El comandante Guil asiente.

—Le preguntaremos a él —propone el comisario Lomas.

Se dirigen a la cabina, pero la puerta no está cerrada con llave. Encuentran al copiloto inconsciente con la cabeza doblada sobre el respaldo del asiento. La trampilla del suelo está abierta.

—¡Wilson! ¡Dios mío! —exclama el comandante.

—No se preocupe, está dormido. Le ha pinchado algo —afirma Salandpet tras examinar el cuello del copiloto.

Yacob desciende por la trampilla seguido por el comisario Lomas. Tras pasar por la zona de computación, abren una pequeña puerta y acceden a una bodega tenebrosa. Los pallets envueltos en redes y los contenedores estancos forman un laberinto oscuro por el que los policías se adentran pistola en mano. El agente de la Interpol ventea el aire: «Humo». Al fondo se aprecia el fulgor de una fogata. «¿Fuego?». Avanzan raudos por un piso resbaladizo por los rodillos deslizantes. Al fin, alcanzan el punto de luz: es un maletín abierto con documentos apilados que arden emitiendo destellos escarlatas. El comisario pisa las llamas sin éxito y esparce peligrosamente los fragmentos incandescentes. Yacob descuelga un extintor y proyecta un chorro blanco justo cuando se disparan los detectores de humo y se activan las boquillas de agua y espuma del sistema contra incendios. El fuego se extingue, pero los documentos que no ha destruido el fuego se han mojado. Salandpet aparta los restos del maletín y rebusca. Entre lo poco que se ha salvado hay algunos fragmentos con el logotipo de una empresa de detectives y parte de la fotografía de una chica rubia:

—¡Virjinya!

—¿La conoce?

—Es mi hija. Este hijo de puta pretendía volar a Ankara para secuestrar a mis hijas. Ha contratado detectives para obtener información con seguimientos previos a la actuación de los sicarios. Lo mismo hizo en Londres y en Wrexham —sisea.

—Está eliminando pruebas —sugiere el comisario.

—¿Cómo sabía que el acceso a la bodega en este avión estaba en la cabina? ¿Quién le informó? —se pregunta Yacob.

—No lo sé. Pero en este momento la prioridad es capturarlo. Está en el avión. No puede escapar. Pediré refuerzos —murmura el comisario, que activa el intercomunicador.

—Ordene que retiren la escalera hidráulica y cierren la puerta de acceso. No podemos permitir que escape —propone en susurros Yacob.

El comisario da instrucciones y no tardan en unirse cuatro agentes que acceden a la bodega a través de la escotilla de la cabina. En ese momento se enciende el sistema de iluminación de la zona de carga. «Ya era hora», suspira Lomas.

—¡Mylan Fisher! ¡No tiene escapatoria! ¡Entréguese y evítenos dispararle! —vocea Yacob.

Pistola en mano escudriñan cada rincón de la bodega, cada hueco entre los pallets. En completo silencio recorren los estrechos espacios, supervisan los precintos, comprueban si hay abierta alguna unidad de carga, después acceden a la zona de maletas. «Nada. Es como si se lo hubiera tragado la tierra», comenta el comisario. «No es posible», replica el inspector.

—¡Miren esto! —vocea al fondo uno de los agentes.

En el suelo hay una escotilla abierta por la que entra luz del día. Es el acceso al compartimento que recoge el tren de aterrizaje cuando se pliega en vuelo.

—Ha debido escapar por aquí y descender por el eje de amortiguación.

—¡Maldito sea! —Yacob enfunda su pistola y desciende por el tren de aterrizaje hasta la pista. Lo sigue el comisario Lomas.

—Hay que cerrar los accesos al aeropuerto —propone Salandpet.

—No es tan fácil —cuestiona el comisario—. En un solo día pasan por este aeropuerto noventa mil pasajeros.

—¿Noventa mil?

—Cincuenta millones al año. Estamos en plena operación salida de vacaciones. En este momento puede haber en el aeropuerto más de cuarenta mil personas. Habría que montar controles en cada acceso y establecer filtros masivos. Eso nos llevaría bastante tiempo y necesitaríamos refuerzos. Escaparía antes.

Yacob se desespera a pie de pista. Observa los alrededores con la actividad aeroportuaria al fondo. Vuelve al tren de aterrizaje, peina el avión con la mirada, camina bajo la nave mirándolo todo, calcula la distancia desde la escotilla de la cabina hasta el compartimento del tren de aterrizaje trasero. Vuelve a la puerta donde se ancló la escalerilla hidráulica y regresa a los alrededores. Busca el camión con la escalera. Lo ve alejarse hacia los hangares. ¿Por qué se marcha? ¿No debería esperar a una nueva orden de aproximación? ¿Cómo van a salir los policías que están en la zona de pasajeros? Su mente es ahora un torbellino trepidante de flases: la escotilla, la bodega, la quema de documentos en el maletín, el tren de aterrizaje, aquel ramal solitario y alejado, los policías identificando a los pasajeros, la orden de retirar el camión-escalera, que se aleja...

—¡Maldito hijo de puta!

Yacob desenfunda su arma y corre cuanto puede tras el camión. «¡Salandpet! ¡¿A dónde va?!», grita el comisario, que lo sigue desconcertado. Oportuna, una cabeza tractora que arrastra varios remolques con equipajes se cruza y el camión se detiene unos segundos. Justo cuando el inspector está a punto de abrir la puerta, el vehículo inicia la marcha y Yacob corre al unísono y se ve obligado a aferrarse a la parte trasera del camión. Su cuerpo queda por unos instantes suspendido en el aire, pero consigue con esfuerzo encaramarse a la estructura y avanzar por ella hasta situarse justo encima de la cabina del camión. El conductor, que ha reparado en la presencia del policía, dispara al techo. Los proyectiles perforan la carrocería y pasan a pocos milímetros de los pies del policía. Al fin, el agente se descuelga, abre la puerta y consigue introducirse en la cabina, ante la sorpresa del conductor. Recostado sobre el asiento hay un hombre sin sentido. Intuye que ha utilizado con él el mismo sistema que con el copiloto del avión. «¡Suelta el arma o te vuelo la cabeza! ¡Detén el camión!», encañona al tipo que conduce. Mylan Fisher, que se había puesto el chaleco del operario, su gorra y sus gafas de sol, pisa el freno. Yacob le arrebata el arma y extrae la llave de contacto. Sin dejar de apuntarle, lo obliga a apearse. «¡Al suelo! ¡Las manos a la cabeza!». Ya en el piso, lo esposa por la espalda y lo palpa buscando más armas.

—Si te acercas a mis hijas acabaré contigo —musita Salandpet junto a su oreja.

Mylan, con el rostro sobre el asfalto, sonríe.

—Estaré libre en pocas horas.

El inspector levanta el puño para golpearle, pero es frenado a tiempo por el comisario Lomas que llega extenuado tras la carrera.

El corazón le bate con fuerza y respira entrecortadamente «Es... suficiente. Buen... trabajo, inspector». Se lo llevan detenido. También han recogido los restos del maletín incendiado para analizarlos.

Tras desactivar el sistema de incendios, supervisar la carga de la bodega, los trenes de aterrizaje y sustituir al copiloto, el Boeing 757 pilotado por el comandante Jesús Guil, despega al fin de la terminal uno, con treintaiocho minutos de retraso. Yacob se acomoda el nudo de la corbata, se sacude las mangas y marca un número de teléfono.

—¿Virjinya? Hola, cariño, ¿estáis bien?... ¿Y tu hermana?... Lo sé... Bueno, tranquilas, ya podéis volver a casa... Yo también te quiero... Por favor, pásame con el sargento Aptal.

— 57 —
El testimonio

Escoltado y esposado, Soria comparece ante el juez Ruz en la Audiencia Nacional. Su aspecto es lamentable: ha perdido un incisivo, tiene la nariz rota y hematomas alrededor de los ojos. El juez, tras identificarlo, prescinde de preámbulos.

—Señor Soria, se le acumulan pruebas inculpatorias. Le conviene colaborar si es que desea acogerse a alguna circunstancia atenuante —insta el Instructor.

—Mi abogado me recomienda no responder a preguntas, pero colaboraré.

—Adelante. Se juega usted mucho.

—Tuve una trayectoria intachable hasta que se cruzó en mi camino.

—¿A quién se refiere?

—A la cocaína. El mayor error de mi vida. Vencía mi ansiedad y me proporcionaba el valor necesario para enfrentarme a misiones arriesgadas por las que fui condecorado, pero se cargó mi matrimonio y el control sobre mi vida. Los compañeros me admiraban, me convertí en un modelo a seguir para la Academia, el paradigma de la audacia, de la eficiencia policial, pero desconocían las tinieblas que habitaban debajo del uniforme. Después, aparecieron dos hienas que se aprovecharon de mi situación. Primero, mi primo, el político corrupto de Canarias, y después su socio, Mylan Fisher, un psicópata con trajes de Fioravanti. Mi pariente me utilizó para su guerra sucia electoral. Me pidió indagar en la vida privada de los rivales para chantajearlos o airearlos en plena campaña electoral, incluyendo escuchas ilegales a políticos y periodistas. También a técnicos de urbanismo que debían dar el visto bueno a concesiones de obras públicas y recalificaciones urbanísticas. Primero les ofrecía dinero para adjudicarse las subastas y, si no aceptaban, les chantajeaba con airear alguna infidelidad, algún antecedente penal o algún chanchullo fiscal. Así consiguieron varios contratos millonarios para la empresa de Fisher, de la que se beneficiaba mi primo con suculentas mordidas.

—Y también usted, imagino —supone el juez Ruz.

—Me permitía ciertos caprichos y nunca me faltaba polvo de calidad. Caí en sus redes como un estúpido.

—¿Sabía que Mylan Fisher llevaba años detrás de un pergamino?

—Lo desconocía. Aunque le mostré la orden de búsqueda de los sicarios que se había recibido de la Interpol. Supe a última hora que fue él quien los contrató. Sé que no debí hacerlo, pero me presionó para darle cobertura.

—¿Por qué Fisher se obsesionó con ese pergamino?

—Le oí decir que daría todo lo que tiene por ese manuscrito. Deduje que sería único en el mundo. Espiamos a Peter Fortabat y le tendimos una trampa. Hicimos un duplicado de la tarjeta del teléfono de su amigo el conserje y le enviamos un mensaje.

El juez lee un documento que tiene sobre su mesa.

—«Peter, la directora quiere una caja de seguridad lista para mañana lunes. Van a incorporar un legado nuevo. Te he dejado la documentación en tu mesa. Un abrazo». ¿Se refiere a este?

—Sí, señoría.

—¿Lo escribió usted?

—Sí, señoría. Supusimos que el anciano haría aquel trabajo la misma tarde del domingo, como así fue. Cuando apareció lo abordaron los sicarios. No contábamos con la aparición del inspector Salandpet. Fue una sorpresa que fuera hijo de Fortabat.

—¿Es usted el que aparece en la foto que hizo Martín, el que se está dentro del Chrysler?

—Sí, señoría. Estaba en el coche con Mylan. Cuando Salandpet me dijo que iba a entrar, la cosa se complicó. Al rato, Fisher dijo que el Turco había perdido la cabeza porque había matado a unos de sus hombres. Escuché por el intercomunicador cómo el Turco culpaba a Mylan de ser otro Belfegor en su vida.

—¿Belfegor?

—Un demonio, para los judíos. Estaba nervioso y hablaba raro. Repetía la última palabra que decía su interlocutor. Fisher se preguntaba qué diablos le pasaba al Turco. Llegó a sospechar que se había vendido a la policía. Gritó a Mylan por el *walkie*, dijo que gente como él echaron a perder su vida. En realidad, también arruinó la mía.

—¿Por qué culpa a los demás de su desgracia? Fue usted quien decidió cruzar al otro lado de la ley. Tenía un trabajo digno, una familia y una casa.

—Drogas, dinero, copas y putas. El paraíso de los mediocres —reconoce cabizbajo.

Se instala un silencio espeso, solo interrumpido por el paso veloz de los dedos del secretario sobre el teclado del ordenador.

—¿Conocía usted al Turco?

—No. Solo coincidí con él en un par de ocasiones. Era un tipo frío. Desconozco por qué mató a uno de los suyos. Por rencillas antiguas, supongo. Solo coincidí un momento con él en la puerta de la cámara acorazada. «Haga su trabajo», fue lo único que dijo. Antes de cerrar la puerta de la cámara vi el cadáver del sicario rodeado de sangre y a Yacob recostado sobre las cajas de seguridad. Cuando notó que la puerta se cerraba, se levantó e intentó evitarlo. Estaba débil. Pero me vio.

—¿Por qué entró al edificio de las Cariátides? —retoma el juez.

—Me lo ordenó Mylan. No se fiaba del Turco desde que mató a su compañero. Pensó que sería más fácil para un policía sacar de allí el pergamino.

—¿Por qué remató al Turco cuando ya había sido alcanzado por el francotirador?

—Porque llamó a Fortabat y presentí que iba a dar nombres. Lo vi en sus ojos.

—¿Y el disparo del café Gijón?

—Pactado.

El juez hace una pausa y le clava los ojos. Evita exteriorizar el aborrecimiento que, como ciudadano, le produce el que un agente de la ley se implique en el mundo del hampa. Personas así denigran al colectivo y echan por tierra la imagen de un Cuerpo, formado por sacrificados agentes que arriesgan su estabilidad emocional, su integridad física, incluso su propia vida, por combatir el crimen en la sociedad.

— 58 —
La verdad hurtada

No tardaron los medios de comunicación en hacerse eco de la noticia. El primero en reparar que algo no cuadraba en el suceso del Instituto Cervantes fue el periodista Gabriel Sánchez, director del periódico digital *Nuevodiario*. Su controvertido editorial, «La verdad hurtada en el caso Cariátides», tuvo un impacto mediático y provocó un aluvión de llamadas de los medios exigiendo explicaciones.

LA VERDAD HURTADA EN EL CASO CARIÁTIDES

El caso Cariátides, aquel extraño asalto a la sede madrileña del Instituto Cervantes en el que perdieron la vida tres asaltantes, sigue dando que hablar.

Según el comunicado de la Jefatura Superior de Policía de Madrid, que calificó de exitosa la operación policial, un grupo de cuatro peligrosos sicarios abordaron al jubilado Simón Sandoval cuando se disponía a entrar al edificio de las Cariátides. Le obligaron a guiarlos hasta la cámara acorazada, en cuyas cajas de seguridad los asaltantes pensaban que se custodiaban objetos de valor, por haber pertenecido a una entidad bancaria. En la nota de prensa, la policía resaltaba la intervención del inspector Arturo Soria Solís quien, aún convaleciente de un tiroteo anterior en el café Gijón, desarticuló la banda, rescatando al anciano secuestrado y salvando la vida de un policía herido que quedó atrapado en la caja fuerte. Soria fue ascendido y condecorado.

Lo que no decía la nota policial es que los cuatro asaltantes no buscaban dinero ni joyas, sino un valiosísimo pergamino del siglo I sacado ilegalmente de Cisjordania en 1959 por el propio Simón Sandoval, cuyo verdadero nombre resultó ser Peter Fortabat, súbdito francés afincado en España. En 1978, Fortabat consiguió ocultar en Madrid el manuscrito, que finalmente terminó en la Caja de las Letras del Instituto Cervantes.

Este periódico ha tenido conocimiento de relevantes hechos que la policía ha omitido, como las importantes detenciones practicadas en los últimos días: la del acaudalado empresario británico Mylan Fisher y la del propio inspector Arturo Soria, del que nos consta que recientemente ha sido imputado en el proceso y suspendido de sus funciones. Tampoco se dice que el verdadero héroe de aquel episodio fue Yacob Salandpet, un agente de la Interpol que llevaba tiempo detrás de este peligroso grupo de criminales.

Según fuentes de toda solvencia, el magistrado don Pablo Ruz, procederá en el día de mañana a la diligencia de apertura de la caja de seguridad donde se oculta el mencionado pergamino.

Se hace necesario que el jefe superior de Policía de Madrid ofrezca sin dilación las obligadas explicaciones sobre el comunicado de prensa tergiversado del pasado trece de julio que tantas sombras ha provocado y, de paso, se diriman las responsabilidades que sean necesarias.

El incisivo artículo de *Nuevodiario* levantó polémica. Al día siguiente, casi todos los periódicos nacionales se lanzaron a indagar qué escondía el caso Cariátides. Titulares especulativos, a cuál más sugerente, abrían las ediciones: «Imputado el policía considerado el *héroe* del asalto al Instituto Cervantes» (*El Correo*). «Un empresario y un inspector jefe de policía imputados en una trama criminal» (*La Vanguardia*). «El caso Cariátides cada vez más enredado» (*La Razón*). «Sicarios profesionales y mafia policial tras el asalto al Instituto Cervantes» (*El Mundo*). «Caso Cariátides: debe dimitir el jefe superior de Policía de Madrid» (*El País*). «¿Un manuscrito inédito del mar Muerto en Madrid?» (*20 Minutos*). «El Vaticano se interesa por el manuscrito del siglo I del caso Cariátides» (*ABC*).

Agencias de noticias tan influyentes como la británica *Reuters* o la estadounidense *The Associated Press* difundieron la noticia poniendo el foco de atención en el misterioso pergamino del siglo I.

El inspector Salandpet recorta noticias de prensa sentado en la cama del hotel cuando alguien llama a la puerta de su habitación. Se levanta y coge su arma.

—¿Quién es?

—Abra, soy Aldana.

Salandpet abre unos centímetros la puerta y ve al comisario.

—He venido solo.

Yacob abre, el comisario entra y el inspector mira a ambos lados del pasillo.

—¿A qué debo su inesperada visita? —cierra la puerta y enfunda el arma.

El comisario ve la cama repleta de periódicos.

—Veo que ha leído la prensa. Supongo que le llamó un tal Gabriel Sánchez, del periódico *Nuevodiario*.

—También llamó a mis padres, al director de la residencia de Monte Carmelo, a la directora del Instituto Cervantes y a no sé cuántas personas más.

El inspector coge dos vasos y vierte wiski de una petaca.

—Ese chupatintas se mete en todos los charcos —gruñe el comisario—. Ha destapado la caja de los truenos difundiendo la noticia y ahora me llaman agencias de medio mundo. Hasta el director de *L'Osservatore Romano*, del Vaticano, quería sonsacarme.

—Es su trabajo. Viven de la información —justifica el de Ankara.

—Yacob, el juez aún no ha levantado el secreto del sumario. Divulgar esta noticia en vísperas de la recogida del pergamino nos obligará a multiplicar los efectivos de seguridad y pedir la colaboración de otros cuerpos policiales para prevenir un nuevo asalto.

—Bueno, peor fue cuando secuestraron a mi padre. Aquella noche no había efectivos disponibles por el mundial de fútbol y tuve que entrar solo, ¿recuerda?

—Aparque ya su resentimiento, inspector. Ya conoce lo que sucedió y se ha actuado, pero esta noticia, a veinticuatro horas de la recuperación del pergamino, es una temeridad. Y divulgar lo de Soria pone en tela de juicio la reputación del Cuerpo.

—¿Usted cree? —espeta Salandpet con un punto de enojo—. Es precisamente la detención de un policía corrupto lo que otorga credibilidad a la policía. Solo hay que enmendar el patético comunicado de prensa que emitió la Jefatura de la Policía de Madrid.

El comisario Aldana hace una pausa para templar la conversación. Saca el paquete de tabaco y le ofrece un cigarrillo. Salandpet acepta y lo enciende con su mechero.

—La prensa habla de mafia policial y piden cabezas —se lamenta el comisario, tras una gran calada.

—Cabezas de responsables, supongo.

—Le advierto que a su padre lo señalan como expoliador de patrimonio histórico.

—La importancia de una obra se mide por el número de críticas que recibe —sus palabras medidas salen de su boca envueltas en humo. Denotan cierto resquemor.

Aldana queda pensativo. Teme que haya un nuevo fallo en la coordinación informativa en la conferencia de prensa prevista para el día siguiente. Si ocurre, cesarán a Soto como jefe superior de Policía y a él mismo como comisario general de Policía Judicial. Los altos cargos del gobierno, antes de verse salpicados por la polémica, aplican destituciones fulminantes de cargos de libre designación. Es muy probable que el director general de la Policía ya hubiera llamado a Aldana empleando la oratoria hueca de los políticos, esa cínica diplomacia tan propia para advertir, sin advertir, que antes de caer él, caerán jefes y comisarios. Sí, es eso lo que le preocupa a Aldana, porque su cese supondría el fin de las prerrogativas inherentes al cargo. Pero esto jamás lo reconocerá ante un policía de Ankara al que apenas conoce.

—Soria lo ha cantado todo al juez —informa el comisario.

—¿Qué es todo?

—Su vida de mentira, su adicción a la cocaína y su participación en la trama.

—Busca la atenuante por colaboración —apostilla Salandpet.

—Está en su derecho. Intenta salvar su escasa dignidad, si es que aún le queda. Ha confesado que tendieron una trampa a su padre para que, el día de autos acudiera al Instituto Cervantes con un falso mensaje del conserje. Allí le esperaban los turcos.

—Un mensaje tan falso como el disparo que recibió.

—Sí, fue pactado. ¿Cómo lo sabe?

—Intuición. ¿Y la foto de Martín?

—Reconoció ser él el que estaba en el vehículo y Mylan al volante.

Yacob sospecha que, con su inesperada visita, Aldana pretendía su mediación para coordinar con su padre la conferencia de prensa, que prevé multitudinaria y polémica. «Unificar puntos de vista», serían los términos que hubiera empleado de habérselo propuesto, pero no se atreve porque sabe que Yacob no se doblegará. Rechazará respetuosamente la invitación porque son los jefes de policía, y no él, ni su padre, los que deben dar la cara. Aldana observa en silencio al inspector. Intuye que Salandpet no es de reuniones estratégicas para «unificar puntos de vista», sino de exponer la verdad sin paliativos y pedir disculpas por los errores cometidos, sin más. Algunas veces, de esto sí está convencido el comisario, el corporativismo profesional, lejos de contribuir a exaltar el Cuerpo, fomenta silencios y sombras que ponen en duda la transparencia y la gestión como servidores públicos.

Salandpet sabe que su padre no tiene obligación de comparecer ante los medios, la tiene solo ante el juzgado. En realidad, lo que a Aldana le gustaría es quitar yerro mediático al asunto y evitar que Fortabat explique a la prensa los motivos por los que sustrajo el pergamino de Cisjordania, lo mantuvo oculto tantos años y cambió su identidad sin que la policía, centrada en el asalto al Instituto Cervantes, hubiera hecho pesquisa ni diligencia alguna respecto a Fortabat y quedara su responsabilidad exclusivamente en manos de la Audiencia Nacional.

—Dudo que mi padre intervenga en la conferencia de prensa —se adelanta Yacob, intuyendo sus pensamientos.

El comisario asiente y se admira de la extraordinaria perspicacia de Salandpet. Apaga la colilla en el cenicero, se levanta y le palmea el hombro derecho.

—Necesito más policías como usted. Piénselo.

—Buenas noches, comisario.

— 59 —
La diligencia

Pese a la sofocante canícula, muchos curiosos se concentran en torno al perímetro de seguridad establecido en el Instituto Cervantes. Hay varios furgones de policía y se han bloqueado todos los accesos salvo la puerta principal, cuyas imponentes cariátides parecen observarlo todo con curiosidad. A la hora prevista, los flases se disparan cuando acude la comisión judicial y los peritos.

En primera fila de curiosos hay un niño vestido de pirata. Se llama Martín y agita la mano cuando ve a Peter apearse del taxi, en el mismo punto de la calle Barquillo donde comenzó aquella aventura. Le acompaña Sally y el inspector Salandpet.

Peter se le aproxima y lo abraza.

—*¡Cuán gaudio echar de ver condecabo con el chirlerín de agalluelas!* —pronuncia Peter ante la mirada perpleja de policías y público.

Martín le dedica una sonrisa cómplice. Cuando la puerta se cierra, los curiosos observan al niño, que estira el cuello y gallea. Nadie, salvo él, ha captado el mensaje: «¡Qué alegría toparme de nuevo con el pirata valiente!».

La señora Caffarel, directora del Instituto Cervantes, acompaña al magistrado, al secretario y a la doctora Elena Ortega, la experta en conservación solicitada al Ministerio de Cultura. En el sótano aguardan el comisario Aldana, Peter, Sally y Yacob. No se autoriza el paso a nadie más.

Los asistentes observan la imponente cámara acorazada. Hechas las presentaciones, el magistrado Pablo Ruz informa que el motivo de la diligencia es la recepción de un pergamino, al parecer del siglo I, oculto en los últimos años en esa cámara acorazada, para lo que se requiere la valoración de un técnico del Ministerio de Cultura. El juez solicita a Fortabat que indique la caja donde se encuentra el pergamino.

—La 611, señoría.

—Proceda —insta el juez a la directora del Instituto Cervantes.

Peter entrega a la señora Caffarel las llaves. Abierta la caja, la directora cede el turno a la técnica del Ministerio, que se calza unos guantes de fieltro y extrae un sobre cerrado y una caja alargada de madera de palisandro. Los dos objetos son depositados en una mesa habilitada en el centro de la cámara.

La expectación de los asistentes es máxima. Para Fortabat supone una liberación después de medio siglo de dudas e incertidumbres, también el final de la persistente angustia por que fuese robado en algún momento. Lo único que le inquieta son las explicaciones que tendría que dar ante la opinión pública sobre el procedimiento utilizado y los episodios vividos en torno a ese pergamino. Sally, emocionada, se aferra con fuerza al brazo de Peter. El comisario Aldana está impaciente por poner fin a un caso que le ha quitado el sueño durante las últimas semanas y que ha puesto en evidencia episodios incómodos que tendrá que explicar públicamente en unos minutos. El juez Ruz, hierático en apariencia, en el fondo está deseoso de conocer el contenido del pergamino. Si lo confesado por Fortabat era cierto, estaban ante la única prueba conocida del Jesús histórico, un documento insólito e inédito que daría mucho que hablar. El secretario no cesa de tomar notas. La experta en conservación ventea el aire y observa reticente el hueco de la caja de seguridad.

—Proceda a la apertura, por favor —ordena el juez.

La doctora desliza el pasador metálico y abre la caja de madera. Al ver el contenido, un grito de sorpresa brota de las gargantas. Se aprecia lo que fueron dos palos de madera sobre los que se enrollaba el pergamino, pero el rollo es una masa negruzca y viscosa en la que pululan gran cantidad de insectos. El olor es nauseabundo.

—Guardar un manuscrito de dos mil años en este lugar ha sido una gran negligencia —se lamenta la doctora Ortega.

Con cuidado, la técnica aparta las zonas gelatinosas e intenta desplegar la zona del pergamino más firme, pero el material se deshace.

Con unas pinzas intenta inútilmente recoger un fragmento, pero solo toma un grumo negro.

—La descomposición del soporte está muy avanzada. El texto se ha perdido.

—¡Dios mío! —exclama Sally, llevándose la mano a la boca.

—¡¿Cómo es posible?! —se pregunta sorprendido Peter.

—¿Cuánto tiempo lleva el pergamino en esta ubicación? —inquiere el juez.

—Lo traje a España en 1978 —apesadumbrado, le cuesta hablar—. Estuvo en el Banco Popular de San Blas hasta hace cinco años que lo trasladé aquí para tenerlo más cerca. Durante este tiempo me despreocupé. No esperaba encontrarlo así.

La doctora coloca un termohigrómetro digital en el receptáculo y espera unos segundos. Con evidente enfado, muestra los valores a los asistentes.

—32′3ºC de temperatura y 98′6% de humedad relativa. Imposible la conservación de un pergamino con estas condiciones.

Las miradas se dirigen a Peter Fortabat, que ahora tiene la cara contrita y la mirada asolada.

—El pergamino es una piel semicurtida altamente higroscópica, es decir, que absorbe humedad con facilidad. También es sensible a las temperaturas muy altas o bajas —apunta la técnica del Ministerio.

—Tengo entendido que los manuscritos del mar Muerto proceden del desierto de Judea, un ambiente con temperaturas extremas —añade el juez.

—Pero en el interior de las cuevas la temperatura y la humedad son constantes. En ambientes secos el pergamino pierde flexibilidad, las moléculas de hidrógeno se rompen y el material se exfolia. En este caso el exceso de humedad lo ha saturado. Los hongos y los insectos se alimentan de la materia orgánica en descomposición, transformándose en esta gelatina negruzca que pueden ver.

—El Instituto Cervantes no es responsable de este desastre —se excusa Carmen Caffarel—. Este edificio fue un banco y se construyó para custodiar dinero y joyas, no para pergaminos antiguos.

—¿Qué condiciones hubieran sido las adecuadas? —se interesa el juez.

—La temperatura óptima debe estar en torno a 18ºC y la humedad relativa entre 50% y 60%, pero en valores constantes. Debe evitarse la humedad de los subsuelos de los edificios.

—Desde su salida de Cisjordania, el pergamino estuvo dos décadas en el Reino Unido y tres más en la caja de seguridad de una entidad bancaria de Madrid. ¿Cómo es posible que se descomponga en los últimos cinco años? —pregunta el juez.

—Parece evidente que, durante los años que estuvo en el Reino Unido, se preocuparon por sus condiciones de conservación. Nada tiene de extraño estando a cargo de una reputada arqueóloga. El pergamino tampoco se vio comprometido en el Banco Popular, pero en los últimos cinco años se ha acelerado su degradación al depositarlo en este húmedo sótano.

—¿Es posible recuperar en parte el documento a través de medios de restauración? —se interesa el magistrado.

—Ya no es posible su recuperación. Remitiremos al juzgado el informe preceptivo.

Todas las miradas confluyen en Peter, que baja la cabeza, afectado. Sally coge su mano tratando de animarlo. El juez le pregunta si tiene algo que decir.

—Señoría, soy filólogo, no soy conservador ni archivero. Durante treinta años costeé el alquiler de una caja de seguridad en el Banco Popular, pero distaba diez kilómetros de donde trabajaba y, al hacerme cargo de esta Caja de las Letras, consideré que reunía las condiciones de seguridad y lo tenía más cerca. Lo guardé en esta caja y me despreocupé. En el sobre hay una carta donde lo explico todo. He dedicado buena parte de mi vida a evitar que ese manuscrito se perdiera.

—La carta también está en un estado lamentable —apunta la doctora.

—Se da por concluida la diligencia. Recibirán las citaciones correspondientes —resuelve el juez, que sale de la estancia sin disimular su estupefacción.

Peter está impactado, no sabe qué decir. El comisario Aldana le lanza una mirada sulfúrica. Fuera, una legión de reporteros impacientes aguarda explicaciones sobre el caso Cariátides y el contenido del famoso pergamino.

— 60 —
La prensa

Han transcurrido cinco meses desde aquella incómoda rueda de prensa que, sobre el caso Cariátides y la recogida del pergamino, dieron el comisario general Francisco Aldana y el jefe superior de Policía de Madrid, Carlos Soto. «Errores de precisión informativa» fueron los términos empleados por Soto para referirse al primer comunicado oficial.

—Por entonces —puntualizó— se desconocía la implicación en el caso del inspector Arturo Soria Solís y del empresario Mylan Fisher. Ambos fueron detenidos y, en la actualidad, se encuentran en prisión provisional sin fianza. Arturo Soria ha sido, además, cesado de sus funciones y está separado del Cuerpo por resolución de la Dirección General de la Policía.

En su turno, Francisco Aldana se explayó en detalles sobre el asalto del once de julio, en la eficaz investigación del agente de la Interpol Yacob Salandpet y en la pérdida del pergamino por el efecto de la humedad en el sótano del Instituto Cervantes, cuya responsabilidad tendrá que determinar el juzgado competente. Los periodistas centraron su atención en el contenido del manuscrito, pero los responsables policiales no pudieron aportar información por haberse perdido como prueba de convicción y solo refirieron la versión que Fortabat aportó en las diligencias.

—Al parecer —añadió el comisario Aldana— se trataba de un pergamino datado en el siglo I que contenía algunas referencias a Jesús de Nazaret.

Algunos periodistas se interesaron por las razones del señor Fortabat para no entregar a las autoridades tan valioso manuscrito y los motivos por los que no compareció en la rueda de prensa. Insistieron en su negligencia que dio lugar a la pérdida de un tesoro documental. Aldana, viendo las intencionadas preguntas de algunos medios, salió al quite: «Les recuerdo que el señor Fortabat es un anciano de setenta y ocho años y, aunque ha sido filólogo, no es experto en conservación del patrimonio. Durante cincuenta años ha costeado y custodiado el manuscrito y en estos momentos se encuentra muy afectado por su pérdida. Su abogado ha comunicado que su patrocinado no hará declaraciones y reservará sus explicaciones al juzgado de Instrucción».

No erraba el comisario Aldana en su barrunto, pues, durante los meses que siguieron a aquella comparecencia, hubo medios que le dedicaron durísimos titulares: «Perdido un valioso pergamino del siglo I por la negligencia de un anciano»... «Fortabat: el inmigrante ilegal que robó un manuscrito del mar Muerto»... «Perdido para siempre un pergamino inédito sobre Jesús de Nazaret por la irresponsabilidad del anciano que lo robó»... «Las delegaciones diplomáticas del Vaticano, Israel y Jordania, exigen explicaciones sobre el expolio y pérdida del manuscrito del caso Cariátides». Calificativos como ladrón, expoliador, falsificador y pérdida irreparable, fueron habituales en editoriales y crónicas de opinión para referirse a Fortabat.

Peter no fue imputado porque no se pudo demostrar que los restos del pergamino fueran del siglo I y los delitos habían prescrito. Pese a todo, la presión que tuvo que soportar fue tal, que decidió abandonar la residencia de Monte Carmelo donde a diario acudían periodistas y curiosos para hacerle preguntas o para increparlo, sin más.

— 61 —
El termohigrómetro

Enero, 2011

Mañana fría y desapacible en Madrid. El cielo se agrisa bien temprano y el aire porta olores nuevos de montañas lejanas. Se levanta una ventolera extemporánea, tras ella, una lluvia pertinaz. Huele a tierra mojada y a cuestiones sin resolver.

El comisario Aldana empuja la pesada puerta del Instituto Cervantes, pliega el paraguas, se desabotona el abrigo y se desprende de la bufanda y los guantes de piel. Se identifica al vigilante y pregunta por la directora. El empleado lo acompaña hasta una pequeña oficina del sótano, próxima a la Caja de las Letras, donde la encuentra introduciendo algunos efectos en una caja de cartón. Carmen Caffarel se había hecho popular unos años antes como directora general de Radio Televisión Española. Al comisario le extraña ver a toda una doctora en Lingüística Hispánica y catedrática de Comunicación Audiovisual empleándose en labores que bien podía realizar cualquier subalterno.

—No es justo lo que están haciendo con Simón —se lamenta ante el comisario general. Toma de la mesa una fotografía protegida en metacrilato: Fortabat posa junto a un niño en el parque El Retiro. «Te quiero, abuelo. Y a Sirio también. Feliz cumpleaños», lee al dorso.

—No se llama Simón —corrige Aldana.

—Para mí será siempre Simón. Es un buen hombre y se están ensañando con él. Lleva con nosotros desde la fundación del Instituto Cervantes y ha hecho una excelente labor en la Caja de las Letras y con el diccionario cementerio del español.

—¿Diccionario cementerio?

—Un inventario de términos desusados que la Real Academia Española de la Lengua ha ido suprimiendo. Simón decía que en aquellas voces se conservan nuestras raíces como hispanohablantes. Este es Martín —muestra la fotografía al comisario—, vive en el edificio de enfrente. Se hicieron amigos y hablaban entre ellos con palabras desusadas.

—Estoy al tanto. Algunos medios tildaron de casposa su extraña afición.

La directora, con un punto de nostalgia, introduce la fotografía en la caja.

—Desacreditar lo que se desconoce es muy propio de este país —se lamenta.

—¿Son sus efectos personales? —pregunta el comisario general.

—Sí, pero no sé dónde enviarlos. Dejaron la residencia y se marcharon sin despedirse. No tiene operativo su teléfono. Debe sentirse realmente mal.

—¿Puedo echar un vistazo?

Caffarel asiente.

Entre las pertenencias, aparte de la fotografía, hay blocs de notas y diversos efectos de oficina. También dos artilugios que llaman la atención de comisario general: un humidificador portátil y un termohigrómetro digital. Aldana abre el humidificador. Todavía tiene restos de agua. Después toma el termohigrómetro que emite un pitido cuando activa el botón de encendido. Pulsa la tecla *menú* y selecciona la opción *registros*. Queda pensativo unos instantes y frunce el entrecejo intentando encontrar un sentido.

—¿Ocurre algo? —pregunta Carmen Caffarel.

—Este dispositivo es profesional, de alta sensibilidad.

—¿Y?

—Si se trató de una negligencia por depositar el pergamino en un lugar húmedo y caluroso, ¿para qué necesitaba medir esos parámetros?

—Tal vez para cuidar en lo sucesivo la conservación de los legados.

—Observe el registro histórico de mediciones —le muestra la pantalla digital— Lleva más de cuatro años usándolo. ¿No le parece extraño?

—Sí, no tiene mucho sentido —la directora se muestra perpleja.

—¿Y para qué necesita un humidificador en un lugar tan húmedo?

—Pues, ciertamente, no lo sé.

El comisario pregunta si está abierta la Caja de las Letras.

—Sí, la están limpiando. Acompáñeme.

Aldana camina detrás de Caffarel con el vaporizador en una mano y el termohigrómetro en la otra. En el centro de la cámara hace una nueva medición que muestra a la directora. «Observe».

—19′1ºC y 53′2 % de humedad relativa —lee incrédula la directora.

—El día de la diligencia judicial había una temperatura de 32′3ºC y una humedad relativa de 98′6%. ¿Cómo puede ser que en pleno invierno y en un día lluvioso como hoy haya en esta cámara la mitad de humedad que en el mes de agosto?

—No lo sé. Aún no nos dio tiempo de aclimatarla. Pero vamos a hacerlo para proteger los legados culturales, porque irán aumentando con el paso de los años.

—¿Y el humidificador?

—Es portátil, solo serviría para una habitación pequeña. Parece ineficaz para una sala como esta —opina Caffarel.

El comisario frunce los labios y niega. Coge el teléfono y hace una llamada.

—¿Doctora Ortega?... Hola buenos días, soy Francisco Aldana, comisario general de la policía judicial... Igualmente... Quería preguntarle si llegaron a someter los restos del pergamino del Instituto Cervantes a alguna prueba de datación... Ajá... ¿Dónde dice?... Ajá... ¿Y usted qué opina?... Entiendo... ¿Lo hicieron constar en el informe pericial?... De acuerdo, muchas gracias por su amabilidad... Pase buen día.

—¿Y bien? —pregunta la directora cruzada de brazos.

Aldana no responde. Busca la caja número 611. No está cerrada con llave.

—He ordenado que todas las cajas vacías permanezcan abiertas —informa Caffarel.

El comisario mira en el interior e introduce el humidificador, que entra perfectamente. Mira a la directora y esboza una mueca.

—Para una habitación pequeña —repite con sorna.

—¿No estará pensando que Simón...?

Aldana asiente.

—Nuestro ancianito nos dio gato por liebre. Ha utilizado este humidificador para elevar la humedad del receptáculo. ¿Ve esas manchas negras en las paredes interiores de la caja? Es moho por condensación. Las demás cajas no las tienen. Se servía del termohigrómetro para asegurarse de que cada día se superasen los niveles críticos con el fin de precipitar la descomposición del material. Es probable que introdujera una colonia de insectos para acelerar el proceso.

—No tiene sentido. Simón ha conservado el pergamino durante cincuenta años. Si hubiera querido destruirlo le habría bastado con llevárselo y prenderle fuego. ¿Por qué tomarse tantas molestias? —pregunta la directora.

—Pretendía que se corriera la voz de su pérdida para que cesaran de buscarlo. Sabía que el perito en conservación haría mediciones termohigrométricas y se aseguró de que, aquel día, fuesen especialmente altas. Luego fingió estar consternado por la pérdida.

—¿Quiere decir que el manuscrito deteriorado no era el original?

—Fortabat conoce de sobra las condiciones para conservar un pergamino tan valioso. Se hizo con otro pergamino, tal vez uno medieval, y elaboró un cebo. Lo degradó hasta el punto de que ni las avanzadas técnicas de datación pudieran determinar una fecha fiable. No obstante, la doctora tomó una muestra de la materia más sólida: los palos donde se enrollaba el pergamino, y la remitió al Centro Nacional de Aceleradores.

—¿Y cuál fue el resultado?

—La madera es del siglo xix. Pero esto no demuestra nada porque los palos para enrollar pergaminos no tienen por qué coincidir con la antigüedad del soporte. Son como el marco moderno de madera de un óleo antiguo.

La directora Caffarel, estupefacta, se lleva la mano a la boca. No da crédito a las deducciones del comisario.

—¿Habló con su hijo, el policía?

—Regresó a Ankara. Me dijo que sus padres se marcharon de España por la presión mediática y porque tenían que cumplir una promesa del pasado.

—¿Qué promesa?

—No lo sé, pero lo averiguaré.

— 62 —
La promesa

Museo de Israel, Jerusalén
Febrero, 2011

La reunión había sido convocada por el director del museo tras las llamadas previas de Fortabat, quien, junto a Sally, viajó a Jerusalén. Bastaron cinco palabras para quebrar toda reticencia: «Donaré algo de valor incalculable». Así pues, con toda cortesía, los mecenas fueron recibidos por el presidente de Consejo de Administración, Moshe Lavi, el curador del Santuario del Libro de Jerusalén, Adelmo Rydman, y el propio director del museo, James Snyder.

Minutos antes, Rydman tuvo la gentileza de mostrar a Peter y Sally el lugar donde se custodian los manuscritos del mar Muerto. Se trata de un singular edificio anexo, construido en 1965 en forma de cúpula blanca, frente a un muro de basalto negro que evoca la guerra entre los Hijos de la Luz y los Hijos de las Tinieblas, en alusión a la lucha entre el bien y el mal referida en los manuscritos de Qumrán.

Peter mira a Sally y toma su mano. Sus miradas anuncian que el momento había llegado. Es la hora de cumplir la promesa que Peter hizo al capitán Jeff Taylor poco antes de morir. Fortabat deposita sobre la mesa un maletín ignífugo y lo abre. Se calza unos guantes de fieltro y extrae una caja metálica alargada. Marca las claves y los cierres saltan. Saca un envoltorio de loneta granate, retira los sobres de gel de sílice y libera el cordón trenzado. Ante la mirada fascinada de los anfitriones, aparece un rollo de pergamino de dos mil años de antigüedad.

—Lo encontramos en 1959 en una cueva del desierto de Judea, cerca de Qumrán —informa Peter—. Desde entonces ha estado en Londres y en Madrid. La prueba del Carbono 14 lo sitúa entre el 25 d. C. y el 50 d. C.

Desprovistos de palabras, los funcionarios lo contemplan atónitos.

—¡Oh, qué maravilla! —se arranca Rydman, sin atreverse a tocarlo.

Snyder abre un cajón y saca un paquete con guantes.

—¡Fascinante! —redunda Levi.

—Antes de que me lo pregunten, les diré que no se trata de un expolio. Solo evitamos que fuera censurado por los frailes que por entonces controlaban los rollos del mar Muerto en el museo Rockefeller.

El director Snyder comenta que hace unos meses leyó en la prensa que en la sede del Instituto Cervantes de Madrid se custodiaba un pergamino inédito de Qumrán, pero al parecer se perdió por exceso de humedad debido a la negligencia de su cuidador. Peter confiesa que aquel cuidador era él y se trató de una estratagema para que dieran por perdido el manuscrito y dejaran de buscarlo, pues habían sufrido el ataque de sicarios que querían hacerse con él. Debido a su edad avanzada se propuso entregar el manuscrito y consideró que es al pueblo de Israel a quien corresponde conservarlo, precisamente porque Jesús de Nazaret era judío y porque en aquel lugar se custodian todos los manuscritos del mar Muerto.

—¿Qué contiene este rollo para que haya interés en censurarlo o robarlo? —pregunta intrigado Levi.

—La clave para entender la leyenda. Temiendo que los romanos destruyeran sus libros sagrados, los trasladaron en secreto al desierto de Judea. Nunca regresaron a recogerlos porque fueron exterminados y allí quedaron hasta que fueron descubiertos a mediados del siglo xx. Estamos, por tanto, ante un texto original, no es una copia.

Con sumo cuidado, Adelmo Rydman abre dos palmos de rollo. Teme que se quiebre si lo fuerza más. Fascinado, el historiador lo contempla a su sabor, se inclina sobre el pergamino y lo huele. Siente su aroma secreto, la fragancia de los siglos transportada por un mensajero del tiempo.

—Mide tres metros y once centímetros en siete piezas cosidas. Le he dedicado tantos años que me lo sé de memoria.

—Tiene un registro paleográfico casi idéntico a los textos sectarios de Qumrán. Debe ser de la dinastía herodiana, aunque habría que hacer un estudio a fondo y repetir la prueba de datación —avanza Rydman.

Peter le señala un párrafo y Rydman, maravillado, lo traduce:

—«Y como Juan, Jesús y Santiago, Maestros de Justicia y de la Luz, respetaron la Ley, habréis de someteros a Yahveh y exigir el cumplimiento de la Ley para la salvación eterna. Santiago hijo de José, hermano de Jesús, Maestro de Justicia y de Luz, llamado el Justo y guía de la comunidad...».

—¡Esto es un descubrimiento formidable! —celebra el curador—. Es el único manuscrito conocido donde se citan nombres de los Maestros de Justicia. Es la prueba que vincula a Jesús con los esenios.

—Seguramente había más rollos donde se citaba a Jesús, pero los hicieron desaparecer. Y en lo tocante a los esenios, no estaría yo tan seguro. El uso de armas, las estrategias defensivas y los hábitos que se citan en el manuscrito parecen corresponder más a los aguerridos zelotas que a los pacíficos esenios.

—¡Jesús... un zelota! —exclama sorprendido Lavi.

—De lo que estoy convencido es de que los habitantes de Qumrán no eran esenios. Zelotes y sicarios serían variaciones de aquel movimiento nacionalista, mesiánico y también xenófobo, porque repudiaban todo lo extranjero. Aunque este antiguo movimiento se consolida durante el periodo macabeo del siglo II a. C., los sucesos del siglo I d. C. le darán un nuevo impulso.

—Qué interesante —musita impresionado Lavi.

—Eso no es todo. El manuscrito desvela uno de los mayores enigmas de Jesús —añade Peter, incrementando el interés de los concurrentes.

Fortabat requiere la ayuda del curador y, entre ambos, con guantes, centímetro a centímetro, desenrollan por un lado el pergamino mientras lo enrollan por el otro, dejando un espacio intermedio de unos dos palmos para visualizar el texto. Hacia la mitad del recorrido, el francés señala unas líneas que Rydman traduce:

—«Yahudah Bar Yehshúah, el hijo y discípulo amado del Maestro de Justicia, tras el finamiento de su padre Yehshúah Bar Yehosef, es voluntad del consejo de la Nueva Alianza que, por edad, quede como discípulo de su pariente Ya'akov Bar Yehosef hasta que alcance la gracia que Yahvé concede a los Hijos de la Luz».

—¡Judá, hijo de Jesús! —exclama impactado Rydman.

—¿Estás seguro de que dice eso? —Snyder duda sobrecogido.

—Jesús tuvo un hijo llamado Judá. Tras su crucifixión, quedó bajo la tutela de su tío Santiago como nuevo Maestro de Justicia. Pablo y los evangelistas crearon un mesías a la carta décadas después de la muerte de Jesús y omitieron el dato de su esposa y de su hijo porque necesitaban un mesías célibe que se ajustase a las profecías del Antiguo Testamento. ¿Entienden ahora mi empeño en impedir que el manuscrito cayera en manos del Vaticano?

Hubo un silencio impactado en el que Snyder hila tratando de componer un mapa de la situación. Después musita: «¡Guau! Esto es una bomba». Tras unos segundos calibrando la magnitud del documento que tenían ante ellos, el director Snyder habla:

—Si se demuestra la autenticidad del pergamino y sale a la luz, supondrá un cataclismo para las confesiones cristianas, especialmente para la católica. A muchos fieles les atenazará la inseguridad de haber creído en un fraude de dos mil años. Surgirán dudas existenciales.

—¿Usted cree? —cuestiona Sally—. Ese temor lo tuvimos al principio, después nos dimos cuenta de que la Iglesia católica es la única institución del mundo que ha resistido todos los ataques y guerras de forma ininterrumpida durante dos milenios. En varios momentos, la ciencia la puso contra las cuerdas y siempre salió airosa. La teoría de la evolución de Darwin, por ejemplo, echó por tierra el fraude creacionista del Génesis. Y no pasó nada. Siguen creyendo en Adán y Eva.

—En 1988, el Carbono 14 demostró que la Sábana Santa era falsa y que el sudario se fabricó entre los siglos XIII y XIV. Y la siguen venerando —añade Peter.

—El día que se divulgue este manuscrito —Sally lo señala con el dedo— alegarán que es falso o que se refiere a *otro Jesús*. Dirán que es otro montaje de ateos o comunistas y se olvidará el asunto. No hay descubrimiento que derribe dos milenios de tradición dogmática.

—Entonces, ¿por qué lo han traído aquí? —pregunta Snyder.

—Para cumplir la promesa que en 1959 hice a una persona que perdió la vida por este pergamino —Peter mira a Sally, nota cómo se le enturbian los ojos—. Y para ofrecer respuestas a los librepensadores que dedican su vida a la búsqueda de la verdad.

—Pero hay una condición —se adelanta Sally.

—Lo imaginábamos. ¿Qué precio han pensado? —se adelanta el doctor Snyder.

Peter y Sally se miran y sonríen.

—No somos tan prosaicos. El manuscrito no nos pertenece —repone Sally.

Peter les entrega un documento.

—El contenido del manuscrito no se podrá publicar hasta después de nuestra muerte. Necesitamos vivir tranquilos el tiempo que nos queda. Podrán custodiarlo y estudiarlo, pero no exponerlo ni divulgarlo por ningún procedimiento. El contrato incluye cláusulas de confidencialidad.

—Lo entendemos y se hará como proponen. En mi nombre y en el de la Institución que dirijo les agradezco su generosidad y los felicito por su calidad humana. Su iniciativa les hará imperecederos en la historia de este museo —concluye el director Snyder, emocionado.

Peter niega con gestos de cabeza y calla. Sabe que nada es imperecedero, que no hay demora en nuestro inevitable camino hacia el olvido, porque el tiempo es un titán que avanza inexorable y nunca mira atrás. La vida es apenas un relámpago y, antes de que el fulgor se extinga, ya te has muerto. Después, residimos en el recuerdo de los allegados, pero ellos también se irán y volverás a desaparecer. Algunos afortunados permanecen un rato más en la memoria colectiva, en el lector que lee a un autor fenecido, en el transeúnte que observa una estatua, el nombre de una calle o el fundador de un estadio. Hasta los longevos manuscritos del mar Muerto tienen fecha de caducidad. Todo es dilación, porque tarde o temprano, el ciclo natural impone su inapelable criterio y, al final, nada queda. ¿Quién puede desafiar al olvido? Algunos lo intentan aferrándose a la historia, a las palabras de hombres sabios, para que trascienda lo que fuimos y que el esfuerzo de existir no parezca en vano. Él mismo luchó infructuosamente por recuperar palabras olvidadas, en un intento baldío en resucitar lo que, por ley natural, está condenado a extinguirse. Decía Delibes que todo es placable en la Tierra, menos el tiempo que todo lo arrasa. La estela de los muertos, sostenía, es tan efímera como la que dibuja la quilla del barco en la inmensidad del océano. Ni rastro queda de su paso por el mundo en poco trecho.

—¿Se quedarán unos días en Jerusalén? —Rydman lo devuelve a la realidad.

—Pues no sé. ¿Por qué?

—Como curador del Santuario del Libro, necesitaría que me ampliara la información del manuscrito. Me gustaría conocer sus conclusiones. Además, será un honor atenderlos como nuestros invitados en su visita a Jerusalén.

—Mañana a primera hora. ¿Le viene bien?

—Estupendo. Habíamos oído hablar de este manuscrito. Hubiéramos contactado con ustedes de saber dónde se encontraba.

—¿Sabían que existía? —Peter le dirige una mirada de extrañeza.

—Hace unos meses un tipo nos vendió dos pergaminos procedentes de una cueva del mar Muerto. Nos habló de un tercer pergamino mucho más valioso —confiesa Rydman—. Antes de marcharse le preguntamos si podía conseguir más rollos procedentes de Qumrán. Nos dijo que pronto tendría en su poder el documento más importante de la historia de la cristiandad, pero que ni el Estado de Israel ni el Vaticano tendrían dinero suficiente para pagarlo. Sonó algo petulante, pero ahora sabemos que se refería al que han donado ustedes.

Snyder clava los ojos en Rydman. Se excedía en explicaciones.

—¿Quién era el vendedor?

—Lo siento, esa información es confidencial —se adelanta Snyder.

—Inglés, corpulento, cabello blanco y ojos grises —añade Peter— Su nombre: Mylan Fisher.

—¿Lo conocen? —se sorprende Snyder.

—Era un antiguo compañero. En 1959 nos acompañó a la cueva y se llevó uno de los manuscritos que les ha vendido. Fue él quien contrató a los sicarios para hacerse con este pergamino. Ahora está encarcelado en España.

—Supimos que en su juventud tuvo algunos problemas con la justicia en Jerusalén. Pero nuestros técnicos certificaron la autenticidad de los manuscritos que nos ofreció y no quisimos perder la oportunidad —se justifica Snyder.

Tras unos segundos de desconcierto, Sally quiere saber:

—¿Puedo preguntar cuánto pagaron por esos pergaminos?

—Mucho dinero, pero entienda que no podamos desvelar la cantidad —ataja Snyder— Son textos religiosos del siglo II a. C.

Los funcionarios acompañan a la pareja hasta el vestíbulo del museo y llaman a un taxi. Allí se despiden y les reiteran su agradecimiento. Ya en el vehículo, camino de su hotel por la bohemia calle Ben Yehuda, Peter encuentra a Sally algo ausente.

—¿Qué ocurre?

—¿No te parece extraño lo de Mylan? —musita ella sin desanclar la mirada del infinito.

—No me ha extrañado que venda manuscritos. Es un mafioso.

—No me refiero a eso. Snyder ha dicho que Mylan tuvo problemas con la justicia en Jerusalén en su juventud. Él no vivió nunca en Jerusalén. Llegó a Jericó procedente de Inglaterra y desapareció cuando cogimos los pergaminos de la cueva.

—No sé a dónde quieres llegar.

—Que esos problemas con la justicia fueron durante el periodo que coincidió con nosotros y quiero saber de qué problemas se trata. Llamaré a Jacob por si nos puede ayudar.

Peter pone los ojos en blanco. Entregar el pergamino al Museo Nacional de Israel le había supuesto un gran alivio y pensaba celebrarlo con Sally haciendo algo de turismo por la Ciudad Santa.

—Nunca perderás tu olfato de sabueso —bromea él.

— 63 —

El curador Rydman

Celso irritaba a los cristianos del siglo II cuando se preguntaba por qué existía un lapso tan grande entre la creación de la humanidad y la llegada de Jesús. ¿Por qué esperar tanto para permitir que se salven? ¿Ahora, después de tantos siglos, se ha acordado Dios de juzgar la vida humana? ¿No le había importado antes? ¿Por qué no mandar a Jesús a un sitio más poblado y no a un páramo deshabitado? ¿Por qué un dios omnisciente y omnipotente necesitaría enviar a alguien? ¿Acaso Dios baja para enterarse de lo que pasa entre los hombres? ¿Acaso no lo sabe todo?

—No tardaron los cristianos en arrasar la obra de Celso —se lamenta Fortabat.

Ambos mueven la cucharilla en la taza de té que les han servido en la Tmol Shilshom, una coqueta cafetería-librería de gusto *vintage* rehabilitada en un edificio del XIX. Su discreta ubicación la hace ideal para la tertulia, no en vano es uno de los rincones favoritos del curador Rydman. En aquel bello rincón del barrio de Nahalat Shiv'a, Peter aporta detalles sobre el pergamino que el funcionario registra en una grabadora, tal y como se comprometió el día anterior.

—Llevo años estudiando los manuscritos del mar Muerto —confiesa Rydman— y le aseguro que contienen muchas coincidencias con los evangelios sinópticos.

—Pero los evangelios son posteriores. Por eso el equipo internacional del Rockefeller miraba con recelo los textos de Qumrán y no le hacía gracia divulgarlos. Y por supuesto, negaba cualquier similitud —matiza el francés.

—Peter —el director del Santuario del Libro hace una pausa intrigante, rodeando con las dos manos su taza de té—, ¿A qué conclusión llegaré cuando lea el manuscrito?

—Que estamos ante la clave para entender dos mil años de leyenda. Pablo de Tarso ingresó en la comunidad de Qumrán años después de la crucifixión de Jesús, cuando su hermano Santiago era el Maestro de Justicia y líder de la primera *ekklēsia* judeocristiana. Pablo y Santiago entraron en pugna precisamente porque Santiago deseaba continuar la línea de Jesús y se negaba a desviarse de la ley mosaica, por lo que Pablo abandonó la comunidad y el pensamiento nacionalista. Sin embargo, el grupo de Santiago se mantuvo fiel a las leyes y ritos hebraicos, que no era sino la línea de Jesús.

»Pablo creyó encontrar la razón que evitaba que llegara el reino de Dios. En el Antiguo Testamento, Yahvé había hecho a Abraham tres promesas: la tierra, la descendencia y la bendición de todas las naciones. La tierra prometida ya la tenían: Canaan, y también la descendencia: la estirpe, pero le faltaba la tercera promesa: la aceptación de los demás pueblos. Entonces, a Pablo se le ocurrió convertir a los gentiles, es decir, a los no judíos, empezando por los romanos. Para ello, necesitaba suavizar la Ley, congraciarse con el imperio saltándose lo que no era del agrado de los gentiles. El de Tarso rompió con el judaísmo y trasladó la responsabilidad de la muerte de Jesús a los judíos, para convertir a su mesías en un no judío. Sustituyó el mesianismo apocalíptico por un mesianismo espiritualizado, pacifista, reconciliador, porque era el único que Roma estaba dispuesta a tolerar.

»En el intenso mercado de religiones, Pablo y luego sus seguidores evangelistas, convirtieron a Jesús de Nazaret, un rabino que había sido crucificado medio siglo atrás, de quien oyeron hablar pero a quien no llegaron a conocer, en el Christos, en el ungido, en el mesías esperado. En sus textos, adaptaron el perfil del personaje histórico para hacerlo coincidir con las profecías mesiánicas del Antiguo Testamento, un recurso para hacerlo creíble. La clave de su éxito fue ofrecer un mesías respetuoso con el poder, que invitaba a poner la otra mejilla y dar al césar lo que es del césar, lo cual gustaba a los romanos porque no suponía ninguna amenaza desestabilizadora.

Esta nueva doctrina fue primero permitida y más tarde impulsada como religión oficial de Roma, lo que permitió su vertiginosa expansión, ya con el imperio de su parte. Tenga en cuenta que la estrategia de Pablo se llevó a cabo con los judíos derrotados y el Templo destruido. Había interés en que los creyentes del mesías Jesús, ahora manso y apolítico, no fueran confundidos con los revoltosos judíos antirromanos.

—El principal problema debió ser cómo justificar que su mesías, siendo hijo de Dios, fuese incapaz de liberarse de una muerte tan humillante como la crucifixión, dedicada para lo peor de la sociedad —medita Rydman.

—Siempre buscaban una explicación sobrenatural para todo lo que los feligreses no entendían. Salieron del paso diciendo que, en realidad, el reino que se anunciaba no era de este mundo. Buscaron en el Antiguo Testamento pasajes para justificar un mesías muerto por voluntad divina, pretextando redimir los pecados del mundo —apunta Fortabat.

El curador asiente y medita unos segundos.

—¿Cree que los manuscritos del mar Muerto fueron realmente escritos en Qumrán? —Rydman tiene su propia opinión, pero desea conocer la de Fortabat.

—Verá, en el año 67 los judíos se alzaron contra Roma espoleados por una profecía que anunciaba la llegada del mesías, que expulsaría a los extranjeros de la tierra prometida. Pero el mesías no llegaba. El emperador Vespasiano, en venganza, arrasó Palestina. Los judíos fueron perseguidos, miles crucificados, otros muchos esclavizados y Jerusalén y su Templo arrasados. En secreto, trasladaron los libros sagrados al desierto de Judea y los ocultaron en cuevas. Nunca regresaron a recogerlos porque fueron exterminados y allí quedaron los manuscritos durante dos milenios. Estoy convencido de que los textos no fueron escritos en los *scriptorium* de los esenios de Qumrán, como con cierta pretensión especulan en la École Biblique y como refieren los guías turísticos.

Adelmo Rydman asiente.

—En el *Comentario de Habacuc*, escrito en la segunda mitad del siglo I a. C., se afirma que el Consejo de la Comunidad de Qumrán estaba en aquella época en Jerusalén —afirma el curador.

—Pablo formuló su propia teología mesiánica. Pero Jesús jamás hubiera sido cristiano, porque siempre fue un férreo defensor de la ley judaica hasta su muerte. Nunca hubiera abogado por el culto a una figura mortal, aunque fuera él mismo. Lo hubiera considerado una gran blasfemia pues, hasta en los mismos evangelios, siendo paulinos, instaba a sus seguidores a reconocer solamente a Yahvé —continúa Fortabat—. Sin embargo, Pablo relega a Dios y se centra en el culto a un personaje que llevaba décadas muerto y, a través del sincretismo religioso, le otorga cualidades de otros dioses antiguos como Hermes, Krishna, Heracles, Adonis, Mitra o Zaratustra, que también nacieron de una virgen y resucitaron al tercer día. Más tarde, para competir con los dioses paganos, los evangelistas le adjudican prodigios y milagros, pero no son más que invenciones reñidas con la doctrina de Santiago y la comunidad de Jerusalén.

—Volviendo a Santiago: tras la muerte de Jesús, de Juan el Bautista y de Santiago, ¿si el control ya estaba en poder de los paulinos, no hubiera sido más fácil eliminar de los textos evangélicos la figura de su rival Santiago? —pregunta, intrigado, Rydman.

—No podían suprimir a Santiago de la narración porque había sido una figura extraordinariamente relevante y conocida por todos, había sido el líder de la Iglesia primitiva. Lo más que podían hacer era minimizar su presencia en los textos, cosa que hicieron.

—¿Por qué ocultaron que Jesús tuvo un hijo llamado Judá?

—Es posible que se trate del misterioso «discípulo amado», que el evangelio de Juan menciona hasta seis veces, pero cuyo nombre, incomprensiblemente, nunca dice. Tal vez fue aquel joven que seguía a Jesús a todas partes, el que consiguió zafarse de los romanos en la redada de Getsemaní, como relata Marcos en 14, 51. El joven que se recostó sobre el pecho de Jesús durante la última cena, en Juan 13, 25. El mismo que, según Juan 19, 26, lloró a los pies de la cruz junto a María y Magdalena cuando Jesús dijo «Mujer, he ahí a tu hijo». El mismo discípulo «que Jesús amaba», que corrió junto a Pedro hacia el sepulcro vacío tras la resurrección, en Juan 20, 1. Y con María Magdalena hicieron un cuarto de lo mismo. Omitieron cualquier vínculo sentimental con Jesús y estigmatizaron su memoria con un falso pasado de prostituta.

»La intención era restar relevancia a esos personajes sin atreverse a eliminarlos del todo de los textos, dada su trascendencia. Tanto Magdalena como el misterioso discípulo amado están presentes en los momentos claves de la pasión de Jesús, como sus más directos allegados. Pero querían un mesías célibe que se ajustara a las profecías

—Pensándolo bien —añade caviloso el curador—, no tiene sentido que, siendo el discípulo más amado de Jesús y, por tanto, el más conocido, en ningún momento se diga su nombre. Esto nos lleva a concluir que, si posteriormente no mataron al joven Judá, Jesús engendró una estirpe.

—Según el evangelio de Juan, el «discípulo amado» no murió joven, incluso por su longevidad adquirió fama de inmortal. Capítulo 21 versículo 23, creo recordar —evoca Peter—. Fuera de quimeras legendarias, no debe sorprendernos que Jesús se casara y tuviera descendencia. La Biblia no dice que fuese célibe y, según Mateo, Jesús defendía el matrimonio tradicional. Era un hombre como tantos y estaba mal visto que un rabino no estuviera casado. Se daba una gran importancia a la familia y el rabí debía dar ejemplo.

Rydman da un sorbo a su taza y sopesa durante unos instantes.

—Menudos cambios para una tradición conservadora e inmovilista —sisea.

El curador del Santuario del Libro apoya la espalda en el respaldo de la silla y hace una pausa para llenarse los pulmones con un suspiro. Demasiada información para procesarla en el tiempo de un té. No por la novedad, pues esas teorías, como otras muchas, llevan danzando desde la aparición de los manuscritos del mar Muerto en el siglo pasado. Sin embargo, ahora hay un documento histórico que avala unos hechos que desatarán la polémica. El escándalo, piensa, será mayúsculo.

Peter también se ha perdido en el fondo de su taza. Llegado este punto, cree necesario puntualizar algo importante.

—Verá, señor Rydman —carraspea y hace una pausa, como buscando los términos adecuados para no contradecirse a sí mismo—, una leyenda es una mentira pergeñada para explicar una verdad universal y, personalmente, aunque estoy convencido de que hubo un soporte histórico real, pienso que el Cristo de los evangelios es un relato legendario. Al margen de si Jesús fue el hijo de Dios o el mayor montaje de la historia, su mensaje contiene una ética extraordinariamente elevada. Valores como la verdad, que nos hará libres; el amor, que nos hará fraternos; la justicia, que nos hará solidarios; la libertad frente al dinero y el poder; o aprovechar cada oportunidad de ser compasivos y de amar plenamente, son máximas que, por sí mismas, marcaron una trascendencia universal.

»No creo en el Cristo de la fe, pero sí en el mensaje que le atribuyeron, que va más allá del personaje histórico o del propio mito. Que el mesías de los cristianos sea una leyenda, no resta un ápice a la grandeza del resultado. Por eso no me atreví a divulgarlo. Cuando llegue la hora de difundir el manuscrito, háganlo con todo el respeto que merece un mensaje que cambió la vida de muchas personas y ayuda a soportar la calamitosa aventura de vivir.

La inesperada reflexión de Fortabat pilla desprevenido al curador Rydman y traza un hondo silencio. «Descuide, así se hará», atina a decir.

—Uf, se nos ha ido la mañana —el funcionario mira su reloj.

Antes de pedir la cuenta, le hace una proposición.

—Peter, me gustaría comentarle algo —Rydman emplea un tono trascendente—. He hablado con Lavi y con el director Snyder. En vista de sus circunstancias personales actuales y de sus amplios conocimientos sobre el pergamino donado y los manuscritos del mar Muerto, hemos decidido ofrecerle un puesto remunerado como asesor en el Santuario del Libro. ¿Cómo lo ve?

Lo cierto es que la oferta de Rydman llega en un momento oportuno. En España no los espera nadie, salvo una legión de punzantes periodistas y Martín, su querido nieto adoptivo, que pronto pegará el estirón de zangolotino espigado. Su hijo Yacob vive en Ankara y se pasa media vida viajando y sus nietas Sonya y Virjinya están a punto de emanciparse y emprender una vida por su cuenta. «No estaría mal terminar nuestros días donde todo empezó», piensa. A fin de cuentas, como leyó de Naguib Mahfuz, el hogar no es donde naciste, sino donde todos tus intentos de escapar cesan.

—Lo hablaré con Sally.

— 64 —
La visita

Durante el trayecto en taxi hasta el hotel The Inbal Jerusalem, en la calle Jabotinsky, su espíritu era un clamor. Peter está ansioso por informar a Sally de la inesperada oferta del museo pero, al abrir la puerta de la habitación, la encuentra ante una mesa colmada de papeles. Tiene el semblante grave.

—Hola, cariño, traigo noticias —sonríe.

—¿Sabes quién ha venido? —pregunta ella desprendiéndose de sus lentes de lectura.

—¿Quién? —la sonrisa se le congela por un momento.

Se escucha la cisterna del cuarto de baño. El inspector Salandpet sale del baño secándose las manos con una toalla.

—¡Yacob! ¡Qué sorpresa! —Lo abraza. Se alegra de verle pero, por la cara de circunstancias de Sally, intuye que no trae buenas noticias— ¿Cuándo llegaste a Jerusalén?

—Hace unos días. Vine a hacer unas averiguaciones.

—¿Por qué no has avisado? Podías haberte alojarte con nosotros.

—No quise estropear vuestra luna de miel —levanta una ceja—. Además, este hotel es demasiado caro para mi presupuesto.

Sally explica a Peter que, cuando él se marchó con Rydman esta mañana, ella contactó con Yacob.

—Lo llamé para comentarle los misteriosos antecedentes de Mylan y la venta de los pergaminos y, el muy fresco, me dice: «lo sé, madre, estoy investigando en Jerusalén. Nos vemos en un rato». Y yo convencida de que estaba en Ankara.

—No puedes negar que es tu hijo. Estáis sincronizados —sonríe Peter.

—Anda, cuéntaselo —invita Sally a su hijo.

Yacob confiesa que no lleva demasiado bien dejar flecos sueltos en una investigación. Ha investigado en Jerusalén las antiguas diligencias instruidas tras las muertes del abuelo Jeff y las de Gardener y Richardson.

—Dispara —expectante, Fortabat se pone cómodo.

—Tras la ocupación de Israel, la causa de Richardson cayó en el olvido y nadie se ocupó de averiguar por qué se archivaron las diligencias. He localizado el sumario y...

—Ve al grano, cariño —insta Sally, impaciente.

—Aquel día, varios turistas y algunos empleados del Rockefeller vieron a un europeo sospechoso. Vestía la típica indumentaria de los arqueólogos occidentales. Tomaron la matrícula de la furgoneta que tú conducías, que partió del aparcamiento del museo con algunas prisas —resume Salandpet.

—Recuerdo que me pasé el día buscando Amín —apunta Peter—. Ya demostré que no tuve nada que ver en aquel caso.

—Lo sé —ataja Sally—, pero escúchalo.

—La descripción de los testigos coincidía con Mylan Fisher.

—¿Mylan? Pero este hombre está en todas partes —espeta Peter, sorprendido.

Fortabat trata de ordenar sus recuerdos que, en los ancianos, son menos brumosos conforme más alejados en el tiempo. Al cabo, suspira, no sé si con pena o con resignación.

—Recuerdo que aquella mañana me tropecé con él en Jerusalén. Me dijo que tenía que hacer unas compras, o algo así. Llevaba alguna prisa —sisea Fortabat pensativo.

Aquel día, cuenta Yacob, tres turistas japoneses se ofrecieron a testificar, pero el cadí los rechazó porque no hablaban árabe ni inglés y no encontraron intérpretes en japonés. Me ha costado lo mío localizar al único testigo vivo en la gigantesca Yokohama.

—Lo que tú no consigas... —suspira su madre, orgullosa.

—Los japoneses vieron el cuerpo de Richardson estamparse contra el suelo y a un joven europeo bajar de la torre. Le remití por correo electrónico una foto de Mylan y lo reconoció sin ninguna duda.

—¡Maldito asesino! ¿Por qué el cadí no ordenó su detención? —La indignación hace bálago en el estómago de Peter.

—Aquellos jueces se vendían al mejor postor. El cadí ignoró las diligencias del abuelo Jeff, retrasó las comparecencias, rehusó los testimonios de los japoneses y tardó meses en tomar declaración al curador y al portero del museo. Para entonces, el abuelo y Bernard habían muerto —añade Yacob.

—Algo parecido nos pasó a nosotros con el viejo cadí de Jericó, aquel del bigote blanco, ¿recuerdas? —evoca Peter—. Ni nos escuchó cuando fuimos a denunciar la emboscada que sufrimos en Qumrán.

—¿Cómo es posible que todos los cadíes de Cisjordania estuvieran comprados? —se lamenta Sally.

Yacob toma las copias de dos autos judiciales de la mesa y señala las firmas.

—Mirad los nombres de los cadís de Jericó y Jerusalén.

Sally se calza las gafas de cerca y lee.

—Reda ben Farid y Mufi ben Reda.

—El prefijo patronímico *ben* significa «hijo de». El viejo Reda de Jericó era el padre del joven Mufi, cadí de Jerusalén, que seguía las instrucciones de su progenitor. Ambos estaban comprados por Mylan Fisher. El hecho de que la instrucción del caso Richardson recayera sobre el hijo de Reda, no fue casual. A Mylan le sobraba el dinero y encontró en los Reda unos aliados codiciosos.

Peter mira sorprendido a Sally.

—La idea era que tú cargaras con la muerte de Richardson si les fallaba el plan del suicidio —Salandpet señala a su padre—. Había testigos de tu presencia en el aparcamiento del museo y la descripción coincidía con la tuya. Te salvó el informe del abuelo Jeff con tu coartada en la gasolinera de Jericó.

—Qué justicia tan ejemplar —se lamenta Sally con marcada ironía.

Peter calla unos segundos, como costándole asumir el dato.

—¿Y la carta de despedida de Richardson? —atina a decir.

—El joven Mufi —continúa Yacob—, siguiendo las directrices de su padre y conchabado con Mylan, archivó el caso de Richardson basándose en el informe de un maestro de escuela árabe que actuó como perito calígrafo. Con esa prueba y el informe del forense, que reflejó como causa de la muerte la *precipitación*, no entraron en más consideraciones.

—¿Un maestro de escuela árabe haciendo un peritaje grafológico de una carta en inglés? —desconfía Peter.

—Se trata de Abdel ben Zaid, maestro, escriba, muecín y ulema y, en sus ratos libres, un experto falsificador. Un hombre del renacimiento —sonríe el inspector.

—¿Ulema? —pregunta Peter contrariado.

—Sí, un asesor del cadí en jurisprudencia y teología. Era el hombre de confianza de los Reda. Estoy convencido de que fue él quien, por encargo y con premio, escribió la carta de despedida de Richardson imitando su letra. Falleció hace unos años, pero era conocido por su habilidad para hacer copias y falsificaciones.

—¿Viven los cadís? —se interesa Peter.

—Padre e hijo fueron cesados tras la ocupación israelí de 1967. Reda padre murió en 1989, el hijo marchó a Jordania y le pierdo el rastro en Amán.

—Sigo sin ver el interés de Mylan en la muerte de Richardson —insiste Fortabat—. Siempre creí que la École Biblique estaba detrás.

Yacob reconoce que los frailes eran incapaces de utilizar la violencia. Sus métodos eran la estrategia, la manipulación y la sutil persuasión, pero de ahí no pasaban.

—Mylan y Richardson se conocían, eran paisanos, pero el interés de Mylan surgió cuando Richardson le habló de la madriguera. El ayudante de Allegro cayó en el error de confiar en Mylan. Era un encantador de serpientes, como todos los psicópatas. Supo que Richardson se había hecho con una llave de la madriguera e informó a su amigo del día que pretendía fotografiar los manuscritos.

»Mylan entró aquel día al museo como un turista, aguardó a que Richardson entrara en la madriguera y, al poco, llamó a la puerta pidiendo a su amigo que le abriera. El ayudante de Allegro, que ya había hecho un par de fotografías y cambiaba el carrete, le dejó entrar, pero la pretensión de Mylan era llevarse los manuscritos. Richardson se opuso porque podría comprometerlo a él y al profesor Allegro. Discutieron y forcejearon.

»Mylan acabó con él con un fuerte golpe en la cabeza, posiblemente con un martillo que llevó exprofeso. Le introdujo en el bolsillo la nota que encargó al ulema Abdel y lo arrojó desde la torre.

Desistió de regresar a por los manuscritos porque, a los gritos de los turistas, acudieron los frailes de la École Biblique.

—Qué engañados nos tenía —suelta Sally con tristeza.

—Mirad qué foto me remitieron ayer los compañeros de la Interpol de Manchester —Yacob abre la imagen en su teléfono.

—¡La cámara de Richardson! —exclama Sally.

—La Interpol solicitó una orden de registro de la casa de Mylan en el distrito financiero de Londres. La cámara apareció sin carrete en un desván, junto a otros objetos que en estos momentos se estudian por si proceden de algún otro caso.

—Si salió ileso del tiroteo en la cueva, si no lo capturaron, ¿por qué no regresó al yacimiento de Jericó? —plantea Sally.

—Ahí quería llegar —asiente Yacob ante la estupefacción de la pareja—. Tengo entendido que la noche que murió el abuelo Jeff, os disparaban desde las alturas.

—Fue una pesadilla. Jamás lo olvidaré —confirma Sally.

—Si no me equivoco, los dos primeros en descender de la cueva fueron Mylan y Bernard.

—Sí, tu abuelo les dijo que se dirigieran a las proximidades de la camioneta y esperasen allí —confirma Sally.

—Pero Mylan improvisó otro plan. En lugar de dirigirse a la camioneta o tomar dirección a Jericó, propuso a Bernard rodear el cañón y dirigirse al oeste, hacia Jerusalén, aprovechando la luz de la luna. Llegaron a las ruinas de Khirbat Karm, a unos cinco kilómetros. Mylan le propuso descansar un rato y, en un descuido, degolló a Bernard para apropiarse de su pergamino. Se llevó también sus pertenencias para dificultar la identificación.

—La técnica de los *sicariyim* —a Sally se le enturbian los ojos.

—¡Era uno de ellos! ¡Maldito asesino! —brota en Fortabat una rabia antigua.

—Era peor que los *sicariyim*, porque los sicarios actuaban guiados por su fanatismo religioso. Mylan por pura codicia.

Se hace un silencio herido. La pareja se mira con una profunda tristeza.

—Pero hay más —añade Yacob.

—¿Más? —Peter no da crédito.

—¿Recordáis el Pontiac negro que os seguía? Eran matones a sueldo de Mylan. Quería hacerse con vuestro pergamino y os vigilaba. Fue Mylan el que mandó incautar las fotografías que llevasteis a revelar al bazar de Yehuda —Yacob se gira hacia su padre— Y el que mandó registrar tu casa. No solo buscaban el pergamino, también tenían orden de acabar contigo. Mylan compró los billetes de avión a los mercenarios que volaron con vosotros cuando pretendías llegar a Londres junto al profesor Allegro.

—Te salvó cambiar a última hora el vuelo en Beirut —añade Sally—. Ahí te perdieron la pista.

La investigación de Yacob desborda a Peter. Ya fue una sorpresa encontrar a Mylan cincuenta años después, ya le impactó que estuviera detrás de tramas corruptas y que contratara a un atadijo de falsarios para localizar el pergamino, pero nunca imaginó que fuese capaz de asesinar a su buen amigo Bernard para quitarle el manuscrito, ni que se uniera a los fanáticos de la *sámaj* y, mucho menos, que fuera capaz de simular el suicidio de Richardson. «Un ónfalos», piensa, el centro del mundo, un permanente viaje al centro de su ombligo, sin piedad por nada ni nadie. Solo un monstruo verdaderamente perverso es capaz de hacer todas esas cosas. Ahora, la mente de Fortabat es una proyección ingobernable de flases de aquel pasado tan lejano y, al mismo tiempo, tan propincuo. Entre la deducción y la consternación, trata con dificultad de encajar las piezas.

—Hay cosas que no me terminan de cuadrar —musita Peter con un hilo de voz.

—¿Qué cosas? —pregunta Yacob.

—Si dices que Mylan simpatizaba con la secta de la Nueva Alianza del padre de Amín, ¿cómo es que conservó los pergaminos? Los sicarios hubieran acabado con él de saber que tenía en su poder dos rollos sagrados. Si era un defensor de los manuscritos, ¿por qué los vendió al museo de Israel?

—Cariño, hubo dos tiempos, dos Mylan. Pasaron demasiados años —se adelanta Sally, que ya conocía algunos detalles que su hijo le adelantó por la mañana—. En medio siglo fue cambiando sus prioridades.

—Sigo sin entender.

—Vayamos por partes —Yacob toma asiento junto a su padre—. Mylan procede de una familia judía ortodoxa, pero él perteneció a los *jaradíes* ultraortodoxos, una facción radical, aunque lo llevaba con discreción para integrarse en el grupo de europeos de miss Kenyon.

»De joven, en Inglaterra, ya frecuentaba grupos hebreos especialmente devotos y radicalizados. Cuando llegó a Jericó, con veintisiete años, se sintió atraído por los sectarios de la Nueva Alianza, los veía como defensores de la pureza mosaica. En secreto hizo amistad con algunos y, tras el ataque de los *sicariyim* al padre Dubois y a Gerald Lankester en Qumrán, la Legión Árabe detuvo a uno de ellos. En el interrogatorio, el detenido confesó que un joven europeo cuyo nombre desconocía, hacía aportaciones económicas y se había grabado la *sámaj* de los *sicariyim* en señal de hermanamiento. La descripción física coincidía con Mylan, pero eso lo sabemos ahora, por entonces se mantuvo en secreto.

—¿Mylan también está marcado? Nunca le vi la *sámaj* —apunta Peter.

—Lo he visto en la ficha policial. Tiene tatuada la estrella de David en la espalda y la *sámaj* en la cadera derecha. Supongo que para hacerla menos visible.

—¿Por qué vendió al museo los dos pergaminos siendo un *jaradí* ultraortodoxo?

—Porque con el tiempo dejó de serlo. Con los años se volvió menos devoto y más heterodoxo. Fue perdiendo su interés por la religión, aunque conservó sus contactos en el mundo del hampa. El nuevo objetivo, como el de todos los megalómanos, era el acopio de poder e influencia. Poco a poco fue tejiendo su tela en la sombra. Los pergaminos que vendió, pese a ser muy valiosos por su antigüedad, carecían de la trascendencia que tenía el que Kathleen sacó de Cisjordania. Sabía que ese ejemplar era especial y probaba la existencia del Jesús histórico antes de que los evangelios lo convirtieran en el mítico mesías.

—Pero, ¿cómo conoció la enorme trascendencia del pergamino? En la cueva solo leyó un pequeño fragmento en el que se citaba a Jesús. No dio tiempo a más.

—Te recuerdo que Mylan tenía en su poder las fotografías que Richardson hizo en la madriguera y por ellas conoció que los manuscritos que la École censuraba, refería al Jesús histórico. Se llevó su cámara y envió a sus matones a recuperar las fotos al bazar de Yehuda. Pasaron décadas sin conocer dónde pudo ir a parar vuestro rollo, aunque buscó pistas por varios países a través de agencias de investigación privada.

»Hace cosa de un año cayó en sus manos el viejo informe de datación que Kathleen Kenyon encargó en Londres en 1960. Contrató a sicarios y viajó al Reino Unido para coordinar a sus pretorianos. Mandó buscar el pergamino en la casona de los Kenyon y, aunque no lo encontró, el Turco le proporcionó una pista cardinal: los códigos que Kathleen guardaba en la pequeña caja de caudales y que sirvieron para descifrar algunas de las cartas que, tanto tú como Aaron Cohen le enviasteis.

»Vuestros párrafos encriptados confirmaron lo que ya sospechaba: el incalculable valor del manuscrito que podía provocar un terremoto en el cristianismo, al quedar en evidencia la mitificación evangélica posterior. Quiso hacerse con él a toda costa. Después fue a por Aaron Cohen, buscaron incluso en la tumba de Bernard. El resto de la historia en España ya la conocéis. Lo que Mylan no sabía es que yo llevaba tiempo siguiendo los pasos del Turco.

—Qué paradójico es el destino —suspira Sally—. Llevabas años buscando a tu padre sin éxito y un seguimiento a un sicario te conduce hasta él sin pretenderlo.

—Fue la foto que me facilitó Clarise, la de vuestro posado con Kathleen, la que activó todas mis alarmas —confiesa Yacob.

—¿Y los problemas de Mylan con la justicia en Jerusalén? —pregunta Peter.

—Agredió al policía que le dio el alto en la calle tras salir del museo. Lo detuvieron, pagó una multa y el cadí corrupto lo puso en libertad. Años después, volvieron a detenerlo en Amán cuando intentaba reclutar integristas *jaradíes* con fines poco claros.

—¿Cómo has conseguido tanta información? A mí me cerraron todas las puertas cuando intenté indagar sobre la desaparición de Mylan y las muertes de mi padre, Bernard y Richardson —se lamenta Sally.

—Fácil: eras mujer en una tierra misógina. Te habrían negado ver incluso tu propia denuncia. Ya no están aquellos jueces corruptos, ni existe el secreto de aquellos crímenes en fase de instrucción. La colaboración del Servicio de Seguridad General y la policía de Israel con la Interpol ha sido fundamental para salvar el acceso a los sumarios históricos. Sin su colaboración y la del Tribunal Supremo Israelí, no hubiera sido posible conocer las diligencias históricas. Localizada la documentación, me fue posible buscar a los pocos comparecientes aún vivos. Con sus testimonios y la documentación judicial, conseguí completar el puzle —concluye Yacob.

—¿Has informado a la Audiencia Nacional de España y a la Corte Suprema de Israel? —se interesa Peter.

·—Aún no, pero no servirá de nada, los delitos prescribieron.

Peter se pregunta sobre la ética de la prescripción para un asesino múltiple. De haber habido un dios de guardia o un poco de justicia, hace tiempo que le habrían dado pasaporte al infierno pero, por alguna razón, muchos asesinos gozan de una baraka sorprendente.

—Y ahí sigue Mylan tan pimpante, con buenos abogados que pronto lo sacarán de prisión y seguirá causando dolor por el mundo —Peter siente una punzada de ira.

—Es la ley, padre —añade Yacob.

—¿Y qué ley ampara a las víctimas? —añade, pensando en voz alta.

—El karma pondrá a cada cual en su lugar —Yacob alude al espíritu de justicia en función de los actos personales, según las religiones *dhármicas*.

Vuelve a instalarse un silencio sobrecogido. Como un sinuoso dominó, fueron cayendo las fichas que los dedos del destino alinearon cincuenta años atrás. Yacob supo tumbar la primera, las demás cayeron una detrás de otra. Durante unos segundos, nadie sabe qué decir hasta que Sally abraza a su hijo:

—No sabes cuánto te agradezco todo lo que has hecho.

El destino separó a Peter y a Sally dejando por el camino un reguero de dolor por las pérdidas de personas que se fueron antes de tiempo y por sus propias ausencias a miles de kilómetros, sin saber el uno del otro, sin conocer quién, cómo y por qué de tanto dolor en aquellos años. Yacob creció sin padre, sin tíos, sin hermanos ni abuelos. Necesitaba conocer sus raíces, buscar respuestas, las mismas que buscaron ellos el día que decidieron adentrarse en aquella cueva de Qumrán.

—Hay momentos en la vida en que la búsqueda de la verdad se convierte en una prioridad, sin la cual eres incapaz de vivir. Me lo debía a mí mismo, pero sobre todo os lo debía a vosotros —espeta Yacob.

Peter, ensimismado en sus misterios, sigue dándole vueltas a todo.

—Has dicho que Mylan envió a sus mercenarios a matarme. ¿Por qué iba a querer matarme? Éramos amigos —se pregunta contrariado.

Yacob mira a Sally. «¿Se lo dices tú?». Peter, chocado, mira a ambos sin entender. Ella agacha la cabeza, como sintiéndose culpable.

—¿Decirme qué?

Sally, incómoda, decide resolver la interrogación que plantea el arco de sus cejas. Confiesa a Peter que, en Jericó, Mylan se enamoró de ella, más bien se obsesionó con ella. Intentaba una y otra vez verla a solas, le enviaba cartas románticas, ramos de flores, cajas de bombones, incluso un anillo de compromiso que ella rechazó. Fisher temía que miss Kenyon concluyese el proyecto arqueológico y el grupo se dispersara y no volviera a verla. Pretendía que Sally rompiera con Peter para emprender una vida a su lado, fuera de Cisjordania. Ella lo rechazó siempre y, cuando se sintió acosada, se lo contó a su padre. El capitán Taylor, con la mayor discreción para que no trascendiera, habló con Mylan y le instó a que respetara el compromiso que su hija tenía con Peter. Él pidió disculpas pero, en el fondo, se sintió humillado. Y era vengativo. Había crecido en una familia que lo acostumbró a tenerlo todo, a no aceptar un no por respuesta. Terminaron creando un monstruo que cocía sus calamidades a fuego lento, que aguardaba los momentos propicios, como el chacal acecha la carroña.

—Mi padre murió convencido de que fue Mylan quien alertó al padre de Amín para que nos tendiera la emboscada. Por entonces Mylan deseaba tu muerte tanto o más que el pergamino. Por eso insistí en que te marcharas.

Peter, impactado, permanece en silencio, como si estuviera acomodando la noticia a su respuesta, como trazando una tierra de nadie en un campo de batalla.

—O sea, que sabías que estaba vivo… —Peter endurece la mirada.

—Lo intuí.

—¿Por qué no me dijiste que te pretendía? —musita dolido.

—Mi padre me pidió que le quitase yerro al asunto y no te comentara nada para no romper vuestra amistad ni la del grupo. Él habló con Mylan y se solucionó el problema. ¿Para qué indisponeros?

—Pero estabas embarazada —señala con voz robótica, la que sale cuando las heridas se abren.

Al pronunciar esas palabras, a Peter le invade una histeria silenciosa. Le cuesta digerir todo lo que ha escuchado y sus recuerdos se varan en los pliegues del tiempo: «Me ocultó el cortejo de Mylan… Me pidió que me marchara… Se quedó para buscarle… Se negó a irse conmigo… No me dijo que estaba embarazada… No supe nada de ella en cincuenta años…». Unas profundas arrugas surcan su frente. El aire tórrido de la mañana le pareció de pronto glacial. Con la sombra de la incertidumbre en su rostro, se pone de pie y mira a Yacob con ojos distintos. Se hace uno de esos silencios que duran un día, o toda una vida.

—Peter, sé lo que estás pensando. Te juro que no tuve nada con Mylan y Yacob es tu hijo —espeta desconsolada.

Peter, esclavo de una inesperada incógnita, clava los ojos en Yacob.

—Soy tu hijo —se adelanta el policía leyendo sus pensamientos.

—¿Cómo lo sabes?

—¡Peter, me ofendes! —exclama Sally, indignada.

—Me basta con la palabra de mi madre —concluye Yacob con tristeza.

Fortabat se deja caer en la silla con los brazos desmadejados. Él, que no suele entregarse a la autocompasión, siente cómo la hiel tiñe su alma de negro, cómo el desasosiego se le aposenta de nuevo en su vida. No puede seguir hablando. En su lugar, mira por la ventana con la barbilla temblorosa. Sally, sentada frente a él, ve la impotencia en sus ojos de tierra y le coge las manos.

—Nunca te he mentido. Debes confiar en mí. No quiero perderte. Otra vez no.

Busca respuestas en los ojos turquesa de su amada. Tras unos segundos, Peter asiente, porque en ellos encuentra la verdad que busca.

El nudo de su estómago deja de apretar.

El mundo vuelve a estar en su sitio.

Por la tarde pasean por el barrio cristiano. Jerusalén, madre de laberintos, alberga en lo más sombrío de sus entrañas un dédalo inextricable de angostillos cebados, de repartidores y puesteros, de tenderetes y colmados donde perderse no es solo posible, también recomendable.

Sally y Peter han aceptado la propuesta del curador Rydman. Piensan establecerse en el Jerusalén más recogido y buscar un apartamento cómodo, suficiente para los dos. A la altura del Santo Sepulcro, por las galerías abigarradas de tendales y comercios, el teléfono de Yacob vibra. Ha recibido un mensaje desde España. El comisario general Francisco Aldana le remite una noticia que acaba de publicar *Nuevodiario*. Pincha sobre el enlace y queda impactado son su lectura.

Última hora: SUCESO EN ALCALÁ-MECO

La redacción de *Nuevodiario* ha tenido conocimiento de un homicidio en la prisión de máxima seguridad de Alcalá-Meco. A las 11:35 h. de esta mañana un interno de nacionalidad turca, cuya identidad no ha trascendido, abordó en el patio al también interno Mylan Fisher, degollándolo con un puñal artesanal. Fisher era un conocido empresario británico y ambos reclusos estaban pendientes de juicio por el caso Cariátides, sobre el asalto a la sede del Instituto Cervantes de Madrid el once de julio del pasado año. Aquel día, tres delincuentes turcos fueron abatidos y se detuvo a un cuarto de la misma nacionalidad. Posteriormente, fueron detenidos el empresario Mylan Fisher y el inspector de policía Arturo Soria, que también se encuentra recluido en el mismo centro penitenciario. En las próximas horas *Nuevodiario* ampliará esta noticia de alcance.

Peter y Sally observan la cara de asombro de Yacob.

—¿Ocurre algo? —pregunta la madre.

Yacob muestra el móvil a sus padres, que leen la noticia con ojos estupefactos.

—El karma —musita Peter.

— 65 —

El hombre de negro

Hospital Universitario Hadassah, Jerusalén
Julio, 2021

Luna de Judea, creciente, aureolada. Su luz cenital se esparce oblicua sobre la cama de Peter como un abrazo desde el firmamento. Los bips intermitentes del monitor cardiorrespiratorio marcan el paso de la soledad de la noche y de la vida.

Lila, su enfermera, embutida en el equipo de protección individual, levita a su alrededor como una cosmonauta. Deja un paquete con lazo en la mesita del enfermo, repone su bolsa de suero, revisa la mascarilla de oxígeno y repara en su mirada perdida en el cielo estrellado de Israel. Lila conoce los despeñaderos de su alma, sabe de sus soledades, de su resistencia a seguir luchando, de sus ojeadas ahincadamente dolidas a su viejo reloj de cadena, que volvió a quedar parado cuando Sally se marchó diecinueve meses y catorce días atrás. «No pasarán, cariño, otros cincuenta años», musitó aquel día ante el ataúd. La sanitaria, consciente de los estragos de la pandemia entre los ancianos, abre la ventana con el pretexto de ventilar, pero lo hace para acercarle la cúpula del cielo.

—Nunca… falta… a su cita —musita el anciano, apenas un hilo de voz trémula, imperceptible.

Lila mira el cielo con las manos en jarras.

—A ver si lo adivino: Sirio, su estrella favorita, ¿a que sí?

—Concede deseos… —asiente el enfermo— Allá me espera Sally.

Conmovida, acaricia la mano pecosa del anciano. La suelta como un resorte cuando repara en su descuido.

—Ah, casi lo olvido. Tengo algo para usted —la sanitaria le entrega el paquete de la mesita.

Los labios de Peter trazan la línea convexa del agradecimiento y se dispone a desenvolverlo. Lila debe ayudarle porque los sarmentosos dedos del anciano apenas consiguen rasgar el papel fantasía. Son unos prismáticos.

—Estará más cerca de Sirio. Y de Sally.

Una lágrima se desliza por la mejilla de Fortabat hasta perderse en su barba blanca, talmúdica.

Un tipo espigado y fibroso, vestido de negro, vigila desde el hotel Ein Kerem. Observa el entramado de edificios del complejo sanitario Hadassah situado a pocos metros. Se lleva al ojo el dispositivo digital de visión nocturna, gira el regulador y la imagen glauca del hospital se torna nítida. Su referencia es la Torre Davidson, de sesentaiocho metros de altura. Mira la tableta, amplía la vista satélite del complejo y la compara con las acotaciones del plano en papel. Rodea con un círculo el edificio más próximo al hotel. Marca dos puntos en la tableta y surge la línea negra que los une. Google Earth calcula la distancia: 89'1 metros. Vuelve al visor digital y contabiliza las plantas. Se detiene en la sexta y avanza en horizontal hasta el undécimo ventanal. Una enfermera equipada con EPI abre la ventana, pone las manos en jarras y contempla el cielo. La Luna se refleja en su escafandra sanitaria. El obturador digital emite un chasquido fotográfico.

El hombre de negro se calza los guantes y una mascarilla, también negra, se cuelga a la espalda una mochila y, con elasticidad felina, se descuelga por la terraza hasta un macetero decorativo, desde el que se impulsa para rodar sobre el mullido césped. Las calles están desiertas desde que el gobierno de Netanyahu decretara el aislamiento sanitario. Las luces de un coche patrulla barren las tinieblas de Ein Kerem La sombra se acuclilla tras los setos. Cuando el vehículo pasa de largo, la figura se pierde entre las sombras de la noche, hacia el hospital Hadassah.

Fuma un vigilante ante la puerta deslizante. Apaga la colilla, se ajusta la mascarilla y da una vuelta por el perímetro, momento que aprovecha el hombre de negro para entrar en el edificio y buscar los elevadores. A esas horas de la noche y con las medidas de confinamiento, hay poco tránsito en el hospital. Ya en el ascensor, pulsa el número seis. En el solitario pasillo de la planta, saca unos papeles, los consulta y repasa el número de las habitaciones mientras camina sigiloso. Se detiene ante la 645. Tras mirar a ambos lados, pone la mano en el pomo y lo gira muy despacio, pero, inopinadamente, la puerta se abre y se topa con la enfermera del EPI.

—¡¿Qué hace aquí?! ¡Esta es un área restringida!

Sorprendido, el tipo de negro huye a la carrera y desciende veloz por las escaleras. Lila da la voz de alarma desde el control de enfermería.

—¿Seguridad? Tenemos a un intruso en la planta sexta. Va vestido de negro y lleva una mochila. Ha huido por las escaleras del ala norte... De acuerdo, gracias.

Algo alterada, Lila sale del control de enfermería y se asoma al pasillo temiendo que aquel misterioso tipo aparezca de nuevo. Algo llama su atención en el suelo: papeles. Ha debido perderlos en la huida. Se apresura a recogerlos: un plano de la planta, marcada en rojo la habitación del señor Fortabat. También hay un documento manuscrito que lee con atención. Sus ojos se desorbitan ante la sorpresa.

Suena el teléfono. El vigilante informa a Lila que el intruso era un cliente del hotel Ein Kerem. La policía lo ha identificado y lo ha propuesto para sanción por saltarse la cuarentena. Lo han devuelto al hotel.

Madrugada. Lila entra en la habitación de Peter, que dormita con los prismáticos sobre el pecho. Observa el monitor: sus constantes empeoran. La enfermera coge los binoculares, se dirige a la ventana y busca un punto en la negrura. Despierta al enfermo y lo incorpora.

—Vamos, Peter, levántese —susurra.

—¿Dónde vamos? —musita somnoliento.

—A la ventana. Quiero mostrarle algo.

Apoyado en la enfermera, el anciano da unos pasos torpes hasta el alféizar. A duras penas se sostiene en pie. La sanitaria le entrega los prismáticos y él busca en el cielo de Judea.

—No, allí abajo, en el segundo piso del edificio de enfrente. La terraza con la luz encendida —indica la enfermera.

Cuando Peter localiza la luz, no puede creer lo que ven sus ojos. Un joven vestido de negro lleva en la cabeza el tricornio de pirata, un parche en el ojo y observa por una especie de catalejo moderno. Le hace señas con un sable de plástico.

—¿Martín? Es... Es Martín... ¡Mi pequeño pirata! —le devuelve el saludo con la mano.

A su mente acuden las noches de Madrid, el balcón de la calle Barquillo donde, once años atrás, aguardaba puntual aquel pequeño filibustero. Le vienen los paseos por El Retiro, sus divertidas meriendas, el Mundial de Sudáfrica, el terrible episodio con los sicarios en la Caja de las Letras del Instituto Cervantes y la despedida, amarga como la cúrcuma, antes de su viaje a Israel. Las lágrimas mojan los oculares y la emoción descompasan los bips del monitor.

—Está alojado en ese hotel —precisa la enfermera—. Llegó justo cuando el Gobierno ordenó la cuarentena a los turistas. No lo dejan salir.

Las rodillas no le sostienen. Peter le signa un te quiero palmeándose el pecho y regresa a la cama con los ojos inundados.

—Es mi nieto... Mi pequeño pirata... pero un pirata bueno... —solloza con la voz quebrada por la emoción.

—No tan pequeño, ya tiene veintiún años. Muy pronto os veréis.

El anciano se desgarra con una tos asfixiante. Lila inyecta un medicamento en el suero y aumenta el nivel de oxígeno, pero es consciente de que la muerte empieza a asomarse en su rostro consumido.

En el puesto de control, la enfermera coge el teléfono y marca un número. Sus palabras suenan tonantes en el silencio de la noche.

—Adriel, soy Lila. Sé que no son horas, pero quiero pedirte un favor... No, no puedo esperar a mañana... Es urgente...

Dos escafandras difusas pugnan por hacerse nítidas. Los dos cosmonautas parlotean enlatados: «Peter, ¿puede oírme? Mire quién está aquí». Dedos de látex palmean sus mejillas. «Despierte, Peter». El cosmonauta más alto coge su mano y se aproxima a su oído: «Soy Martín. Pedí a Sirio verte y me lo ha concedido».

—Mar...tín... —mascula el anciano con los ojos entreabiertos, sin apenas aliento para articular una frase.

Lila mira el monitor y hace una señal al joven. Niega discretamente y abandona la habitación cabizbaja.

—Han pasado muchos años... Habrá... palabras nuevas...en el diccionario...

—Sí, tecnológicas, ya sabes: *criptomoneda, ciberacoso, geolocalizar*... Al fin admitieron *cortapega* y *sanjacobo*. Me pirran los sanjacobos —Martín sonríe.

—¿Cuáles murieron?

—*Aborrecedero, bajotraer, minguado* y algunas más.

El anciano asiente resignado.

—Pero ¿sabes? —retoma el joven tratando de animarle—. Al fin conseguimos resucitar una de ellas.

Peter levanta una ceja, sorprendido.

—¿Recuerdas la frase en clave que me dijiste ante los sicarios: *Xion alarte desta chirinola...*?

Peter asiente. Los pitidos del monitor se espacian. Su pulso es cada vez más débil.

—Pues el periódico *Nuevodiario* se hizo eco de aquel mensaje y empezó a utilizar el término *chirinola* para referirse a las juntas de delincuentes y a las reuniones de políticos corruptos. Otros periódicos lo imitaron, luego se hizo viral en Internet y, en poco tiempo, su uso se generalizó hasta que la Academia la sacó del listado de palabras desusadas. ¡Conseguimos darle una segunda vida! —informa entusiasmado.

Peter lo observa enternecido. La anécdota, sin ser más que una simple gota en el caudal del olvido, muestra que nada hay imposible ante la audacia de quienes se empeñan en cambiar el mundo.

—Has venido... a despedirte... —balbuce el anciano.

El joven traga dos golpes de saliva y agacha la cabeza.

—Vine a decirte que me gradué en Filología, como tú, y he pensado proponer al Instituto Cervantes retomar tu proyecto del cementerio de palabras olvidadas.

Peter eleva la mano y acaricia la escafandra de Martín. El joven siente que quiere comunicarle un último pensamiento antes de que sus caminos se separaran para siempre.

—Hace años que mi espíritu vaga por un mundo sin formas. Pero me voy feliz... Sally me espera.

No quiere Martín que Peter lo vea llorar, pero es inevitable porque la escafandra le impide enjugar sus lágrimas. Peter esboza una sonrisa plácida.

—*He de alar... adó mi poncela... Sirio acúllime.* («He de marchar hasta mi doncella. Sirio me acoge»).

Martín sonríe y llora. En su último aliento, el anciano le indica que se acerque y el chico lo abraza. Peter musita en su oído que él será su voz interior, esa porción de alma que le acompañará en los momentos de penar. Le pide que no se limite a seguir un surco, sino a abrir uno nuevo, aunque sea torcido.

—Te deseo luz y caminos abiertos. Volveremos a vernos... en otra vida —Peter completa la frase sin pausas, como si temiera no poder concluirla. El monitor emite un pitido continuo y sus ojos se tornan opacos. Ya no miran.

El pirata le cierra los párpados y acaricia con ternura su cabeza. Acuden a su mente unos versos deslavazados de Flaubert: «Crecerá como un sol, los rayos de oro inundarán tu rostro, penetrarán en ti, serás iluminado por dentro, te sentirás ligero y todo espíritu, y después tu carne pesará menos».

Martín se incorpora desolado, toma los prismáticos y, con los ojos inundados, busca en la bóveda del firmamento. La gran estrella luce más hermosa que nunca.

«Que el camino te sea favorable. Seguirás latiendo en mi recuerdo, querido Simón».

Epílogo

Tras el funeral de Fortabat, el museo de Israel ofreció una conferencia de prensa anunciando la incorporación de un excepcional pergamino del siglo I. Se conoció como el *Manuscrito Fortabat* y se convirtió en el único documento sobre el Jesús histórico previo al mito evangélico posterior.

La Universidad Hebrea de Jerusalén, que desde 1947 había sido excluida en el estudio de los manuscritos del mar Muerto, certificó la autenticidad del documento y ratificó su datación entre los años 25 y 50 de nuestra era. El Vaticano restó relevancia al descubrimiento y lo atribuyó a un montaje interesado contra la fe verdadera.

El *Manuscrito Fortabat* dio la vuelta al mundo, fue examinado por una comisión internacional de expertos y se expuso en los museos más prestigiosos con grandes medidas de seguridad, pues tuvo varios intentos de robo. En la actualidad se custodia en el Santuario del Libro de Israel como parte de la biblioteca del mar Muerto.

Peter Fortabat fue el paradigma de librepensador que sacrificó su pasado, su identidad y su mundo por dos objetivos irrenunciables: la búsqueda de respuestas y el amor verdadero. Sus últimas palabras, «luz y caminos abiertos», alentaron a un joven español quien, tres años después, viajó a Jerusalén tras la pista de Judá, el hijo de Jesús. Su nombre, Martín Amorós.

Pero esa, querido lector, es otra historia.

Este libro, por encomienda de la editorial Almuzara, se terminó de imprimir el 15 de marzo de 2024. Tal día, en el 44 a. C. (idus de marzo), Julio César es asesinado por un grupo de senadores romanos apodados Liberatores, liderados por Cayo Casio Longino y Marco Junio Bruto.